새로 읽는 파한집

| 역자 |

■ 신영주
성균관대학교 한문교육과 및 동 대학원 한문학과를 졸업하였다. 한국고전번역원 국
역위원으로 활동하였고, 현재 성신여자대학교 사범대학 한문교육과 교수로 재직하
고 있다. 저역서로『곽희의 임천고치』,『동기창의 화선실수필』,『선화화보』등이 있다.

■ 손유경
1979년 서울에서 태어났다. 성신여자대학교 한문교육과 및 동 대학원 석박사 과정
을 졸업하였고, 태동고전연구소 3년 과정을 수료하였다. 성신여자대학교, 한림대학
교에 출강하였다. 저역서로『하루한시』,『기초한문』등이 있다. 현재 제주도에 거주
중이다.

■ 황아영
1982년 서울에서 태어났다. 성신여자대학교 한문교육과 및 동 대학원 석박사 과정
을 졸업하였다. 성신여자대학교 교육문제연구소 연구원으로 근무하였고, 현재 성신
여자대학교에 출강하고 있다. 저역서로『선화화보』가 있다.

■ 사경화
1977년 전남 해남에서 태어났다. 성신여자대학교 한문교육과를 졸업하고 동 대학
원 한문학과 석사과정 졸업, 박사과정을 수료하였다. 성신여자대학교 교육문제연구
소 연구원으로 근무하였고, 성신여자대학교에 출강하였다. 저역서로『도곡집』,『매
산집』이 있다.

■ 김희영
1984년 서울에서 태어났다. 성신여자대학교 한문교육과를 졸업하고 동 대학원 한
문학과 석사과정 졸업, 박사과정을 수료하였다. 성신여자대학교에 출강하였다. 저
역서로『선화화보』,『하곡집 학변』,『한·일 양명학의 원류와 창신 1·2·3』이 있다.

새로 읽는 파한집

찍은날 2024년 6월 20일
펴낸날 2024년 6월 28일

지은이 이인로
옮긴이 신영주 외
펴낸이 조윤숙
펴낸곳 문자향
신고번호 제300-2001-48호
주소 서울 양천구 목동서로 186(목동) 성우네트빌 201호
전화 02-303-3491
팩스 02-303-3492
이메일 munjahyang@kakao.com

값 26,000원

ISBN 978-89-90535-62-7 03810

새로 읽는 파한집

저자 이인로
역자 신영주
　　　손유경
　　　황아영
　　　사경화
　　　김희영

문자향

■ 일러두기

1. 간단한 주석은 어휘 옆에 부기한다.
2. 독자의 이해를 돕기 위해 각 장에 제목과 해제를 붙인다.
3. 표점 가공한 원문을 장마다 번역문 뒤에 붙인다.
4. 시의 풀이 순서, 독음, 축자 풀이, 압운, 평측, 구식句式을 부기한다.
5. 풀이 순서는 여러 가지가 있을 수 있으나, 부득이 하나만 제시한다.
6. 시구의 배열 순서에 따라 앞 글자를 우선하여 풀이한다.
7. 재독자再讀字, 부사, 조동사, 의문사, 부정사 등을 우리말에 따라 풀이하여, 한문 어순 및 대우법에 맞지 않는 풀이 순서가 표기될 수 있다.
8. 축자 풀이는 지면 형편상 축약하여 기록한다.
9. 평측은 일반적 관례에 따라 ○(평성), ●(측성)으로 표기한다.
10. 압운은 ◎(평성운), ◉(측성운)으로 표기하고, '평수운'에 따라 압운한 운자를 밝힌다.
11. 평성이나 측성이 우선하는 자리에 측성이나 평성이 쓰였을 때는, 기호에 강조점(Ŏ, ●)을 표시한다.
12. 평성이나 측성의 자리에 측성이나 평성이 쓰였을 때는, 기호에 강조점(Ŏ, ●)을 표시한다.
13. 평측 구식은 근체시의 기본 구식 32식을 기준으로 제시한다.
14. 평수운 운자표와 근체시 기본 구식은 부록에 첨부한다.
15. 격언이나 변려문 등도 원문, 풀이 순서, 독음, 축자역을 부기한다.

이인로와『파한집』

1.

"우리 동방은 시학이 성대해서 시인들이 종종 스스로 일가를 이루고 여러 시체를 갖추어 완성하였다. 그러나 이를 비평하는 자는 전혀 있지 않았었다. 익재 선생 이제현의『패설』과 대간 이인로의『파한집』등이 나온 뒤에야, 동방 시인의 정수를 고찰할 수 있게 되었다."[1]

강희맹이「동인시화서」에서 남긴 말이다. 이인로(1152~1220)의『파한집』을 이제현의『역옹패설』과 함께 우리나라 시 비평 분야에서 새로운 경지를 개척한 대표 저술로 꼽았다.

고려의 문학 풍토가 성숙하여 그 속에서 등장한 많은 시인이 전에 없이 풍성한 창작 결과물을 제출하였지만, 아쉽게도 이를 가름하고 비평하는 평론 분야에서 이렇다 할 만한 성과가 제출되지 않았었다.

이런 때에 이인로와 이제현이 나타나 적절하게 그 구실을 담당해 주었다는 것이다. 이인로가 그 시작을 알렸고, 이제현이 뒤이어서 풍성하게 성취하였다.

『파한집』은 3권으로 이루어졌다. 고려 시인 이인로가 별세하기 직전까지 완성한 83편의 시학 평론이 수록되어 있다. 그 속에는 용사用事, 탁구琢句, 점귀부點鬼簿, 환골탈태換骨奪胎 등 시 창작에 관한 이인로의 다양한 견해도 담겼다. 이 때문에 우리나라 최초 문학 비평서

---

1) 강희맹, 『사숙재집 동인시화서東人詩話序』.

로 평가된다. 내용 대부분이 저자가 견문한 시와 시인, 그리고 관련 일화이다. 여기에 자기 견해를 보태어 짧게 서술한 글을 일정한 체계 없이 모아놓았다.

이름 '파한破閑'에는 '완전한 한가함[閑]에 갇힌 상태를 깨뜨리는[破] 것'이라는 뜻이 담겼다. '이미 공명을 이루고 물러나서 더 바랄 것이 없는 자'와 '속세를 벗어나 산림에 은둔하면서 유유자적하는 자', 또는 반대로 '공명을 좇아 골몰하다가 실패하여 망연자실한 자'가 한가함에 이른다. 이들이 이 책을 읽어 한가함에서 벗어날 수 있게 한다는 취지이다. 한가로움이 궁극에 이르렀을 때 마주하는 외로움과 무료함을 이로써 달랜다는 것이다.

이 책은 문학적 성취 외에 사료로서도 상당한 가치를 지닌다. 고려 중기 이전을 기록한 문헌 자료가 희소한 우리의 현실로 볼 때, 『파한집』은 사회, 문화, 풍속, 역사 등 여러 방면에서 매우 소중한 고전이 아닐 수 없다. 현재 전하는 우리의 최초 역사서 『삼국유사』와 『삼국사기』보다 빠른 시기에 엮어진 책이어서, 역사 기록의 빈틈을 메우는 사료로서도 가치가 높다.

이 책에 등장하는 역사 공간은 개성을 중심에 두고 장단長湍 주변 경기 지역을 포함한다. 한양을 중심으로 하는 조선의 기록과 다른 가치를 보여준다. 아울러 문집이 전하지 않고 다른 문헌에서 확인되지 않는 고려 초중반 시인들의 시편이 적지 않게 실려있다. 이를 통해 고려인의 삶과 정서를 깊이 체감할 수 있고, 아울러 시인들이 보여준 창작 활동과 그 성과도 두루 이해할 수 있다.

이인로와 『파한집』의 학술 성취에 대해서는 이미 여러 연구자가 제출한 보고서에 자세히 기술되어 있다. 이 글에서는 이인로의 가계와 행력 및 『파한집』 집필과 간행의 경위를 간략히 소개한다.

2.

이인로는 1152년에 인천 이씨의 7세손으로 태어나 1220년에 세상을
떠났다. 향년 69세이다. 인천 이씨는 인주仁州, 경원慶源이라는 옛 지
명을 써서 인주 이씨, 경원 이씨 등으로 부른다. 또 중국 관향인 농서
隴西를 사용하여 농서 이씨로 부르거나, 별칭인 타이駝李로도 부른다.

초명은 득옥得玉이고, 자는 미수眉叟이다. 호는 와도헌臥陶軒, 농서
자隴西子이다. 유년기에 부모를 여의고 숙부 요일의 보호 아래 성장하
였다. 어려서부터 글을 잘 짓고 초서와 예서에 능하였다. 정중부의
난 이후 가문이 화를 당하자 이를 피해서 삭발하고 승려가 되었다가
난이 진정된 뒤에 환속하였다.

아들 이정李程, 이양李穰, 이온李穩, 이세황李世黃을 두었다. 앞 세 사람
은 모두 과거 급제하였다. 이세황은 서자로서, 합문지후 벼슬을 지냈다.
가계를 표로 정리하여 소개한다.

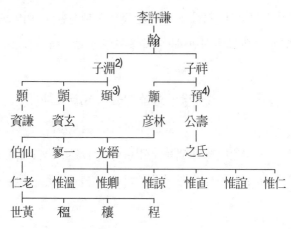

---

2) 이자연은 8남 3녀를 두었다. 아들은 정顥, 적頔, 석碩, 의顗, 승려 소현韶顯, 호顥,
전顓, 안顔이다. 첫째 딸은 문종의 비인 인예태후仁睿太后이다. 나머지 두 딸은 궁
주가 된 인경현비仁敬賢妃와 인절현비仁節賢妃이다.
3) 이정의 딸은 선종의 세 번째 비인 원신궁주元信宮主이다.
4) 이예의 딸은 선종의 비인 정신현비貞信賢妃이다.

7

이인로는 스스로 꼽은 4명의 절친이 있었다.[5] '미수사우眉叟四友'로 불린다. 시로써 사귀는 시우詩友 임춘, 산수로써 사귀는 산수우山水友 조통, 술로써 사귀는 주우酒友 이담지, 불법佛法으로 사귀는 공문우空門友 종령이다. 모두 막역한 친구이기는 하지만 사귀어 공유하고 싶은 영역은 저마다 차이를 둔 것이다. 이로써 시, 산수, 술, 불법이 평소 이인로에게 가장 관심 사안이었음을 알 수 있다.

저술로 『은대집銀臺集』 20권, 『후집後集』 4권, 『쌍명재집雙明齋集』 3권, 『파한집破閑集』 3권을 남겼다.[6] 『은대집』은 평소에 자신이 창작한 고부 5수와 고율시 1,500여 수를 엮은 것이다.[7] 『쌍명재집』은 최충의 쌍명재에서 이루어진 기로회 모임에서 생산된 시문 등을 기록하여 엮은 것으로, 사소한 풀 한 포기 나무 한 그루도 담소 거리가 될 만한 것이면 모두 시와 문장에 담아서 기록하였다고 한다.[8]

이인로가 보여준 삶의 태도와 그 기상은 아래의 시 2수를 통해 느낄 수 있을 듯하다. 시를 소개하는 것으로 대신한다. 이인로는 개경의 홍도정 마을에서 살았다. 먼저 홍도정을 읊은 부賦를 소개한다.[9]

백당의 동쪽 기슭	栢堂東麓
맑은 샘물이	有泉澄淥
시원하게 바위틈에서 나와	泠然流出於石縫
흰 구름 그윽한 골짜기 씻어내듯 하니	若漱白雲之幽谷

---

5) 이인로, 「네 벗에게 주다[贈四友]」(『동문선』 권4).
6) 『고려사 이인로전李仁老傳』.
7) 이세황, 「파한집발」.
8) 이제현, 「묘련사석지조기妙蓮寺石池竈記」.
9) 이인로, 「홍도정부紅挑井賦」.

가물어도 마르지 않고	旱而不渴
거문고 축처럼 맑게 울려라	響如琴筑
예닐곱 걸음을 휘돌아서	縈迴六七許步
도랑에 흘러들어	然後入於溝瀆
곁에 사는 사람들이	遂使傍泉而居者
모두 상쾌하게 움켜 마시네	皆快意於挹掬
농서자가 채소 음식 배불리 먹고	隴西子茹蔬得飽
손으로 배를 쓸며	以手捫腹
힘없는 오사모 올려 쓴 채로	岸掩苒之烏紗
대지팡이 텅텅 짚고	杖鏗鈜之龍竹
그 바위에 걸터앉아	踞一石
두 다리 걷어 올리고서	露雙脚
얼음 서리 같은 샘물 희롱하고	挼碎冰霜
옥구슬처럼 머금었다가 뿜어내니	吞吐珠玉
불볕더위 피할 뿐이랴?	豈唯火日之可逃
갓끈 먼지도 씻어내네	亦復塵纓之已濯
휘파람 불며 찬찬히 돌아옴에	徐嘯歸來
시내에 바람 쌩쌩 부니	溪風蕭蕭
8척 대자리를 깔고	展八尺之風漪
몇 촌 길이 목침을 베고 누워	枕數寸之癭木
꿈에서 흰 갈매기 희롱하며	夢白鷗而同戲
누런 조밥이 익기 전에	任黃粱之未熟
너울너울 여덟 용 타고 요지10)로 가서	飄飄乎如駕八龍而到瑤池

---

10) 요지瑤池는 신선 서왕모西王母가 사는 곤륜산 꼭대기에 있다는 전설 속 연못이다.

서왕모 노랫소리 듣고　　　　聞金母之一曲

드넓은 물에 뗏목 띄워 은하로 건너가　浩浩乎若泛枯槎而渡天河

촉도 점쟁이 엄군평을 놀래주네[11]　驚蜀都之賣卜

어찌 40리 길에 비단 병풍을 치고[12]　則何必錦障紆四十里

후추 8백 곡을 쌓아두고[13]　　胡椒蓄八百斛

황금 연꽃 화분을 만들어야만[14]　打就金蓮盆

내 발을 씻을 것인가?　　然後濯吾足

이인로는 자신이 거처하는 집 북쪽 행랑을 터서 깃들어 노니는 장소로 만들고, 황산곡 시집에서 '와도헌臥陶軒'이란 말을 취해 이름 붙였다. 젊을 때부터 한가롭고 고요함을 좋아하고 사람 찾아다니는 일에 게을러 북쪽 창 아래에 높이 누워 절로 이르는 맑은 바람을 쐬곤 하였다고 한다.[15] 와도헌을 그려놓은 그림에 자찬自贊을 붙여서 이렇게 읊었다.[16]

지혜롭다고 하려니 저리자보다 못하고　謂爲智耶不如樗

11) 전설에 은하수가 바다와 이어져 있어 매년 8월에 뗏목을 타고 오갈 수 있다고 한다. 촉군蜀郡의 점술가 엄군평嚴君平이 이를 알았다고 한다. 장화張華, 『박물지博物志』 권10.

12) 진晉의 부호 석숭石崇이 비단 장막을 만들어 50리 길에 설치했다고 한다. 『진서 석숭전石崇傳』.

13) 당나라 부호 원재元載의 집에 후추 8백 섬이 있었다고 한다. 『신당서 원재전 元載傳』.

14) 당나라 단문창段文昌이 일찍이 "부귀를 얻은 뒤에 황금 연꽃 화분[金蓮花盆]을 만들어 물을 채워 발을 씻으리라."라고 하였다. 손광헌孫光憲, 『북몽쇄언 단상답금련段相踏金蓮』.

15) 이인로, 「와도헌기臥陶軒記」.

16) 이인로, 「와도헌도자찬臥陶軒圖自贊」.

어리석다기엔 거백옥만 못하지만	謂爲愚耶不如蘧
빈 배라 거슬림이 없고	虛舟無忤
식은 재라 무슨 욕심 있으랴?	死灰何居
지름길로 앞다툼을 부끄러워하고	恥爭先於捷徑
잠시 세상에 머물 뿐이라	聊寄宿於蘧廬
남들은 내가 병든 금속여래 후신이라는데	人呼金粟如來之後身
난 스스로 옛 갈천씨 유민이라 하네	自號古葛天氏之遺民

3.

『파한집』, 『고려사』 등의 기록에서 이인로의 행적과 관직 이력을 간추려 연보 형식으로 소개한다.

- 1152년(임신), 의종 6, 1세
- 유년 시절
  -어릴 때 부모를 여의고, 숙부 요일의 보살핌 속에 성장하였다.
- 1170년(경인), 의종 24, 19세
  -정중부가 난을 일으키자 삭발하고 승려가 되었다가, 난이 진정된 후에 환속하였다.
- 1175년(을미), 명종 5, 24세
  -진사시에 급제하였다.
- 1176년(병신), 명종 6, 25세
  -태학에 들어갔다.
- 1180년(경자), 명종 10, 29세
  -6월에 문과에 장원 급제하였다. 문하평장사 민영모閔令謨가 지

공거를 맡고, 국자 좨주 윤종함尹宗諴이 동지공거를 맡았다. 이
때 이득옥李得玉이라는 초명을 사용하였다.[17]

−이 무렵 10년 만에 해후한 임춘이 이담지 집 모임에서 시를 지
었다. "10년 세월을 등 밝히며 이야기하고, 반평생의 공명을 거
울 비추어 따져보네."[18]

• 1182년(임인), 명종 12, 31세

−장인 최영유崔永濡를 따라 하정사賀正使의 서장관 자격으로 금나
라에 다녀왔다.

−12월 27일에 어양漁陽의 아모사鵝毛寺를 방문하였다.

−이 무렵 익령 현위翼嶺縣尉로 부임하는 함순을 멀리서 전송하는
시를 지었다.[19](상-5)

• 1183년(계묘), 명종 13, 32세

−정월 초하루에 연도燕都의 객관에 붙인 춘첩자가 널리 알려졌다.

−귀국 후에 계양 관기桂陽管記가 되었다. 계양은 지금의 부평 지
역이다.

−계양 관기로 있을 때, 공암현에서 행주로 건너가 인빈이 거처하
던 초당 터를 구경하고, 소화사 벽에 적힌 인빈의 시를 발견하
였다.(하-15)

−이후 문극겸의 천거로 한림원과 사관에 근무하게 되었다.

−한림원에 처음 들어가서 등룡시를 지었다.(상-8)

---

17) 『고려사 선거지選擧志』.
18) 임춘, 「이미수와 담지의 집에 모이다[與李眉叟會湛之家]」, "十年計活挑燈話, 半世功
名抱鏡看."
19) 『동국이상국집 연보年譜』에 따르면, 1182년 6월 문헌공도에서 실시한 하과夏課에
함순이 선달先達(급제 후 임용 대기자)로 참여했다. 함순이 급제 후에 처음 얻은 벼슬
이 익령 현위이다.

-한림원에서 시작하여 고원誥院에 근무할 때까지 14년 동안 왕명을 기록하는 일을 맡았다.

-솟아오르는 샘물처럼 조금도 막힘 없이 시가 흘러나와 "복고腹藁"라고 칭송받았다.

-이 무렵에 오세재, 임춘, 조통, 황보항, 함순, 이담지와 망년우가 되어 죽림고회竹林高會를 결성하고 시와 술로 즐겼다. 세상 사람들이 이들을 강좌칠현江左七賢에 견주었다.

• 1186년(병오), 명종 16, 35세

-19세의 이규보가 오세재를 따라 죽림고회 모임에 참석하였다.[20]

-이인로와 이규보가 이때 처음 만나 30여 년 교유하였다. 이규보는 16세 연장 이인로가 세상을 떠난 뒤에 지은 만시挽詩에서 이렇게 읊었다. "처음에 죽림회에서 뵈었으니, 이 모임은 편을 짓지 않았어라. 나를 말석에 있게 하여, 시문으로 겨룰 때 나도 참전하게 하였어라. 이때부터 점차 망년우가 되어, 사림에게 많은 꾸지람을 받았어라."[21]

• 1189년(기유), 명종 19, 38세

-늦은 겨울 한림원에 입직하여 「옥당백부玉堂栢賦」를 지었다.[22]

• 1194년(갑인), 명종 24, 43세

-한림원에 후임으로 부임한 김군수金君綏를 축하하는 시를 지었다.(상-9)

---

20) 이규보, 「칠현설七賢說」. 이규보는 이인로의 죽음을 애도한 만시에서 30년 사귀었다고 하였다.

21) 이규보, 「황보 서기가 동파운을 써서 임준성을 곡한 시의 운을 차운하여 대간 이미수를 곡하다[次韻皇甫書記用東坡哭任遵聖詩韻哭李大諫眉叟]」, "始謁竹林會, 此會群不黨. 容我預其末, 文戰補偏將. 自爾漸忘年, 多負士林謗."

22) 이인로, 「옥당백부玉堂栢賦」(『동문선』).

13

- 신종 시기
  - 여러 벼슬을 거쳐 예부 원외랑이 되었다.
- 1204년(갑자), 신종 7, 53세
  - 맹성 수령으로 부임하여 먹 5천 자루 만들었다.(상-3, 중-21)
  - 아들 이정李程(아대阿大)이 진동 수령으로 부임하였다.(중-21)
- 1209년(기사), 희종 5, 58세
  - 공주 수령으로 떠나는 김군수를 전별하기 위해 회리에 모인 용두회 모임에서 시를 남겼다.(하-23)
- 고종 초
  - 비서감 우간의대부秘書監右諫議大夫가 되었다.
- 1220년(경진), 고종 7, 69세
  - 3月에 졸하였다.
  - 좌간의대부에 오른 뒤에, 오래 바라던 시관試官의 직임을 맡게 되었으나 임무를 수행하지 못하고 향년 69세로 세상을 떠났다.

4.

이인로는, 최치원 이후로 많은 시인이 속속 등장하여 남긴 빼어난 시 작품들을 수습하여 후세에 전해야 한다는 책임감과 그렇게 하지 않았을 때 선배 시인의 성취가 마침내 흩어지고 사라지리라는 위기감을 죽림고회 벗들과 공유한 일이 있었다.[23] 이를 계기로 도성 안팎의 제영題詠 중에서 본보기로 삼을 만한 것을 수습하여 엮어낸 것이 『파한집』이다. 따라서 이 책은 죽림고회가 이루어질 시기에 독립한 저

---

23) 이세황, 「파한집발」.

술 완성을 목표로 집필할 뜻을 갖게 되었다고 볼 수 있다.

이인로가 본격적으로 집필 작업을 수행한 시기는 숭경 연간(1212~1213)인 듯하다. 이장용은 『보한집』에 붙인 발문에서, 이인로가 숭경 연간에 평소 적어놓은 글을 정리하고 대강 평론을 보탠 뒤에 '파한'으로 이름 붙였다고 하였다.[24] 이장용의 말대로라면, 이때 한 차례 마무리가 이루어지고, 그 이후로 계속 수정 보완되었을 가능성이 크다.

저술을 최종 완성한 시점은 특정하기 쉽지 않지만, 거의 말년까지 작업이 이루어진 것이 아닐까 한다. 『파한집』 내에 1216년에 작고한 왕위를 사후 시점에서 기록한 것이 포함되어 있다.(하-33) 확인할 수 있는 가장 마지막 시기 기록에 해당한다. 그 이후로도 수정 보완이 이루어졌다면, 사실상 세상을 떠나기 직전까지 손에서 놓지 않은 것이다.

이인로가 세상을 떠난 이후로 처음 간행이 이루어진 1260년까지 40년 사이에도 미세하게 첨삭이 이루어진 듯 보인다. 이 시기에 타인에 의해 일부 내용이 첨삭되었다는 연구 보고가 있다.[25] 현재 이인로가 탈고한 원고와 초간본이 전해지지 않아 이를 확인할 길은 없으나, 간행에 앞서 세간의 비평을 수용한 약간의 첨삭이 이루어졌을 가능성은 여전히 존재한다.

5.

『파한집』은 저술을 완성한 뒤에 세 차례 간행이 이루어진 것으로 보

---

24) 이장용, 「보한집발」, "崇慶中, 李大諫眉叟, 筆素所記者, 略爲評論, 名破閑." 안대회(2022), 「고려의 시화 『파한집』과 『보한집』의 본래 이름은 무엇인가」, 『문헌과 해석』 89, 태학사.

25) 정선모(2004), 「『파한집』 판각에 있어서의 첨삭 문제와 그 문학사적 의의」, 『한문학보』 10, 우리한문학회.

인다.

첫 번째 초간본은 이인로의 아들 이세황이 주도하여 1260년 3월 직후에 간행되었다고 본다.[26] 이인로가 세상을 떠난 뒤로 40년이 지났을 때다. 안렴사 대원 왕공大原王公이 후원하여 마침내 간행이 이루어질 수 있었다고 한다. 그러나 아쉽게 초간본은 현재 발견되지 않는다.

재간본은 1492년경에 간행하였을 것으로 추정한다. 성종 24년(1493) 12월 28일에 홍문관 부제학 김심金諶 등이 차자를 올려 이렇게 아뢰었다.[27] "듣건대, 지난번 이극돈李克墩이 경상 감사가 되고 이종준이 도사가 되었을 때, 간행한『유양잡조』,『당송시화』,『유산악부』및『파한집』,『보한집』,『태평통재』등 서적을 진상했습니다. 이를 내부에 보관하라고 명하신 뒤에, 곧바로『당송시화』와『파한집』,『보한집』등을 내려주어 신들에게 역대 연호와 인물 출처에 관해 대략 주석을 달아서 올리라고 명하셨습니다."

이극돈은 1492년 1월에 제수되어 1493년 2월까지 경상 감사로 재임하였다. 성종이 주해를 달라고 명하였을 때는 1493년 12월이다. 그렇다면『파한집』과『보한집』의 간행 작업을 1492년에 시작하여 늦어도 1493년 12월 이전에 마무리했을 것임을 알 수 있다. 다만 이 재간본은 널리 유통되지는 않은 듯하다. 현재까지 실물이 전하지 않아 어떻게 간행했는지 확인되지 않는다.[28]

삼간본은 이후원李厚源(1598~1660)이 조속趙涑(1595~1668)의 집에 있던

---

26) 간행에 앞서 1260년 3월에 이세황이 발문을 작성하였다.
27) 『성종실록』24년(1493) 12월 28일·29일.
28) 박현규의 보고에 따르면, 이때 간행한『보한집』은 초간본을 복각한 것으로 추정된다.『파한집』도 복각했을 수 있다. 박현규(2002), 「중국 국가도서관장본『보한집』과 고려 이장용 발문」,『한민족어문학』40, 한민족어문학회.

『파한집』과『보한집』옛 책을 경주 부윤으로 부임하는 엄정구嚴鼎耉 (1605~1670)에게 맡겨 경주에서 다시 새겨서 간행한 것이다.[29] 엄정구 는 1657년 12월에 경주 목사에 제수되었고, 부임한 뒤에 곧바로 간 행 작업을 시작하여 몇 달 후에 작업을 마쳤다고 한다. 1658년에 간 행되었을 것으로 본다. 이 삼간본이 현재 세상에 전한다.

1911년에 조선고서간행회가 연활자로 간행한 본도 있기는 하나, 오 탈자가 상당히 많고 판본 계통도 확실하지 않다. 서유구의 자연경실 自然經室에서 필사한 본도 있다. 내용 차이는 있지 않고 필사 중에 발 생한 오탈자가 여러 곳에서 발견될 뿐이다.[30] 이 연활자본과 필사본 외에 다른 의미 있는 본은 아직 보이지 않는다.

6.

이 번역서는 한시를 자신의 힘으로 읽어내고 싶어 하는 독자 요구 에 부응하기 위해 시 원문에 '독음', '평측', '압운', '해석 순서', '축자 역', '구식句式'에 관한 정보를 추가했다.

'평측'은 시에 부여한 고저와 장단의 운율을 이해하는 데 요구되는 기본 정보에 해당한다. '해석 순서'와 '축자역'은 시어 짜임과 그 본의 를 정교하게 이해하는 것에 도움을 줄 수 있다. 이를 통해 시인의 작 시 의도에 접근할 수 있다면, 독자 스스로 더욱 적실한 언어를 찾아 내어 더욱 완성도 높은 번역을 만들어낼 수도 있으리라 생각한다.

다만 평측을 분명하게 나누어 확정하기 어려운 한자가 적지 않아

---

29) 홍주세,『정허당집 중간이한집발重刊二閑集跋』.
30) 자연경실장自然經室藏 필사본은 현재 미국 버클리대학교 동아시아 도서관에 소장 되어 있다. 고려대학교 해외한국학자료센터에서 인용하였다.

본문에 제시한 평측에 오류가 없지 않을 것이다. 해석 순서도 변칙적 글자 배열과 도치가 자주 발생하는 한시 특성상 한 가지로 확정하기 어려운 부분이 적지 않았다. 하지만 부득이 하나의 순서를 택하여 제시할 수밖에 없었다. 합의된 규칙이 있는 것이 아니기에, 그때그때 우리말로 옮기기 편한 순서를 택하였다. 따라서 이 순서는 우리말로 옮기는 선후를 임의로 제시한 것일 뿐이다. 원문의 짜임을 규정하여 제시한 것은 아니다. 예컨대, 대우 형식일 때 되도록 그 짜임이 잘 드러나는 순서를 택하여 표기하기는 했지만 그렇게 하지 못한 곳도 있다. 출구와 대구가 정확하게 짝을 이루어 호응하지만, 해석 순서가 일치하지 않을 수 있는 것이다.

이런 몇 가지 정보를 추가한 것은, 한문을 전공하지 않은 독자가 스스로 한시를 읽는 경험을 할 수 있도록 가능한 문턱을 낮추어보려는 시도이다. 시가 지닌 대강의 운율감과 글자 사이의 유기적 배열을 이를 통해서 어느 정도라도 엿볼 수 있기를 바랄 따름이다. 이에 관한 다양한 이견이 있을 것임도 분명하다. 독자 제현의 따끔한 지적을 바란다.

7.

『파한집』 번역은 2018년 봄 개학 직후에 시작하였다. 당시 박사과정에 재학하거나 이미 졸업한 네 분의 동학과 이를 함께 읽고 번역하기로 뜻을 모았다. 이미 여러 선배 연구자가 제출한 번역이 없지는 않았다. 다만 비유와 상징이 촘촘하게 얽히고 전고 사용도 복잡한 한시 장르의 특성상 번역어도 따라서 난해해지곤 하여, 한문을 전공하지 않은 독자가 이해하기에는 어려운 곳들이 있었다. 아니면 쉬운 언어로 뜻을 전달하려고 윤색하여 원문과의 거리를 좁히지 못한 부분도 있었다. 이에 따라 비전공 독자라도 되도록 본의에 가깝게 한시를 읽어낼 수 있도록 이끌어주는 친절한 번역이 있었으면 좋겠다고 생각하기에 이른 것이었다.

이후로 거의 매주 모여서 윤독하였다. 그때마다 시의 본의를 이해하기 위해 이런저런 토론을 주고받느라 가장 많은 시간을 소요하였다. 물론 단숨에 해결되지도 않았다. 고치고 고치기를 반복하였다. 또 쉬운 언어로 풀기를 반복하였다. 그렇게 6년 시간을 쌓고 나서야 비로소 어느 정도 번역의 모양이 이루어졌다. 여전히 만족스럽지 못한 부분이 없지 않다. 처음에 목표한 '친절한 번역'도 기대한 만큼의 완성도를 갖추지는 못하였다. 그러나 한 번의 매듭은 필요하기에, 외람함을 무릅쓰고 지금까지 작업한 결과를 정리하여 공간하고자 한다. 선배 연구자의 선행 번역이 없었다면, 감히 이런 번역에 도전할 수도 없었을 것이다. 한없는 감사와 존경을 표한다. 부디 이 번역서가 우리의 옛 문화를 이해하는 데에 도움이 되어주기를 바란다. 무엇보다 우리의 소중한 고전에 누가 되지 않았기를 더욱 간절하게 염원한다.

2024년 5월 흑성산 아래 낙락헌에서 신영주는 쓴다.

차례

破閑集

파한집

권 **상**

상1. 진양 그림과 정여령

"그 속에 우리 집은 그리지 않은 건가?"

진양晉陽(진주)은 옛 가야의 도읍지이다. 시내와 산 풍경이 아름답기로 영남에서 으뜸이다. 어떤 이가 그 경치를 그림으로 그려서 상국 이지저李之氐[1]에게 진상한 일이 있다. 상국은 이를 벽에 붙여두고서 감상했다.

어느 날 군부 참모로 있던 영양榮陽(정씨 관향)[2] 사람 정여령鄭與齡[3]이 찾아가서 인사하자, 상국이 그림을 가리켜 보이면서 말했다.

"이 그림은 그대 고향 마을을 그린 것이오. 그대가 시 한 수를 남겨야 마땅하지 않겠소?"

정여령은 붓을 들어 곧장 시를 완성했다.[4]

몇 자락 푸른 산이	數點靑山枕碧湖 ●●○○●●○
벽옥 호수를 베고 있는데	1 2 3 4 7 5 6　수점청산침벽호
	몇｜점｜푸른｜산｜베었는데｜벽옥｜호수를
진양 그림이라고	公言此是晉陽圖 ○○●●●○○
공께서 말씀하시네	1 7 2 6 3 3 5　공언차시진양도
	공이｜말한다｜이것이｜이라고｜진양｜그림

---

1) 이지저李之氐(1092~1145)는 시중 이공수李公壽의 아들이다. 과거에 장원 급제하고, 중서문하성의 종2품 벼슬인 참지정사에 올랐다.

2) 영양榮陽은 정씨鄭氏의 중국 관향 형양榮陽을 이른 듯하다. 다른 곳에서는 형양으로 표기되어 있다. 『파한집』에 보이는 항양恒陽, 복양濮陽, 천수天水, 강하江夏, 청하淸河 등은 모두 중국 관향에 해당한다.

3) 정여령鄭與齡은 생몰년과 가계 등이 알려지지 않는다.

4) 『동문선』에 「진주산수도晉州山水圖」라는 제목으로 실려있다.

27

물가 초가집들
몇 집인지 아는데
그 속에 우리 집은
그리지 않은 건가?

水邊艸屋知多少　◐○●●○○●
　1 2 3 4 7 5 6　수변초옥지다소
물｜가｜초가｜집의｜아는데｜많고｜적음을

中有吾廬畫也無　Ŏ●○○●●○[5]
　1 4 2 3 5 6 7　중유오려화야무
속에｜있는데｜내｜집｜그렸나｜어사｜아닌가

자리에 있던 사람들이 모두 정밀하고 민첩함에 탄복하였다.

晉陽古帝都, 溪山勝致爲嶺南第一. 有人作其圖, 獻李相國之氏, 帖
諸壁以觀之. 軍府參謀滎陽與齡往謁, 相國指之曰 "此圖是君桑梓鄕
也, 宜留一句." 操筆立就, 云 "數點靑山枕碧湖, 公言此是晉陽圖. 水
邊草屋知多少, 中有吾廬畫也無." 一座服其精敏.

※ 정승 이지저가 진주 풍경 그림을 정여령에게 보여주고 시를 청하
여 벌어진 이야기이다. 정여령이 즉시 재치 있게 시를 완성해서 여
러 사람에게 격찬받았다고 한다. 본디 진주 사람이던 정여령은 그
지리에 익숙한 터라 그림에 있는 잘못도 쉽게 가려내었다. 물가에
형성된 마을에서 정작 자기 고향 집이 생략되어 있음을 금세 발견한
것도 이 때문이다. 이에 착안하여 빠르게 시상을 이끌다가 마무리
에서 이 생각지 못한 결함을 지적하는 식으로 재치 있게 반전을 구
사했다. 사람들이 무릎을 치며 탄복하지 않을 수 없었던 이유이다.

---

5) □측기평수仄起平收 구식을 사용한 칠언절구시이다. 상평성 '우虞' 운에 맞추어 '湖,
圖, 無'로 압운하였다.

상2. 혜홍의 맑고 순수한 시

"오직 시구 하나에 가을 풍경 담아서 보내네"

송나라 승려 혜홍惠弘[1]이 엮은 『냉재야화冷齋夜話』[2]라는 책을 읽어
보았다. 그 속에 소개한 시 열 수 가운데 일고여덟 수는 혜홍 자신이
창작한 것이다. 속된 생각에서 멀리 벗어난 맑고 순수한 시들이었다.
그가 남긴 본래 시집을 마저 읽어보지 못하는 것이 아쉽다는 생각이
들었을 정도다.

요사이 어떤 사람이 혜홍이 남긴 『균계집筠溪集』을 보여주었다. 대
체로 다른 사람과 주고받은 시들이 많았다. 그러나 음미해보니 어떤
시도 이전에『냉재야화』에서 읽었던 시에는 크게 미치지 못하였다. 혜
홍이 비록 기이한 재주를 가진 시인이라고 하나, 역시 부담 없이 기
왓장을 걸고 내기할[瓦注][3] 때 더 높은 성취를 얻게 된다는 이치에서
벗어나지는 못한 것이었다. 옛말에 "만나서 보니 명성만 못하다."[4]
라는 말이 있는데, 정말 그렇다.

『냉재야화』에서 시인 반대림潘大臨[5]이 겨우 시구 하나를 지어서 임

---

1) 혜홍惠弘(1071~1128)은 송나라 시승詩僧 각범선사覺範禪師이다. 『임간록林間錄』과『균
   계집筠溪集』을 남겼다.
2) 『냉재야화冷齋夜話』는 혜홍이 엮은 시 비평서이다.
3) 와주瓦注는 값이 적은 기왓장을 걸고서 내기함을 이른다.『장자 달생達生』에 "내
   기에서 기왓장을 걸면 공교한 솜씨를 발휘하고, 대구(허리띠 고리 장식)를 걸면 떨
   리고, 황금을 걸면 마음이 혼미해진다.[以瓦注者巧, 以鉤注者憚, 以黃金注者殙.]"라고
   하였다. 천한 물건을 걸면 아까운 마음이 없어 솜씨를 다 발휘할 수 있지만, 귀
   한 물건은 그렇지 않아서 실수한다는 것이다.
4) 『오등회원五燈會元 담주석상초원자명선사潭州石霜楚圓慈明禪師』.
5) 반대림潘大臨은 북송 시기에 소식과 황정견 등 강서시파 시인과 교유하던 인물이다.

천臨川에 있던 사일謝逸[6]에게 보낸 것도 보았다. 이제 내가 그 나머지를 채워서 시 한 수를 완성해본다.[7]

온 성에 비바람 치는	滿城風雨近重陽 ●○○●●○◎
	2 1 3 4 7 <u>5 5</u> 만성풍우근중양
중양절 가까운 때	가득│성에│바람│비│가까우니│중양절에
서리 맞은 단풍 흩날리고	霜葉交飛菊半黃 ○○●○●●◎
	1 2 3 4 5 6 7 상엽교비국반황
국화 절반이 노랗게 피었어라	서리│잎이│서로│날고│국화│절반│노랗다
세속 일 몰아닥쳐	爲有俗霧來敗意 ●●◌○○●●
	7 3 1 2 4 6 5 위유속래패의
시흥이 사라져	때문에│있어│세속│기운│와│망쳤기│뜻을
오직 시구 하나에	惟將一句寄秋光 ○○●●●○◎[8]
	1 4 2 3 7 5 6 유장일구기추광
가을 풍경 담아서 보내네	오직│가지고│한│시구│부친다│가을│풍광

讀惠弘『冷齋夜話』, 十七八皆其作也. 淸婉有出塵之想, 恨不得見本集. 近有以『筠溪集』示之者, 大率多贈答篇. 玩味之, 皆不及前詩遠甚. 惠弘雖奇才, 亦未免瓦注也. 古語云 "見面不如聞名", 信矣. 因見潘大臨寄謝臨川一句. 今爲補之, "滿城風雨近重陽, 霜葉交飛菊半黃. 爲有俗霧來敗意, 惟將一句寄秋光."

---

6) 사일謝逸(1068~1113)은 북송 시기에 임천臨川에 머물면서 강서시파 시인으로 활동하던 인물이다. 임천은 현재 강서성 무주撫州를 일컫던 옛 지명이다.

7) 1구 '만성풍우근중양滿城風雨近重陽'은 반대림이 남긴 시구이고, 나머지 세 구는 이인로가 채운 시구이다.

8) □평기평수 구식을 사용한 칠언절구시이다. 하평성 '양陽' 운에 맞추어 '陽, 黃, 光'으로 압운하였다.

※『냉재야화』에 실린 혜홍의 시는 부담 없이 자유롭게 창작한 것이어서 뛰어난 성취에 도달했지만, 『균계집』에 실린 시는 그렇지 못하다고 한다. 더 좋게 창작할 욕심에 오히려 더 못한 결과로 이어진 경우라고 본 것이다.

또 반대림이 겨우 지어낸 시구 하나를 친구에게 보낸 일화도 소개했다. 시구 하나를 짓고 이에 맞춰 나머지를 채우려고 할 때, 느닷없이 관리가 찾아와 세금을 독촉하는 통에 시흥이 무너져 시를 완성하지 못했다고 한다. 그래서 겨우 지어낸 시구 하나를 친구 사일에게 적어 보낸 것이었다. "그대가 그리워 시를 읊조리는데 세금을 독촉하는 관리들이 갑자기 들이닥쳐서 흥이 깨져버렸소." 그는 함께 보낸 편지에서 이렇게 고백했다. 그가 얻은 시구가 "온 성에 비바람 치는 중양절 가까운 때"이다. 이인로는 이 시구를 기구로 삼아 새롭게 시 한 수를 완성했다. 승구에서 중양절 풍경을 읊고, 이어서 전구와 결구에서 시구 하나만을 친구에게 보내게 된 사연을 시간순으로 읊었다.

상3. 한 치 작은 것도 천금처럼 소중한 벽송연 먹

"수령이 되어서도 푸른 송연 먹을 만들었어라"

종이, 붓, 먹, 벼루의 문방사보文房四寶는 모두 선비에게 필요한 물건이다. 그 가운데 먹을 만들기가 가장 어렵다. 그러나 온갖 보물이 모이는 도성에서는 쉽게 구할 수 있어 사람들이 모두 소중하게 다루지 않는다.

내가 맹성孟城(평남 맹산) 수령으로 나가게 되었을 때의 일이다. 도독부[1]에서 보낸 공문을 받아보니, 임금께 올릴 먹 5천 자루를 만들어서 봄이 오자마자 가장 먼저 진상하라는 내용이었다. 즉시 역마[遽]를 몰아 공암촌孔巖村[2]으로 달려가서 백성을 독촉하여 100말에 이르는 송연松烟을 채취하였다. 그리고 솜씨 좋은 장인들을 불러 모은 뒤에 내가 직접 감독하여 두 달을 꼬박 작업하고서야 마칠 수 있었다.

그때 내 얼굴과 옷가지가 모두 연기 그을음에 찌들었다. 다른 곳으로 자리를 옮겨 애써 세탁하고 씻어낸 후에야 도성으로 돌아올 수 있었다. 그 이후로는 한 치 길이 작은 먹을 보더라도 천금처럼 소중하게 여겨서 감히 소홀히 다루지 않게 되었다.

그래서 생각해보았다. 세상 사람들이 구해서 사용하는 물건 중에 섬剡(절강 섬계) 땅에서 생산한 등나무로 만든 종이, 기蘄(호북 기주) 땅에서 생산한 대나무로 만든 물건, 촉蜀(사천 성도) 땅에서 생산한 채색 비단[錦], 오吳(강소 소주) 땅에서 생산한 무늬 비단[綾] 따위도 모두 이렇게

---

1) 도독부는 평안남도 팽원(안주)에 설치된 안북대도호부로 추정된다.
2) 공암촌孔巖村은 맹성 남쪽 경내에 있는 공암산孔巖山 자락 마을로 보인다.

고생고생하여 만들었을 것이다.

옛사람이 이런 말을 하였다.

"「농부를 불쌍히 여기다[憫農]」[3]라는 시가 있다.

그 누가 알아주랴?	誰知盤中飱 ○○○○○
	1 5 2 3 4 수지반중손
소반의 저녁밥이	｜누가｜알까｜소반｜속｜저녁밥을｜
한 톨 한 톨	粒粒皆辛苦 ●●○○○
	1 2 3 4 5 립립개신고
농부의 피땀인 줄을	｜쌀알｜쌀알이｜모두｜수고｜고생이다｜

이 시는 참으로 어진 자가 남긴 말이다."

내가 처음 맹성 수령이 되었을 때, 절구로 시 한 수를 지었다.[4]

치천[5]은 허리에 관인 차고	稚川腰綬白雲邊 ●○○●●○◎
	1 1 4 3 5 5 7 치천요수백운변
백운산 가에서	｜치천이｜허리 차고｜인장 끈｜백운｜가에서｜
손수 단사[6]를 캐어	手探丹砂欲學仙 ●●○○○●◎
	1 4 2 2 7 6 5 수채단사욕학선
신선술 배우려 했다는데	｜손수｜캐서｜단사｜하려 했다｜배우려｜신선｜
나도 우습게	自笑驚蛇餘習在 ●●○○○●●
글씨[7] 익히던 버릇 남아선지	1 7 2 3 4 5 6 자소경사여습재
	｜혼자｜웃으니｜놀란｜뱀｜남은｜버릇｜있음｜

---

3) 당나라 시인 이신李紳(772~846)의 「민농憫農」이라는 오언고시(4구)의 3, 4구이다. 다른 본에 앞 구 '知'가 '念'으로, '飱'이 '餐'으로 되어있다.

4) 『동문선』에 「처음 맹주에 부임하니 공묵을 만드는 곳이다[初到孟州造貢墨處]」라는 제목으로 실려있다. 1구 '稚'가 '雉'로, 2구 '學'이 '訪'으로 되어있다.

5) 치천稚川은 포박자抱朴子로 알려진 동진 도사 갈홍葛洪(283~363)의 자이다. 동한 이래로 전해진 연단煉丹과 수도의 술법을 연구하여 『포박자』라는 저술을 남겼다.

6) 단사丹砂는 도가에서 장생불사를 위해 먹는 단약의 원료이다.

수령[8]이 되어서도
푸른 송연 먹[10]을 만들었어라

左符猶管碧松烟 ●○○●●○○[9]
1 3 7 4 5 6　좌부유관벽송연
좌부 들고│외려│맡았다│푸른│솔│그을음

文房四寶, 皆儒者所須, 唯墨成之最艱. 然京師萬寶所聚, 求之易得,
故人人皆不以爲貴焉. 及僕出守孟城, 承都督府符, 造供御墨五千挺,
趁春月首納之. 乘遽到孔巖村, 驅民採松烟百斛, 聚良工躬自督役, 彌
兩月云畢. 凡面目衣裳, 皆有烟煤之色. 移就他所, 洗浴良苦, 然後還
城. 是後見墨雖一寸, 重若千金不敢忽也. 因念世人所受用, 如剡藤·
蘄竹·蜀錦·吳綾, 皆類此. 古人云"憫農詩, ‘誰知盤中飱, 粒粒皆辛
苦’, 誠仁者之語也." 僕始得孟城, 作一絶云"稚川腰綬白雲邊, 手採
丹砂欲學仙. 自笑驚蛇餘習在, 左符猶管碧松烟."

※ 이인로가 맹성 수령으로 부임했을 때 벌어진 일화이다. 송연 100말
을 채취하고 꼬박 두 달 동안 먹을 만드느라 온몸이 그을음 범벅이
되었다고 한다. 임금께 진상할 물건을 제작하는 일을 지방 수령이

7) 경사驚蛇는 필법을 이른다. 본래 놀라서 민첩한 기세로 사라지는 뱀처럼 생기 있
   는 글씨를 일컫는다. 회소懷素가 서법을 말하면서 "내가 여름 구름에 많은 기이
   한 봉우리를 보고 배워서 썼다. 그래서 통쾌하게 써진 부분은 마치 새가 날아서
   숲에 들어가고 뱀이 놀라 풀숲에 들어가는 듯하다."라고 하였다. 『묵지소록墨池
   璅錄』.
8) 좌부左符는 수령을 의미한다. 수령이 둘로 나눈 부절 왼쪽 조각을 지니고 부임하
   였기에 이렇게 이른다.
9) □평기평수 구식을 사용한 칠언절구시이다. 하평성 ‘선先’ 운에 맞추어 ‘邊, 仙, 烟
   으로 압운하였다.
10) 벽송연碧松烟은 소나무 그을음으로 만드는 송연묵松煙墨을 이른다. 고려시대에 맹
   성에서 임금에게 올리던 특산물이다.

거역할 수는 없다. 서예를 좋아한다는 소문이 알려져 마침내는 맹성 수령으로 부임해서까지 이런 수고를 떠맡게 되었다고 겨우 푸념하는 것으로 족할 뿐이다. 그런데 이런 고생을 겪고 나니 고달픈 노동을 피할 수 없는 백성이 겪는 애환을 깨닫게 되었다고 고백하였다. 앞에 소개한 시는 그 깨달음의 속내를 보인 것이다.

절구의 시에서 이인로는 갈홍 일을 먼저 말하고 이를 토대로 자기 이야기를 끌어내었다. 흥興의 수법과 유사하다. 신선 술법에 심취한 갈홍이 수령으로 교지에 가서 불사약을 만들 마음을 먹은 것과 서법에 심취한 자신이 맹성 수령이 되어 먹을 제작한 것이 같다고 보았다. 갈홍은 베트남 북부 교지에서 불사약 원료인 단사가 생산된다는 말을 들었다. 그래서 327년에 구루 수령을 자원했다. 가까운 곳에서 단사를 채취하여 불사약을 만드는 법을 익힐 생각이었다. 그런데 부임하는 길에 광주에서 만난 등악鄧岳에게 더 좋은 장소로 나부산을 추천받았고, 그 말에 따라 걸음을 멈추고 나부산에서 수련하다가 363년에 향년 81세로 생을 마쳤다고 한다.

조선 먹 조각

5.7cm×4.0cm×0.8cm
국립중앙박물관(신수 20611)

상4. 최당이 개익의 글씨를 잃어버리다

"취한 회소의 놀란 뱀 글씨는 멀리 사라져버렸네"

계림雞林(신라) 사람 김생金生[1]은 붓놀림이 귀신같아서 초서로도 행서로도 규정할 수 없는 글씨를 완성하여 여러 서예가가 이루어놓은 57종 서체[2]에서 멀리 벗어났다.

우리 고려에서는 화엄대사華嚴大士 경혁景赫[3]과 추부樞府(중추원) 김입지金立之[4]가 초서로 명성을 떨쳤다. 다만 송나라 서예가 중익仲翼과 주월周越[5]처럼 속된 기운을 씻어내지는 못하였다.

의종 말년에 금나라에서 온 사신 개익盖益은 글씨 기세가 기일奇逸하였다. 청하淸河(최씨 관향) 사람 최당崔讜[6]이 이를 구입하여 항상 벽에 걸어두고 감상하였다. 그러던 중이었다. 어떤 사람이 이 글씨를 빌려가서 감상한 뒤에 진품을 차지하고는 비치는 종이를 덧대어 베낀 가짜를 돌려주었다.

---

1) 김생金生(711~791)은 신라 서예가이다. 여러 서체에 능하여 해동서성海東書聖으로 불렸다.
2) 57종 서체는 김생 시대에 학습하던 명필 57인의 서체를 이른 듯하다.
3) 화엄대사華嚴大士 경혁景赫은 서법에 능한 고려 승려이다. 생몰년과 행적 등이 알려지지 않는다.
4) 김입지金立之(?~1170)는 김부식의 아들 김돈중金敦中이다. 입지立之는 자이다. 1144년 과거에 급제하였다.
5) 중익仲翼과 주월周越은 북송 인종 때 서예가이다. 초서에 능하여 명성을 얻었다. 그러나 육유陸游는 두 사람 모두 속된 기운을 씻어내지 못했다고 평하였다. 육유, 『노학암필기老學庵筆記』.
6) 최당崔讜(1135~1211)은 최유청崔惟淸의 아들이다. 동중서문하평장사에 올랐다. 1198년에 치사하고 영창리靈昌里에 쌍명재雙明齋를 마련하였다. 이후 아우 최선崔詵 등 아홉 사람과 해동기로회를 결성하였다. 『졸고천백 해동후기로회서海東後耆老會序』.

이때 학사 최당은 동산東山(소식)의 아래 시를 외면서 웃음을 지을 뿐 더 따져 묻지 않았다.[7]

땅에 그린 떡이
꼭 비슷하진 않아도
어린아이가
군침 흘리게 하면 되리라

畫地爲餠未必似 ●●○●●●
2 1 4 3 7 5 6　화지위병미필사
|그려| 땅에| 짓되| 떡을| 않아도| 꼭| 같지|

要令癡兒出饞水 ●●○○●●
7 3 1 2 6 4 4　요령치아출참수
|요한다| 시켜| 어린| 아이| 냄| 군침을|

내가 이 이야기를 듣고 나서 장난삼아 절구로 시 한 수를 지었다.

소자운의 봄 지렁이 글씨처럼
대강 줄을 이뤘을 뿐[8]
취한 회소의 놀란 뱀 글씨는
멀리 사라져버렸네[9]
꿈에서 깨어
누가 얻은 사슴인가 모르고[10]

子雲春蚓謾成行 ●○○●●○○
1 1 3 4 5 7 6　자운춘인만성항
|소자운| 봄| 지렁이로| 대강| 이루고| 줄을|

醉素驚蛇去渺茫 ●●○○●●◎
1 2 3 4 5 5　취소경사거묘망
|취한| 회소| 놀란| 뱀| 갔다| 아득한 데로|

夢覺不知誰得鹿 ●●○○●●
1 2 7 6 3 5 4　몽교부지수득록
|꿈| 깨어| 못하고| 알지| 뉘| 얻었나| 사슴|

---

7) 소식의 「미불의 이왕 글씨 발미에 차운하여 짓다[次韻米黻二王書跋尾]」라는 칠언고 시 8구의 3, 4구이다.

8) 소자운蕭子雲(487~549)은 남조 양梁나라 인물이다. 『진서 왕희지전王羲之傳』, "겨우 글자 모양을 이루었을 뿐 장부의 기세가 없어 줄마다 봄 지렁이를 감아놓은 듯 하고 글자마다 가을 뱀을 얽어놓은 듯하다."

9) 회소懷素(725~785)는 당나라 승려이다. 자는 장진藏眞이다. 만취하여 광초狂草를 쓴 것으로 유명하다. 경사驚蛇는 민첩한 기세로 사라지는 놀란 뱀처럼 생기 있는 글씨를 이른다. (상-3 참조)

10) 건망증이 심한 정나라 사람이 자신이 잡은 사슴을 숨겨두고는 꿈에서 일어난 일로 착각하는 바람에 다른 사람에게 빼앗겨 소송을 벌이게 되었다고 한다. 『열자 주목왕周穆王』.

길이 많다고 탄식만 하다가
양을 잃었어라[12]

路多空嘆竟亡羊 ●○○●●○[11]
1 2 3 4 5 6 　로다공탄경망양
길 많아 괜히 탄식하다 결국 잃다 양

鷄林人金生, 用筆如神, 非草非行, 迴出五十七種諸家體勢. 本朝華
嚴大士景赫·樞府金公立之, 以草擅名. 然未免仲翼·周越之俗氣. 毅
王末年, 大金使人蓋益, 筆勢奇逸. 淸河崔讜購得之, 常掛壁以賞之.
有人借觀, 留其眞迹, 而影寫還之. 學士誦東山詩, "畫地爲餠未必似,
要令癡兒出饞水", 笑而不問. 僕聞之戲爲絕句, "子雲春蚓謾成行, 醉
素驚蛇去渺茫. 夢覺不知誰得鹿, 路多空嘆竟亡羊."

※ 김생은 신라 최고 명필이고, 경혁과 김입지는 고려 명필이다. 이
들과 함께 소개한 금나라 사신 개익도 당시에 명필로 특별하게 인정
받았음을 알 수 있다. 최당이 소유한 개익 글씨를 누군가 탐내어 훔
친 것이 이런 사정을 말해준다. 다만 개익이라는 인물은 다른 기록
에 보이지 않는다. 그 글씨 수준도 확인할 길이 없다.

　최당은 개익의 글씨를 타인이 가짜로 바꿔치기했음을 알면서도 태
연하게 웃음을 지었을 뿐이다. 세상에서 빼어난 물건은 홀로 소유
할 수 없는 것임을 알았던 것일까? 비록 가짜 글씨만 남았을 뿐이나
그런대로 사람들에게 감동을 줄 만큼은 된다고 에둘러 말했다. 해

---

11) □평기평수 구식을 사용한 칠언절구시이다. 하평성 '양陽' 운에 맞추어 '行, 茫, 羊'
　　으로 압운하였다.

12) 전국 시대에 양자楊子의 이웃이 양을 잃어 쫓아갔으나 갈림길이 많아서 찾지 못
　　했다고 한다. 『열자 설부說符』.

학과 여유가 돋보인다. 그런데 그런 태도를 이인로는 거꾸로 익살스럽게 시로써 놀려주고 있다. '봄 지렁이'와 '놀란 뱀'은 '나약한 글씨'와 '경쾌한 글씨'를 빗댄 말이다. 여기에는 '연약한 지렁이가 꿈틀거리며 대강 줄지어 늘어선 듯이 초라한 가짜 글씨만 남았을 뿐, 놀란 뱀처럼 힘 있고 생동하는 진짜 글씨는, 마치 뱀이 숲속으로 쏜살같이 사라진 듯이 아득히 멀리 사라지고 말았다'라는 의미를 내포하고 있다. 재미있는 표현이다. 사슴과 양을 잃었다는 것은, 최당이 어리숙하여 개익 작품을 잃어버리고 말았다고 빗대어 놀린 것이다.

상5 함순이 여종을 소와 바꾸다,
"검은 모란이 난간 곁에 남았을 뿐이어라"

항양恒陽(함씨 관향)[1] 사람 함자진咸子眞(함순)[2]이 관동關東 수령으로 나
갔을 때다. 누구보다 사납고 질투가 많았던 그의 부인 민씨閔氏는 마
침 그곳에 자색이 빼어난 여종이 있는 줄을 알고 가까이 지내지 말라
고 하였다.

"그것은 너무 쉬운 일이지."

함자진은 이렇게 대꾸하였다. 그리고 마침내 여종을 고을 사람에
게 보내고 그가 소유한 소와 바꾸어서 길렀다고 한다. 내가 이 이야
기를 듣고 장난삼아 절구로 시 한 수를 지었다.

호숫가 꾀꼬리는 날아가
　　아득히 오지 않고[3]
강둑에서 잃은 패옥은 차가워져
　　되찾기 힘드네[4]

湖上鶯飛杳不還 ○●○○●●○
1 2 3 4 5 7 6　　호상앵비묘불환
호수 위 꾀꼬리 날아 아득히 않고 오지

江皐佩冷欲尋難 ○○●●●○○
1 2 3 4 6 5 7　　강고패랭욕심난
강 둑 패옥 차가워 싶으나 찾고 어렵다

---

1) 항양恒陽은 양평 양근陽根의 옛 지명이다.
2) 함자진咸子眞은 함순咸淳(1155~1211)이다. 죽림고회 일원이다. 양양襄陽 지역에서 익
　령 현위翼嶺縣尉를 지낸 적이 있다.
3) 호상앵湖上鶯은 '호숫가 꾀꼬리'이다. 당나라 융욱戎昱이 사랑하는 여인을 빗댄 것
　이다. 사랑하는 여인을 상급자 한황韓滉이 기녀 명부에 올리겠다고 하자, 융욱이
　노래를 지어 부르게 했다. 다행히 노래를 들은 한황이 감동하여 즉시 여인을 돌
　려보냈다고 한다. 『고금사문류취 거기복귀去妓復歸』.
4) 강고패江皐佩는 '강둑 패옥'이다. 주나라 정교보鄭交甫가 한고대漢皐臺 아래에서 만
　난 여인을 빗댄 것이다. 그는 강가를 노닐다가 화려한 옷에 큰 구슬을 찬 두 여

41

동산 복숭아와 골목 버들은
지금 어디에 있나?[5]
검은 모란[6]이
난간 곁에 남았을 뿐이어라

園桃巷柳今何在 ○○●●○○●
　　1 2 3 4 5 6 7　　원도항류금하재
|동산|복숭아|골목|버들|지금|어디|있나|

只有欄邊黑牧丹 ●●○○○●◎[7]
　　1 7 2 3 4 5 5　　지유란변흑목단
|단지|있다|난간|가의|검은|모란이|

　그러나 당시에 오가는 길이 막혀서 이 시를 우통郵筒에 넣어 부치지 못했었다.

　그렇게 20여 년이 지난 어느 날이다. 함자진이 홍도정[8] 마을에 있는 집에 새로 세 들어 온 것이다. 우리 집과 담장이 닿고 골목이 이어져 있는 곳이어서 아침저녁으로 만나게 되었다. 한번은 그가 내게 시 원고를 보여달라고 청하기에 한 통을 꺼내서 보여주었다. 이를 읽어가던 함자진은 중간에 "벗이 부인에게 구박을 당하여 첩과 소를 바꾸었다는 말을 듣다[聞友人爲郡君所迫以妾換牛]"라는 제목으로 실린 시를 발견하고, 깜짝 놀라 나에게 넌지시 물었다.

　"이것이 누구 이야기요?"

인을 만나 구슬 하나를 선물로 받았다. 그러나 몇 걸음 만에 구슬과 두 여인이 동시에 사라졌다고 한다. 『열선전 강비이녀江妃二女』.

5) 원도항류園桃巷柳는 '동산 복숭아와 골목 버들'이다. 한유의 여인 강도絳桃와 유지柳枝를 빗댄 것이다. 822년에 진주鎭州로 가던 한유가 수양역壽陽驛을 지나다가 두 여인이 그리워 이렇게 읊었다. "동산 복숭아와 골목 버들을 볼 수 없는데, 말머리에 오직 둥근 달뿐이네[不見園花兼巷柳, 馬頭惟有月團團.]" 『당어림唐語林』 권6.

6) 흑목단黑牧丹은 '검은 모란'이다. 물소를 빗대었다. 당나라 장안 부호 유훈劉訓이 손님을 맞아 모란꽃을 구경할 때, 앞에 매둔 물소를 가리키며 "이것이 유씨 집안 검은 모란이다"라고 하였다. 『감주집紺珠集 흑목단黑牧丹』.

7) □측기평수 구식을 사용한 칠언절구시이다. 상평성 '산刪' 운과 통운에 해당하는 상평성 '한寒' 운에 맞추어 각각 '還'과 '難, 丹'으로 압운하였다.

8) 홍도정紅桃井은 개경에 있던 우물 이름이다. 지명으로 쓰였다. 이인로가 살던 곳이다.

"그대를 말한 것이오."

내가 웃으며 대답하였다. 함자진이 다시 이런 말을 하였다.

"그렇군요. 그러나 이 일은 규방 안에서 한때 일어난 장난일 따름이었소. 조롱하면서 비평하지는 말아야 할 것이오. 하지만 나에게 이런 일이라도 있지 않았다면, 내가 무엇으로 선생이 시명詩名을 만고에 떨치도록 도울 수 있었겠소?"

부인 민씨가 함자진보다 먼저 세상을 떠났다. 그는 홀아비로 8년을 더 살면서도, 내내 다른 여인을 가까이하지 않았다. 행실이 독실한 군자라 말할 수 있다.

恒陽子眞出倅關東. 夫人閔氏悍妬無比, 有女隸頗姿色, 勿令近之. 子眞曰 "此甚易耳." 乃與邑人換牛蓄之. 僕聞之戲成一絶, "湖上鶯飛杏不還, 江皐佩冷欲尋難. 園桃巷柳今何在, 只有欄邊黑牧丹." 然道阻不得附郵筒. 其後二十餘年, 子眞新僦屋紅桃井里, 與僕連墻接巷, 旦夕相從. 請觀僕詩藁, 以一通出示之. 讀之半, 有題云 "聞友人爲郡君所迫, 以妾換牛". 子眞愕然, 徐曰 "是誰耶?" 僕笑曰 "公是已." 子眞曰 "有是哉. 然閨闈間一時戲耳. 雖勿嘲評可也, 不如是, 何以助先生萬古詩名?" 閔氏先子眞死, 鰥居八載, 猶不邇色, 可謂篤行君子.

※ 애처가 함순이 겪은 일화이다. 함순이 관동 수령으로 나갔을 때 벌어진 일과 20여 년이 지난 뒤에 이인로를 만나 이를 회상하던 일

을 이야기했다. 함순이 처음에 수령으로 부임한 관아에 마침 미모가 대단한 여종이 소속되어 있었다. 질투가 많던 아내 민씨의 심기가 편치 않음을 알고 그는 곧장 여종을 고을 사람 집으로 내보내고 소를 대신 얻어 길렀다고 한다. 신분제 굴레에 걸려 자기 운명을 스스로 결정하지 못한 하층 여인이 겪어야 했을 고달픔이 엿보인다.

이인로는 함순이 아내 경고를 무시할 수 없어 마지못해 미인을 멀리 보낸 사실에 착안하여 이 사건을 익살스럽게 시로 읊어냈다. 날아간 호숫가 꾀꼬리는 당나라 융욱이 상관에게 빼앗긴 여인을 상징하고, 강둑에서 잃어버린 패옥은 주나라 정교보 앞에서 사라져버린 두 여인을 상징하고, 동산 복숭아나무와 골목 버드나무는 한유가 멀리서 연모하던 두 여인을 상징한다. 세 가지 사례는 모두 아내 등쌀에 여인을 멀리 보낸 함순이 느꼈을 심경을 장난스레 빗대어 말한 것이다. 훗날 이 시를 본 함순은 혹여 사적이고 내밀한 부부간 이야기가 구설에 오를까 봐 저어하면서도, 이인로가 보여준 재치 있고 뛰어난 창작 솜씨에 탄복하지 않을 수 없었다.

상6. 한가위 달빛을 읊조리다

"가을바람이 덮인 구름을 거둬가고 이슬이 곱게 씻어주어"

장원으로 급제한 황빈연黃彬然[1]이 8월 중추에 옥당에서 근무할 때다. 구름 한 점 없는 높은 하늘에 달빛이 대낮처럼 비추고 있었다. 이를 시로 읊어 옥당 동료 오세문吳世文[2]에게 보여주었다.

계월 맹월의 중간	季孟中間朔 ●●○○●
중춘 중추는[3]	1 2 <u>3</u> <u>3</u> 5　계맹중간삭
	|계월과|맹월의|중간|달은|
덥고 서늘함이	炎凉一樣天 ○○●●◎
비슷한 계절인데	1 2 3 4 5　염량일양천
	|덥고|차가움이|한|가지|날씨인데|
중춘 밤은	春宵何闃寂 ○○○●●
어찌 고요하고	1 2 3 4 5　춘소하격적
	|봄|밤은|어찌|고요하고|적막하고|
중추 밤은	秋夕獨喧闐 Ŏ●●○○
유독 분답한 것인가?	1 2 3 4 5　추석독훤전
	|가을|밤은|홀로|시끄럽고|떠들썩한가|
달빛이야	月色應同爾 ●●○○●
응당 같으나	1 2 3 4 5　월색응동이
	|달|빛은|응당|똑같이|그러하나|

---

1) 황빈연黃彬然은 의종 10년(1156)에 장원으로 급제한 황문장黃文莊의 별칭으로 추정된다.

2) 오세문吳世文은 오세재吳世才(1133~?)의 형이다. 의종 6년(1152) 승보시에 장원으로 급제하였다.

3) 계季는 계월季月에 해당하는 계춘 3월과 계추 9월을 이르고, 맹孟은 맹월孟月에 해당하는 맹춘 1월과 맹추 7월을 이른다. 그 중간 달은 중춘 2월과 중추 8월이다.

사람 마음이	人心所使然 ○○●●◎
그런 것이겠지	1 2 5 3 4　인심소사연
	사람 마음이 바이다 하여금 그렇게 한
그대가	知君能決事 ○○○●●
판결에 능하다는데	5 1 2 4 3　지군능결사
	아는데 그대가 능히 판결함을 일을
어느 풍경이	此景果誰先 ●●●○◎[4]
과연 나은가?	1 2 3 4 5　차경과수선
	이 풍경은 과연 무엇이 앞서나

곰곰이 음미해보니 이치와 정취가 풍부한 시다. 오세문의 화답시
는 찾을 수 없다. 이제 내가 그의 입장으로 화답하는 시를 지어본다.

달님은	月輪當一歲 ◉○○●●
해마다	1 2 5 3 4　월륜당일세
	달 바퀴가 당하여 한 해를
열하고도	十有二回圓 ●●●○○
두 번 차는데	1 2 3 4 5　십유이회원
	열에 또 두 번 둥근데
중추에 이르러	底事秋將半 ●●○○●
무슨 일로	1 2 3 4 5　저사추장반
	어떤 일로 가을이 장차 중반일 때
하늘에서 빛남이	流天影自偏 ○○●●◎
절로 유별날까?	2 1 3 4 5　류천영자편
	흐르는 하늘에 빛이 절로 유난스럽나
가을바람이	金風收掩翳 ○○○●●
덮인 구름을 거둬가고	1 2 5 3 4　금풍수엄예
	가을 바람이 거두고 가리고 덮인 것을
이슬이	玉露洗嬋姸 ●●○○◎
곱게 씻어주어	1 2 5 3 4　옥로세선연
	옥 이슬이 씻어 곱고 곱게

---

4) □측기측수 구식을 사용한 오언율시이다., 하평성 '선先' 운에 맞추어 '天, 圓, 然,
先'으로 압운하였다.

봄날 밤과
그래서 다름을
시에 담아
자세히 전해주네

故與春宵異 ●●○○●
1 4 2 3 5 고여춘소이
|그러므로|더불어| 봄 | 밤과 | 다름을 |

憑詩子細傳 ○○●●○5)
2 1 3 3 5 빙시자세전
|기대어| 시에 |자세히| 전하다 |

黃壯元彬然, 中秋直玉堂, 長空無雲, 月華如畫. 作詩示同局吳公世文, "季孟中間朔, 炎涼一樣天. 春宵何闃寂, 秋夕獨喧闐. 月色應同爾, 人心所使然. 知君能決事, 此景果誰先."玩味之深有理趣. 不見和篇, 今用其意答之, "月輪當一歲, 十有二回圓. 底事秋將半, 流天影自偏. 金風收掩翳, 玉露洗嬋妍. 故與春宵異, 憑詩子細傳."

※ 청정한 8월 한가위에 목격하는 달빛 밝은 밤 풍경은 아름답다는 말로 부족하다. 물리적 아름다움과는 별개로 감정을 건드리는 무언가가 그 속에 있다. 소개한 시 두 수는 이 점에 주목했다. 황빈연이 지어서 오세문에게 보인 시와 이 시에 차운한 이인로의 시이다. 언제나 한결같은 달빛이 한가위에는 유독 사람 마음을 들썩이게 하고 사람 기척이 많아지게 만듦은 어째서인가 하고 황빈연이 먼저 물음을 던졌다. 그러면서 자기 마음은 감추어놓은 듯하지만, 달빛에 설레는 시인의 속마음이 시 속에서 잔잔하면서도 오히려 선명하게 드러나고 있다.

---

5) □평기측수 구식을 사용한 오언율시이다. 하평성 '선先' 운에 맞추어 '圓, 偏, 妍, 傳'으로 압운하였다.

중춘과 중추는 날씨 차이가 크지 않다. 하지만 각각 떠오른 달은 사람 마음에 사뭇 다른 반향을 일으킨다. 인간에게 축적된 오랜 경험이 선험적 감각으로 작동하면서 빚어진 차이일 것이다. 황빈연 생각이 그랬다. 그래서 자기 생각을 말하고 오세문에게 의견을 구한 것이다. 한 세대 후배로 옥당에 들어간 이인로도 선배가 남긴 이 질문에 주저 없이 의견을 내놓았다. 이인로는 시선을 돌려 바람과 이슬 역할에 착안했다. 가을바람이 불어주고 옥처럼 영롱한 가을 이슬이 씻어주어 빚어낸 청정한 가을 하늘이 중추 달빛을 더욱 화사하게 돋보여준다는 새로운 견해를 보탠 것이다.

상7. 장단 앙암사를 떠나며

"푸른 파도를 앞에 밟고 비취 바위 뒤에 기댄 법당이여"

단주滁州(파주 장단) 북쪽에 있는 앙암사仰岩寺는 도성에서 거리가 멀지 않으면서도 산수 풍광이 기이하여 그윽한 운치가 심원하게 깃든 곳이다.

내가 예전에 농서隴西(이씨 관향) 사람 이담지李湛之[1]와 그곳에 가서 독서를 한 적이 있다. 매일같이 날이 저물 무렵이면 난간에 기대어 경치를 실컷 구경하였다. 고깃배 불빛이 깜박거리고 구름과 안개가 담박하게 내려앉은 사이로 서로 이어진 초가지붕들이 눈에 들어와서, 마치 내가 무릉도원에 있는 듯한 기분이 들고는 하였다.

절에서 돌아오게 되었을 때다. 연로하신 주지 스님이 옷자락을 잡아당기면서 시 한 수를 남기라고 정성스럽게 부탁하였다. 그래서 벽 위에 이런 시를 적어놓았다.[2]

푸른 파도를 앞에 밟고
비취 바위 뒤에 기댄 법당이여
쓸쓸한 갈대밭에
소나무 삼나무가 절반이라오
사영운은 유람 흥취를
나막신 한 켤레로 달래었고[3]

前壂滄波後翠岩 ○●○○●●◎
1 4 2 3 7 5 6　전압창파후취암
앞 밟고 푸른 파도 뒤 두고 비취 바위

蕭蕭蘆葦半松杉 ○○○●●○◎
1 1 3 3 5 6 7　소소로위반송삼
쓸쓸한 갈대밭 절반 소나무 삼나무이다

謝公遊興唯雙屐 ●○○●○○●
1 1 3 4 5 6 7　사공유흥유쌍극
사공은 유람 흥에 오직 쌍 나막신이고

---

1) 이담지李湛之는 죽림고회竹林高會의 일원이다.
2) 『동문선』에 「앙암사仰巖寺」라는 제목으로 실려있다. 3구 '遊'가 '遺'로 되어있다.
3) 사영운謝靈運(385~433)은 나막신을 신고 산수 유람하기를 좋아한 남북조 시대 시

고향 그리운 장한[4]은

한 척 돛단배에 바람 채웠어라

나도 구산[5]에서

흰 학을 타고 날기를 바랄 뿐

분포에서 푸른 적삼에

눈물짓긴 싫은데[6]

십주와 삼도[7]를

두루두루 노닐다가

표연히 범인으로 돌아가려니[8]

홀로 부끄러워질 뿐이어라

張翰歸心滿一帆 ◑●○○●●◎
1 3 4 5 7 6 장한귀심만일범
｜장한은｜귀향｜생각에｜바람 채웠다｜한｜돛｜

只要緱山鞭皓鶴 ●●○○○●●
1 7 2 2 6 4 5 지요구산편호학
｜단지｜요하니｜구산에서｜몰기를｜흰｜학을｜

不須湓浦泣靑衫 ◑○◑●●○◎
7 6 1 1 5 3 4 불수분포읍청삼
｜않다｜요하지｜분포서｜울길｜푸른｜적삼에｜

十洲三島遊遨遍 ◑○◑●●○●
1 1 3 3 5 5 7 십주삼도유오편
｜십주와｜삼도에서｜노닐기를｜두루 하다가｜

自愧飄然骨換凡 ●●○○●●◎[9]
1 7 2 2 4 6 5 자괴표연골환범
｜혼자｜부끄럽다｜표연히｜몸｜바뀜｜범골로｜

그 이후로 20년이 지났을 때, 함자진(함순)이 남쪽 고을을 안찰하다가 지친 몸을 쉬려고 이 절에 들어갔었다. 그때 보니 이전에 시를 적어놓은 벽 절반이 훼손되어 있었다. 게다가 먼지가 덮이고 이끼도 끼어서 글자를 거의 읽을 수 없었다. 함자진이 곁에 있던 사람에게 말하였다.

인이다.

4) 장한張翰은 서진 사람이다. 가을에 고향 순채국과 농어회가 그립다고 하면서 즉시 벼슬을 버리고 귀향하였다.

5) 구산緱山은 주나라 태자 진晉이 신선이 되어 학을 타고 날아갔다고 전해지는 곳이다.

6) 분포湓浦는 당나라 시인 백거이白居易가 좌천되어 있을 때, 배에서 나이 든 기녀가 연주하는 비파 소리를 듣고 눈물을 흘려 적삼을 흥건히 적셨다는 곳이다.

7) 십주十洲와 삼도三島는 바다 가운데 있다는 신선이 사는 곳이다.

8) 선인이 범인으로 환골하는 것은 선골仙骨이 범골凡骨로 바뀜을 이른다. 범인이 신선이 된다는 환골換骨이라는 말을 거꾸로 쓴 것이다.

9) ▢측기평수 구식을 사용한 칠언율시이다. 하평성 '함咸' 운에 맞추어 '嵒, 杉, 帆, 衫, 凡'으로 압운하였다.

"비단 천을 씌워서 보호하지는 않았으나, 회칠해서 지우는 것도 하지 않았구려. 천만다행이오."

곧 시판詩板을 설치하고 직접 발문을 적어 넣었다. 승려들에게도 훼손되지 않게 해달라고 부탁하였다.

湍州北仰岩寺, 距皇都不遠, 山奇水異, 窅然有幽奇之致. 僕與隴西湛之, 嘗讀書於此. 每日暮憑欄縱目, 漁火明滅, 雲沉烟澹, 茅茨聯屬, 如在武陵源上. 將還, 主老挽裾, 請留一字勤懇. 因題壁上云 "前壓滄波後翠岩, 蕭蕭蘆葦半松杉. 謝公遊興唯雙屐, 張翰歸心滿一帆. 只要緱山鞭皓鶴, 不須溢浦泣青衫. 十洲·三島遊遨遍, 自愧飄然骨換凡." 其後二十年, 子眞出按南州, 倦行入憩於是寺. 其詩壁半毀, 塵侵苔蝕, 幾不可讀字. 謂傍人, "雖不以紗籠護之, 不加堊焉, 幸矣." 卽設詩板, 親自跋之, 囑三剛勿令墮失.

※ 일과 여가의 균형은 누구나 꿈꾸는 바이다. 오래전에 사영운은 나막신 한 켤레로 산수 유람을 즐겼고, 장한은 집밥이 그립다는 이유만으로 사직하고 떠났다. 속세를 떠난다는 것은 이렇게 마음만 먹으면 되는 단순한 일이다. 그러나 그 마음을 먹기가 생각만큼 쉽지 않다. 흰 학 타고 훨훨 떠나버린 자가 되고 싶으나 분포에서 눈물 흘리던 자 같은 미련이 없지 않은 것이다. 속세 번민을 잊게 하는 앙암사의 시간을 뒤로 하고 기어이 일상으로 돌아가야 하는 아쉬운 마음이 시에 묻어난다.

시에 사영운, 장한, 주나라 태자 진, 백거이 네 사람의 고사를 사용했다. 이로써 세속 일에 얽매이지 말아야 한다는 뜻을 전했다. 옛 고사와 표현으로 탈속한 심상을 시각화하고 이로써 독자를 자극하여 공감을 일으키려는 수법이다. 그러나 정작 자신은 탈속한 공간 십주와 삼도에서 신선처럼 지내다가, 이제 부득이 속세로 돌아가 범인이 되어야 한다고 아쉬움을 토로하고 있다.

상8. 대보름날에 등롱을 읊은 시
"시간이 갈수록 점점 옥 벌레가 살아나네"

원소元宵(대보름)에는 임금 보좌 앞에 진홍색 비단을 씌운 등롱을 걸어놓는다. 그리고 한림원(옥당)에 명하여 등롱시를 지어 올리게 한다. 그런 뒤에 장인을 시켜서 그 글자 모양으로 금박을 오려서 등에 붙였다. 지어 올린 시는 모두 대보름날 밤경치를 읊은 것이었다.

명종 때에 나도 옥당에 들어가 근무하게 되었다. 그래서 곧 등롱시 한 수를 지어 올렸다.[1]

바람이 가늘어	風細不敎金燼落 ○○●○○●●
	1 2 7 5 3 4 6 풍세불교금신락
금빛 불똥 떨구지 못하니	바람│가늘어│못하니│시켜│금│불똥│떨지
시간이 갈수록 점점	更長漸見玉虫生 ●○●●●○◎
	1 2 3 7 4 5 6 경장점견옥충생
옥 벌레(심지)[2]가 살아나네	시간│길어져│점점│본다│옥│벌레│나옴을
응당 알아야 하리라	須知一片丹心在 ○○○●●○○
	1 7 2 3 4 5 6 수지일편단심재
일편단심으로	응당│아니│한│조각│붉은│마음│있음을
우리 임금님[3]을 도와	欲助重瞳日月明 ●●○○●●◎[4]
	7 3 1 2 4 5 6 욕조중동일월명
해 달처럼 빛나게 할 뿐임을	싶다│도와서│겹│동자│해│달처럼│밝히고

---

1) 『동문선』에 「등석燈夕」이라는 제목으로 실려있다.
2) 옥충玉虫은 '옥 벌레'이다. 불타는 촛불 모양을 빗댄 말이다.
3) 중동重瞳은 임금을 이른다. 옛날 순舜은 눈에 눈동자 2개가 있었다고 한다.
4) □측기측수 구식을 사용한 칠언절구시이다. 하평성 '경庚' 운에 맞추어 '生, 明'으로 압운하였다.

임금께서 이를 크게 칭찬하셨다. 이때부터 사람들이 모두 등을 읊은 시를 짓게 되었다. 나로부터 시작된 것이다.

元宵黼座前, 設絳紗燈籠. 命翰林院製燈籠詩進呈, 使工人用金薄剪字帖之, 皆賦元宵景致. 明王時, 僕入侍玉堂, 卽製進云"風細不敎金爐落, 更長漸見玉虫生. 須知一片丹心在, 欲助重瞳日月明." 上大加稱賞, 是後皆詠燈, 自僕始.

※ 등롱시가 등롱 자체를 읊게 된 사연을 소개했다. 음력 1월 15일 정월 대보름은 원소절이다. 밤에 등을 밝혀서 등석燈夕이라고도 한다. 임금 보좌 옆에도 등롱을 매달고 시를 지어서 금박으로 글자를 오려 붙였다고 한다. 이전까지 등롱에 붙이는 시는 으레 대보름날 밤풍경을 읊은 것이었다. 이인로가 발상을 바꾸어 등롱 자체를 묘사한 시가 명종에게 칭찬을 받기 전까지 그랬다. 이후로 사람들이 이인로 시를 본떠 등롱을 묘사하여 읊게 되었다는 것이다.

상9. 옥당 관원의 임용 자격

"모두 장원으로 용문에 오른 인재라네"

옛날 인종 초기에 평장사를 지낸 허홍재許洪材[1]가 장원으로 급제하여 옥당에 들어가 근무하였다. 의종이 즉위한 뒤에 유희劉羲[2]와 황빈연도 잇달아 옥당에 들어갔다. 명종이 즉위한 뒤에는 이순우李純祐[3]가 가장 먼저 옥당 관원으로 이름을 알렸다. 재주가 부족한 나도 그 뒤를 이었다.[4]

최근에는 김군수金君綬[5]가 다시 내 뒤를 이어 옥당에 들어갔다. 그래서 내가 절구로 시 한 수를 지어 축하하였다.

십 년간 붓을 적셔[6]
제왕의 명[7] 기록했는데
그대가 뒤이어
봄 옥당에 들어와서 고마워라

十載含毫演帝綸 ●●○○●●○
1 2 4 3 7 5 6 십재함호연제륜
십 | 년 | 물고서 | 붓 | 폈는데 | 임금 | 말씀을

多君繼入玉堂春 ○○●●●○◎
7 1 2 6 3 3 5 다군계입옥당춘
감사하다 | 그대 | 이어 | 들어옴 | 옥당 | 봄에

---

1) 허홍재許洪材는 인종 12년(1134) 과거에 장원으로 급제하였다. 문장에 능하여 임금에게 총애받았다.

2) 유희劉羲는 의종 6년(1152) 과거에 장원으로 급제하였다.

3) 이순우李純祐(?~1196)는 의종 17년(1163) 과거에 장원으로 급제하였다. 병을 앓던 공예태후 임씨任氏가 쾌유하기를 비는 글을 지어 명종에게 총애받았다.

4) 이인로는 명종 10년(1180) 과거에 장원으로 급제하였다. 이후 문극겸이 천거하여 한림원과 사관에서 14년가량 근무하였다.

5) 김군수金君綬는 김부식의 손자이자 김돈중의 아들이다. 호는 설당雪堂이다. 명종 24년(1194) 과거에 장원으로 급제하여 한림원에 들어갔다.

6) 함호含毫는 '붓을 씀'을 이른다. 붓을 쓰기 전에 마른 붓끝을 입으로 빨아서 풀거나, 시문이나 그림을 구상하느라 골똘하여 붓을 입에 물고 있는 것을 이른다.

7) 제륜帝綸은 '제왕이 내린 명'을 이른다. 『예기 치의緇衣』, "왕의 말이 실[絲] 같아도, 입 밖에 나가면 위엄이 밧줄[綸] 같다."

꽃무늬 전벽돌[8]이 귀함을
이제야 알았으니
모두 장원으로
용문[10]에 오른 인재라네

如今始識花磚貴　○○●●○○○
1 1 3 7 4 5 6　여금시식화전귀
|이제야|비로소|아니|꽃|전벽돌|귀함을|

共是龍門第一人　●●○○●●◎[9]
1 7 2 2 4 4 6　공시룡문제일인
|모두가|이다|용문에 오른|첫째|사람|

┘ 昔仁王初, 許平章洪材, 以金榜首入侍玉堂. 毅王卽祚, 劉公羲·黃公
彬然, 相繼而入. 明王在宥, 李公純祐先鳴, 僕以不才繼之於後. 近有
金公君綏, 亦踵僕而入焉. 僕以一絶賀之, "十載含毫演帝綸, 多君繼
入玉堂春. 如今始識花磚貴, 共是龍門第一人." ┌

※ 옥당은 한림원을 일컫는 별칭이다. 왕명을 기록하는 부서라서 글
솜씨 좋은 인재를 선발하여 근무하게 한다. 인종 시기 허홍재, 의
종 시기 유희와 황빈연, 명종 시기 이순우와 이인로는 모두 과거에
장원으로 급제한 최고 인재들이다. 이순우는 명종의 모친 공예태
후 임씨任氏가 쾌유하길 비는 기도문을 지어 명성을 얻었다. 이인로
는 1180년 과거에 급제한 후 14년간 옥당에서 근무했다. 위 시는 김
군수가 자기 후임으로 옥당에 들어온 일을 축하하면서, 훌륭한 인
재로 채워지는 옥당의 위상을 자랑하였다. 옥당 관원의 자존감이 얼
마나 컸는지를 잘 보여준다.

---

8) 화전花磚은 '꽃무늬가 놓인 전벽돌'이다. 한림원, 곧 옥당을 일컫는 별칭으로 쓴
   다. 한림원 북쪽 뜰 앞길에 이를 깔았다고 한다.
9) □측기평수 구식을 사용한 칠언절구시이다. 상평성 '진眞' 운에 맞추어 '綸, 春, 人'
   으로 압운하였다.
10) 용문龍門은 중국 황하 상류에 있던 가파른 급류이다. 잉어가 이곳을 통과하면 용
    이 된다는 전설이 있다. 이 때문에 과거에 급제하면 용문에 올랐다고 한다.

상10. 김입지 부자의 묵죽화
"뿌리 줄기가 땅에서 돋았나 착각하게 만드네"

추부樞府의 김입지(김돈중)[1]는 시문을 잘 지었을 뿐만 아니라 대나무 수묵화에 특히 뛰어났다. 예전에 상강湘江[2] 언덕에 자란 두 무더기 대나무를 그려서 대종백(예부 상서) 최 상국崔相國[3]에게 바친 일이 있다. 대종백이 절구로 시 한 수를 지어 사례하였다.

선제(인종)께서 계실 때
살아있는 대라고 평하셨기에
몇 번이나 보고 싶어서
마음 간절했어라
두 무더기 대나무를
문득 서쪽 마루에 그려놓으니
뿌리 줄기가 땅에서 돋았나
착각하게 만드네[5]

先帝當年稱活竹	○●●○○●●
1 1 3 4 7 5 6	선제당년칭활죽
선제 계시던 해에 일컬어 산 대나무라	

幾回相憶謾含情	●○○●●○◎
1 2 3 4 5 7 6	기회상억만함정
몇 번 서로 생각나 괜히 품었다 그리움	

兩叢忽向西軒立	●○●●○○●
1 2 3 6 4 5 7	량총홀향서헌립
두 무더기 문득 향해 서쪽 마루 섰으니	

只恐根株發地生	●●○○●●◎[4]
1 7 2 3 5 4 6	지공근주발지생
단지 의심한다 뿌리 등걸 뚫고 땅 자랐나	

---

1) 김입지金立之는 상-4 참조.
2) 상강湘江은 장사를 지나 동정호로 이어지는 장강 지류이다. 대나무 숲과 아름다운 풍광으로 명성을 얻었다.
3) 최 상국崔相國은 김돈중이 급제한 과거에서 좌주座主를 맡았던 최유청崔惟淸을 일컬은 듯하다.
4) □측기측수 구식을 사용한 칠언절구시이다. 하평성 '경庚' 운에 맞추어 '情, 生'으로 압운하였다.
5) 대나무 두 무더기를 그린 그림을 서쪽 마루에 펼쳐두었더니, 땅을 뚫고 솟아오른 살아있는 대나무가 아닌가 하고 의심할 만큼 생기가 넘쳤다는 말이다.

장원으로 급제한 김군수가 바로 그의 아들로, 가법을 이어받아 대
나무 그리는 솜씨가 매우 절묘하다. 내가 전에 김군수와 함께 찰원察
院(어사대)에서 근무한 적이 있다. 찰원 안에 빈 병풍 하나가 있어, 여
러 사람이 그에게 대나무 한 줄기를 그리라고 요청하였다. 그리고 나
에게는 발문을 쓰라고 하였다. 나는 즉시 이런 시를 적어 넣었다.

설당거사 소식이[6)]
시로써 명성 떨치고

雪堂居士以詩鳴　●○○●●◎
　1　1　3　3　6　5　7　설당거사이시명
|설당의 |거사가 |로써 | 시 | 알려지고 |

먹을 유희하는 풍류가 있어
수묵 사생도 능했어라

墨戲風流亦寫生　●●○○●●◎
　1　2　3　3　5　6　6　묵희풍류역사생
| 먹 |유희 |풍류로|또한 |사생했다 |

멀리 생각하니
강남 문소소(문동)가[7)]

遙想江南文笑笑　○̇●○○○●●
　1　2　3　3　5　5　5　요상강남문소소
| 멀리 |생각하니|강남의 |문소소가 |

솜씨 한 갈래를 나누어
팽성 소식에게 보내준 것이라

應分一派寄彭城　○○●●●○◎[8)]
　1　4　2　3　7　5　5　응분일파기팽성
|응당 |나눠 | 한 |갈래를 |부쳤다 |팽성에 |

樞府金立之, 詞翰外尤工墨君. 嘗以湘岸兩叢, 獻大宗伯崔相國. 作
一絕謝之, "先帝當年稱活竹, 幾回相憶謾含情. 兩叢忽向西軒立, 只
恐根株發地生." 金壯元君綏卽其子也, 得其家法甚妙. 僕往與君綏同
在察院, 院中有素屛一張, 諸公請寫一枝, 使僕跋之. 卽題云 "雪堂居
士以詩鳴, 墨戲風流亦寫生. 遙想江南文笑笑, 應分一派寄彭城."

---

6) 설당거사雪堂居士는 소식蘇軾이다. 동파東坡 곁에 설당雪堂을 지어 이렇게 불린다.
7) 문소소文笑笑는 문동文同(1018~1079)이다. 소소笑笑는 호이다. 묵죽에 능하였다.
8) ㅁ평기평수 구식을 사용한 칠언절구시이다. 하평성 '경庚' 운에 맞추어 '鳴, 生, 城'
　으로 압운하였다.

※ 소식은 원풍 2년(1079)에 문동이 그린 대나무 그림을 감상하고 글을 남겼다.[9] 이 글에 따르면, 문동이 처음에는 대나무 그림을 부탁하는 사람들에게 주저 없이 그려주었다고 한다. 그랬더니 언젠가부터 사방에서 비단을 들고 찾아오는 사람들이 줄을 잇자, 점차 반가운 마음은 사라지고 괴로움이 앞선 듯하다. 하루는 문동이 비단을 내던지며 이렇게 외쳤다. "이 비단으로 발싸개를 만들 것이다." 나중에 소식에게 편지를 보내어 이렇게 말했다. "요새 사람들에게 '내 묵죽墨竹 그림 솜씨 한 갈래가 근래 팽성에 있소. 찾아가서 그림을 부탁할 수 있을 것이오'라고 말했소. 발싸개 재료가 그대에게 모이게 될 것이오." 자기 대나무 그림 솜씨를 소식이 제대로 배웠다고 인정하면서, 자기의 수고를 덜어달라고 청한 것이다. 당시 소식은 팽성에서 근무하고 있었기에, 자기 묵죽 솜씨 한 갈래가 이곳에 있다고 말한 것이었다.

　김입지도 묵죽에 뛰어났고, 아들 김군수도 가법을 물려받아 솜씨가 절묘했다. 이인로는 이를 문동과 소식의 관계로 바꾸어 말했다. 소식이 문동 솜씨를 나누어 받았다고 한 것은, 김군수가 김입지 솜씨를 물려받았음을 빗대어 말한 것이다.

---

9)　소식, 「문여가의 운당곡 누운 대나무 그림에 쓰다[文與可畫篔簹谷偃竹記]」.

상11. 안치민을 배운 이인로의 묵죽화

"전생에 문소소는 아니었나 스스로 의심해보네"

벽라노인碧蘿老人이 일찍이 나에게 수거사睡居士(안치민)[1]가 수묵으로 대나무를 그린 작은 병풍을 주었다. 병풍 뒷면에 태자소부 백거이가 지은 시구 하나가 적혀있다.[2]

좋은 바람과 안개를	管領好風烟 ●●●○○
거느리고서	4 5 1 2 3 　관령호풍연
	관리하여 거느려 좋은 바람과 안개를
범상한 풀과 나무를	欺凌凡草木 ○○○●●
낮추어보네	4 5 1 2 3 　기릉범초목
	깔보고 업신여긴다 보통 풀 나무를

필적이 더욱 기특하고 절묘한 것이었다. 내가 이를 학습하여 종이건 비단이건 병풍이건 족자이건 간에 보이는 곳마다 붓을 휘둘러서 그려보지 않은 데가 없다.

어느 날 혼자서 속으로 방불할 정도의 솜씨를 얻었다고 자부하면서 이런 시를 읊었다.

---

1) 수거사睡居士는 벼슬을 버리고 처사로 지낸 안치민安置民의 호이다. 자는 순지淳之, 호는 기암棄菴, 취수선생醉睡先生 등이다. 시에 뛰어나고 그림에 능하였다.
2) 당나라 시인 백거이(772~846)가 항주 자사로 근무하던 장경 3년(823)에 새로 자란 대나무를 보고서 창작한 「작은 다리 앞에 대나무가 새로 돋아 올라 시를 짓고 객을 부르다[題小橋前新竹招客]」라는 오언고시(16구)의 일부(11~12구)이다. 두 번째 구 '欺凌'이 '輕欺'로 되어있다.

(문동의) 남은 솜씨 한 갈래가
푸른 대나무 그림에 미쳤으니
전생에 문소소는 아니었나
스스로 의심해보네

餘波猶及碧琅玕　○○○●●○○
1 2 3 7 4 5 5　여파유급벽랑간
| 남은 | 물결 | 외려 | 미치니 | 푸른 | 대나무에 |

自恐前身文笑笑　●●○○○●●
1 7 2 3 4 4 4　자공전신문소소
| 스스로 | 의심한다 | 전생 | 몸이 | 문소라고 |

그러나 내 솜씨가 정말로 뛰어난 것은 아니었다. 겨우 겉모습을 흉
내내는 정도에 불과했을 뿐이다.

한번은 천림사千林寺 주지인 사촌 형이 종이 병풍에 대나무를 그리
라고 청하였다. 내가 겨우 대나무 한 줄기를 4폭 병풍에 걸쳐 횡으로
그려놓았을 뿐 아직 댓잎을 그려 넣지 않았을 때였다. 마침 어떤 화
가가 그림을 보고 나서 이렇게 말하였다.

"이런 가지와 마디는 범상한 화가가 그려낼 수 없소. 동산東山(소
식)이 이룬 묵희墨戱의 기풍을 갖춘 것이 느껴집니다."

이내 줄기 사이에 댓잎 여덟아홉 장을 그려 넣자 대번에 호젓한 기
세가 풍겨 나오는 것이었다.

옛날에 글솜씨가 뛰어났던 반악潘岳[3]도 악광樂廣에게 글 짓는 취지
를 듣고 나서야 명문장을 완성할 수 있었다. 또 춘추시대 정나라에서
도 왕명을 내리기 전에 오히려 동리東里에 사는 자산子産에게 윤색하
게 하였다.[4]

---

3) 반악潘岳(247~300)은 육기와 더불어 서진 시기를 대표하는 문인이다. 담론에 능
한 악광樂廣(?~304)의 설명을 듣고서 명문을 완성했다고 한다. 『진서 악광전樂廣傳』.
4) 자산子産은 춘추시대 정나라 대부이고, 동리東里는 자산이 살던 마을이다. 『논어
헌문憲問』, "사명을 작성할 때 비침이 초고를 만들고, 세숙이 토론하고, 행인 자
우가 수식을 하고, 동리 자산이 윤색하였다. [爲命, 裨諶草創之, 世叔討論之, 行人子羽修
飾之, 東里子産潤色之.]"

지금 이 대나무 그림도 새기고 다듬은 기교 위에 화가의 공교로운 솜씨를 보태어 완성한 것이다. 조물주의 한결같은 솜씨에서 나온 듯이 조화롭게 어우러졌으니, 정신이 응결되어 이루어진 그림이라고 일컬을 만하다.

　이를 칭송하는 자가 이렇게 말하였다.

"천지가 한 기운이고
호와 월이 마음 같으니[5]
절묘한 여러 솜씨 극치에 올라
붓질 흔적도 찾을 수 없다."

乾坤一氣 胡越同心 건곤일기호월동심
1 2 3 4 5 6 7 8
건｜곤이｜한｜기운이고｜호｜월｜한｜마음이니｜

衆妙之極 無跡可尋 중묘지극무적가심
1 2 3 4 8 5 7 6
뭇｜묘｜어사｜지극해｜없다｜흔적｜수｜찾을｜

　碧蘿老人嘗以睡居士所畫墨竹小屛贈僕. 題白傳詩一句於後, 云"管領好風烟, 欺凌凡草木", 筆跡尤奇妙. 僕嘗學之, 遇紙素屛幛, 無不揮灑. 自以謂得其髣髴, 故作詩云"餘波猶及碧琅玕, 自恐前身文笑笑." 然僕誠不工, 僅得形似耳. 堂兄千林堂頭, 以紙屛求之. 僕但寫一枝, 橫跨四幅, 而不及葉. 有一畫史見之, 曰"此枝節, 非庸流所能, 有東山墨戲風骨." 迺安八九葉於其間, 便有蕭然氣勢. 昔潘岳得樂廣之旨, 緝成名筆, 鄭國之令東里猶潤色之. 今是竹也, 亦彫琢之餘盤薄之巧, 相資而成. 脗然若出於鑪錘之一手, 可謂凝神矣. 有讚之者曰"乾坤一氣, 胡·越同心, 衆妙之極, 無跡可尋."

---

5) 호胡는 북방 지역이고, 월越은 남방 지역이다. 서로 거리가 멀어 소원한 사이인데, 이들이 한마음이 되었다고 하였다. 전혀 교류가 없던 이인로와 어떤 화가가 우연히 뜻을 모아 그림 한폭을 완성해낸 일을 빗댄 것이다.

※ 수묵으로 그린 대나무 그림에 관한 이야기이다. 묵죽墨竹은 북송 시기에 비로소 한 가지 화목畫目으로 독립했다. 묵죽의 유행은 문인 회화 발전과 연관이 깊다. 문동과 소식이 이를 보여준다. 두 사람은 추위에도 굴하지 않고 청량한 기운을 내뿜는 대나무의 물성을 포착하여 시에 담고 화폭에 그렸다. 이 묵죽에 군자라는 의인화된 품격과 위엄을 부여하여 이전에 보지 못하던 전혀 새로운 이미지를 구축해 냈다. 화려한 채색을 버리고 청담한 수묵 필선과 농담만으로 흑백의 극치를 완성하여 미감을 끝없이 자극할 수 있는 길을 열어준 것이다.

수거사 안치민은 시와 문장에 뛰어나고 묵죽에도 능했다. 이규보는 그 시문을 이렇게 평했다. "시가 높아 황정견 시체를 전부 뛰어넘고, 문장이 풍부하여 유종원 기풍을 지녔네."[6] 이인로가 수거사 그림에 매료되어 이를 배우기 시작했다는 사실과, 다른 화가와 협업하여 묵죽을 완성했다는 사실은 12세기 고려 문사들 간에 묵죽이 유행했음을 방증한다. 이인로는 자기 솜씨가 부족하다고 겸손을 보였으나, 속으로는 이미 능숙한 경지에 오르고야 말았다고 자랑하고 싶었던 것 같다. 급기야 자신이 전생에 문동일지도 모르겠다고 너스레까지 놓았다. 4폭 병풍에 가로질러 대나무 한 줄기를 그려 넣었다는 점도 흥미롭다. 경물을 끌어당겨 화폭에 안배하는 시야와 과감한 필력을 갖췄음을 알 수 있다.

---

6) 이규보의 「처사 안치민의 시집을 돌려주다[迴安處士置民詩卷]」라는 시이다.

상12. 직접 지어 초서로 남긴 궁원시

"먹물에 엉긴 눈물 자국이 아직 또렷하네"

나는 어느 귀인 집에서 초서로 쓴 족자 두 점이 벽에 걸려있는 것을 본 적이 있다. 연기에 그을리기도 하고 빗물에 얼룩지기도 해서 모양과 색이 꽤 기이하고 예스러워 보이는 것이었다. 족자에 이런 시가 적혀있었다.[1]

궁성에서 흘러온 시 적은 붉은 잎새	紅葉題詩出鳳城 ○●○○●●◎ 1 2 4 3 7 5 6 홍엽제시출봉성 붉은 잎 적은 것 시 나오니 봉황 성을
먹물에 엉긴 눈물 자국이 아직 또렷하네	淚痕和墨尙分明 ●○○●●○◎ 1 2 4 3 5 6 6 루흔화묵상분명 눈물 흔적이 엉겨 먹에 아직 분명하다
궁궐 도랑 흐르는 물을 도무지 믿을 수 없어라	御溝流水渾無賴 ●○○●●○● 1 2 3 4 5 7 6 어구류수혼무뢰 궁궐 도랑 흐르는 물 온통 없으니 신뢰
한 조각 애틋한 궁녀 마음을 누설하고 말았어라[3]	漏洩宮娥一片情 ●●○○●●◎[2] 6 6 1 2 3 4 5 루설궁아일편정 누설한다 궁궐 여인 한 조각 마음을

---

1) 『동문선』에 「초서 족자에 쓰다[題草書簇子]」라는 제목으로 실려있다.
2) □측기평수 구식을 사용한 칠언절구시이다. 하평성 '경庚' 운에 맞추어 '城, 明, 情'으로 압운하였다.
3) 이 시는 당나라 노악盧渥의 고사를 활용하였다. 노악이 과거 응시를 위해 도성에 갔다가 우연히 궁궐 개울에서 떠내려온 붉은 나뭇잎을 발견하였다. 잎에는 "흐르는 물은 왜 이리 급한가? 깊은 궁중은 온종일 한가네. 애틋하게 붉은 잎새를 떠내려 보내니, 인간 세상에 잘 도착하거라.[流水何太急, 深宮盡日閒, 殷勤謝紅葉, 好去到人間.]"라는 시가 적혀있었다. 훗날 한 궁인을 만나 시를 보여주니, "당시에 우연히 지은 것인데, 당신이 얻을 줄은 생각지 못했습니다."라고 하면서 눈물을 떨구었다고 한다. 우우于祐가 겪은 이야기라는 설도 있다. 또 당나라 고황顧況도

자리에 있던 손님들이 모두 머리를 맞대고 앉아 살펴보면서 말하였다.

"당송 시대 사람 글씨 아닌가?"

이러쿵저러쿵 논란을 벌이면서도 끝내 결론을 내지는 못하였다. 결국 나에게 와서 의견을 물었다. 내가 느긋하게 대답하였다.

"이것은 제가 쓴 것입니다."
"낡고 해진 비단에 한구寒具(튀김과자)[4] 기름 자국처럼 손때가 남은 것이 요사이 물건은 아닐 듯하오만…."

손님들이 당황하여 다시 이렇게 묻기에, 내가 말을 이었다.

"이는 제가 지은 영사시詠史詩 가운데 한 수입니다. 저는 자작시가 아니면 한 번도 초서로 쓴 적이 없습니다."

僕嘗於貴家壁上, 見草書二簇, 烟薰屋漏, 形色頗奇古. 其詩云"紅葉題詩出鳳城, 涙痕和墨尙分明. 御溝流水渾無賴, 漏洩宮娥一片情." 座客皆聚首而觀之, 以謂"唐·宋時人筆", 紛然未得其實, 就問於僕以質之. 僕徐答曰"是僕手痕也." 客愕然曰"殘縑敗素, 寒具留痕, 似非近古物." 僕曰"此僕詠史詩中一篇也. 僕非自作, 未嘗下筆作草."

비슷한 일을 겪었다고 한다. 『고금사문류취 후집 홍엽제시紅葉題詩』, 『태평광기 고황顧況』.
4) 한구寒具는 밀가루를 반죽하여 기름에 튀긴 튀김과자이다.

※ 매주 일요일 방영되는 장수 교양 프로그램이 있다. 여러 패널이 의뢰자의 골동품에 대하여 저마다 그럴듯한 이유를 들어 쓰임과 가치를 추정하고 나면, 전문 감정위원이 진가를 확인해주는 고미술 감정 TV쇼가 그것이다. 지금 귀인 집 벽에 걸린 초서 족자 두 점을 앞에 두고 이와 유사한 풍경이 벌어지고 있다. 연기 그을음, 빗물 얼룩, 오래 묵은 손때 등이 곳곳에 남은 족자는 골동 외형을 충분히 갖췄다. 궁녀 원망을 노래한 당송 시대 궁원시라며 흥분하는 사람도 있는데, 그들 뒤로 아무 말 없이 빙그레 웃고만 있는 한 사람이 보인다. 시인 자신이다. 자신이 쓴 자필 자작시를 한눈에 알아보고서도 느긋하게 시치미를 떼고 있는 모습이 재미있다. 남들이 뱉어내는 품평을 듣고 있는 것이 싫지만은 않았던 모양이다.

시인은 시 속에 노악과 궁녀가 주고받은 옛날 사랑 이야기를 인용했다. 이로써 궁궐 안에 매여서 생활하는 궁녀가 느낄 외로움과 애틋한 감정을 효과적으로 드러내었다. 시를 읽는 독자는 옛이야기 속 사연을 통해서 시인이 전하고 싶은 실제 궁녀의 사연을 금세 상상할 수 있다. 여인이 간절한 마음으로 시를 적은 붉은 잎을 일부러 물에 띄워 궐 밖에 내보냈을 것이라던가, 궁인이 된 후로는 바깥 봄 풍경을 구경해보지 못했을 것이라던가, 나뭇잎처럼 자유롭게 노닐 수 없는 자기 처지를 서글퍼했을 것이라던가, 마침내 시인을 만나 사랑을 이룰 수 있기를 바랐을 것이라는 등등의 상상이 고사를 매개로 실제 이야기에 흥미진진하게 덧씌워지는 것이다.

상13. 천수사에 남긴 시

"숲 너머에 오직 새들만 남아서 술잔 들라고 정답게 권하네"

천수天水(조씨 관향) 사람 조역락趙亦樂(조통)[1]이 양주梁州(경남 양산) 수령이 되어 부임하게 되었을 때다. 내가 함자진(함순)과 이른 새벽에 천수사天壽寺[2] 문 앞에 가서 전송하는 자리를 마련하였다. 그런데 조역락이 다른 친구에게 붙들려서 한낮이 되도록 도착하지 못하고 있었다. 그사이에 우리 둘은 천천히 거닐다가 승려가 묵는 어느 방장을 방문하였다. 하지만 마침 아무도 없이 고요할 뿐이었다. 내가 그 순간 우연히 시흥이 떠올라 옅은 먹으로 나무 널판 문짝에 적어놓았다.[3]

객을 기다려도	待客客未到 ●●♦♦♦
객은 오지 않고	2 1 3 5 4 대객객미도
	기다려도 객을 객이 않고 이르지
스님을 찾아도	尋僧僧亦無 ○○◌●◎
스님 역시 있지 않아라	2 1 3 4 5 심승승역무
	찾아도 승려를 승려가 또한 없다
숲 너머에 오직	唯餘林外鳥 ○○○●●
새들만 남아서	1 5 2 3 4 유여림외조
	오직 남아서 숲 너머 새가

---

1) 조역락趙亦樂은 고려 후기에 고공낭중과 한림학사 등을 지낸 조통趙通을 이른다. 역락亦樂은 자이다. 최당崔讜의 기로회에 속하였고, 죽림고회에도 속하였다.
2) 천수사天壽寺는 개경 동쪽 성문 밖(장단군 진서면)에 있던 사찰이다. 숙종 때 짓기 시작하여 예종 때 마무리되었다. 후에 사찰 터에 천수원天壽院이 만들어졌다.
3) 『동문선』에 「천수사 벽에 쓰다[書天壽僧院壁]」라는 제목으로 실려있다.

술잔 들라고
정답게 권하네[5]

款曲勸提壺　●●●○○[4]
1　2　5　4　3　관곡권제호
|정성껏|곡진하게|권한다|들라고|술병|

그 후로 20여 년이 지난 뒤이다. 함자진 집에서 한 승려를 만나게
되었다. 도인 풍모가 걸출한 범상치 않은 사람이었다. 그가 나에게
읍을 하여 인사하고 이렇게 말하였다.

"예전에 은혜롭게도 아름다운 시를 저에게 남겨주시어 우선 이
렇게 감사를 표합니다."

내가 영문을 몰라 어리둥절하니, 그 승려가 이 시를 외어 읊고서 말
했다.

"제가 그때 천수사 주지였습니다."

우리는 서로 큰 소리로 껄껄 웃었다. 마침내 이 시를 내 문집에 기
록해 넣었다.

ㄱ 天水亦樂, 將赴梁州倅, 僕與子眞冒曉到天壽寺門餞之. 亦樂爲友人
所牽挽, 日午尙未到. 二人者緩步, 訪一僧舍, 闃然無人. 僕偶以淡墨
題板扉, 云"待客客未到, 尋僧僧亦無. 唯餘林外鳥, 款曲勸提壺." 其

---

4) ㅁ측기측수 구식을 사용한 오언절구시이다. 상평성 '우虞' 운에 맞추어 '無, 壺'로
　압운하였다. 1구에 모두 측성자를 써서 파격을 구사했다.

5) 제호提壺는 제호로提壺蘆라는 새를 일컫는 말로 쓰이기도 한다. 그 울음소리가 술
　잔을 들라고 권하는 듯이 들려서 이렇게 일컫는다. 구양수, 「제조啼鳥」, "홀로 꽃
　위에 제호로가 있어, 술을 팔아 꽃 앞에서 기울이라 내게 권하네.[獨有花上提壺蘆,
　勸我沽酒花前傾.]"

後二十餘年, 於子眞家見一僧, 道貌魁然不凡. 揖僕曰"曾蒙寵示佳篇, 姑此奉謝." 僕惘然不測, 僧誦此詩, 云"我是當時主院者也." 相與大噱. 遂附家集云.

※ 천수사는 개경 동쪽 성 밖에 있었다. 숙종 때 짓기 시작하여 예종 때 완성한 사찰이다. 현재 장단군 경계 지역에 해당하는 이곳은 개경에서 출발하여 한반도 남쪽 지역으로 내려가는 여정이 시작되는 중요한 길목이었다. 가족 친지를 떠나보내거나 맞이하는 개경 사람들은 이곳에서 영송迎送 의식을 치르곤 하였다. 이런 이유로 수레 바퀴와 말발굽 소리도 끊이지 않은 것이다. 이인로와 함순도 경남 양산 수령으로 부임하는 벗 조통을 전별하기 위해 천수사 남문 앞에 자리를 마련했다. 세 사람은 모두 죽림고회에 속하는 절친이다. 위 시는 이때 전별하기 위해 모인 자리에서 벌어진 일을 장난스럽게 읊어낸 것이다.

상14. 신선이 머무는 곳 지리산 청학동

"시내에 흘러온 떨어진 복사꽃 사람 마음을 홀리네"

지리산은 혹 두류산頭留山이라고도 한다. 북조北朝(금나라)[1] 백두산에서 시작한 산줄기가 꽃봉오리 모양으로 솟은 산봉우리와 꽃받침 모양으로 굽이진 골짜기를 형성하며 끊임없이 이어져 내려온다. 이것이 대방군帶方郡(전북 남원)에 이른 뒤에 수천 리에 걸쳐 서리서리 얽히어 걸터앉아 있다. 빙 둘러 자리한 고을만 십여 개나 된다. 꼬박 한 달[旬月]은 걸려야 그 주변을 모두 돌아볼 수 있을 정도다.

나이 많은 노인들이 서로 전하여 하는 말이 이렇다.

"이 산속에 청학동靑鶴洞이 있다. 사람이 겨우 걸어서 지날 수 있을 만큼 몹시 좁은 길을 몸을 굽혀서 지나기도 하고 기어서 지나기도 하여 몇 리쯤 가다가 보면 만나게 되는 넓게 트인 공간이다. 사방 땅이 모두 비옥한 밭이어서 곡식을 심기에 적당하다. 오직 청학이 그 안에 깃들어 살고 있어서 청학동이라고 부르는 것이다. 옛날에 세상을 피해 들어간 사람들이 살던 곳이어서, 허물어진 담장과 무너진 구덩이 따위가 여전히 가시덤불에 덮인 터전 사이에 남아있다."

예전에 나는 사촌 형 최 상국崔相國과 함께 옷을 털고 일어나 속세에서 멀리 벗어나려고 마음을 먹었었다. 그래서 같이 이 마을을 찾아보기

---

1) 북조北朝는 송나라를 강남으로 밀어내고 북방을 차지한 금나라를 이른다.

로 약속하였다. 대나무 고리짝에 짐을 싣고 송아지 두세 마리를 끌고서 들어가면 세속 일을 보고 듣지 않을 수 있겠다고 생각한 것이었다.

우리는 마침내 화엄사에서 화개현으로 이동한 뒤에 신흥사에서 묵었다. 거쳐온 어느 곳도 신선 세계가 아닌 곳이 없었다. 천 개 바위가 빼어남을 다투고 만 굽이 골짜기가 물살을 겨루었다. 또 대나무 울타리와 초가집 사이로 복숭아나무와 살구나무가 들쑥날쑥 출몰하는 모습이 거의 인간 세상 풍경이 아닌 것 같았다. 그렇지만 이른바 청학동이란 곳은 끝내 찾지 못하였다.

그래서 내가 시 한 수를 지어 바위에 남겨두었다.[2]

아득한 두류산	頭留山迥暮雲低 ○○○●●○◎
	1 1 1 4 5 6 7　두류산형모운저
낮게 깔린 저녁 구름 사이로	두류산	아득하고	저녁	구름이	낮은데
만 골짜기 천 개 바위가	萬壑千巖似會稽 ●●○○●●○◎
	1 2 3 4 7 5 5　만학천암사회계
회계산처럼 솟았네[3]	만	골짜기	천	바위가	같다	회계와
지팡이 짚고서	策杖欲尋靑鶴洞 ●●●○○●◉
	2 1 7 6 3 3 3　책장욕심청학동
청학동 찾아 나서도	짚고서	지팡이	싶었으나	찾고	청학동
숲 건너 흰 원숭이 울음만	隔林空聽白猿啼 ●○○○●●○◎
	2 1 3 7 4 5 6　격림공청백원제
공연히 들릴 뿐	너머	숲	괜히	들린다	흰	원숭이	울음

---

2) 『동문선』에 「지리산을 유람하다[遊智異山]」라는 제목으로 실려있다. 1구 '留'가 '流'로, 5구 '繆'가 '渺'로, 6구 '微茫'이 '依俙'로, 7구 '試'가 '始'로 되어있다.

3) 회계산會稽山은 옛날에 치수 사업을 마친 우임금이 제후를 불러 모아 공훈을 헤아려 평가하던 장소라고 한다. 우임금은 사후에 이 산에 묻혔다. 산봉우리와 바위가 겹겹이 솟아 마치 사람이 모여 앉은 모양을 하고 있다. 화가 고개지顧愷之(348~409)는 회계산을 이렇게 형용했다. "천 개 바위가 빼어남을 다투고 만 개 골짜기가 물살을 겨룬다. 초목이 그 위를 덮고 있어 마치 구름이 일어나고 안개가 낀 것 같다."『세설신어 언어言語』.

누대는 어렴풋하고
삼신산도 까마득한데[4]
이끼에 덮였는지
네 글자 글씨[5] 보이지 않아라
신선 도원은
어디에 있는고?
시내에 흘러온 떨어진 복사꽃
사람 마음을 홀리네

樓臺縹緲三山遠 ○○●●○○
1 1 3 3 5 5 7 루대표묘삼산원
|누대가|아득하고|삼신산도|먼데|

苔蘚微茫四字題 ○●○○●●○
1 1 6 6 3 4 5 태선미망사자제
|이끼에|희미하다|네 글자|적은 글씨|

試問仙源何處是 ●●○○○●●
1 7 2 3 4 4 6 시문선원하처시
|한번|묻는다|신선|도원|어디가|거긴지|

落花流水使人迷 ●○○●●○○[6]
1 2 4 3 6 5 7 락화류수사인미
|진|꽃|흘러|물에|시켜|사람을|홀린다|

　　얼마 전에 서루書樓에서 우연히 『오류선생집』[7]을 넘기다가 「도원기桃源記」가 있어 반복해서 읽어보았다. 대개 진秦나라 사람들이 난리를 싫어하여 처자식을 이끌고서, 산이 첩첩이 둘러싸고 물이 굽이져 흘러서 나무꾼조차 갈 수 없는 깊숙하고 험하고 궁벽한 곳을 찾아 들어가서 살았다는 것이었다. 훗날 진晉나라 태원 연간(376~396)에 어떤 어부가 요행으로 한 번 이 마을에 들어가 구경한 일이 있었으나, 그도 곧 통하는 길을 잃어버려서 다시 찾아 들어가지 못했다고 한다.
　　이후로 세상 사람들이 이곳을 그림으로 그리고 노래와 시로 지어 불러서 전하였다. 이들은 모두 도원桃源을 신선 세계로 표현하였다. 깃털 수레를 타고 바람 바퀴를 몰면서[8] 늙지 않고 장수하는 자[9]들이 모

---

4) 삼산三山은 삼신산三神山이다. 신선이 산다는 전설 속 방장산, 봉래산, 영주산이다. 『장자 소요유逍遙遊』.
5) 네 글자 글씨[四字題]는 확인되지 않는다. "청학동천靑鶴洞天" 정도로 짐작된다.
6) ㅁ평기평수 구식을 사용한 칠언율시이다. 상평성 '제齊' 운에 맞추어 '低, 稽, 啼, 題, 迷'로 압운하였다.
7) 『오류선생집』은 도연명의 문집이다.
8) 깃털 수레와 바람 바퀴는 신선이 탄다는 전설 속 물건이다. 곤륜산 꼭대기에 있는 서왕모 거처는 연못으로 둘러싸인 데다, 산 아래에서 거대한 파도가 일렁이

여있는 곳으로 그려낸 것이다. 내가 아직 「도원기」를 익숙하게 읽지는 못했으나, 청학동과 실제로 다를 바가 없을 것 같다. 어떻게 하면 유자기[10]처럼 고상한 선비를 만나서 한번 청학동을 찾아가볼 수 있을까?

智異山或名頭留, 始自北朝白頭山而起, 花峯蕚谷縣縣聯聯. 至帶方郡, 蟠結數千里, 環而居者十餘州, 歷旬月可窮其際畔. 古老相傳云 "其間有靑鶴洞, 路甚狹纔通人行, 俯伏經數里許, 乃得虛曠之境. 四隅皆良田沃壤, 宜播植. 唯靑鶴棲息其中, 故以名焉. 蓋古之遁世者所居, 頹垣壞塹猶在荊棘之墟." 昔僕與堂兄崔相國, 有拂衣長往之意, 乃相約尋此洞, 將以竹籠盛, 牛犢兩三以入, 則可以與世俗不相聞矣. 遂自華嚴寺至花開縣, 便宿神興寺, 所過無非仙境. 千巖競秀, 萬壑爭流, 竹籬茅舍, 桃杏掩映, 殆非人間世也, 而所謂靑鶴洞者, 卒不得尋焉. 因留詩巖石云 "頭留山迴暮雲低, 萬壑千巖似會稽. 策杖欲尋靑鶴洞, 隔林空聽白猿啼. 樓臺縹緲三山遠, 苔蘚微茫四字題. 試問仙源何處是, 落花流水使人迷." 昨在書樓, 偶閱『五柳先生集』, 有「桃源記」, 反復視之. 蓋秦人厭亂, 携妻子, 覓幽深險僻之境山迴水複樵蘇所不可得到者以居之. 及晉太元中, 漁者幸一至, 輒忘其途, 不得復尋耳. 後世丹靑以圖之, 歌詠以傳之, 莫不以桃源爲仙界, 羽車飆

고 있어서, 바람 수레와 깃털 바퀴[飆車羽輪]가 아니면 갈 수 없다는 이야기가 전한다. 환인桓驎, 「서왕모전西王母傳」.

9) 늙지 않고 장수하는 자[長生久視]는 『도덕경 수도守道』에 보인다. 구시久視는 오래 산다는 말이다.

10) 유자기劉子驥는 도화원을 찾으려고 복사꽃이 흘러 내려오는 물길을 따라 거슬러 올라갔던 인물이다. 도연명, 「도화원기桃花源記」.

輪長生久視者所都. 蓋讀其記未熟耳, 實與靑鶴洞無異. 安得有高尙
之士如劉子驥者, 一往尋焉. 「

※ 지리산 청학동에 관한 이야기이다. 전설 속에 등장하고 꿈에서나
볼 수 있을 법한 공간 청학동을 찾아 나선 옛 경험을 추억하였다. 지
리산은 산자락이 아득하게 이어지고 골이 깊숙하여 그 속 어딘가에
는 세상에 알려지지 않은 신령한 공간이 있지 않을까 하는 생각이
들게 하는 산이다. 그런 공간을 청학동이라 이름하였다. 청학은 '청
전학'이라고도 한다. 중국 절강성 청전靑田 지역에 서식하는 학이 명
성을 얻어서 붙은 이름이다. 청학은 전설 속에서 신령한 선학仙鶴으
로도 등장한다. 신선 곁에는 늘 학이 함께하며, 학을 타고서 하늘을
날기도 한다. 청학동의 청학은 이상향에 걸맞은 신령한 이미지가 투
영된 영물이다.

이인로는 나이 19세에 무신의 난을 겪었다. 일생에서 한 차례 도약
하게 되는 젊은 시기에 불확실한 미래로 불안에 시달렸을 터이다. 문
신이 무신에게 곤욕을 치러야 하는 현실 속에서 대과에 급제하여 세
상에 이바지하는 입신양명은 요원한 꿈일 수 있었다. 출세 기회를 얻
기 어려워 울울한 심경을 토로한 적도 사실 여러 번이었다. 그런 탓
일까? 마침내 속세를 벗어나 신선이 머무는 낙원을 찾아 나설 생각
을 한 것이다. 끝내 청학동을 찾아내지 못하여 야무진 계획이 허무하
게 좌절되었지만 말이다. 위 시는 그 순간에 느낀 심경을 토로했다.

상15. 천륜과 다름없는 종백과 문생의 인연

"문생의 문하에서 다시 문생을 보노라"

문생門生(급제자)은 종백宗伯(시험관)[1]에게 뛰어난 문장 솜씨를 인정받아 특별히 청운의 뜻을 이루게 된다. 옛사람이 말하는 "종자기와 백아가 서로 만났다."라는 경우와 같다. 이런 까닭에 문생은 비록 정승 지위에 올라도 종백에게만은 여전히 자식이나 조카뻘로 자처한다. 감히 대등한 예로 상대하지 못하는 것이다.

옛날에 후당 사람 배호裵皞[2]가 동광 연간(923~925)에 세 차례 과거를 주관하였다. 나중에 그의 문생 마율손馬裔孫[3]이 과거를 주관하게 되자, 새로 선발한 여러 문생을 거느리고 찾아가서 인사하였다. 그때 배호가 시 한 수를 지었다.[4]

세 차례 과거를 주관해서	三主禮闈年八十 ○●●○○●●
나이 팔십에	1 4 2 3 5 6 6 삼주례위년팔십
	세 번 주관해 예부 과거 나이 팔십에
문생의 문하에서	門生門下見門生 ○○○●●○○
다시 문생을 보노라	1 1 3 3 7 5 5 문생문하견문생
	문생의 문하에서 본다 문생을

---

1) 종백宗伯은 예부 상서의 별칭이다. 예부에서 주관하는 과거는 종백이 주관한다. 이 때문에 나중에 과거시험을 주관하는 지공거와 동지공거를 종백이라고 불렀다. 그러나 어느 순간 좌주의 아들을 종백으로 일컬으면서부터 좌주와 구별되었다. 『보한집』, "종백은 방언에 좌주의 아들을 이른다.[宗伯, 方言座主之嗣.]"
2) 배호裵皞는 당나라 광화 3년(900)에 급제하고, 오대 시기에 한림학사, 예부 시랑 등을 지냈다. 세 차례 과거를 관장하여 재상 마예손馬裔孫과 상유한桑維翰 등 많은 인재를 선발하였다.
3) 마율손馬裔孫은 마예손馬裔孫(?~953)의 오기인 듯하다. 자는 경선慶先이다. 중서시랑평장사에 올랐다.
4) 『구오대사 배호전裵皞傳』에 보인다.

우리나라도 광종 때부터 시부詩賦를 평가하여 인재를 선발하기 시작하였다. 그러나 종백이 선발한 문생이 다시 과거를 주관한 경우는 나오지 않았었다. 명종 초에 이르러야 비로소 학사 한언국韓彦國[5]이 문생을 거느리고 상국 최유청崔惟淸[6]을 찾아뵙는 일이 있게 되었다. 그때 최유청도 시 한 수를 지었다.

줄지어 찾아오니	綴行相訪我何榮 ●○○○●○○
내 영광이 어떠한가?	2 1 3 4 5 6 7 철항상방아하영
	지어 줄 서로 찾아 내 얼마나 영광인가
문생의 문하생을	喜見門生門下生 ●●○○○●○
기쁘게 보네	1 7 2 2 4 4 6 희견문생문하생
	기쁘게 본다 문생의 문하의 문생을

이는 비록 배호가 행한 옛 선례를 따른 것이지만, 이야기를 들은 사람들이 모두 성대한 모임이라고 평하였다.

지금 우리 임금께서 즉위한 지 8년째 되던 해(1211)에 사성司成 조충趙冲[7]도 문생을 이끌고 상국 임유任濡[8]의 집에 찾아가서 사례한 일이

---

5) 한언국韓彦國(?~1173)은 명종 2년(1172)에 우간의대부로서 동지공거를 맡아 과거를 주관하였다. 동북면지병마사로 있던 1173년에 정중부鄭仲夫와 이의방李義方을 제거하기 위해 김보당金甫當이 주도한 거병에 가담하였다가 실패하여 목숨을 잃었다. 최유청崔惟淸 묘지명에는 한영韓梲으로 기록되어 있다.

6) 최유청崔惟淸(1095~1174)은 1144년에 동지공거를 맡아 김돈중 등 26인을 선발하였다.

7) 조충趙冲(1171~1220)은 1211년 10월에 동지공거를 맡아 강창서姜昌瑞 등 38인과 명경과 5인을 선발하고, 1219년에도 지공거로 과거를 주관했다. 예부 상서를 거쳐 동중서문하시랑평장사에 올랐다.

8) 임유任濡(1149~1212)는 명종 때 급제하여 참지정사 등을 거쳐 문하시랑평장사에 올랐다. 네 차례 과거를 주관하여 조충趙冲, 이규보李奎報, 김창金敞, 유승단俞承旦 등을 선발하였다.

있다. 그때 임유는 총재로서 여전히 중서성에 근무하고 있었다. 예부터 지금까지 있지 않았던 경우이다. 기이한 일이다. 시를 지어 이 특별한 일을 기록한다.[9]

십 년 황각[10]에서
국가 태평을 보좌하고
세 차례 과거로
인재 선발을 독차지했어라[11]
예부터 국가 선비는
국가 선비로 보답해선지[12]
문생을 뽑으니
이제 다시 문생을 얻어왔구나
풍운의 변화 속에
곤이 붕새 되어 차고 오르듯[13]

十年黃閣佐昇平　●○○●●○○
　　　　　　　　1 2 3 3 7 5 5　십년황각좌승평
　십｜년을｜황각에서｜도우며｜태평을

三闢春闈獨擅盟　○○●●●●◎
　　　　　　　　1 4 2 2 5 7 6　삼벽춘위독천맹
　세 번｜열어｜춘위｜홀로｜차지했다｜회맹

國士從來酬國士　●●○○○●●
　　　　　　　　1 2 3 3 7 5 6　국사종래수국사
　나라｜선비는｜종래｜갚으니｜나라｜선비로

門生今復得門生　○○○●●○◎
　　　　　　　　1 1 3 4 7 5 5　문생금부득문생
　문생이｜지금｜다시｜얻었다｜문생을

風雲變化鯤鵬擊　○○●●○○●
　　　　　　　　1 2 3 3 5 6 7　풍운변화곤붕격
　바람｜구름｜변화하며｜곤｜붕새｜물 차듯이

---

9) 『동문선』에 「임 상국의 문생 사성 조충이 문생을 거느리고 장수를 빈 일을 축하하다[賀任相國門生趙司成冲領門生獻壽]」라는 제목으로 실려있다.

10) 황각黃閣은 재신들이 정사를 보는 곳이다. 중서문하성을 이른다.

11) 천맹擅盟은 맹약하는 권한을 차지했다는 말이다. 종백과 문생은 동맹을 맺은 관계와 같아 이렇게 이른다. 이색은 아버지 이곡이 정해년(1347)에 선발한 문생들이 훗날 모인 자리에 가서 "같은 방에 올라 동맹한 지 삼십육 년이라.[同榜同盟卅六年.]"라고 읊었다.

12) 전국 시대 자객 예양豫讓은 지백智伯의 원수를 갚기 위해 조양자趙襄子를 공격하다가 발각되었다. 그때 조양자가 까닭을 묻자 "지백이 나를 국사國士로 대우하여 나도 국사로서 보답하려고 한 것이다."라고 대답했다.

13) 북쪽 바다[北冥]에 살고 크기가 수천 리에 달하는 곤鯤이라는 물고기는 붕鵬이라는 새로 변한다고 한다. 이 새가 날아서 남명南冥으로 갈 때, 3천 리 거리의 바다 수면을 차고 날아올라서 바람을 타고 9만 리를 날아간다.『장자 소요유逍遙遊』.

베옷 갈옷 입은 무리에서
고니 백로처럼 돋보인다네[14]
좋은 술 한 잔 올려
공의 만수를 축원하고
옥 생황으로
「희천앵」[16] 연주하라 명하네

布葛繽紛鵠鷺明 ●●○○●●◎
1 2 3 3 5 6 7　포갈빈분곡로명
베｜칡 옷｜무리에서｜고니｜백로｜돋보인다

金液一盃公萬壽 ○○●●○○●
1 2 3 4 5 6 7　금액일배공만수
금｜술｜한｜잔에｜공｜만년｜목숨을 빌고

玉笙宜命喜遷鶯 ●○○●●○◎[15]
1 2 3 7 4 4 4　옥생의명희천앵
옥｜생황으로｜응당｜명한다｜희천앵 연주

門生之於宗伯也, 以文章被鑑識, 特達於靑雲, 古人所謂"期·牙相遇".
是以, 位雖至鈞衡, 猶居子姪行, 不敢與之抗禮. 昔後唐裴皥在同光中,
三知貢擧. 門生馬裔孫掌試, 引新榜諸生往謁. 作一絶云"三主禮闈年
八十, 門生門下見門生."本朝光王時, 始以詩賦取士. 然未嘗有宗伯
得見門生掌選者. 至明王初, 學士韓彦國率門生, 謁崔相國惟淸. 亦作
詩云"綴行相訪我何榮, 喜見門生門下生."此雖據裴公舊例, 聞者皆
以謂盛集. 今上踐阼八年, 趙司成冲亦引門生, 詣任相國濡第陳謝, 而
公以冢宰尙在中書, 古今所未有, 奇哉. 作詩以記卓異, "十年黃閣佐
昇平, 三闢春闈獨擅盟. 國士從來酬國士, 門生今復得門生. 風雲變化
鯤鵬擊, 布葛繽紛鵠鷺明. 金液一盃公萬壽, 玉笙宜命「喜遷鶯」."

---

14) 고니, 해오라기가 몸집이 크고 깃털이 하얗기에 무리 속에서 눈에 잘 띄므로 이
렇게 말한 것이다.
15) □평기평수 구식을 사용한 칠언율시이다. 하평성 '경庚' 운에 맞추어 '平, 盟, 生,
明, 鶯'으로 압운하였다.
16) 「희천앵喜遷鶯」은 깊은 골짜기에 머물던 꾀꼬리가 높은 나무 위로 날아오른 것을
기뻐하는 노래의 제목이다. 과거에 급제하여 출세한 문생들을 축하하는 곡이다.

※ 과거 시험은 예부가 주관하고, 지공거와 동지공거가 평가를 담당한다. 처음 과거를 시행한 958년에 쌍기雙冀가 처음으로 지공거가 되었다. 동지공거 자리는 1004년에 생겼다. 과거장이 열리면 지공거는 북쪽 의자에 남쪽을 향해 앉고 동지공거는 서쪽 의자에 동쪽을 향해 앉아 참관한다. 과거장 동서 양쪽에 높은 나무를 세워 시제試題를 걸면 시험이 시작된다.[17] 선발 권한을 갖는 지공거와 동지공거를 종백宗伯, 좌주座主, 혹은 학사學士라고 한다. 선발된 자는 문생이 되고, 문생에게 좌주는 은문恩門이 된다.

문생을 얻은 좌주는 반드시 공복 차림으로 자기 옛 좌주를 찾아뵙는다. 새로 선발된 문생도 줄지어 뒤따라가서 옛 좌주 앞에서 절하는 새 좌주 뒤에서 함께 절한다. 이때 찾아온 빈객은 뜰에 서서 기다리다가 예를 마친 뒤에 당으로 올라가 차례대로 절하며 하례한다. 이후 새 좌주가 옛 좌주를 자기 집으로 모시고 가서 술을 올리고 장수를 빌며 축수했다. 문생이 새 문생을 얻어 옛 좌주를 뵙는 것은 특별한 일이었다. 임금도 명을 내려 건물 공간을 빌려주거나 내악內樂을 내려주었을 정도라고 한다.[18]

---

17) 『고려사 가례嘉禮』.
18) 이제현, 『역옹패설』.

상**16.** 이리저리 읽어도 시가 되는 회문시

"흐르는 물은 긴 푸른 넝쿨 같아라"

　회문시는 남북조 시대 제나라와 양나라에서 창작하기 시작한 시 형식이다. 문자를 활용하는 놀이이다. 옛날에 두도竇滔라는 자의 아내가 비단을 짜면서 회문시를 문양 놓아 지어낸 이후로, 베틀 바디와 북을 쓰는 방법이 전해졌다. 송나라 삼현三賢[1]도 모두 이를 능하게 지어낼 수 있었다.

　남서南徐[2] 지역 시문집에 실려서 전하는 반중체盤中體[3] 회문시는 옥고리를 돌리듯이 차례로 밀어가며 읽어도 새로운 시 40수를 끄집어낼 수 있다. 그 운도 여전히 정확하게 들어맞는다. 다만 시 속 흐름이 매끄럽게 서로 이어지지는 않는다.

　우리나라 학사 이지심李知深[4]이 가을에 느낀 바를 쌍운雙韻의 회문시로 자못 정교하게 읊어내었다.[5]

흩어진 더위에

가을이 빠른 줄을 알고

散暑知秋早 ●●○○○
1 2 5 3 4　산서지추조
|흩어진|더위에|알고|가을이|빠름을|

---

1)　삼현三賢은 누구인지 확인되지 않는다. 송나라 왕안석, 소식, 황정견, 진관 등이 이런 시 형식에 뛰어나 세상에 알려진 바 있다.

2)　남서南徐는 진강鎭江 경구京口 지역의 옛 지명이다.

3)　반중체盤中體는 전진前秦 시기에 문신 소백옥蘇伯玉이 촉 땅에 사신 가서 오래되어도 돌아오지 않자, 그 아내가 그리운 마음에 쟁반 모양으로 둥그렇게 줄지어 써놓은 회문시 형식을 이른다.

4)　이지심李知深(?~1170)은 간관 직책을 맡아 직언을 피하지 않았던 인물이다. 국자감 대사성에 올랐다. 무신의 난에 희생되었다.

5)　『동문선』에 「가을의 감회를 회문으로 읊다[感秋回文]」라는 제목으로 실려있다.

잠시 아득히	悠悠稍感傷 ○○●●○
	1 1 3 4 4　유유초감상
감상에 젖는데	아득하여 잠시 감상에 젖는데
소나무는	亂松靑蓋倒 ◑○○●●
	1 2 3 4 5　란송청개도
뒤집힌 푸른 일산 같고	어지러운 솔 푸른 일산 뒤집힌 듯하고
흐르는 물은	流水碧蘿長 ◑●●○○
	1 2 3 4 5　류수벽라장
긴 푸른 넝쿨 같아라	흐르는 물은 푸른 넝쿨처럼 길다
먼 강둑에	岸遠凝烟皓 ●●○○○
	1 2 3 4 5　안원응연호
흰 구름 덮여있고	강둑이 먼데 엉긴 안개가 희고
높은 누대에 서늘하게	樓高散吹涼 ○○●●○
	1 2 3 4 5　루고산취량
바람 부는데	누대 높은데 흩어 바람 불어 서늘하다
휘영청 밝은 달	半天明月好 ◑○○●●
	1 2 3 4 5　반천명월호
중천에 떠서	중간 하늘에 밝은 달이 좋으니
깊은 방을	幽室照輝光 ◑●●○○[6]
	1 2 3 4 5　유실조휘광
훤하게 비춰주네	그윽한 방을 비추어 빛나고 밝다

나도 이 형식을 본떠 시를 지어서 당시 재상에게 올렸다.[7]

---

[6] □쌍운의 회문시로 창작한 오언율시이다. 쌍운은 짝수 구와 홀수 구에 서로 다른 운을 써서 두 운을 적용한 것이다. 회문은 첫 글자부터 순방향으로 읽어도 시가 되고, 끝 글자부터 역방향으로 읽어도 시가 되는 것이다. 또한 역방향으로 읽어도 쌍운이 적용되어 있다. 순방향으로 읽을 때는, 측기측수 구식에 해당한다. 상성 '호皓' 운에 맞추어 '부, 倒, 皓, 好'로 홀수 구를 압운하였고, 하평성 '양陽' 운에 맞추어 '傷, 長, 涼, 光'으로 짝수 구를 압운하였다. 역방향으로 읽을 때는, 평기평수 구식에 해당한다. 하평성 '우尤' 운에 맞추어 '幽, 樓, 流, 悠'로 홀수 구를 압운하였고, 거성 '한翰' 운에 맞추어 '半, 岸, 亂, 散'으로 짝수 구를 압운하였다.

[7] 『동문선』에 「지금 재상에게 올리는 시를 회문으로 읊다[獻時宰回文]」라는 제목으로 실려있다.

어려서 배우면서 　早學求遊宦　●●○○○
벼슬 바랐더니 　　1 2 5 4 3　조학구유환
　　　　　　　　|일찍|배워|구했더니|노닐기를|벼슬에|

시 짓느라 괜스레 　詩成謾苦辛　○○●●○
고생고생할 뿐이어라 　1 2 3 4 5　시성만고신
　　　　　　　　|시|지으며|괜스레|고생하고|애쓴다|

늙은 마음이 　　老懷春絮亂　●○○●●
봄 버들개지처럼 어지럽고　1 2 3 4 5　로회춘서란
　　　　　　　　|늙은이|마음|봄|버들개지처럼|어지럽고|

쇠한 구레나룻은 　衰鬢曉霜新　◌○●●○
새벽 서리처럼 새로 흰데　1 2 3 4 5　쇠빈효상신
　　　　　　　　|쇠한|구레나룻|새벽|서리처럼|새로운데|

솥을 엎어두고서 　倒甑朝炊斷　●●○○●
아침밥도 짓지 못하고　2 1 3 4 5　도증조취단
　　　　　　　　|뒤집어|시루 솥|아침|밥 짓기를|멈추고|

밤새 주린 창자만 　飢腸夜吼頻　○○●●○
꾸르륵거리네 　　2 1 3 4 5　기장야후빈
　　　　　　　　|굶주려|장을|밤에|울기를|거듭한다|

은혜 갚을 마음 　報恩心款款　●○○●●
간절하고 간절한데　2 1 3 4 4　보은심관관
　　　　　　　　|갚을|은혜를|마음이|간절한데|

말라붙은 물고기 신세를　誰是救枯鱗　◌●●○○[8]
누가 구해주려나? 　1 5 4 2 3　수시구고린
　　　　　　　　|누가|인가|구할 자|마른|물고기를|

회문시는 순방향으로 읽으면 조화롭고 편하며, 역방향으로 읽어도
껄끄럽거나 난삽한 느낌이 없어야 한다. 아울러 말과 뜻도 모두 절묘

---

8) ㅁ쌍운의 회문시로 창작한 오언율시이다. 순방향으로 읽을 때는, 측기측수 구식
에 해당한다. 거성 '간諫' 운과 통운에 해당하는 거성 '한翰' 운과 운섭에 해당하
는 상성 '한旱' 운에 맞추어 각각 '宦'과 '亂, 斷과 '款'으로 홀수 구를 압운하고, 상
평성 '진眞' 운에 맞추어 '辛, 新, 頻, 鱗'으로 짝수 구를 압운하였다. 역방향으로
읽을 때는, 평기평수 구식에 해당한다. 상평성 '지支' 운에 맞추어 '誰, 飢, 衰, 詩'
로 홀수 구를 압운하고, 거성 '호號' 운과 운섭에 해당하는 상성 '호皓' 운에 맞추
어 각각 '報'와 '倒, 老, 부'로 짝수 구를 압운하였다.'

하게 어우러진 뒤에야 정교하다고 평할 수 있다.

回文詩起齊·梁, 蓋文字中戲耳. 昔竇滔妻織錦之後, 杼柚猶存, 而宋三賢亦皆工焉. 南徐集中所載盤中體, 雖連環讀之, 可以分四十首, 其韻尙諧, 然血脈不相聯. 本朝學士李知深, 感秋作雙韵回文詩頗工. "散暑知秋早, 悠悠稍感傷. 亂松靑蓋倒, 流水碧蘿長. 岸遠凝烟皓, 樓高散吹凉. 半天明月好, 幽室照輝光." 僕亦效其體, 獻時宰云 "早學求遊宦, 詩成謾苦辛. 老懷春絮亂, 哀鬢曉霜新. 倒甕朝炊斷, 飢腸夜吼頻. 報恩心款款, 誰是救枯鱗." 夫回文者, 順讀則和易, 而逆讀之亦無聱牙艱澁之態, 語意俱妙, 然後謂之工.

※ 회문시는 이리저리 돌려서 읽어도 시가 되어 흥미를 유발하는 시 형식이다. 기원후 3세기경에 소백옥의 아내가 지은 반중시盤中詩를 최초 작품으로 본다. 촉 땅으로 일하러 간 남편이 돌아오지 않아 이를 지어서 심경을 표현했다고 한다. 쟁반 위에 줄지어 배열한 한자를 미로처럼 빙빙 돌려가며 읽으면 온전한 시가 이루어진다.

4세기 후반에 이르러 소혜라는 여인도 선기도璿璣圖로 불리는 새로운 회문시 형식을 만들어내었다. 진주 자사가 되어 부임한 남편 두도의 멀어진 마음을 돌리려고 각별하게 지어냈다고 한다. 가로와 세로로 29칸씩 나눈 격자 모양을 만들어 시 형식으로 삼은 것이다. 중심에 놓인 한 칸은 비우고 나머지 840칸에 한자를 정교하게 채워 넣었다. 비운 한 칸은 마음 심心 자가 들어갈 자리이다. 선기도 시가 가진 놀라운 점은 여러 위치에서 서로 다른 방향으로 읽어도 시가

되는 것이다. 두도는 이 시를 받아 들고서 그 정성에 감동하여 결국
마음을 돌렸다고 한다. 그만큼 엄청난 정성이 필요한 시 형식이다.
이지심과 이인로가 지어낸 시도 회문 형식이다. 시를 바르게 읽어
도 거꾸로 읽어도 다 뜻이 통한다. 쌍운을 적용해서 1, 3, 5, 7구와
2, 4, 6, 8구에 다른 운자가 놓였다. 시를 마지막 글자부터 거꾸로
배열해도 같은 형식으로 쌍운이 적용되게 만들어놓았다. 위의 시 두
수를 각각 거꾸로 읽으면, 아래와 같은 시가 된다.

그윽한 방안을	光輝照室幽	◎○○●●
	1 1 5 3 4	광휘조실유
환히 비추는	환한 빛이	비추고	방	그윽한 곳

좋은 달이	好月明天半	●●○○○
	1 2 5 3 4	호월명천반
중천에서 밝을 때	좋은	달이	밝은데	하늘	가운데서

서늘한 바람	凉吹散高樓	●●●○○
	1 2 5 3 4	량취산고루
높은 누대에 불고	서늘히	바람 불어	날리고	높은	누에

먼 산에 흰 안개	皓烟凝遠岑	◎○○●●
	1 2 5 3 4	호연응원잠
끼었어라	흰	안개	엉긴다	먼	산에

긴 넝쿨처럼	長蘿碧水流	◎○○●●
	1 2 3 4 5	장라벽수류
푸른 물 흐르고	긴	넝쿨처럼	푸른	물	흐르고

뒤집힌 일산 모양으로	倒盖青松亂	●●○○○
	1 2 3 4 5	도개청송란
푸른 솔 늘어졌는데	뒤집힌	일산처럼	푸른	솔	어지러운데

스산한 마음	傷感稍悠悠	◎●●○○
	1 2 3 4 4	상감초유유
잠시 아득히 일어나니	쓸쓸한	감정	잠시	아득해지니

이른 가을이라	早秋知暑散	●○○●●
	1 2 5 3 4	조추지서산
더위 흩어짐을 느끼네	이른	가을에	안다	더위	흩어짐을

목마른 물고기를 누가 구해주려나?	鱗枯救是誰 ◎○○●●◎ 1 2 3 5 4　린고구시수 |물고기|목마른데|구할 이|인가|누구|
은혜에 정성껏 보답하리라	欵欵心恩報 ●●○◎◎ 1 1 3 4 5　관관심은보 |간절하게|마음의|은혜|갚겠다|
주린 창자 밤새 꾸르륵거리고	頻吼夜腸飢 ◎●●○◎ 2 1 3 4 5　빈후야장기 |거듭하니|울기를|밤|창자|굶주렸고|
밥 짓지 못해 아침 솥을 뒤집어놓았는데	斷炊朝甑倒 ●○○○◎ 2 1 3 4 5　단취조증도 |끊어|취사를|아침|솥을|뒤집었는데|
새벽 서리처럼 구레나룻 새로 쇠하고	新霜曉鬢衰 ◎○○●◎ 1 2 3 4 5　신상효빈쇠 |새|서리처럼|새벽|구레나룻|쇠하고|
날리는 버들개지처럼 봄 생각도 늙네	亂絮春懷老 ●●○○○ 1 2 3 4 5　란서춘회로 |어지러운|유서처럼|봄|생각|늙는다|
고생고생 괜스레 시 지을 뿐이나	辛苦謾成詩 ◎●●○◎ 1 1 3 5 4　신고만성시 |고생스레|공연히|이루지만|시를|
진작엔 벼슬 얻고자 배우려 했어라	宦遊求學早 ●○○●◎ 1 2 4 3 5　환유구학조 |벼슬|살려고|구하길|배움|일찍 했다|

상17. 최 추부 댁 노란 국화

"한나라 연못 상서로운 고니의 새로 씻은 날개 같고"

국화는 수를 헤아릴 수 없을 만큼 품종이 다양하지만, 언제나 노란 색을 정색正色으로 여긴다. 그래서 옛사람이 이렇게 노래했다.[1]

	오색 중에서	五色中偏貴 ●●○○●
		1 2 3 4 5 오색중편귀
	가장 귀하고	다섯 색 중에서 유난히 귀하고
	천 가지 꽃 시든 뒤에	千花後獨尊 ○○●●○
		1 2 3 4 5 천화후독존
	홀로 귀하네	천 가지 꽃 이후에 홀로 존귀하다

얼마 전 최 추부崔樞府[2] 댁을 방문했을 때다. 마침 뒤뜰에 노란 국화가 만발해있었다. 황금빛이 눈길을 빼앗을 정도였다. 최공이 국화를 가리키면서 말하였다.

"그대를 붙잡아두고서 시 한 수 읊으라고 조르고 싶소만, 오늘은 이미 늦었으니 다시 뒷날을 기약합시다."

이내 몇 잔 술을 나누어 기울이고서 물러 나왔다. 돌아오는 길에 말 위에서 우연히 장구長句(칠언고시) 한 수를 짓게 되어, 이를 최공에게 보내드렸다. 그 시는 아래와 같다.

---

1) 북송 위아魏野(960~1020)의 「국화를 읊다[詠菊]」라는 오언배율 시(28구)의 3, 4구이다.
2) 최 추부崔樞府는 문하시랑평장사로 치사한 쌍명재 최당崔讜(1135~1211)을 이른다.
   (상-4 참조)

한나라 연못 상서로운 고니[3]의
새로 씻은 날개 같고
돌아가는 낙수 여인[4]의
먼지 이는 버선발 모양이라
신선 품격 갖추어
늙어도 시들지 않음을 아니
쓸쓸한 가을바람(금 바람)이
국화 뼈대에 스미고
늦게 남은 고운 꽃이
삼춘 풍경을 되돌려놓았기에
시인이 기뻐서
한 가지 꺾어다가
금 술잔에 띄워 마시고
훗날을 기약하니
최 추부 댁에서는
눈 서리 매서워도 걱정 없어라

漢池瑞鵠翅初刷　●●●●●○◎
1 2 3 4 5 6 7　한지서곡시초쇄
한｜연못｜상서로운｜고니｜날개｜처음｜씻고

洛妃歸去塵生襪　●○○●●○◎
1 2 3 4 5 7 6　락비귀거진생말
낙수｜여인｜돌아｜감에｜먼지｜인다｜버선에

須知仙格老不枯　○○○●●●○
1 7 2 3 4 6 5　수지선격로불고
응당｜아니｜신선｜격｜늙어｜않음｜마르지

肅肅金風入花骨　●●○○●○◎
1 1 3 4 7 5 6　숙숙금풍입화골
쓸쓸한｜가을｜바람이｜스며｜꽃｜뼈대에

餘姸挽得三春廻　○○●●○○○
1 1 5 6 3 4 7　여연만득삼춘회
남은 꽃이｜당겨｜얻어｜석 달｜봄｜되돌리니

詩人喜見一枝折　○○●●●○◎
1 1 5 6 3 4 7　시인희견일지절
시인이｜좋게｜보아｜한｜가지를｜꺾어

泛泛金觴待後期　●●○○●●○
3 3 1 2 7 5 6　범범금상대후기
띄우고｜금｜술잔에｜기대하니｜나중｜시기

侯家不怕氷霜冽　○○●●○●◎[5]
1 2 7 6 3 4 5　후가불파빙상렬
공후｜집은｜않는다｜걱정｜얼음｜서리｜추움

---

3) 한나라 소제昭帝가 즉위한 직후인 시원 원년(기원전 86) 2월에, 장안 건장궁建章宮
　 태액지太液池에 황색 고니가 날아왔다고 한다. 『전한서 소제본기昭帝本紀』.
4) 낙비洛妃는 낙수洛水 여신 복비宓妃를 이른다. 낙신洛神이라고 한다. 복희의 딸이
　 라는 설도 있다. 조식曹植, 「낙신부洛神賦」.
5) □칠언고시이다. 통운에 해당하는 입성 '힐黠' 운과 입성 '월月' 운과 입성 '설屑' 운
　 에 맞추어 각각 '刷'와 '襪, 骨'과 '折, 冽'로 압운하였다.

菊有品彙至多, 雖不可數, 須以黃爲正色. 故古人云"五色中偏貴, 千花後獨尊."昨詣崔樞府第, 後庭黃花正盛, 金色奪目. 公指之, 日"遲公欲煩一吟, 今已晚, 更卜他日."酒數酌而出. 偶於馬上得長句, 將以獻之."漢池瑞鵠翅初刷, 洛妃歸去塵生襪. 須知仙格老不枯, 肅肅金風入花骨. 餘姸挽得三春廻, 詩人喜見一枝折. 泛泛金觴待後期, 侯家不怕氷霜冽."

※ 주인공은 노란 국화이다. 밤이 늦어 국화 운치를 마저 즐기지 못하고 돌아가는 길에 시인은 시 한 수를 완성하여 아쉬운 마음을 기록했다. 이번에 헤어지면 다음에 만날 때는 이미 국화가 눈 서리에 파묻힌 뒤일 수도 있다. 그래서 현재 아름다움을 시에 담아서 붙잡아두고 싶었다. 시에서는 고니 깃털과 낙비 버선으로 이슬에 씻긴 국화 모습을 빗대었다. 이 꽃이 다행히 최 추부 댁에 피어서 찾아오는 추위에 고고한 자태를 잃지 않을 수도 있고, 무사히 겨울을 넘겨 다시 꽃 피울 수도 있겠노라고 기대하고 있다.

위나라 조식曹植(192~232)은 사랑하는 여인 견씨甄氏가 형 조비曹丕의 아내가 되는 안타까운 사연의 주인공이다. 조식은 어느 날 꿈속에서 견씨를 만나 마음을 고백했다. 꿈에서 깬 뒤에도 미련이 가시지 않아「낙신부洛神賦」를 지어 마음을 달랬다고 한다. 여기에서 견씨를 낙비에 빗대어 이렇게 표현했다. "낙수 물결 위로 사뿐사뿐 걸어오니, 비단 버선에서 먼지가 이네.[凌波微步, 羅襪生塵.]"낙비는 낙수에 빠져 물의 여신이 되었다는 복희 딸이다.

상18. 모란을 읊고 도랑에 숨은 강일용 선생
"술 취한 백발노인은 궁전 뒤에서 꽃구경하고"

예종은 배우기를 좋아하는 성품을 타고났고 학문과 문학을 숭상했다. 청연각淸宴閣[1]이라는 도서관을 특별히 설치하고서 매일 학사들과 옛 전적을 읽고 토론했을 정도다.

한번은 예종이 사루莎樓에 나아갔는데, 누대 앞에 목작약(모란)이 무성하게 피어있었다. 이에 궐내 관서에서 근무하는 여러 문신에게 명하여, 초에 금을 그어 표시한 곳까지 타는 동안 여섯 운 길이의 칠언시를 짓게 하였다.[2] 마침내 동궁을 보좌하는 관리 안보린安實麟[3]이 장원을 차지하였다. 예종은 저마다 얻은 성적에 따라 은혜 베풀기를 평소보다 후하게 하였다.

당시에 강일용康日用[4] 선생이 시로써 천하에 명성을 떨치고 있었다. 예종은 사실 마음속으로 그가 지은 시를 보려고 기대했었다. 그런데 선생은 초가 다 타 내려가도록 겨우 시 한 연을 지어냈을 뿐이었고, 그 시를 적은 종이마저도 소매 속에 감추고는 궁 안을 지나는 도랑 아래에 숨어있었다.

예종이 즉시 어린 환관을 보내어 그 시를 가져오게 했다. 시는 이러하였다.

---

1) 청연각淸宴閣은 고려 예종 때 설치한 비각秘閣이다.
2) 예종은 1122년 4월 26일에 대궐 안 사루에 가서 모란을 시로 읊고, 유신들에게 응제시를 짓게 하였다. 『고려사』에는 사루莎樓가 사루紗樓로 되어있다. 『고려사』 예종 17년(1122).
3) 안보린安實麟은 인종 때 내시로 있던 안보린安甫鱗(?~1126)을 이른다.
4) 강일용康日用은 예종 때의 문신이다.

술 취한 백발노인[5]은
궁전 뒤에서 꽃구경하고
눈이 번쩍 뜨인 늙은 선비[6]는
난간에 기대었네

頭白醉翁看殿後 ○●●○○●●
1 2 3 4 5 6 　두백취옹간전후
머리｜흰｜취한｜노인은｜보고｜궁전｜뒤에서

眼明儒老倚欄邊 ●○○●●○○
1 2 3 4 5 6 　안명유로의란변
눈｜밝은｜선비｜노인은｜기댄다｜난간｜곁에

용사用事[7]가 이렇게 절묘하였다. 예종이 감탄하고 칭찬하기를 멈추지 않으면서 말하였다.

"이는 옛사람이 말한 '못생긴 자는 꽃 모양 장식으로 얼굴을 가득 꾸며도, 서시가 화장하다가 중간에 그만둔 것만도 못하다'라는 것이다."[8]

예종은 선생을 다독여 위로한 뒤에 돌려보냈다. 선생이 완성하지 못한 부분을 이제 내가 새로 채워본다.

만 냥 값에 이르는
요씨 집 붉은 모란 한 송이[9]
가볍게 선선하여
꽃 기르기 좋은 계절을 만나

一朶姚紅直萬錢 ●●○○●●◎
1 2 3 4 5 6 7 　일타요홍치만전
한｜떨기｜요씨｜붉은 모란｜값｜만｜전인데

輕陰正值養花天 ○○●●●○◎
1 2 3 7 5 4 6 　경음정치양화천
가볍게｜선선해｜정히｜만나니｜기를｜꽃｜날

---

5) 취옹醉翁은 술 취한 노인이다. 송나라 구양수歐陽修를 일컫는 별호이다.
6) 유로儒老는 늙은 선비이다. 당나라 한유韓愈를 이른다.
7) 용사用事는 옛일이나 표현을 인용하는 수사법을 이른다.
8) 부족한 화장이 서시의 아름다움을 가리지 못하듯이, 완성한 시는 아니지만 사람 마음을 빼앗기에 충분하다는 말이다. 왕정보王定保, 『당척언唐摭言』.
9) 요씨 댁 붉은 모란꽃[姚紅]은 위씨 댁 자색 모란꽃[魏紫]과 함께 매우 희귀하고 아름다운 품종으로 알려져 있다. 구양수, 「낙양모란기洛陽牡丹記」.

연지를 쓰지 않고
선녀 단장으로

仙粧不借臙脂染 ○○●●○○●
1 2 7 5 <u>3</u> 3 6 선장불차연지염
|선녀|단장은|않고|빌려|연지|물들이지|

갈고 소리 앞세워
먼저 꽃소식 전해주네[10]

春信先憑羯鼓傳 ○●○○●●◎
1 2 3 6 <u>4</u> 4 7 춘신선빙갈고전
|봄|소식|먼저|기대어|갈고에|전했다|

초나라 풍속은 한식날에
모란꽃 구경하고[11]

楚俗芳辰臨百五 ●●○○○●●
1 2 3 4 7 <u>5</u> 5 초속방신림백오
|초|풍속에|꽃구경|때는|임하고|백오에|

한나라 궁궐에 새로운 총애가
삼천 꽃 중 으뜸이었어라[12]

漢宮新寵冠三千 ●○○●●◎○
1 2 3 4 7 5 6 한궁신총관삼천
|한|궁|새|총애가|으뜸이다|삼|천 중|

아침에는 볕을 쬐어
가장 먼저 취기 오른 듯하고

朝因日照先廻醉 ○○●●○○●
1 4 2 3 5 7 6 조인일조선회취
|아침에|인해|해|비춤|먼저|돌고|취기|

저녁에는 찬바람 두려워
잠 못 이루는데

夜怕風寒不肯眠 ●●○○●●◎
1 4 2 3 7 5 6 야파풍한불긍면
|밤에|겁내|바람|추위|못하니|기꺼이|잠|

술 취한 백발노인은
궁전 뒤에서 꽃구경하고

頭白醉翁看殿後 ○●●○○●●
1 2 3 4 7 5 6 두백취옹간전후
|머리|흰|취한|노인은|보고|궁전|뒤에서|

눈이 번쩍 뜨인 늙은 선비는
난간에 기대었네

眼明儒老倚欄邊 ●○●○●●◎
1 2 3 4 7 5 6 안명유로의란변
|눈|밝은|선비|노인은|기댄다|난간|곁에|

촛불이 다해갈수록
더욱 애써 읊조리다가

燭華漸盡吟彌苦 ●○●●○○●
1 2 3 4 5 6 7 촉화점진음미고
|초|불꽃|점점|다해|읊음|더욱|고되다가|

---

10) 갈고羯鼓는 북방 갈족羯族이 쓰는 악기이다. 당 현종이 갈고를 두드리자 작약이
피었다는 고사가 있다.

11) 백오百五는 한식날이다. 동지에서 105일째 되는 날이다. 구양수는 「낙양모란기」
에서 '백오'를 모란의 이칭으로 언급하였다.

12) 당나라 문인 서원여舒元輿가 「모란부」에서 모란을 한나라 3천 궁녀와 찬란하게 빛
나는 은하 뭇별에 빗대었다.

남은 아름다움을 끄집어내어
시 한 연에 담아내노라

擷得餘姸入一聯 ●●○○●●◎ 13)
3 4 1 2 7 5 6　힐득여연입일련
|따서|얻어|남은|고움을|넣다|한|연에|

睿王天性好學, 尊尙儒雅, 特開淸宴閣, 日與學士討論墳典. 嘗御莎
樓, 前有木芍藥盛開, 命禁署諸儒, 刻燭賦七言六韻詩. 東宮寮佐安
寶麟爲之魁, 隨科級恩例尤厚. 時康先生日用, 詩名動天下, 上心佇
觀其作. 燭垂盡纔得一聯, 袖其紙伏御溝中. 上命小黃門遽取之, 題
云"頭白醉翁看殿後, 眼明儒老倚欄邊." 其用事精妙如此. 上歎賞不
已, 曰"此古人所謂'臼頭花鈿滿面, 不若西施半粧.'"慰諭遣之. 今
擬補亡, "一朶姚紅直萬錢, 輕陰正値養花天. 仙粧不借臙脂染, 春信
先憑羯鼓傳. 楚俗芳辰臨百五, 漢宮新寵冠三千. 朝因日照先廻醉, 夜
怕風寒不肯眠. 頭白云云. 燭華漸盡吟彌苦, 擷得餘姸入一聯."

※ 1122년 4월 26일에 누대 앞에 만개한 모란을 본 예종은 문신
56명을 불러 시를 짓게 했다.14) 이 자리에 시로 이름을 떨친 강일용
도 있었다. 내심 그가 지은 시를 보려고 기대한 예종은 건네받은 시
를 보고 그 절묘한 용사에 놀랐다. 시에서 '술 취한 백발노인'은 구
양수이고, '눈이 번쩍 뜨인 늙은 선비'는 한유이다. 난간 곁 고운 모
란에 취해서 눈이 번쩍 뜨인 늙은 한유와 백발로 모란을 감상한 술
취한 구양수를 말한 것이다. 두 사람에 얽힌 옛 장면을 소환하여 사

---

13) □측기평수 구식을 사용한 칠언배율시이다. 하평성 '선先' 운에 맞추어 '錢, 天,
傳, 千, 眠, 邊, 聯'으로 압운하였다.
14) 『고려사』 예종 17년(1122) 4월 26일 기사에 보인다.

루에서 모란을 감상하며 시상에 잠긴 예종과 문신들 모습 위에 덧씌워 한가롭고 고상한 이미지를 증폭시키는 수법을 구사한 것이다.

훗날 서거정도 강일용이 남긴 시를 소개한 바 있다. 처음에는 시 속 참맛을 이해하지 못하다가, 한유와 구양수가 모란을 읊은 시를 본 뒤에 이를 절묘하게 활용한 것임을 깨달았다고 한다.[15] 서거정이 언급한 시는 한유의 "오늘 난간 곁에서 눈이 밝아짐을 깨닫네.[今日 欄邊覺眼明.]"와[16] 구양수의 "이제 백발 늙은이가 되었음을 스스로 웃네.[自笑今爲白髮翁.]"이다.[17] 서거정이 말하지는 않았지만 "백발로 옥당에 돌아와, 군왕 궁전 뒤에서 붉은 모란을 보네.[白首歸來玉堂署, 君王殿後見鞓紅.]"라는 구양수의 시도 매우 비슷한 정서를 가지고 있다.[18]

15) 『동인시화』 권상.
16) 한유, 「장난으로 모란을 읊는다[戱題牡丹]」.
17) 구양수, 「서경의 왕 상서가 모란을 보낸 것에 답하다[答西京王尙書寄牡丹]」.
18) 구양수, 「궁궐에서 진홍색 모란을 보다[禁中見鞓紅牡丹]」.

상19. 화답하는 시 짓기의 어려움

"차라리 내가 남을 몰아칠지언정 남이 나를 몰게 하지 말라"

시가 정교하거나 졸렬하게 되는 차이는 시 짓는 속도나 순서의 선후에 달린 것이 아니다. 하지만 선창하는 자는 먼저 짓고 화답하는 자는 언제나 뒤에 짓는다. 그래서 선창하는 자는 충분하게 여유가 있어서 쫓기지 않지만, 화답하는 자는 억지로 쥐어짜느라 험한 수렁에 빠지는 것을 피하지 못한다.

이런 이유로 남이 읊은 시의 운에 맞춰서 지을 때는, 이름 있고 재주가 뛰어난 시인도 종종 기대에 미치지 못하는 시를 지어내곤 한다. 본래 이치가 그러한 것이다.

초로楚老 왕안석은 미산眉山 소식이 '차叉'자 운에 맞추어 눈[雪]을 읊은 시를 보고서,[1] 그 능숙한 운자 운용에 매료되었다. 이내 자신도 나서서 그 운에 맞추어 시 한 수를 먼저 지어보았으나,[2] 내내 마음에 들지 않았다. 다시 시 다섯 수를 연속해서 지어냈다.[3] 더욱 기이한 고사로 용사用事하고 더욱 험한 시어를 엮어서 기이하고 험함으로써 압도해볼 요량이었다. 하지만 앞서 지은 시에서 노출한 부족함을 끝내 극복할 수 없었다. 병법에 있는 아래의 말이 진실로 옳다.

---

1) 소식의 「눈 내린 뒤에 북대의 벽에 두 수를 적다[雪後書北臺壁二首]」라는 시이다. 하평성 '마麻' 운에 맞추어 '鴉, 車, 花, 家, 叉'로 압운하였다.
2) 왕안석의 「미산의 시집을 읽다가 눈을 읊은 시에서 운자를 능하게 운용한 것을 사랑하여 다시 차운하여 시 한 수를 짓다[讀眉山集愛其雪詩能用韻復次韻一首]」라는 시이다.
3) 왕안석의 「미산의 시집을 읽고 눈을 읊은 시에 차운하여 다섯 수를 짓다[讀眉山集次韻雪詩五首]」라는 시이다.

"차라리 내가
남을 몰아칠지언정
남이 나를 몰게
하지 말라."4)

寧我迫人 녕아박인
1 2 4 3
|차라리|내가|몰지|남을|

無人迫我 무인박아
4 1 3 2
|말라|남이|몰게|나를|

오늘 아침 서루書樓에 올랐을 때 내리던 눈이 비로소 개었다. 그 순간에 왕안석과 소식 두 노인이 주고받은 시가 떠올랐다. 그래서 그 운에 맞추어 시 두 수를 지어보았다. 나도 마찬가지로 억지로 쥐어 짜서 시를 지어내는 잘못을 면하지 못하였다. 보는 분들에게 용서를 빈다.5)

온 숲 어둑해질 무렵
까마귀는 벌써 둥지에 깃들고
구슬처럼 빛나는 눈이
수레 비추네
숲속 신선들이
모두 처녀처럼 놀라고6)
봄바람도 멋대로 핀 눈꽃을
참견할 생각 없어라

千林欲暝已棲鴉 천림욕명이서아
1 2 3 3 5 6 7
|천|숲이|어둑할 무렵|이미|깃든|까마귀|

燦燦明珠尙照車 찬찬명주상조거
1 1 3 4 5 7 6
|빛나는|밝은|구슬|외려|비춘다|수레를|

仙骨共驚如處子 선골공경여처자
1 2 3 4 7 5 5
|신선|뼈가|모두|놀라|같고|처자|

春風無計管狂花 춘풍무계관광화
1 2 7 6 5 3 4
|봄|바람은|없다|계획|참견할|미친|꽃|

---

4) 출전이 확인되지 않는다.
5) 두 번째 시는 『동문선』에 「동파 운을 써서 눈을 읊다[雪用東坡韻]」라는 제목으로 실려있다. 8구 '銅'이 '筒'으로 되어있다.
6) 처자處子는 산에 사는 신선을 빗대어 이른 것이다. 『장자 소요유逍遙遊』에, 막고야 산에 신선이 사는데 피부가 빙설氷雪 같고 처자처럼 곱다고 하였다.

창호지에 부딪는 눈발 소리에 　聲迷細雨鳴窓紙　○○●●○○○
가는 비인가 의심하다가 　　　1 4 2 3 7 5 6　성미세우명창지
　　　　　　　　　　　　　｜소리｜헷갈리게｜가는｜비｜울리고｜창｜종이｜

추위가 나그네 수심 돋우어 　寒引覊愁到酒家　̆○●○○●◎
주막으로 이끄는데 　　　　　1 4 2 3 7 5 6　한인기수도주가
　　　　　　　　　　　　　｜추위｜끌어｜나그네｜수심｜가는데｜술｜집｜

만 리가 온통[7] 　　　　　　萬里都盧銀作界　●●○○○○●
은세계로 변하여 　　　　　　1 2 3 5 7 6　만리도로은작계
　　　　　　　　　　　　　｜만｜리가｜전부｜은이｜이루어｜세계를｜

세 갈래 갈림길 길목도 　　　渾敎路口沒三叉　○○●●○○◎[8]
완전히 묻혔어라 　　　　　　1 4 2 3 7 5 6　혼교로구몰삼차
　　　　　　　　　　　　　｜온통｜시켜｜길｜입구｜묻었다｜세｜갈래｜길｜

눈이 개어 쌀쌀한 　　　　　霽色稜稜欲曉鴉　●●○○○●○
새벽 까마귀 　　　　　　　　1 2 3 6 5 7　제색릉릉욕효아
　　　　　　　　　　　　　｜갠｜빛이｜서늘한｜무렵｜새벽｜까마귀｜

우렛소리는 덜컹덜컹 　　　　雷聲陣陣逐香車　○○●●●○◎
향 수레[9]를 뒤좇는데 　　　1 2 3 3 7 5 6　뢰성진진축향거
　　　　　　　　　　　　　｜우레｜소리｜덜컹덜컹｜뒤쫓는데｜향｜수레｜

찬 기운이 초록 술[10]에 배어 　寒侵綠酒難生暈　○○●●○○●
취기 오르기 어렵고 　　　　　1 4 2 3 7 6 5　한침록주난생훈
　　　　　　　　　　　　　｜한기｜배어｜푸른｜술에｜어렵고｜들기｜취기｜

추위가 홍등을 짓눌러 　　　　威逼紅燈未放花　̆○●○○●◎
불꽃을 피우지 못하노라 　　　1 4 2 3 7 6 5　위핍홍등미방화
　　　　　　　　　　　　　｜추위｜다그쳐｜붉은｜등｜못한다｜피우지｜꽃｜

배 한 척 저어 친구 찾아간 　　一棹去時知客興　●●●○○●●
나그네 흥취[11] 알겠으니 　　1 2 3 4 7 5 6　일도거시지객흥
　　　　　　　　　　　　　｜한｜돛배로｜갈｜때의｜아니｜나그네｜흥을｜

---

7) 도로都盧는 전부라는 뜻이다.

8) ㅁ평기평수 구식을 사용한 칠언율시이다. 하평성 '마麻' 운에 맞추어 '鴉, 車, 花, 家, 叉'로 압운하였다.

9) 향거香車는 향나무로 만든 화려한 '향 수레'이다. 신화에 등장하는 뇌신雷神이 향 수레를 탄다고 하여, 우렛소리를 빗대는 말로도 쓰인다. 또 신선이 타는 수레를 말하기도 한다.

10) 녹주綠酒는 초록빛을 띠는 '초록 술'이다. 송나라 때에 즐겨 마셨다고 한다.

11) 왕휘지가 눈 내리는 밤에 친구 대규를 만나려고 섬계에 배를 띄워 찾아간 일이

외로운 연기 오르는 저곳도

은자 집이겠지

문 닫고 은둔하여서

찾는 이 없어

동전 꾸러미 매달아두고

그림 갈고리로 꺼내어 쓰네[13]

孤烟起處認山家　○○●●○◎
　1　2　3　4　7　5　6　　고연기처인산가
|외로운|연기|피는|곳|안다|산|집임을|

閉門高臥無人到　●○◎●○○◎
　2　1　3　4　7　5　6　　폐문고와무인도
|닫고|문|높이|누워|없으니|사람|이름|

留得銅錢任畫叉　○●○○●●◎[12]
　3　4　1　2　7　5　6　　류득동전임화차
|놔|두고|구리|돈|맡긴다|그림|갈고리에|

詩之巧拙, 不在於遲速先後. 然唱者在前, 和之者常在於後. 唱者, 優遊閑暇而無所迫, 和之者, 未免牽强墮險. 是以, 繼人之韻, 雖名才, 往往有所不及, 理固然矣. 楚老見眉山賦雪叉字韻詩, 愛其能用韻也. 先作一篇和之, 其心猶未快, 復以五篇繼之. 雖用事愈奇, 吐詞愈險, 欲以奇險壓之, 然未免如前之累. 兵法曰"寧我迫人, 無人迫我", 信哉. 今朝登書樓, 雪始霽. 因憶兩老詩, 和成二篇. 僕亦未免於牽强, 觀者宜恕之. "千林欲暝已棲鴉, 燦燦明珠尙照車. 仙骨共驚如處子, 春風無計管狂花. 聲迷細雨鳴窓紙, 寒引羈愁到酒家. 萬里都盧銀作界, 渾敎路口沒三叉." "霽色稜稜欲曉鴉, 雷聲陣陣逐香車. 寒侵綠酒難生暈, 威逼紅燈未放花. 一棹去時知客興, 孤烟起處認山家. 閉門高臥無人到, 留得銅錢任畫叉."

있다. 『세설신어 임탄任誕』.

12) ㅁ측기평수 구식을 사용한 칠언율시이다. 하평성 '마麻' 운에 맞추어 '鴉, 車, 花, 家, 叉'로 압운하였다.

13) 화차畫叉는 긴 자루 끝에 쇠 갈고리를 끼워 물건을 걸 수 있게 만든 도구이다. 그림이나 글씨 등을 벽에 걸고 내릴 때 사용한다. 소식은 귀양살이 하던 시절에 매달 초하루마다 한 달 치 생활비를 동전 30덩이로 나누어 대들보에 매달아두었고, 새벽마다 긴 갈고리로 한 덩이씩 끌어내려서 썼다고 한다.

※ 타인의 시에 대응하여 화답하는 시를 지어내기 어려움을 말했다. 내로라하는 시인 왕안석도 예외가 아니었다. 소식의 시에 맞추어 지어낸 시가 모두 기대에 미치지 못하여 탄식했다고 한다. 소재와 표현이 앞 시에 구속되어 참신함이 퇴색할 수밖에 없다. 위의 시 두 수도 이런 한계를 무릅쓰고 지어낸 것이다.

왕휘지가 갑자기 배를 저어 친구를 찾아간 흥취를 이해할 수 있다고 하였다. 마침 건너편 산속에서 피어오르는 연기 한 줄기를 보고서 깨달은 생각이다. 연기가 나는 곳에 은자의 집이 있다는 짐작이 확신으로 바뀌어 당장이라도 찾아가서 술을 마시며 담소를 나누고 싶어진 순간, 왕휘지 마음을 깨달은 것이다. 『세설신어』에 왕휘지 일화가 소개되어 있다. 사방이 눈으로 덮인 청량한 달밤에 혼자 술을 마시며 좌사가 창작한 「초은시招隱詩」를 외다가 갑자기 친구 대규가 몹시 보고 싶어졌다. 이에 즉시 작은 배를 띄워 밤새 노를 저어서 찾아갔다고 한다. 그런데도 정작 문 앞에서 들어가지 않고 걸음을 돌렸다. "흥이 나서 왔다가 흥이 다해 돌아갈 뿐이라.[乘興而來, 興盡而反.]"라는 이유였다.

상20. 청교역 푸른 소를 노래하라

"은하수 물가에서 직녀 따르고, 검은 모란꽃으로 실당에 갔어라"

의종이 즉위한 초기의 일이다. 청교역青郊驛[1]에서 근무하던 관리가 푸른 소 한 마리를 기르다가 생김새가 특이해서 조정에 헌상하였다.[2] 의종이 이를 기념하려고 가까운 부서에 근무하는 사신詞臣(시문을 다루는 신하)들에게 명하여 시를 짓게 하였다. 그런데 내준 운자가 험하고 까다로워 난색을 보이지 않는 이가 없었다.[3]

이때 동관東館(사관)에 근무하던 김효순金孝純이 1등을 차지하고, 옥당에 근무하던 신응룡愼應龍이 2등을 차지했다.

김효순은 이렇게 읊었다.

임금님 덕을 보고 내려와
전각에 깃든 봉황도 쑥스럽고[4]
정기 쌓아 방성과 교감하는
천마도 계면쩍겠네[5]

鳳慙覽德來巢閣 ●○●●○○●
　　1 7 3 2 4 6 5　봉참람덕래소각
봉황 | 부끄럽고 | 보고 | 덕 | 와 | 깃듦 | 전각에

馬愧儲精上應房 ●●○○●●○
　　1 7 3 2 4 6 5　마괴저정상응방
말 | 부끄럽다 | 쌓아 | 정기 | 위로 | 응함 | 방성

---

1) 청교역青郊驛은 개경의 동남쪽 대문인 보정문保定門 밖에 있던 역이다. 하삼도로 통하는 길목이었다.
2) 의종은 1154년 정월 26일에 경풍전慶豊殿에서 호종한 문신들을 불러 모아 청교역에서 진상한 푸른 소를 시로 읊게 하였다. 이때 김효순 등 14인이 선발되어 상을 받았다. 『고려사』 의종 8년 1월.
3) 의종은 '방房' 자와 '당堂' 자를 운자로 제시했다. 차천로, 『오산설림초고五山說林草藁』.
4) 봉황은 뛰어난 임금의 덕이 빛남을 보고 출현한다는 상서로운 동물이다.
5) 방성房星은 28수 가운데 4번째 별이다. 천마天馬를 상징한다. 임금이 선정을 펼치면 빛난다고 한다.

신응룡은 이렇게 읊었다.

옛날에 영척을 만나니
뿔 두드리며 탄식하였고[6]
지금 제나라(고려) 당에 와서
흔종을 면하는구나[7]

叩角昔嗟逢甯子	●●●○○●●
2 1 3 4 7 5 5	고각석차봉녕자
치며	뿔	옛날에	탄식하니	만났고	영자

釁鍾今免過齊堂	●○○○●○○
2 1 3 4 7 5 6	흔종금면과제당
피 바름	종	지금	면하니	지났다	제	당

의종이 신응룡이 지은 시를 서너 번 읽고 말했다.

"고사 사용이 비록 정교하지만, 시어가 자못 공손하지 못해서 2등
으로 삼는다."

이어서 상준주上尊酒(좋은 술)[8]와 명주[疋帛]를 등수대로 차등 있게 하
사하였다.

서하西河 임종비林宗庇도 재능있는 선비다. 그가 이 이야기를 듣고
탄식하면서 말하였다.

---

6) 영척甯戚은 춘추시대 위나라 사람이다. 제나라 환공 아래에서 일하고 싶었으나
스스로 나설 수가 없었다. 그는 제나라 성문 밖에 가서 환공이 지나갈 때 쇠뿔을
두드리며 요순시대를 만나지 못한 아쉬움을 노래했다. 이 때문에 환공의 눈에 띄
어 벼슬에 올랐다고 한다.

7) 흔종釁鍾은 새로 만든 종의 미세한 틈을 메우기 위해 소 피를 칠하는 의식을 이
른다. 제나라 선왕宣王이 당 위에 있다가 흔종을 위해 끌려가는 소를 보고 불쌍
히 여겨 양으로 대신하게 한 일이 있다.

8) 상준주上尊酒는 멥쌀로 빚은 상등의 좋은 술이다. 기장으로 빚은 중준주와 좁쌀
로 빚은 하준주가 있다.

9) 주나라 무왕이 주왕紂王을 정벌하고 돌아온 뒤에, 무武를 멈추고 문文을 닦고자
하였다. 이에 말을 화산 남쪽으로 돌려보내고 소를 도림桃林 들판에 풀어놓아 무
력을 쓰지 않을 것임을 보였다고 한다. 도림은 현재 하남성 동관현潼關縣이다.

"내가 만약 그 자리에 있었다면, 마땅히 이렇게 읊었을 것이다."

봄날 도림에 풀어놓아서[9]
궁궐[10]에 이른 것이라

桃林春放踏紅房　○○○●●○○
1 1 3 4 7 5 6　도림춘방답홍방
| 도림에 | 봄에 | 풀어놓아 | 밟았다 | 붉은 | 방 |

그러나 끝내 짝을 이룰 만한 시구를 얻지 못하였다. 이제 내가 그 뒤를 이어서 완성해본다.

은하수 물가에서
직녀 따르고
검은 모란꽃[11]으로
설당[12]에 갔어라
함곡관 지나던 새벽에는
자색 기운 서렸고[13]
봄날 도림에 풀어놓아서
궁궐에 이른 것이라

銀河水渚遀仙女　○○●●○○●
1 1 1 4 7 5 5　은하수저수선녀
| 은하수 | 물가에서 | 따르고 | 선녀를 |

黑牧丹花到雪堂　●●○○●●○
1 2 2 4 7 5 5　흑목단화도설당
| 검은 | 모란 | 꽃으로 | 이르렀다 | 설당에 |

函谷曉歸浮紫氣　○●●○○●●
1 1 3 4 7 5 6　함곡효귀부자기
| 함곡관에 | 새벽에 | 갈 때 | 뜨고 | 자색 | 기운 |

桃林春放踏紅房　○○○●●○○[14)]
1 1 3 4 7 5 6　도림춘방답홍방
| 도림에 | 봄에 | 풀어놓아 | 밟았다 | 붉은 | 방 |

---

10) 홍방紅房은 궁중 비빈들이 거처하는 방이다. 여기서는 '궁궐'을 이른다.
11) 흑목단화黑牧丹花는 '검은 모란꽃'이다. 물소를 빗댄 말이다.
12) 설당雪堂은 소식이 황주에 머물 때 동파東坡에 세운 초당이다. 소식이 화가 윤백尹白에게 부탁하여 수묵으로 검은 모란을 그리고 장형張衡의 「귀전부歸田賦」를 적어 설당에서 감상했다는 내용이 「묵화墨花」라는 시에 보인다.
13) 함곡관을 관리하던 윤희尹喜라는 자가 자색 기운이 관문 위로 번져오르는 모습을 발견하고 살펴보니, 그때 노자가 푸른 소를 타고 함곡관을 지나고 있었다고 한다. 『열선전 관령윤關令尹』.
14) □평기측수 구식을 사용한 칠언절구시이다. 하평성 '양陽' 운에 맞추어 '堂, 房'으로 압운하였다.

毅王初, 靑郊驛吏養一靑牛, 狀貌特異, 獻諸朝. 上命近署詞臣賦詩,
占韻而韻險峭, 莫不有難色. 東館金孝純爲第一, 玉堂愼應龍次之.
金云"鳳慚覽德來巢閣, 馬愧儲精上應房." 愼云"叩角昔嗟逢甯子,
礐鍾今免過齊堂." 上讀之數四, 曰"使事雖工, 而語頗涉不恭, 故以
爲亞." 因賜上尊酒·疋帛, 各有差. 而西河林宗庇亦才士也, 聞之歎
曰"使我得預其席, 當日'桃林春放踏紅房'." 竟未得其對. 今追續之,
"銀河水渚隨仙女, 黑牧丹花到雪堂. 函谷曉歸浮紫氣, 桃林春放踏
紅房."

※ 관리가 헌상한 푸른 소는 좀처럼 보기 어려운 상서로운 것이었
다. 이전까지 상서로움을 대표하던 봉황이나 천마도 그 앞에 선뜻
나설 수 없을 정도라고 한다. 현재 임금(의종)이 전례 없는 선정을 베
풀고 있다고 은연중에 찬양한 것이다.

　험운은 시를 짓기 어렵게 만든다. 그만큼 재능 있는 시인의 도전
의식을 불러일으킨다. 임종비와 이인로는 의종이 내었던 운자를 그
대로 써서 시를 지었다. 임종비는 무왕이 전쟁 종식을 선언하며 도
림에서 소를 풀어놓은 고사를 사용하였다. 그러나 완성하지는 못하
였다. 이인로는 이를 보완하면서 노자 고사를 활용하였다. 노자는
주나라 덕이 쇠함을 알고 함곡관을 지나 서쪽으로 갈 때 푸른 소를
탄 일이 있다.

『여지도 송도』
(규장각 소장, 18세기),
청교역靑郊驛

상21. 시구를 조탁하는 법
"해와 달은 새장 속 새요 하늘과 땅은 물 위 부평초라네"

시구를 다듬는 절묘한 방법을 소릉 두보가 홀로 완전하게 깨우쳤
을 뿐이다. 예컨대 아래 시구들이 이에 해당한다.

해와 달은 새장 속 새요	日月籠中鳥　●●○○● 　1　2　3　4　5　　일월롱중조 |해와|달은|조롱|속의|새이고|
하늘과 땅은 물 위 부평초라네[1]	乾坤水上萍　○○●●○ 　1　2　3　4　5　　건곤수상평 |하늘과|땅은|물|위의|부평초이다|

십 년 더위에 민산에서 갈옷 입고[2]	十暑岷山葛　●●○○● 　1　2　<u>3</u>　<u>3</u>　5　　십서민산갈 |열 번|더위에|민산에서|갈옷 입고|
삼 년 서리에는 초나라 집 다듬이 소리 듣네[3]	三霜楚戸砧　○○●●○ 　1　2　3　4　5　　삼상초호침 |세 번|서리에|초|집의|다듬이질 들었다|

또 사람의 재주는 그릇 같아서 한정이 있다. 그릇이 모난 모양과 둥
근 모양을 한꺼번에 가질 수는 없는 것이다. 사람 마음과 눈을 즐겁
게 하는 기이한 천하 경관은 너무나 많은데, 자기 재주가 그 느낌을

---

1) 두보의 「형주에서 광주로 부임하는 일곱째 어른 대부 이면을 전송하다[衡州送李大
夫七丈勉赴廣州]」라는 오언율시의 5, 6구 경련이다.
2) 민산岷山은 장강 발원지라고 하는 사천 북부 지역에 있는 산이다.
3) 두보의 「바람이 거센 배에서 침상에 누워 36개 운으로 회포를 적어 호남 친구에
게 보내다[風疾舟中伏枕書懷三十六韻奉呈湖南親友]」라는 시이다.

제대로 표현할 수 없다면, 마치 연燕에서 월越로 가는 천 리 먼 길에 오른 굼뜬 말 같은 신세가 된다. 아무리 애써 채찍질해도 먼 곳까지 이르지 못하는 것이다.

이런 이유로 옛사람들은 빼어난 재주를 가졌어도 함부로 시문을 짓지 않았다. 반드시 먼저 연마하고 조탁하는 공을 기울였다. 그런 뒤에야 무지개처럼 아름다운 광채를 발하여 천고 세월 동안 찬란하게 빛나는 시문을 내놓을 수 있었다.

심지어는 열흘 동안 고치고 한 계절 동안 다듬으면서 아침에도 읊조리고 저녁에도 외어보곤 하였다. 수염을 꼬아가며 고심하면서 글자 한 자를 결정짓기도 어려워하여 한 해가 지나도록 겨우 시 3편을 지어내기도 하였다.[4] 또 시인 가도賈島는 '고敲' 자를 쓸까 하여 손으로 문을 두드리는 시늉도 해보고 '퇴推' 자를 쓸까 하여 밀쳐보는 시늉도 하다가 경조윤 한유와 길에서 부딪히기도 하였다. 시인 두보는 괴롭게 시를 읊조리느라 몹시 수척해진 모습으로 반산飯山에 가서 이백을 만나기도 하였다.[5] 또 서봉西峰 생각에 골몰하여 한밤중에 종을 친 경우도 있다.[6] 이런 따위는 하나하나 열거할 수 없을 정도로 많다.

송나라 소식과 황정견에 이르러서야, 고사를 사용하는 솜씨도 더욱 정밀해지고 표일한 기상이 물씬하게 풍겨 나왔다. 시구를 조탁하

---

4) 수염을 꼬는 것[撚髭]은 시구를 읊고 퇴고하느라 고심하는 모양을 이른다. 노연양盧延讓, 「고음苦吟」, "시 읊어 한 글자를 안배하느라, 두어 가닥 수염 꼬다가 끊어먹었네.[吟安一個字, 撚斷數莖鬚.]"

5) 이백李白이 장안 근처 반산飯山에서 두보를 만난 적이 있다. 그때 두보는 앞서 시구를 고심하느라 무척 수척해진 모습이었다. 이백, 「장난삼아 두보에게 써주다[戲贈杜甫]」, "반과산 머리에서 두보를 만나니, 한낮 해를 피하려 삿갓을 머리에 썼네. 헤어진 뒤로 어찌 그리 메마른 것인가 하니, 시 짓느라 고심하여 그렇게 되었더라네.[飯顆山頭逢杜甫, 頭戴笠子日卓午. 借問別來太瘦生, 總爲從前作詩苦.]"

6) 서봉西峯의 일은 어떤 고사인지 자세하지 않다.

는 절묘한 솜씨가 소릉 두보와 나란히 겨룰 정도가 된 것이다.

琢句之法, 唯少陵獨盡其妙. 如"日月籠中鳥, 乾坤水上萍", "十暑岷山葛, 三霜楚戶砧"之類是已. 且人之才如器皿, 方圓不可以該備, 而天下奇觀異賞, 可以悅心目者甚夥. 苟能才不逮意, 則譬如駑蹄臨燕·越千里之途, 鞭策雖勤, 不可以致遠. 是以古之人, 雖有逸材, 不敢妄下手, 必加鍊琢之工, 然後足以垂光虹蜺, 輝映千古. 至若'句鍛季鍊, 朝吟夜諷', '撚鬚難安於一字, 彌年只賦於三篇', '手作敲推, 直犯京尹', '吟成大瘦, 行過飯山', '意盡西峰, 鍾撞半夜', 如此不可縷擧. 及至蘇·黃, 則使事益精, 逸氣橫出, 琢句之妙, 可以與少陵并駕.

※ 앞에 소개한 시는 아동 교재 『추구』에도 실려있다. 축자풀이를 따르면 시야가 하늘 끝까지 확장되는 듯한 쾌감을 준다. 그러나 본래 두보의 시에서는 포부를 펼치지 못하고 세월을 허송하는 처량한 신세를 표현한 것이었다. 송나라 학자 나대경은 새장 속 새처럼 오가지 못하는 채로 세월을 보내고 물 위 부평초처럼 정처 없이 천하를 떠돌 뿐인 두보가 자기 신세를 한탄한 것이라고 분석했다.[7] '해와 달이 거쳐온 유구한 시간 궤적'과 '하늘과 땅이 존재하는 광활한 물리 공간'을 '새장 속에 갇히고 물 위를 떠도는 듯한 인간의 구속된 활동성'에 대비시켜 자기 존재감을 소실시키고 초라함을 극대화하는 수법을 구사한 것이다.

---

7) 송나라 나대경의 『학림옥로鶴林玉露』(권1)에 보인다.

뒤에 소개한 시는 두보가 세상을 떠나던 그의 일생 마지막 해인 770년 겨울에 창작한 것이다. 36개 운자를 사용하여 72구로 지어낸 장편 시의 일부이다. 가족과 함께 배를 타고 동정호 곁 악양岳陽을 향해서 가던 길이었다. 동정호를 지날 무렵에는 바람이 거세게 부는 중에 몸도 좀처럼 말을 듣지 않았었다고 한다. 이 시는 침상에 누운 채로 있다가 호남에 있는 친구에게 지어서 보낸 것이다. 민산 지역에 머물던 10년 동안 여름마다 갈옷을 입고 초 지역에서 머물던 3년 동안 겨울마다 다듬이 소리 들었다는 것도 일생을 추억한 부분이다. 고단하던 자기 일생을 돌이켜 떠올리는 사이에 훗날 일을 부탁하는 뜻을 내비쳤다. 유언과 다름없는 시이다.

두보를 시성詩聖이라고 부른다. 역대 많은 시인이 두보 시를 경전처럼 여기면서 배우려고 노력하였다. 소식과 황정견도 그랬다. 이인로는 이들을 경유하여 두보를 배우는 방법을 선택했다. 특히 소식과 황정견이 이룬 성과를 높이 평가하고 이를 학시學詩의 본보기로 삼았다. "나는 문을 걸어 닫고 들어앉아서 황정견과 소식 두 사람 시집을 읽었다. 그 이후로 시어가 굳세지고 운이 맑아졌다. 시 짓는 깊은 경지를 얻었다."8) 이인로의 말이다.

---

8) 『보한집』중-46, "李學士眉叟曰, '吾杜門讀黃蘇兩集, 然後語遒然韻鏘然, 得作詩三昧.'"

상22. 시를 살리는 절창의 시구
"푸른 산의 허리를 날아서 가르네"

우리나라 학사 김황원金黃元[1]이 군郡 관아에 이런 시를 적어놓았다.

산성에 내리던 사나운 비
우박으로 변하고
비가 많은 강마을에
번번이 무지개 떠오른다네

山城雨惡還成雹	○○●●○○
1 2 3 4 5 7 6	산성우악환성박
산	성에	비	궂어	다시	되고	우박이

澤國陰多數放虹	●●○○●●○
1 2 3 4 5 7 6	택국음다삭방홍
못	마을에	음기	많아	자주	뜬다	무지개

자미성紫薇省(중서성)에 근무하던 이순우李純祐가 관찰사로 관동에 부임하여 이런 시를 지었다.

세류처럼 삼엄한 군영에
새로 온 상장군은[2]
자미화(중서성)[3] 아래서 근무하던
옛 중서사인이라네

細柳營中新上將	●●○○○●●
1 1 3 4 5 6 6	세류영중신상장
세류의	군영	중의	새	상장군은

紫薇花下舊中書	●○○●●○
1 1 3 4 5 6 6	자미화하구중서
자미	꽃	아래의	옛	중서사인이다

---

1) 김황원金黃元(1045~1117)은 장원 급제하고 국자감 좨주와 한림학사 등을 거쳐 예부 시랑에 올랐다. 시로 명성을 떨치고 고문에 뛰어나 '해동제일海東第一'로 불렸다.

2) 세류영細柳營은 한나라 주아부周亞父가 세류細柳(섬서 함양 서남쪽 지명)에 친 진을 이른다. 군영 규율이 엄숙해서 순시하던 문제文帝가 크게 감동했다고 한다.

3) 자미紫薇는 백일홍百日紅이다. 곧 배롱나무이다. 당나라 때 중서성에 배롱나무를 많이 심었던 것에서 연유하여 중서성을 '자미성紫薇省'이라고 부른다.

내 친구 임기지林耆之[4]가 나에게 이런 시를 지어 주었다.[5]

바람 거세니 북해에서
붕새가 날아오고[6]
달빛 밝으니 놀란 까치
가지에 깃들어 쉬지 못하네[7]

風急溟鵬從北徙　○●●○●●
　1　2　3　4　6　5　7　　풍급명붕종북사
바람│급해│북명│붕새│에서│북해│옮기고│

月明驚鵲未安枝　●○○●●○○
　1　2　3　4　7　6　5　　월명경작미안지
달│밝아│놀란│까치│못한다│안주│가지에│

보궐補闕을 지낸 영양滎陽(정씨 관향) 사람 정지상이 우연히 천마산 팔
척방八尺房(승방)[8]에서 노닐 때의 일이다. 밤새워 고심하여 시를 지어
내려고 했으나 시상을 이루지 못하였다. 이튿날 아침에 돌아가는 길
에서도 말고삐를 느슨하게 풀어놓고 가면서 계속 시를 읊조려보았다.
마침내 도성문 가까운 곳에 이르러서야 시 한 연을 완성할 수 있었다.[9]

---

4) 임기지林耆之는 임춘林椿이다. 기지耆之는 자이다.
5) 임춘의 「시를 지어 장원 이미수를 축하하다[作詩賀李壯元眉叟]」(『서하집』)라는 칠언율
　시의 5, 6구 '바람 거세니 바람을 타고 오른 붕새가 북해에서 날아오고, 달빛 밝
　아서 놀란 까치가 남쪽으로 날아가네.[風急搏鵬從北起, 月明驚鵲向南飛.]'를 인용한 것
　으로 보인다. 첫째 구 '溟'이 '搏'으로, '徙'가 '起'로, 둘째 구 '未安枝'가 '向南飛'로
　되어있다.
6) 명붕溟鵬은 북명北溟에 있는 붕새를 이른다. 북명은 북쪽 끝에 있다는 전설 속 큰
　바다이다. 북명에 사는 곤鯤이라는 물고기는 그 크기가 몇천 리나 되는지 모른
　다고 할 정도로 크다. 이 물고기가 변하여 붕새가 된다. 바다에 큰바람이 불
　면 붕새가 날아올라 남쪽 바다로 옮겨간다. 이때 3천 리나 물을 박찬 뒤에
　회오리바람을 타고 9만 리 위로 날아올라 6개월 동안 날아간다고 한다. 『장자
　소요유逍遙遊』.
7) 두 번째 시구는 소식의 "하늘이 조용한데 화살에 다친 기러기는 날개를 접고, 환
　한 달빛에 놀란 까치는 가지에서 쉬지를 못한다.[天靜傷鴻猶戢翼, 月明驚鵲未安枝.]"
　라는 시를 사용한 것이다.
8) 천마산天摩山이 개경 북쪽에 있는 진산이다. 팔척방八尺房은 8척 크기 승방을 이른다.
9) 『동문선』에 「개성사 팔척방開聖寺八尺房」이라는 제목으로 실려있다. 칠언율시의
　5, 6구이다.

바위 위 늙은 소나무에　石頭松老一片月　●○○●●̇●̇●̇
조각 달 걸렸고　　　　 1 2 3 4 5 6 7 석두송로일편월
　　　　　　　　　　　|바위|머리|솔|늙은 곳|한|조각|달 뜨고|

하늘 끝 낮은 구름 사이로　天末雲低千點山　○●○○○●○
천 점 산이 솟았어라　　　 1 2 3 4 5 6 7 천말운저천점산
　　　　　　　　　　　|하늘|끝|구름|낮은 곳|천|점|산 솟았다|

정지상은 이내 굼뜬 말에 채찍을 가하여 되돌아가서, 승방 문고리를 손으로 잡아 흔들었다. 그리고 곧장 절간 안으로 들어가 붓을 휘둘러 벽에 이 시를 적어놓고 돌아갔다.

강일용康日用 선생이 해오라기를 시로 읊어보려고 매번 쏟아지는 빗발을 무릅쓰고서 천수사 남쪽 시냇가에 가서 관찰하였다. 그러다가 문득 시 한 구를 얻었다.

푸른 산의 허리를　飛割碧山腰　○●●○○
날아서 가르네　　 1 5 2 3 4 비할벽산요
　　　　　　　　|날아서|벤다|푸른|산|허리를|

사람들에게는 이렇게 말하였다.

"오늘에야 비로소 옛사람들이 이르지 못한 경지에 도달하였다. 훗날 마땅히 뛰어난 시인이 나타나 이 시구를 이어서 완성해줄 것이다."

내 생각에, 이 시구는 실제로는 옛 선배들이 남긴 시를 뛰어넘을 만큼 탁월하지는 못하다. 그런데도 이렇게 추켜세워서 말한 것은, 아마도 어렵게 읊조린 끝에 얻어낸 시구이기 때문일 것이다. 내가 그를 위해 시구를 채워서 읊어본다.

높은 나무 꼭대기에
머물러 깃들다가
푸른 산의 허리를
날아서 가르네

占巢喬木頂 ●○○○●	
1 5 2 3 4　점소교목정	
점하여 둥지 깃들고 높은 나무 꼭대기에	

飛割碧山腰 ○●●○○	
1 5 2 3 4　비할벽산요	
날아서 가른다 푸른 산 허리를	

위와 같은 시구 하나가 시 속에 들어있기만 해도, 나머지 시구는 그
럭저럭 채워도 괜찮을 것이다. 정말로 아래의 말과 다르지 않다.

"구슬이 나는 곳에는
풀이 마르지 않고
옥이 있는 시내는
절로 아름답다."10)

珠草不枯　주초불고	
1 2 4 3	
구슬의 풀 않고 마르지	

玉川自美　옥천자미	
1 2 3 4	
옥 시내 절로 아름답다	

本朝學士黃元題郡齋, 云"山城雨惡還成雹, 澤國陰多數放虹."李紫
薇純祐出鎭關東, 云"細柳營中新上將, 紫薇花下舊中書."吾友耆之
贈僕云"風急溟鵬從北徙, 月明驚鵲未安枝."滎陽補闕偶遊天磨山八
尺房, 竟夕苦吟, 未能屬思. 詰旦方廻, 緩轡行吟. 比至都門, 逌得一
聯, 云"石頭松老一片月, 天末雲低千點山."策蹇而返, 手撼門鈕, 直
入院中, 奮筆題于壁邊. 康先生日用, 欲賦鷺鷥, 每冒雨至天壽寺南
溪上觀之, 忽得一句, 云"飛割碧山腰."乃謂人日"今日始得到古人
所不到處, 後當有奇才能續之."僕以爲此句誠未能卓越前輩, 而云爾

---

10) 『순자 권학勸學』, "옥이 산에 있으면 초목이 윤택하고, 연못에서 구슬이 나면 둑
이 마르지 않는다.[玉在山而草木潤, 淵生珠而崖不枯.]"

者, 蓋由苦吟得就耳. 僕爲之補云"占巢喬木頂, 飛割碧山腰."夫如
是一句置全篇中, 其餘粗備可也. 正如"珠草不枯, 玉川自美."

※ 시안詩眼이란 것이 있다. 시의 눈이다. 시에서 핵심이 되는 글자를
이른다. 시안은 시 한 수가 잘되고 못됨을 결정짓는 열쇠가 된다. 시
를 감상하는 사람은 시안을 통해 시인이 가진 내밀한 생각을 읽어낼
수 있다. 또 잘 지어진 시구 하나는 시에 생기가 돌게 해준다. 시인은
시구 하나로 명성을 얻기도 한다. 이런 시구를 경구警句라고 말한다.
예를 들자면 영화에 등장하는 명대사와 유사하다. 대사 하나가 영화
를 더욱 빛내주고 오래오래 사람들 기억 속에 남게 해주는 것이다.

경구는 사람들을 놀라게 하는 기발한 뜻이나 빼어난 표현을 지닌
시구이다. 평생 경구 한두 개만 얻어도 소원이 없었다고 한다. 남들
에게 인정받는 경구를 지어내기란 여간 어려운 것이 아니었다. 그
렇지만 한번 인정받아 도성 안에 알려지고 나면, 그 경구는 사람들
기억 속에 남게 된다. 두고두고 입으로도, 문헌으로도 회자가 되어
후세에까지 알려진다. 위에 소개한 다섯 시인의 시구도 모두 경구
이다. 앞 세 수는 시만 소개하고 뒤 두 수는 얽힌 일화까지 소개했
다. 이인로도 이에 뒤질세라 강일용이 미완으로 남긴 시구의 앞을
채워 한 연을 완성해보았다. 다섯 시인 뒤에 자신도 나란히 서고 싶
었던 듯하다.

상23. 기녀 원옥의 어릴 적 이름 우후

"예부터 비단옷 곱게 입은 미인은 소 뒤를 으레 따랐겠구나"

우후牛後는 교방[1] 소속 기녀 원옥原玉이 어릴 적에 사용하던 이름이다. 그녀는 용모와 기예가 세상에서 으뜸이다. 장원으로 급제한 황빈연黃彬然이 「우후가牛後歌」를 지었다. 대략 이런 내용이다.

분명 말 앞에서 죽은
미인 양귀비가 안타까워[2]
거꾸로 해보려고
우후(소의 뒤)라고 이름했으리

應恨蛾眉馬前死　○●○○●○
　1 7 2 2 4 5 6　응한아미마전사
｜응당｜한하여｜미인이｜말｜앞에서｜죽음을｜

欲敎返是名牛後　●○○●○○●
　4 1 3 2 7 5 5　욕교반시명우후
｜하려｜시켜｜거꾸로｜이를｜이름했다｜우후로｜

장원으로 급제한 유희劉羲는 이렇게 읊었다.

우심(소 염통)[3]을 단지
희지에게 줘야[4] 마땅하리라

牛心只合供羲之　○○○●●○○
　1 1 3 7 6 4 4　우심지합공희지
｜우심을｜단지｜마땅하다｜제공함이｜희지에｜

---

1) 교방敎坊은 기녀를 관리하고 가무를 가르치던 고려의 관청이다.
2) 양귀비는 현종을 따라 안녹산의 난을 피해 마외역에 이르렀을 때, 호위하는 군사들의 강권에 밀려 목숨을 내어주고 말았다. 백거이, 「장한가長恨歌」, "육군이 나아가지 않으니 어쩔 수 없어, 아리따운 미인이 말 앞에서 죽고 말았어라.[六軍不發無奈何, 宛轉蛾眉馬前死.]"
3) 우심牛心은 소 염통을 요리한 우심적牛心炙을 말한다. 우후牛後의 마음을 빗댄 것이다.
4) 희지羲之는 왕희지王羲之이다. 유희劉羲를 빗댄 것이다. 주의周顗(269~322)라는 자가 귀한 음식인 우심적 요리를 왕희지에게 준 일이 있다. 우심적을 왕희지에게 주었듯이 우후 마음이 유희에게 돌아갈 것이라는 말이다.

내 친구 기지耆之(임춘)는 이렇게 읊었다.

그저 하늘 위에서
　　　只應天上隨牽牛　●○○●○○○
　　　1 7 2 3 6 4 4　　지응천상수견우
　　　｜단지｜마땅하니｜하늘｜위서｜따름이｜견우｜

견우를 따라야 마땅하리라
그래서 '우후(소의 뒤)'라고
　　　故以牛後爲名字　●●○●●○○
　　　1 4 2 2 7 5 6　　고이우후위명자
　　　｜따라서｜써서｜우후를｜삼았다｜이름｜글자｜

이름 붙인 것이라네

내게도 동참하라고 청하여 이렇게 읊었다.

그대는 보지 못했나?
　　　君不見石崇騎牛迅若飛
　　　1 2 2 4 4 7 6 8 10 9
　　　　　　　○●●●○○●●
　　　　　　　군불견석숭기우신약비
　　　｜그대｜못 봤나｜석숭｜타고｜소｜빨리｜듯｜날｜

석숭5)이 소 타고 날 듯 달리니
지란같이 아름다운
　　　綠珠艶質芝蘭秀　●○○●●○◉
　　　1 1 3 4 5 5 7　　록주염질지란수
　　　｜녹주｜고운｜자질｜지란처럼｜아름답다｜

미인 녹주6)가 있었다오
또 보지 못했나?
　　　又不見魏公騎牛行讀書
　　　1 2 2 4 4 7 6 8 10 9
　　　　　　　●●○○○○●●
　　　　　　　우불견위공기우행독서
　　　｜또｜못 봤나｜위공｜타고｜소｜가며｜읽고｜책｜

위공이 소 타고 가며 책 읽더니7)
절창이 하늘까지 울리던
　　　雪兒妙唱雲霄透　●○○●●○◉
　　　1 1 3 4 5 6 7　　설아묘창운소투
　　　｜설아의｜절묘한｜노래｜구름｜하늘｜뚫는다｜

설아8) 여인이 있었다네
예부터 비단옷
　　　自古綺羅人　●●○○
　　　2 1 3 3 5　　자고기라인
　　　｜부터｜옛｜비단옷 입은｜사람은｜

곱게 입은 미인은

---

5) 석숭石崇은 서진西晉 시대 부호이다.
6) 녹주綠珠는 석숭이 사랑한 여인이다.
7) 위공魏公은 수나라 이밀李密이다. 소뿔에 『한서』를 매달아놓고 타고 다니면서 읽
　었다고 한다.
8) 설아雪兒는 이밀이 사랑한 여인이다.

소 뒤를	例合居牛後 ●●○○◎
으레 따랐었구나	1 5 4 2 3　　례합거우후
	으레｜마땅하다｜있음이｜소｜뒤에
우후에게	持此問牛後 ○●●○●
이를 묻노라	2 1 5 3 3　　지차문우후
	가지고｜이를｜물으니｜우후에게
그대 마음에	得稱汝意否 ●●●●◎
걸맞은 말인가?	4 3 1 2 5　　득칭여의부
	얻었나｜걸맞음을｜너의｜뜻에｜아닌가
우후는 싱긋 웃고	嫣然含笑微俛首 ○○○●●●●
가늘게 고개를 끄덕이더니	1 1 4 3 5 7 6　언연함소미면수
	싱긋｜머금고｜웃음｜조금｜숙이고｜머리를
천금 같은 한 곡조로	一曲千金爲我壽 ●○○○●●◎9)
나에게 장수를 기원해주네	1 2 3 4 5 6 7　일곡천금위아수
	한｜곡｜천｜금으로｜위해｜나를｜축수한다

牛後敎坊花原玉小字, 色藝爲一時冠. 黃壯元作「牛後歌」, 其略云 "應恨蛾眉馬前死, 欲敎返是名'牛後'." 劉壯元羲云 "牛心只合供羲之." 吾友耆之云 "只應天上隨牽牛, 故以'牛後'爲名字." 請僕同賦, "君不見石崇騎牛迅若飛, 綠珠艷質芝蘭秀. 又不見魏公騎牛行讀書, 雪兒妙唱雲霄透. 自古綺羅人, 例合居牛後. 持此問牛後, 得稱汝意否. 嫣然含笑微俛首, 一曲千金爲我壽."

※ 원옥은 어릴 적 이름이 '우후牛後'이다. '개똥이'처럼 사나운 운수를 피하면서 친근감을 얻으려고 일부러 천한 이름을 붙인 듯하다. 시인 4명이 이 이름을 가지고 익살스럽게 시를 지어냈다.

　황빈연은 양귀비가 말 앞에서 비명에 죽은 일을 인용하고, 같은 불행을 피하려고 거꾸로 우후로 불렀다고 했다. 756년에 안녹산 군대

---

9) □장단구 고시이다. 거성 '유宥' 운에 맞추어 '秀, 透, 後, 否, 壽'로 압운하였다.

가 장안을 침범한 일이 있었다. 당시에 현종이 양귀비와 함께 피신하려고 장안 서쪽 마외역을 지날 때였다. 수행하던 자들이 강권하여 양귀비는 세상을 등질 수밖에 없었다. 백거이는 「장한가」에서 당시 순간을 "아리따운 미인이 말 앞에서 죽고 말았어라."라고 했다.

유희는 왕희지가 소 염통[牛心] 구이요리를 대접받은 일을 인용했다. 왕희지가 13세 때다. 명망이 높던 형주 자사 주의周顗가 마련한 연회에 우연히 참석하게 되었다. 주의는 몹시 인기가 있던 소 염통 구이요리를 가장 먼저 왕희지에게 대접했다. 재능을 알아보고 특별히 대접한 것이다. 이 장면이 사람들에게 강렬한 인상을 남긴 듯하다. 왕희지는 이 일로 명성이 널리 전해졌다. 우심牛心은 '소 염통'이지만 달리 해석하면 '우후 마음'이 된다. 중의적 표현이다. '희지羲之'도 같다. '왕희지'이면서 '유희'의 이름이기도 하다. '우심을 왕희지에게 주어야 한다'를 '우후 마음을 유희에게 주어야 한다'로 풀 수 있는 것이다.

임춘은 견우와 직녀 일을 인용했다. 견우 뒤를 따르는 걸맞은 짝이 되라는 뜻으로 '우후'로 불렀다는 것이다. 견우가 끄는 소의 뒤를 따르는 직녀를 일컫는 말이 될 수도 있겠다.

이인로는 석숭과 녹주, 그리고 이밀과 설아에 얽힌 사랑 이야기를 인용하여 새로운 해석을 내놓았다. 소 타고 달리기를 좋아한 석숭 뒤에 여인 녹주가 있고, 소 타고 책 읽기를 좋아한 이밀 뒤에 여인 설아가 있었듯이, 소 뒤에 으레 미인이 있다는 것이다. 아울러 시 후 반부에서 이 시를 우후에게 들려주었다고 하였다. 아껴주는 이밀을 위해 노래 부른 설아처럼, 원옥도 이인로 자신을 위해서 진심으로 노래 불러주었다는 말을 보탰다. 혹 둘 사이에 애틋한 감정이 있었던 것은 아닐까 궁금해진다. 시인이 감춰둔 숨겨진 뜻은 아닐까?

상24. 한언국의 서재에 남긴 그림 같은 시

"넘실거리는 두 갈래 강물이 제비 꼬리처럼 나뉘고"

내가 옛날에 계양桂陽(부평) 관리로 부임할 때다. 안렴사 부절符節을 받들고 가는 길에 용산龍山에 이르러 상국 한언국韓彦國의 집 서재에 묵었다. 구불구불한 산등성이가 마치 푸른 뱀 모양으로 서린 곳이었다. 서재는 정확히 뱀 이마 위치에 자리 잡고 있다. 강물 줄기는 그 밑에 이르러서 두 갈래로 나뉘어 흐른다. 강 너머로는 멀리 솟은 봉우리가 마치 '뫼 산[山]' 글자 모양처럼 보였다.

내가 낭랑하게 소리 내어 이 경치를 읊조리다가 자리에서 일어나 붓을 휘둘러 벽에 썼다.[1]

넘실거리는 두 갈래 강물이 제비 꼬리처럼 나뉘고	二水溶溶分燕尾 ●●○○○●● 1 2 3 3 7 5 6 이수용용분연미 두｜물｜넘실넘실｜나뉘고｜제비｜꼬리처럼
아득한 세 봉우리가 자라 머리에 올라탄 듯하네[2]	三山杳杳駕鰲頭 ○○●●●○◎ 1 2 3 3 7 5 6 삼산묘묘가오두 세｜산｜아득히｜올라탔다｜자라｜머리에
훗날 당신을 모시라고 허락해주신다면[3]	他年若許陪鳩杖 ○○●●○○● 1 2 3 7 6 4 4 타년약허배구장 다른｜해｜만약｜허락하면｜모시라｜구장을

---

1) 이 시가 『동문선』 권13에는 「한 상국의 한강 거처[韓相國江居]」라는 제목의 칠언율시로 실려있고, 『동문선』 권20에는 「한 상국의 서재에서 묵다[宿韓相國書齋]」라는 제목의 칠언절구로 실려있다. 착오가 있는 듯하다. 칠언율시의 경련과 미련에 해당한다. 2구 '駕鰲'가 '隔籠'로 되어있다.
2) 큰 자라가 머리로 신산神山을 떠받치고 있다는 전설이 있다. 『열자 탕문湯問』.
3) 구장鳩杖은 손잡이 부분을 비둘기 모양으로 조각하여 장식한 지팡이다. 70세를 넘겨 치사한 대신에게 하사하였다.

함께 푸른 강에 나아가

흰 갈매기와 놀아볼 것이어라

共向蒼波狎白鷗 ●●○○●●○4)

1 4 2 3 7 5 5　공향창파압백구

함께|향해|푸른|파도|희롱한다|백구를|

천수天水(조씨 관향) 사람 조역락趙亦樂5)은 바로 한 상국의 문생이다. 그가 상국을 찾아뵙고 술을 마시다가 이 시를 외었다. 상국이 술잔을 멈추고서 다시 시를 음미하더니 이렇게 말했다.

"한양에서 노닌 세월을 헤아려보니 이제 어느덧 오십 년일세. 이 시구 하나를 들으니, 한양에 있는 산 풍광과 물 빛깔이 또렷이 눈앞에 펼쳐져 보이는 듯하네. 이것이 바로 옛사람이 말한 '시 속에 그림이 있다'6)라는 것이구려."

昔僕出佐桂陽, 承廉使符, 到龍山宿韓相國彦國書齋. 峰巒盤屈狀若蒼蛇, 而齋正據其額. 江流至其下分爲二派, 江外有遙岑, 望之如"山"字. 僕朗吟而起, 信筆題于壁, 云"二水溶溶分燕尾, 三山杳杳駕鰲頭. 他年若許陪鳩杖, 共向蒼波狎白鷗." 天水亦樂, 卽韓相國門生也. 謁相國酒行誦此詩, 相國停盃吟諷, 乃曰"漢陽之遊, 計今已五十年矣. 聞此一句, 其山光水色歷歷如在眼前, 此古人所謂'詩中畫'也."

---

4) □측기평수 구식을 사용한 칠언율시의 경련과 미련이다. 하평성 '우尤' 운에 맞추어 '頭, 鷗'로 압운하였다.

5) 조역락趙亦樂은 조통趙通을 이른다.(상-13 참조)

6) 시의 표현이 그림처럼 생동하여, 시를 읽으면 마치 자신이 그림 속에 있는 듯이 느껴지게 만든다는 말이다. 소식은 왕유가 창작한 시와 그림에 대해 이렇게 말했다. "마힐의 시를 보면 시 속에 그림이 있고, 마힐의 그림을 보면 그림 속에 시가 있다." 『어은총화 왕마힐王摩詰』.

※ 이인로는 32세 때인 1183년에 계양(부평) 서기로 부임했다. 절도사에 해당하는 자리이고, 안렴사로 일컫는다. 한 지역 수령으로서 군사 일과 백성을 다스리는 일을 책임지는 자리이다. 1180년에 장원 급제하고, 1182년에 사신으로 금나라에 다녀온 직후이다. 이인로는 이때 개경에서 출발하여 한강을 거슬러 용산에 도착한 듯하다. 그래서 마침 그곳에 있는 한언국을 찾아가서 인사를 올린 것이다. 위시는 바로 한언국의 집에서 바라본 한강과 강 건너편에 솟은 산 모습을 평화로운 시선으로 묘사한 것이다.

상25. 낙성재 학당에서 지은 초파일 연구시

"버들가지는 한들한들 실타래 매단 듯이 나부끼네"

황통 3년 계해년(1143) 4월 어느 날이다. 승선承宣[1] 김공金公이 임금 명을 받들었다. 두 영공슈公에게 명을 전하여 일월사日月寺[2] 낙성재樂 聖齋 학당[3]에 가서 여러 학생과 강습하라는 것이었다.

그때 윤 4월 초파일에 이르러 연구聯句를 짓게 되었다. 내시內侍 최 산보崔山甫[4]가 '시내 계溪' 자를 내었다. 그리고 즉시 읊었다.

시냇물이 잔잔하게
쉼 없이 바다 배워서 흐르다가[5]

溪溜潺湲常學海　○●○○○●●
1　2　3　3　5　7　6　　계류잔원상학해
|시내|흐르는 물|졸졸|늘|배우다가|바다|

명종明宗이 이어서 읊었다.

꿈결에 놀란 듯이
기쁘게 하늘을 바라보네

夢魂驚越喜瞻天　●○○○●○○
1　2　3　4　5　7　6　　몽혼경월희첨천
|꿈속|혼|놀라|아득해|기쁘게|본다|하늘|

---

1) 승선承宣은 왕명 출납과 숙위宿衛 및 군기軍機에 관한 정사를 관장하던 중추원 정 3품 관직이다.
2) 일월사日月寺는 고려 태조가 922년에 개경 궁성 서북쪽에 있는 송악산 만폭동 안 에 창건한 사찰이다. 임금이 행차하여 연회를 베풀거나 행사를 열곤 하였다.
3) 낙성재樂聖齋 학당은 최충이 송악산 아래 자하동紫霞洞에 설치한 구재학당九齋學堂 가운데 첫 번째 재齋의 이름이다. 매년 여름마다 귀법사歸法寺의 승방을 빌려 하 과夏課를 진행했다고 한다.
4) 최산보崔山甫는 고려 전기 문신으로『삼국사기』편찬에 참여하였다.
5) 양웅,『법언』, "모든 시내가 바다를 배워서 쉼 없이 흘러 바다에 도달한다.[百川 學海, 而至于海.]"

김숙청金淑淸이 다시 '실 사絲' 자를 내었다. 그리고 즉시 읊었다.

실처럼 곧게 늘어진 버들은
　　봄 두둑 위에 있고

絲直垂楊春陌上　○●○○○●●
1　2　3　4　5　6　7　　사직수양춘맥상
|실처럼|곧게|처진|버들|봄|둑|위 있고|

명종이 이어서 읊었다.

　눈썹처럼 고운 초승달은
저녁 구름 위에 걸려있네

眉鮮新月暮雲端　○○○●○○○
1　2　3　4　5　6　7　　미선신월모운단
|눈썹|고운|새|달|저녁|구름|끝에 있다|

김자칭金子稱이 다시 읊었다.

　시냇물은 숲 울리면서
먼 골짜기에서 흘러오고

溪水鳴林來遠洞　○●○○○●●
1　2　4　3　7　5　6　　계수명림래원동
|시내|물이|울리며|숲|오고|먼|골에서|

상영공上令公(미상)이 이어서 읊었다.

　산 구름은 바위에 걸려
높은 봉우리 에워싸고 있네

山雲觸石藹高峰　○○●●●○○
1　2　4　3　7　5　6　　산운촉석애고봉
|산|구름|닿아|돌에|감싼다|높은|봉을|

김상순金尙純이 다시 읊었다.

　봉우리 산은 점점이
창날처럼 빼곡하게 늘어섰고

峰巒點點森戈戟　○○●●○○●
1　1　3　3　7　5　5　　봉만점점삼과극
|봉우리 산이|점점이|빼곡하고|창처럼|

상영공이 이어서 읊었다.

버들가지는 한들한들　　楊柳依依掛線絲　○●○○●●○
실타래 매단 듯이 나부끼네　1 1 3 3 7 5 5　양류의의괘선사

|버들은|한들한들|걸렸다|실타래처럼|

다음 날에 이 시가 대궐에 전해져서 인종仁宗이 어람하였다.

皇統三年癸亥四月日, 承宣金奉聖旨, 令兩令公受命, 到日月寺樂聖
齋學堂, 與諸生講習. 至閏四月初八日聯句, 內侍崔山甫占"溪"字, 卽
云"溪溜潺湲常學海."【明宗】"夢魂驚越喜瞻天."【金淑淸】又占"絲"字,
卽云"絲直垂楊春陌上."【明宗】"眉鮮新月暮雲端."【金子稱】"溪水鳴
林來遠洞."【上令公】"山雲觸石藹高峰."【金尙純】"峰巒點點森戈戟."
【上令公】"楊柳依依掛線絲."翌日入內御覽.

※ 1143년 4월에 있었던 일이다. 인종이 두 영공을 일월사에 마련된
낙성재 학당에 보냈다. 그곳에서 학생들과 어울려 공부하게 하려는
것이었다. 이후 며칠이 지난 윤 4월 초파일에 여럿이 모여 앉아 연
구로 시를 지었다고 한다. 두 영공 가운데 한 사람은 명종(1131~1202)
인 것으로 보인다. 이때 13세로 왕자 시절이었다. 그렇다면 '상영공'
도 왕자일 가능성이 크다. 명종에게는 두 형이 있었다. 의종과 대령
후大寧侯 경暻이다. '의종'으로 표기하지 않은 것으로 볼 때, 상영공은
아마도 둘째 형 대령후일 듯하다.
　위에 소개한 여덟 구의 시는 각각 두 구씩 짝을 이루고 있다. 앞

의 세 짝은 평성 운을 사용한 측기측수 구식의 1, 2구에 해당하고, 마지막 한 짝은 같은 구식의 3, 4구에 해당한다. '계溪' 자와 '사絲' 자에 맞추어 시를 지었는데, 운자로 제한하여 사용한 것은 아니다.

破閑集

파한집

권 중

중1. 직언을 피하지 않은 강건한 신하 문극겸

"해 뜨는 동쪽 산에서 봉황이 운다"

지혜로운 자는 일이 발생하기 전에 미리 그 조짐을 보지만, 어리석은 자는 아무 일도 생기지 않는다고 하면서 걱정 없이 태연하다. 우환을 당하고 난 뒤에는 노심초사하면서 바로잡고자 애를 써본들, 존망과 성패를 가르는 운수에 무슨 보탬이 있겠는가? 편작이 제나라 환후桓侯의 질병을 고치지 못한 까닭도 여기에 있다.[1]

옛날 한나라 문제 때는 세상이 평온하게 잘 다스려졌고, 백성도 풍족하게 지내고 있었다. 그런 순간에도 가의賈誼는 위태한 조짐을 예견하고 통곡하면서 상소를 올렸다.[2] 당나라 문황文皇(태종)은 국가를 일으키고 나서 날마다 더욱 경계하고 두려워하기를 조금도 게을리하지 않았다. 그런데도 위징魏徵은 오히려 좋지 않은 10가지 조짐을 예견하고 글을 올려 진술하였다.[3] 그래서 이런 말이 전해진다.

---

1) 전국시대 명의로 알려진 편작扁鵲이 제나라 환후桓侯를 만나 병세가 있음을 발견하고 여러 차례 치료를 권하였다. 그러나 환후가 듣지 않다가 병이 깊어져 속수무책으로 죽음에 이르게 되었다고 한다. 『사기 편작전扁鵲傳』.

2) 가의賈誼(기원전 200~168)는 한나라 문제文帝 때 태중대부가 되어 국정 일신을 위한 대책을 진언하다가 저항에 밀려 25세에 장사왕 태부로 좌천되었다. 얼마 후 문제의 아들 양회왕梁懷王을 교육하는 태부로 복귀하여 다시 정치 안정을 위한 「치안책治安策」을 올렸다. 「치안책」에서 이렇게 말했다. "사세를 살피건대, 통곡할 일이 한 가지, 눈물 흘릴 일이 두 가지, 길게 탄식할 일이 여섯 가지입니다." 『한서 가의전賈誼傳』.

3) 위징魏徵(580~643)은 당나라 태종 시기에 간의대부를 거쳐 정국공鄭國公에 봉해진 인물이다. 직간을 피하지 않았다. 태종은 그 의견을 믿고 수용하여 정관지치貞觀之治로 불리는 치세를 이룰 수 있었다. 위징은 태종에게서 점차 사치를 좋아하고 초심을 잃어가는 조짐이 있음을 발견하고 이를 경계하기 위해 정관 13년(639)에 「십점소十漸疏」를 올렸다.

"간언하는 신하가
병폐의 근원을 바로잡아
싹트지 않게 만들어준다."[4]

> 諫者救其源 간자구기원
> 1 2 5 3 4
> 간하는│자는│구제하여│그│근원을│
>
> 不使得開 불사득개
> 4 1 3 2
> 하지 않는다│하여금│얻게│열림을│

이는 서리가 내릴 때 서둘러 얼음이 얼 때를 경계하고,[5] 옻칠한 나무 그릇을 사용할 때 미리 옥 술잔을 쓸 욕심을 내지 못하게 막는 것과 같다.[6]

옛날에 의종은 수십 세대에 걸쳐 풍요와 태평이 이어지고 국정이 잘 다스려진 것에 힘입어 제왕 지위에 오랫동안 있으면서 이루지 못한 일이 없었다.

"태평한 왕업의 기틀이 태산泰山보다 안정되었다."

모두가 이렇게 생각하여 감히 다른 말을 하려는 자가 없었다.

바로 그런 때였다. 정언 문극겸文克謙[7]이 곧장 나아가 대궐 문을 두드리면서 검은 주머니에 봉함하여 넣은 상소 한 통을 올렸다. 말한

---

4) 『신당서 저수량전褚遂良傳』.
5) 음陰의 기운이 처음에 응결하여 서리가 되고, 더욱 강해져 단단한 얼음이 된다. 서리를 보고 나서 단단한 얼음이 만들어질 것임을 미리 알아서 대처해야 한다는 말이다. 『주역 곤괘坤卦』.
6) 당 태종이 정관 17년(643)에, 순임금이 칠기漆器를 만들어 사용하자 당시에 10여 명이 간언을 올린 일에 대한 이유를 물었다. 이때 간의대부 저수량이 답하였다. "칠기 사용을 멈추지 않으면 반드시 금으로 만들게 되고, 금기金器 사용을 멈추지 않으면 반드시 옥으로 만들게 됩니다. 그러므로 간언하는 신하는 반드시 병폐가 비롯된 근원을 바로잡아 싹트지 않게 만들어주는 것입니다." 『신당서 저수량전褚遂良傳』.
7) 문극겸文克謙(1122~1189)은 의종 때 급제한 뒤에 좌정언과 우승선 등을 거쳐 재상 지위에 올랐다. 국정의 병폐를 지적하고 직언을 서슴지 않은 것으로 유명하였다.

내용은 모두 당시 병폐를 정확히 지적한 것이었다.

"해 뜨는 동쪽 산에서   鳳鳴朝陽 봉명조양
　봉황이 운다."[8]   1 4 2 3
                        |봉황이|운다|아침|햇볕에서|

사람들이 이렇게 빗대어 말했을 정도였으나, 의종은 간언을 듣지 않았다. 그러자 공은 관복을 벗어 던지고 집으로 가는 길에 이런 시를 지었다.

　주운이 난간 부숨이   朱雲折檻非干譽 ○○●●○○
명예를 구해서가 아니듯이[9] 1 1 4 3 7 6 5   주운절함비간예
원앙이 임금 수레 막아선 것이 |주운이|꺾은은|난간|아니고|구함|명예|
　자신을 위한 것이랴?[10] 袁盎當車豈爲身 ○●○○●●◎
　　일편단심을   1 1 4 3 5 7 6   원앙당거기위신
　하늘이 몰라주어 |원앙이|막음|수레|어찌|위함이랴|자신|
                     一片丹誠天未照 ●●○○○●●
                     1 2 3 4 5 6 7   일편단성천미조
                     |한|조각|붉은|정성|하늘이|않아|살피지|

---

8) 봉황이 아침 해가 뜨는 동쪽 높은 산 오동나무 위에서 운다는 말이다. 어진 인재가 때를 얻어 밝은 임금을 만나 뜻을 펼침을 의미한다. 조양朝陽은 아침에 해가 뜨는 산 동쪽을 이른다.『시경 권아卷阿』. "봉황이 울기를 저 높은 산에서 하네. 오동이 자라기를 저 아침 해 뜨는 동쪽 산에서 하네.[鳳皇鳴矣, 於彼高岡. 梧桐生矣, 於彼朝陽.]"
9) 한나라 주운朱雲은 아첨하는 신하를 죽이라고 성제成帝에게 바른말을 하였다. 이에 노여움을 사서 끌려 나가게 되었을 때, 끝까지 난간을 붙잡고 버티는 바람에 난간이 모두 부서지고 말았다고 한다.『한서 주운전朱雲傳』.
10) 한나라 문제文帝가 장안 동쪽 패릉에서 수레를 몰아 험한 언덕을 내달려 내려가려 하자, 원앙袁盎이 말고삐를 붙들고 만류하면서 간언했다고 한다.『한서 원앙전袁盎傳』.

여원 말을 억지로 몰아
주저주저 물러났을 뿐이어라

强鞭羸馬退逡巡 ●○○●●○○[11]
1 4 2 3 5 6 6　강편리마퇴준순
|굳이| 몰아| 여윈| 말| 물러나며| 머뭇한다|

공은 명종이 즉위한 뒤에 다시 발탁되어 간언하는 후설喉舌의 직책[12]
을 맡았다. 국가 기틀이 안정된 부분과 위태한 부분, 백성에게 이로
운 부분과 해로운 부분, 사대부 중에 현명한 자와 불초한 자 등에 관
해서 임금에게 전부 아뢰었다. 조금도 지체하는 법이 없었다. 지금까
지 이웃 나라와 우호를 유지하고 나라 안팎이 걱정 없이 평온한 것은
진실로 공이 애쓴 결과다.

공이 재상 지위에 있을 때 나를 추천해서 옥당에 들어가 임금을 모
실 수 있게 되었다. 그런데 그 이듬해에 공은 세상을 떠나고 말았다.
내가 만시挽詩를 지어 애도하였다.[13]

젊어선 궐문에 가서
구름(간신)을 밀치고 간언하고[14]

早從閶闔排雲叫 ●○○●●○●
1 4 2 2 6 5 7　조종창합배운규
|일찍| 에서| 궐문| 밀치고| 구름| 외치고|

---

11) □평기측수 구식을 사용한 칠언절구시이다. 상평성 '진眞' 운에 맞추어 '身, 巡'으
로 압운하였다.
12) 후설喉舌은 목과 혀이다. 왕명 출납과 언론 소통을 맡는 자리를 이른다. 중추원
승선承宣이 이에 해당한다.
13) 『동문선』에 「문상국극 겸만사文相國克謙挽詞」라는 제목의 칠언율시로 실려있다. 4
구 '胡'가 '爭'으로 되어있다.
14) 궐문에 나가서 충직하게 직간한 문극겸 행동을 빗대었다. 창합閶闔은 위·진 시대
에 궁궐 남문에 붙인 명칭이다. 이후 궐문을 일컫는 말로 쓰인다. 한유, "착착齪
齪, "구름을 헤치고서 궐문에 호소하고, 뱃속을 열어 옥돌을 바치네.[排雲叫閶闔,
披腹呈琅玕.]" 해를 가린 '구름'은 간사한 신하이고, '옥돌'은 충직한 신하가 올리는
간언이다.

늙어선 우연에서
지는 해(나라 운세)를 건졌어라[15]
붉은 봉황처럼 연못(중서성)[16]서
오래 유영하고 있었거늘
흰 닭이 어찌 꿈에 나타나
저승길을 재촉하였나?[18]

晚向虞淵取日廻　●●○○●●◎
1 4 <u>2</u> <u>2</u> 6 5 7　만향우연취일회
만년에 │ 향해 │ 우연 │ 건져 │ 해 │ 되돌렸다

丹鳳久從池上浴　○●○○○●●
1 2 3 6 4 5 7　단봉구종지상욕
붉은 │ 봉황 │ 오래 │ 에서 │ 연못 │ 위 │ 씻는데

白鷄胡奈夢中催　●○○●●○◎[17]
1 2 <u>3</u> 3 5 6 7　백계호내몽중최
흰 │ 닭이 │ 어찌 │ 꿈 │ 속 │ 나타나 │ 재촉했나

당시 사람들이 이 만시를 보고 이렇게 말하였다.

"공이 조정에서 세운 큰 절개가 앞 두 구의 말에서 조금도 벗어
나지 않는다. 실록實錄이라고 평해도 틀리지 않을 것이다."

지난번에 공의 옛 별장에 가보았다. 초목이 울창하고 바위틈 사이
로 샘물이 흘러나오는 곳이었다. 공이 평소에 노닐고 쉬던 장소였다.
아쉬운 마음에 발을 떼지 못하고 머뭇거리다가 시를 지어 벽 위에 적
어놓았다.

---

15) 우연虞淵은 전설 속에서 해가 지는 곳으로 알려진 연못이다. 우천虞泉이라고 한
다.『회남자 천문훈天文訓』, "태양이 우연으로 떨어질 때를 황혼이라 한다.[日至于
虞淵, 是謂黃昏.]"
16) 중서성 곁에 봉황지라는 연못이 있어, 중서성을 빗대 봉황지라고 한다. 이 봉황
지에 깃든 붉은 봉황을 단봉丹鳳이라 한다.
17) ▢측기평수 구식을 사용한 칠언율시의 함련과 경련이다. 상평성 '회灰' 운에 맞추
어 '廻, 催'로 압운하였다.
18) 흰 닭은 죽음을 상징한다. 동진 시대 재상 사안謝安이 어느 날 이렇게 말했다. "꿈
에서 환온桓溫의 수레를 타고 16리를 가다가 흰 닭 한 마리를 발견하고서 멈추었
네. 환온의 수레를 탄 것은 그 지위를 대신함을 의미하고, 16리를 가다가 멈춘
것은 지금까지 16년 동안 지위에 있었음을 의미하네. 흰 닭은 유酉인데 올해가
유년酉年이니, 내가 병석에서 못 일어날 것이네." 곧 상소하여 재상에서 물러나
더니 얼마 후에 세상을 떠났다고 한다.

바위 밑에	巖下泠泠水 ○●○○○
	1 2 3 3 5　암하령령수
	｜바위｜아래의｜차가운｜물이｜
차갑게 흐르는 샘물이	
그리움에 사무친 듯	沿洄若有思 ○○●●○
	1 2 3 5 4　연회약유사
	｜흘렀다｜거슬렀다｜마치｜있는 듯｜그리움｜
맴도는데	
빙설처럼	誰知氷雪派 ○○○●●
	1 5 2 3 4　수지빙설파
	｜누가｜알까｜얼음｜눈｜물결을｜
찬 물결 속에	
봉황 연못 기운을 품고 있음을	尙帶鳳凰池 ●●●○◎
	1 5 2 2 4　상대봉황지
	｜아직｜띠고 있다｜봉황｜연못 기운을｜
누가 알까?	
동각¹⁹⁾이	東閣重窺處 ○●○○○
	1 1 3 4 5　동각중규처
	｜동각이｜거듭｜엿보던｜곳에서｜
거듭 찾던 곳에서	
해가 서문²⁰⁾에	西門欲暮時 ○○●●○
	1 1 4 3 5　서문욕모시
	｜서문에｜하는｜해 지려고｜때에｜
기우는 때에	
벽 위에	題詩留半壁 ○○○●●
	2 1 5 3 4　제시류반벽
	｜적어｜시를｜남겨｜중간｜벽에｜
시를 적어서	
대략 저승(문극겸)에	略遣九泉知 ●●●○◎²¹⁾
	1 4 2 2 5　략견구천지
	｜대략｜보내(하여금)｜구천에｜알게 한다｜
알리고 싶어라	

---

19) 동각東閣은 문극겸이 지낸 벼슬을 일컬은 별칭으로 보인다.

20) 서문西門은 서주西州 성문을 이른다. 진晉나라 사람 양담羊曇이 하루는 술에 취해 자신도 모르게 세상을 떠난 외숙 사안謝安이 살던 서주 성문을 지나게 되었다. 그리운 마음이 간절해진 그는 말 채찍으로 문을 두드리면서 조식曹植의「공후인」을 읊조린 뒤에 통곡하고 돌아갔다고 한다. 자신이 존경하는 문극겸이 생전에 살던 집에 이르러 복받치는 그리움을 이로 빗대어 드러낸 것이다.

21) □측기측수 구식을 사용한 오언율시이다. 상평성 '지支' 운에 맞추어 '思, 池, 時, 知'로 압운하였다.

智者見於未形, 愚者謂之無事, 泰然不以爲憂. 及乎患至, 然後雖焦神勞力, 思欲救之, 奚益於存亡成敗數哉? 此扁鵲所以不得救桓侯之疾也. 昔漢文時, 海內理安, 人民殷阜, 而賈誼爲之痛哭. 唐文皇自創業之後, 日益戒懼, 未嘗小怠, 而魏徵猶陳十漸. 故傳曰"諫者救其源, 不使得開." 戒氷於霜, 杜玉盃於漆器. 昔毅王藉數十世豊平至理之業, 居位日久, 事無不擧. 皆以謂"太平之業, 安於泰山", 莫敢有言之者. 正言文克謙, 直叩天扉, 上皀囊一封, 而所言皆中時病. 人謂之"鳳鳴朝陽", 天聽未允. 公脫朝衣, 還家作詩云"朱雲折檻非干譽, 袁盎當車豈爲身. 一片丹誠天未照, 强鞭羸馬退逡巡." 及明王踐阼, 擢居喉舌地. 國家安危·人民利病·士大夫之賢不肖, 盡達於天聽, 無一毫底滯. 至今隣邦結好, 中外晏然無患, 實公之力也. 公位冢宰, 薦僕入侍玉堂, 踰年公卒. 作挽云"早從閶闔排雲叫, 晚向虞淵取日廻. 丹鳳久從池上浴, 白鷄胡奈夢中催." 時人以謂"公之立朝大節, 終始無出此二句, 雖謂之實錄可也." 昨過公舊墅, 草樹蒼然, 有泉出於石縫, 素所遊宴處也. 悵然徘徊不能去, 作詩留壁上, "巖下泠泠水, 沿洄若有思. 誰知氷雪派, 尙帶鳳凰池. 東閣重窺處, 西門欲暮時. 題詩留半壁, 略遣九泉知."

※ 이인로는 1180년 과거에 장원으로 급제한 뒤에 옥당에 들어가 14년가량 근무했다. 그는 옥당에서 근무한 일을 무척 영광스럽게 생각했다. 자부하는 마음도 곳곳에서 드러낸 바 있다. 그런데 이인로를 옥당에 특별히 천거한 사람이 바로 문극겸이었다. 이인로에게 문극겸은 각별한 사람이 아닐 수 없다. 여기에서 소개한 것도 그에 대한 예우가 아닐까 하는 생각이 든다.

앞서 언급한 가의와 위징은 국가의 안위를 자기 목숨처럼 여긴 사람들이다. 국가의 병폐를 시정하기 위해 주저 없이 간언하고 대책을 건의했다. 이는 역사에서 정평을 얻은 사실이다. 질병이 나타날 기미를 미리 알아보고 거듭해서 치료를 권한 편작 사례와 다르지 않다. 두 사람은 이후 천 년이 넘는 세월 동안 많은 사람에게 추앙받고 모든 신하에게 본보기가 되었다.

문극겸도 이들처럼 간언하는 신하로서 지킬 본분을 망각하지 않았다. 1163년 가을 8월, 좌정언 문극겸은 의종이 누이동생 덕녕궁주와 추문을 일으킨 일을 문제 삼아 지적하는 상소문을 올렸다. 이에 의종이 크게 노하여 상소문을 불사르고 문극겸을 황해도 황주 판관으로 강등시켰다고 한다.[22] 이때 아예 벼슬을 내놓고 집으로 돌아가는 길에 공주 유구역에서 위 시를 지은 것이다. 간언을 듣지 않고 향락에 빠져 국정을 소홀히 하던 의종은 결국 무신들에 의해 폐위되어 비참한 최후를 맞이하고 말았다.

---

22) 『동사강목』 고려 의종 17년(1163).

중2. 얼음 병에 붓을 씻어 시 짓던 김부의

"서늘한 달빛만이 채색한 처마를 다정히 비추네"

추부(중추원) 김부의金富儀[1]는 시중 문열공文烈公(김부식)의 동생이다. 두
사람은 모두 문장과 업적이 뛰어나 세상에 알려졌다. 예전에 사신 깃
발을 들고서 송나라에 다녀온 적이 있다. 그때 송나라 진종眞宗[2]이 공
의 재주를 아껴서 특별하게 예우하였다.

당시에 손님 두 사람이 갑자기 객관에 찾아와서 작은 술자리가 마
련되었다. 그중 한 사람이 소령小令[3]을 내어 먼저 읊었다.

"하늘에
삼백육십 도[4]가 있는데
별에는 견우성이 있네."

天上有三百六十度 천상유삼백륙십도
1 2 8 3 4 5 6 7
하늘 위에 있는데 삼 백 육 십 도가

星有牽牛 성유견우
1 4 2 2
별에 있다 견우성이

다른 사람이 이어서 읊었다.

"바둑에
삼백육십 집이 있는데

碁中有三百六十舍 기중유삼백륙십사
1 2 8 3 4 5 6 7
바둑 중에 있는데 삼 백 육 십 집이

---

1) 김부의金富儀(1079~1136)는 김부식의 동생이다. 초명은 부철富轍이다. 1097년 문
   과에 급제하고, 1111년에 서장관 자격으로 송나라에 갔다.
2) 진종眞宗은 태종의 아들 조항趙恒(968~1022)이다. 997년에 제위에 올랐다. 김부의
   가 송나라에 사신 갔던 1111년은 휘종 재위 연간이다. 기록에 착오가 있다.
3) 소령小令은 문인들이 술자리에서 흥을 도우려고 즉석에서 지어낸 길이가 짧은 사
   詞의 일종이다.
4) 도度는 천체 운행을 360등분한 각도의 단위이다.

말은 있어도 소는 없네."[5]

有馬無牛 유마무우
2 1 4 3
|있고| 말은 |없다| 소는|

공도 즉시 받아서 읊었다.

"한 해에
삼백육십 일이 있는데,
입춘에 흙 소를 사용하네."[6]

年中有三百六十日 년중유삼백륙십일
1 2 8 3 4 5 6 7
|해| 중에 |있는데| 삼 |백| 육 |십| 일이|

立春日用土牛 립춘일용토우
1 1 3 6 4 5
|입춘| 날에 |쓴다| 흙 |소를|

자리에 있던 사람들이 모두 공의 민첩한 대응에 탄복하였다.

한번은 진종을 모신 연회에 참석하여 막 술기운이 올랐을 무렵이
었다. 진종이 6운(12구)의 장구長句(칠언고시) 한 수를 지어서 보여주었
다. 이어서 환관을 보내어 화답하는 시를 지어 올리라고 단단히 재촉
하는 것이었다. 공은 잠시 구상할 겨를도 없이 즉시 붓을 들어서 시
를 완성하였다. 그 시는 대략 아래와 같다.

침향정[7] 곁에서
새 노래 듣고

沉香亭畔聞新曲 ○○○●○○●
1 1 1 4 7 5 6   침향정반문신곡
|침향정| 가에서 |듣고| 새 |곡을|

---

5) 바둑에서 돌을 놓아 세력을 이룸을 행마行馬라고 하여 이렇게 말한 것이다.
6) 토우土牛는 흙으로 빚은 흙 소이다. 입춘에 흙 소를 만들어 음기를 물리치고 농
   사 시작을 알렸다고 한다.
7) 침향정沉香亭은 양귀비의 사촌 양국충이 침향목으로 지은 누각이다. 모란꽃이 만
   개한 달밤에 현종과 양귀비가 이백과 이구년을 불러 시를 짓게 하고 노래를 부
   르게 한 곳이다.

입례문8) 앞에서	立禮門前賀太平 ●●○○●●◎
	1 1 1 4 7 5 5 립례문전하태평
	입례문 앞에서 축하한다 태평을
태평 세상 경하하는데	
천지와 같은 임금님 덕을	無路小酬天地德 ○●●○○●●
	7 6 1 5 2 3 4 무로소수천지덕
조금도 갚을 길 없어	없어 길 조금도 갚을 하늘 땅의 덕
취한 붓 들어서	唯將醉筆謝生成 ○○●●○○◎9)
	1 4 2 3 7 5 6 유장취필사생성
길러준 은혜 감사할 뿐	오직 들어 취한 붓 감사한다 낳고 기름

진종이 감탄하고 칭찬하기를 멈추지 않았다. 이어서 더욱 후한 상을 내려주었다.

송나라 휘종10) 말년의 일이다. 금나라 군사들이 변경汴京(개봉)을 함락하는 사건이 벌어진 것이었다. 이들은 휘종과 흠종11) 두 임금을 포로로 사로잡아 북쪽으로 돌아갔다. 뒤를 이어서 보위에 오른 강왕(고종)12)은 우리나라에 사신 양응성楊應誠13)을 보내어 금나라로 통하는 길을 빌려달라고 요청하였다. 두 임금(휘종과 흠종)이 머무는 행재소로 가서 안부를 물을 요량이었다.

---

8) 입례문立禮門은 대궐 남문이다.
9) □평기측수 구식을 사용한 12구 칠언배율시의 마지막 네 구를 인용한 듯하다. 하평성 '경庚' 운에 맞추어 '平, 成'으로 압운하였다.
10) 휘종徽宗은 철종을 이어 1100년에 즉위한 조길趙佶(1082~1135)이다. 1127년의 정강지변靖康之變에 아들 흠종과 함께 금나라로 압송되었다. 이후 연산부燕山府 등을 거쳐 흑룡강성 지역에 이르렀다. 1130년에 흑룡강성의 오국성五國城에 유폐되었다. 시호는 성문인덕현효황제聖文仁德顯孝皇帝이다.
11) 흠종欽宗은 휘종을 이어 1126년에 즉위한 조환趙桓(1100~1156)이다.
12) 강왕康王은 고종高宗 조구趙構(1107~1187)의 초기 봉호이다. 1127년에 포로로 끌려간 흠종을 이어 제위에 올랐다.
13) 양응성楊應誠은 송나라 관원이다. 1127년 7월에 임시로 형부 상서 직함을 띠고 고려에 입국하였다가 2개월 뒤에 돌아갔다. 휘종과 흠종이 압송된 금나라에 들어갈 목적으로 고려 땅을 경유할 수 있게 해달라고 요청하였다. 해로를 통해 고려를 경유하면 쉽게 북방으로 갈 수 있었다.

이때 우리 조정 공론은 이를 허락하지 않는 쪽을 고집하였다. 마침내 공에게 명하여 이런 내용으로 표문을 작성하여 회답하게 했다.[14] 공은 표문에서 이렇게 말하였다.

"하늘과 땅의 어짊은
각기 만물로 하여금
모두 본성대로 이루게 함이며,

天地之仁 천지지인
1 2 3 4
|하늘과|땅의|어사|어짊은|

各令萬物以咸遂 각령만물이함수
1 4 2 2 5 6 7
|각기|하여|만물로|써|다|이루게 하고|

제왕의 덕은
백성에게 곤란한 일을
요구하지 않는 것입니다."

帝王之德 제왕지덕
1 1 3 4
|제왕의|어사|덕은|

不責衆人之所難 불책중인지소난
7 6 1 1 3 5 4
|않음이다|구하지|중인|어사|바|힘든|

또 이렇게 말하였다.

"저들(금)은 수가 많고
우리(고려)는 적어서
상대해서 싸우기도
이미 어렵고
입술(고려)이 없으면
이(송)가 시리니
그것이 복이 아님을
또한 어찌 알겠습니까?"

彼衆我寡 피중아과
1 2 3 4
|저는|많고|우리는|적으니|

旣難可以與爭 기난가이여쟁
1 6 2 3 4 5
|이미|어렵고|가히|이로써|함께|싸움|

脣亡齒寒 진망치한
1 2 3 4
|입술이|망하면|이가|시리니|

又焉知其非福 우언지기비복
1 2 6 3 5 4
|또|어찌|알까|그것이|아닌 줄을|복이|

14) 인종이 1128년에 예부 시랑 윤언이尹彦頤를 파견하여 송나라에 보낸 표문이다. 『동문선』에 「입송고주표入宋告奏表」라는 제목으로 실려있다.

또 이렇게 말하였다.

"제후를 이끌어
주나라 왕실을 높인
제 환공 진 문공 옛일처럼 한다고
감히 기약하진 못하겠으나,[15]
우임금 때 지역 물산을
공물로 바친
청주와 서주의 옛 본보기를[16]
부디 어기지 말게 하십시오."

率諸侯而尊周王 솔제후이존주왕
3 1 4 7 5 6
｜거느려｜제후｜어사｜높이니｜주나라｜왕｜

非敢期齊晉之古事 비감기제진지고사
8 1 7 2 3 4 5 6
｜아니나｜감히｜기약함｜제｜진｜어사｜옛｜일｜

任厥土而作禹貢 임궐토이작우공
3 1 2 4 7 5 6
｜맡겨｜그｜토산물에｜어사｜삼아｜우｜공물｜

庶勿失靑徐之舊儀 서물실청서지구의
1 8 7 2 3 4 5 6
｜부디｜말라｜잃게｜청｜서｜어사｜옛｜본을｜

형 문열공(김부식)이 먼저 중서성에 들어가 근무하고 있었기 때문에 공(김부의)은 이를 피하여 추부樞府(중추원)에서 십여 년 동안 근무하였다. 공은 성품이 책 읽기를 좋아하여 따로 서실을 마련해두고 항상 사대부들과 어울려서 문장을 토론하였다. 아내조차 공의 얼굴을 보기 어려울 정도였다.

공이 병이 깊어져 몸져누웠을 때다. 어떤 조정 관리가 말똥이 구름 사이에서 떨어지는 꿈을 꾸었다고 한다.[17] 주변에 물으니 이렇게 말하였다.

---

15) 춘추시대 오패五覇로 꼽히는 제나라 환공桓公과 진나라 문공文公이 제후들과 회맹하여 주나라 왕실을 높인 일이 있다.
16) 청주靑州는 태산 동쪽에 있고 서주徐州는 태산 남쪽에 있다. 치수사업을 마친 하나라 우임금이 전국을 9주로 구획하고 각 지역 토산물을 공물로 바치게 했다. 청주와 서주는 동쪽 끝 산동山東에 있어 고려 지리와 비슷하다.
17) 김부의가 말을 타고 하늘 위로 올라갔음을 암시한 것이다.

"오늘 김 추밀金樞密께서 하늘로 올라가셨소."

세상 사람들은 공이 하늘 위 별의 정령이 되었다고 하였다.

문장을 좋아하는 성품을 타고난 자가 아니라면, 부귀한 집안 자제 가운데 문장에 뛰어난 자가 드물다. 김 추밀도 여덟 세대에 걸쳐 귀인을 배출한 한나라 소씨蕭氏[18]처럼 부귀한 가문에서 성장했음이 분명하다. 그렇지만 공은 옛 귀족 습관을 끊어버리고서 종일 꼿꼿하게 꿇어앉아 책을 읽었다. 문장을 화려하게 꾸미는 사장詞章도 좋아하지 않았다. 글을 지을 때면, 반드시 얼음을 담은 물병 속에 붓을 담아서 씻어낸 후에 사용하였다. 이런 까닭에 세상에 전하는 시문이 많지는 않지만, 전하는 것은 모두 사람을 놀라게 하는 경책警策[19]이다.

예컨대 사신이 되어 수레를 타고서 염주鹽州[20] 객사를 지날 때였다. 절구로 시 한 수를 지어 객사에 적어놓았다.

원앙 이불에서 잠 못 이루고	鴛衾無夢夜厭厭 ○○ŏ●●○
	1 2 4 3 5 6 6 앙금무몽야염염
	원앙 이불서 못 이뤄 꿈 밤 지루한데
지루한 밤 지새울 때	凉月多情照畫簷 ŏ●○○●●○
서늘한 달빛만이	1 2 4 3 7 5 6 량월다정조화첨
채색한 처마를 다정히 비추네	서늘한 달 많아 정 비춘다 채색 처마
염주(예쁜 고을)라고 부른 것은	喚作鹽州眞大誤 ●●○○○●●
정말 큰 잘못이니	1 4 2 2 5 6 7 환작염주진대오
	불러 함은 염주라고 정말 큰 잘못이니

---

18) 소씨蕭氏는 소하蕭何 후손인 난릉 소씨를 이른다. 당나라 때 소우蕭瑀(575~648)에서 소구蕭遘(?~887)까지 8대가 연이어 재상 지위에 올랐다. '팔엽전방八葉傳芳'으로 일컬어진다.
19) 경책警策은 채찍을 쳐서 말을 일깨우고 몰아가듯이, 긴요하고 절묘한 뜻을 함축하여 독자를 각성시키고 감동하게 만드는 시문을 이른다.
20) 염주鹽州는 황해 연안延安이다.

온 고을 풍물에
도무지 염(예쁨)한 것 없네

一州風物摠無鹽　●○○●●○[21]
1 2 3 3 5 7 6　일주풍물총무염
한 고을 풍물에 전혀 없다 예쁜 것

樞府金富儀, 侍中文烈公弟也, 並以文章功業顯. 嘗杖節中朝, 眞宗愛其才, 殊以禮遇之. 忽有二客到館小飮, 令曰"天上有三百六十度, 星有牽牛." 次日"碁中有三百六十舍, 有馬無牛." 公卽曰"年中有三百六十日, 立春日用土牛." 合座皆服其敏. 嘗侍宴方醉, 皇帝以長句六韻示之, 遣中人敦促令和進. 公畧不構思, 援筆立就. 其畧云"沉香亭畔聞新曲, 立禮門前賀太平. 無路小酬天地德, 唯將醉筆謝生成." 帝嗟賞不已, 賜與尤厚. 及徽宗末年, 金人陷汴京, 虜二帝北旋. 康王襲寶位, 遣使人楊應誠來聘, 請假途, 往問二帝行在所. 而朝議牢執不許, 命公作表以答之. "天地之仁, 各令萬物以咸遂, 帝王之德, 不責衆人之所難." 又云"彼衆我寡, 旣難可以與爭, 唇亡齒寒, 又焉知其非福?" 又云"率諸侯而尊周王, 非敢期齊·晉之古事, 任厥土而作禹貢, 庶勿失靑·徐之舊儀." 文烈公先入中書, 以故在樞府十餘年. 性嗜讀書, 開別室常與士大夫討論文章, 雖妻妾稀見其面. 及寢疾, 有朝士夢馬糞自雲間而下. 問云, "今日金樞密賓天矣", 世以謂天星之精. 富貴家兒非生得而性好, 則罕有工文章者. 金樞密闓有蕭氏之八葉之貴. 棄紈綺舊習, 竟日危坐看書, 不好爲詞章. 及其有所作, 則必滌筆於氷甌中然後爲之, 故篇什未得多傳於世, 而所傳者, 必警策也. 如乘軺歷鹽州客舍, 題一絶云"鴛衾無夢夜厭厭, 凉月多情照畫簷. 喚作鹽州眞大誤, 一州風物摠無鹽."

---

21) □평기평수 구식을 사용한 칠언절구시이다. 하평성 '염鹽' 운에 맞추어 '厭, 簷, 鹽'으로 압운하였다.

141

※ 송나라 문인 구양수는 부귀한 집 자제 중에 훌륭한 시인이 드문 이유를 이렇게 말했다. "시가 사람을 곤궁하게 만드는 것이 아니라, 사람이 곤궁하게 된 후라야 시가 공교해지는 것이다."[22] 재능이 있어도 출세할 길이 없는 자는 부득이 자연을 벗 삼게 되고, 훌륭한 산수 시가 나오게 된다. 또 불평하는 마음을 시로 읊어 날카로운 풍자 시도 짓게 된다는 것이다. 김부의는 이를 극복한 경우다. 시를 짓기에 앞서 언제나 붓을 얼음물에 씻었다고 한다. 그만큼 준엄한 태도로 임한 것이다. 세도가 자제로 성장했지만, 자만하지 않고 늘 사대부 지식인들과 어울려 독서 토론하여 다져진 실력이었다.

주령酒令은 술자리 흥을 돋우려고 행하는 놀이에 적용하던 규칙이다. 놀이에서 지면 복주福酒라는 벌주를 마셔야 한다. 주령에 관한 기록은 잘 보이지 않는다. 조선 시대에 노수신이 동갑내기들과 술자리를 가지면서 주령을 내었다는 기록이 보인다. 이때 제시한 주령은 "운을 부르면 즉시 시를 짓는다"였다.[23]

무염無鹽이란 곳에서 자란 뒤에 제나라 선왕에게 시집간 종리춘은 외모가 몹시 박색이었다고 한다. 그래서 박색을 '무염'이라고 일컫는다. 엄鹽은 '소금'을 뜻하지만 '곱다'라는 뜻도 있다. 음이 같은 염艷과 뜻을 공유한 것이다. 곧 염주는 '아름다운 고을'이다. 무염은 '아름다움이 없다'가 된다. '무염'이 '종리춘'과 '박색'이라는 뜻을 겸하고 있는 점에 착안해서 익살스럽게 시에 활용한 것이다.

---

22) 구양수, 「매성유시집서梅聖俞詩集序」, "非詩之能窮人, 殆窮者而後工也."
23) 『소재집』, "주령을 '운을 부르면 즉시 시를 짓는다'로 내어 놓았다.[令曰唱韻立成以戱之.]"

중3. 이자겸에 맞선 의관 최사전

"바쁘고 바쁜 백 년 인생 얼마나 살 거라고"

인종은 어린 나이(14세)에 보위에 올랐다. 그러자 장인인 조선공朝鮮
公 이자겸李資謙1)이 정사를 멋대로 좌지우지하였다. 이때 의관醫官 최
사전崔思全2)이 나서서 진평陳平과 주발周勃을 설득하여 끝내 한나라 왕
실을 안정시킨 육가陸賈처럼 대처하였다.3) 이 일로 최사전은 기린각
麒麟閣4)에 화상이 걸리고 대번에 재상 지위에도 오르게 되었다.

당시에 고원誥院의 김존중金存中이 공에게 내릴 임명장을 작성하면
서 이렇게 썼다.

"보옥 장식한 비파에 걸려
망하라5)가 넘어졌을 때 같은

莽何羅之觸寶瑟	망하라지촉보슬
1 1 4 7 5 6	
망하라가 어사 걸려 보배 비파에	

---

1) 이자겸李資謙(?~1126)은 둘째 딸이 인종의 생모 문경태후文敬太后이다. 셋째 딸과
   넷째 딸은 인종의 비妃이다. 곧 이자겸은 인종의 외조이자 장인이다. 원구元舅라
   고 하였다. 1124년에 조선국공朝鮮國公에 봉해졌다.
2) 최사전崔思全(1067~1139)은 의관으로 시작하여 문하시랑평장사에 오른 인물이다.
   이자겸이 난을 일으키자 척준경을 설득하여 평정하였다. 이 일로 병부 상서에 올
   랐다.
3) 한나라 고조 유방이 죽은 뒤에 여후呂后가 일족을 끌어들여 권력을 장악하였다.
   그러자 육가陸賈가 나서서 우승상 진평陳平과 태위 주발周勃을 설득하여 이들을
   제거하고 왕실을 안정시켰다.
4) 기린각麒麟閣은 한나라 무제武帝가 기린을 잡고서 지었다는 전각이다. 선제宣帝 때
   에 이곳에 곽광霍光 등 공신 11명을 그린 화상畵像을 그려 걸어놓았다. 공신에 등
   록되었음을 이른다. 고려 서경西京에도 이름이 같은 전각이 있었다. 인종이 서경
   구제궁九梯宮에 갔다가 기린각에서 경서를 강론한 석이 있다.『한서 소무전蘇武傳』
5) 망하라莽何羅는 전한 시기 권신이다. 한나라 무제를 시해하려고 하다가 보옥으로
   장식한 슬瑟에 걸려 넘어지면서 김일제金日磾에게 발각되어 동생 마통馬通과 함께
   처형되었다.

변란이 창졸간에 발생하자,　　　變起蒼黃 변기창황
　　　　　　　　　　　　　　　1 4 2 2
　　　　　　　　　　　　　　　|변란이| 일어나니| 창황 중에|

약 자루를 던져서　　　　　　夏毋且之抵藥囊 하무저지저약낭
막아낸 하무저⁶⁾처럼　　　　1 1 1 4 7 5 6
충성과 의리의 마음 지켰어라.”　|하무저가| 어사| 막으니| 약| 주머니로|

　　　　　　　　　　　　　　　意存忠義 의존충의⁷⁾
　　　　　　　　　　　　　　　1 4 2 3
　　　　　　　　　　　　　　　|뜻이| 있었다| 충성과| 의리에|

　당시에 사람들은 이 말이 이치에 꼭 맞는다고 평하였다. 임금(인종)
도 은혜를 베풀고 보살피기를 더욱 두텁게 하였다. 백만으로 헤아릴
만큼 많은 상도 하사하였다.

　공에게는 두 아들이 있다. 최변崔弁과 최열崔烈이다. 공이 금 술잔
두 개를 두 아들에게 하나씩 나누어주었었다. 공이 세상을 떠난 뒤에
총애하던 첩이 하나를 훔쳐 갔다. 형 최변이 성을 내면서 매질하려
하자 동생 최열이 이렇게 말하였다.

　“이분은 선친께서 총애하시던 첩입니다. 집 재산을 기울여서라
　도 구휼해야 옳을 것입니다. 하물며 이런 물건을 어찌 아끼겠습
　니까. 제가 받은 금 술잔은 그대로 있으니, 그것을 드리겠습니다.
　이분이 곤경에 처하지 않게 했으면 합니다.”

　인종이 이 사연을 듣고서 말하였다.

────────────

6) 하무저夏毋且는 진시황을 보필하던 어의御醫이다. 자객 형가荊軻가 공격하자 진시
　황이 기둥을 돌아 달아나는 순간에, 하무저가 들고 있던 약주머니로 형가를 가
　로막아 위험을 피할 수 있었다고 한다. 『사기 자객열전刺客列傳』.
7) ▢변려문이다.

"효성스럽고 인자한 사람이라고 말할 만하다."

이어서 즉시 어필로 '효인孝仁'이란 이름을 써서 하사하였다. 최열이 조정에서 큰 절개를 세웠을 것임을 이 일로 미루어 엿볼 수 있다.

최열이 예전에 각문지후에서 사직하고 과거에 응시한 일이 있다. 선친의 유명을 실현하고 싶은 것이었다. 그러나 뜻을 이루지 못하여 늘 울적한 마음이 가시지 않았다. 친구인 상서 김신윤金莘尹이 6언으로 시를 지어주었다.

주사위 던져서[8]	骰子選中得失 ○●●○● 1 1 3 4 5 6　투자선중득실 주사위|뽑기|중에|얻고|잃음이고
얻고 잃는 것 같고	
황량몽[9] 꿈속에서	黃粱夢裡升沉 ○○●●○ 1 2 3 4 5 6　황량몽리승침 누런|기장밥|꿈|속에|오르고|내림이다
흥하고 쇠하는 것 같거늘	
바쁘고 바쁜 백 년 인생	汲汲百年能幾 ●●●○○● 1 1 3 4 5 6　급급백년능기 급급한|백|년이|능히|얼마나|될까
얼마나 살 거라고	
어찌하여 이로써	如何以此傷心 ○○●●○◎[10] 1 1 4 3 6 5　여하이차상심 어째서|으로써|이것|아파할까|마음을
상심하는가?	

仁王幼臨大寶, 元舅朝鮮公擅朝. 醫官崔思全遊談平·勃間, 卒安漢祚. 由是畵形麒麟, 驟登宰輔. 其時詣院金存中作詰云, '莽何羅之觸寶瑟,

---

8) 투자선骰子選은 승관도陞官圖와 유사한 주사위 놀이 가운데 한 종류이다.
9) 황량몽黃粱夢은 당나라 노생盧生이 한단邯鄲에서 꾼 꿈이다. 도사 여옹呂翁이 신세를 한탄하는 노생에게 베개 하나를 건네주고 기장밥을 짓는 사이에, 노생은 베개에서 잠들어 온갖 부귀영화를 누리는 꿈을 꾸었다고 한다.
10) □육언시이다. 하평성 '침侵' 운에 맞추어 '沉, 心'으로 압운하였다.

變起蒼黃, 夏毋且之抵藥囊, 意存忠義', 時人謂之切理. 恩顧尤厚, 賞
賜以百萬計. 有兩子曰弁曰烈, 公以金罍二具與之. 及公捐館, 愛姬
竊其一. 兄怒欲鞭之, 弟曰"此先公寵妾也. 當傾倒家貲以賑恤之宜
矣, 況此物耶? 吾所得金罍尙存, 請以遺之, 毋困此妾也." 仁王聞之,
曰"可謂孝且仁矣." 卽以御筆, 賜名曰孝仁. 其立朝大節, 可見於是.
嘗辭閤門祗候應擧, 欲逐先公遺令而未果, 常以怏怏不已. 其友金尙
書莘尹, 作六字詩贈之, "骰子選中得失, 黃粱夢裡升沉. 汲汲百年能
幾, 如何以此傷心." ⌐

※ 의관 최사전에 얽힌 일화들이다. 정권을 전횡하던 이자겸을 "보
옥으로 장식한 비파"를 가진 "망하라"로 묘사하였다. 그에 비해 의
관인 최사전은 "약 자루" 하나로 위험을 막아낸 "하무저"라고 하였
다. 1126년(인종 4)에 인종의 외조부이자 장인인 이자겸은 왕위 찬탈
을 목적으로 무신 척준경 군대를 동원하여 난을 일으켰다. 이때 최
사전은 두 사람을 갈라서게 만드는 계략을 내었다. 반란군 척준경
을 설득하여 역으로 이자겸을 축출하게 만든 것이다. 최사전 이야
기 뒤에 아들 최열의 사연도 소개하였다. 인종이 베푼 은전이 대를
이어 지속되었음을 말한 것이다.

중4. 태산 화산처럼 늠름한 김영부

"꺼지지 않는 나의 충정을 귀신은 알아주리라"

『시경』의 아雅와 풍風이 일그러지고 사라진 뒤로는,[1] 시인들이 모두 두자미(두보)를 추켜세우며 독보적이라고 한다. 이것이 단지 시어 사용이 정교하고 굳세면서 천지 사이의 정화를 전부 끌어내어서일 뿐이겠는가? 밥 한 끼를 먹을 때에도 임금을 잊은 적이 없을 만큼, 굳건하게 충성과 의리를 지키려는 절개가 마음속에 뿌리내리고 있다가 밖으로 표출되어 시구 하나하나가 후직后稷과 설契[2]이 말한 듯이 느껴지지 않음이 없어서 그런 것이다. 그래서 그 시를 읽은 사람은 아무리 무기력한 자도 뜻을 세우게 된다. 아래의 말과 같다.

"영롱한 그 소리여,
그 바탕은 옥일 것이다."[3]

玲瓏其聲 其質玉乎 령롱기성 기질옥호
<u>1</u> 3 4 5 6 7 8
영롱한 그 소리 그 바탕 옥이다 어사

어제 상국 김영부金永夫[4]가 창작한 「유감有感」이란 시를 읽어보았다.

---

1) 아雅와 풍風은 『시경』의 정신을 대표하는 말이다. 『시경』에는 311수 시가 실려있다. 이 시를 풍, 아, 송 세 가지로 구분한다. 풍風은 춘추시대 15국에서 불린 민간 가요를 지역별로 나누어 수록한 것이다. 국풍國風이라고 한다. 모두 160수이다. 아雅는 궁정 조회나 연회에서 부른 아악雅樂이다. 대아와 소아로 구분한다. 모두 105수이다. 송頌은 종묘 제향에서 사용한 악가이다. 선조 업적을 칭송한 것이 많다. 주송, 노송, 상송으로 구분한다. 모두 40수이다. 따로 제목만 남아있는 시도 6수가 있다.
2) 후직后稷과 설契은 모두 순임금을 보좌한 충신들이다.
3) 『양자법언 오백편五百篇』.
4) 김영부金永夫(1096~1172)는 상서 좌복야 김극검金克儉의 아들이다. 인종 3년(1125) 과거에 급제하였고, 중서시랑 동평장사中書侍郎同平章事에 올랐다.

요사이 이웃 나라 형세가 곧 위태롭다 하니	近聞隣國勢將危　○○○●●○◎ 1 7 2 3 4 5 6　근문린국세장위 |근래|들으니|이웃|나라|형세|곧|위태함|
바로 지금이 강토 개척할 때라오	拓地開疆在此時　●●○○○●◎ 2 1 4 3 7 5 6　척지개강재차시 |넓히고|땅|개척|국경|달렸다|이|때에|
눈 서리 내리듯이 흰 머리 흩날리는 나이에도	素髮飄飄霜雪落　●●○○○●● 1 2 3 3 5 6 7　소발표표상설락 |흰|터럭|표표히|서리|눈처럼|떨어지나|
꺼지지 않는 나의 충정을 귀신은 알아주리라	丹心耿耿鬼神知　○○●●●○◎ 1 2 3 3 5 5 7　단심경경귀신지 |붉은|마음이|밝게 빛남|귀신은|안다|
밥 한 말을 먹은 염파도 뜻한 바 있었고5)	廉頗能飯非無意　○○Õ●●○● 1 1 3 4 7 6 5　렴파능반비무의 |염파가|능히|먹음|않고|없지|의도가|
저택을 사양한 곽거병도 까닭이 있었듯이6)	去病辭家亦有爲　●●○○○●◎ 1 1 4 3 5 7 6　거병사가역유위 |거병이|사양함|집을|또한|있다|까닭이|
내게도 품은 생각 있으나 묵묵히 말할 곳 없어	默默此懷無處說　●●Õ○●●● 1 1 3 4 7 6 5　묵묵차회무처설 |묵묵히|이|마음을|없어|곳이|말할|
술을 볼 때마다 곤죽이 되게 취할 뿐이라네	每逢樽酒醉如泥　○○Õ●●○◎7) 1 4 2 3 5 7 6　매봉준주취여니 |매번|만나면|술동이|술|취함|같다|진흙|

간절하게 나라를 걱정하는 정성이 노년에 이를수록 더욱 굳건해
졌다. 태산과 화산과도 높음을 겨룰 만큼 늠름한 것이었다. 진실로

---

5) 염파廉頗는 전국 시대 조趙나라 장수이다. 진秦나라 침공을 받은 조나라 왕이 사
　자를 보내 팔순에 이른 염파가 출전할 만한지 살피게 하니, 염파가 밥 한 말과
　고기 열 근을 먹고 갑옷 차림으로 말을 타면서 아직 출전할 힘이 있음을 보이려
　고 하였다. 『사기 염파인상여열전廉頗藺相如列傳』.
6) 무제가 흉노를 물리친 곽거병霍去病에게 큰 집을 하사하자, "아직 흉노를 몰아내
　지 못했습니다. 어찌 집을 받을 수 있겠습니까?"라고 거절했다고 한다.
7) ㅁ평기평수 구식을 사용한 칠언율시이다. 상평성 '지支' 운과 통운에 해당하는 상
　평성 '제齊' 운에 맞추어 각각 '危, 時, 知, 爲'와 '泥'로 압운하였다.

우러러볼 만한 분이라 하겠다. 다만 공은 평소에 술에 취하면 광기를 부리곤 했다. 왕공이나 대인들까지 모두 그를 꺼렸을 정도다.

공이 어릴 때 대궐 안에서 노니는 꿈을 꾼 적이 있다. 꿈속에서 격구擊毬 놀이를 하는 마당으로 나가보니, 술 항아리 수백 개가 빽빽하게 늘어서 있었다고 한다. 그중에 두세 항아리는 방금 비어서 쓰러져 있었다. 그 사연을 물으니 이렇게 대답했다는 것이다.

"이는 진사 김영부가 마실 술들이오."

장공張公이 꿈에서 화로 36개에 가득한 돈을 본 적이 있다는 말도 사실일 듯하다.[8]

自雅缺風亡, 詩人皆推杜子美爲獨步. 豈唯立語精硬, 刮盡天地菁華而已. 雖在一飯, 未嘗忘君, 毅然忠義之節, 根於中而發於外, 句句無非稷·契口中流出. 讀之足以使懦夫有立志, "玲瓏其聲, 其質玉乎", 蓋是也. 昨見金相國永夫「有感」詩云"近聞隣國勢將危, 拓地開疆在此時, 素髮飄飄霜雪落, 丹心耿耿鬼神知, 廉頗能飯非無意, 去病辭家亦有爲, 默默此懷無處說, 每逢樽酒醉如泥."其拳拳憂國之誠, 老而益壯, 凜然與泰·華爭高, 眞可仰也. 公平生使酒狂氣, 雖王公大人皆憚之. 幼時夢遊大内出毬庭, 有酒甕數百森列, 而兩三甕始傾. 問之, 云"此進士金永夫所飲酒也."張公三十六爐之錢, 信矣.

---

8) 장공張公의 고사는 확인되지 않는다.

※ 문질빈빈文質彬彬은 공자가 제시한 군자가 갖출 덕목이다. 외면에 예악禮樂을 갖추고 내면에 도의道義를 아울러 갖추어야 함을 강조했다. 한나라 이후로 이 개념은 문학 이론으로 확대되었다. 형식과 수사에 뛰어난 것을 문文이라 하고, 내용과 가치를 중시하는 것을 질質이라 하면서 그 균형을 중시했다. "영롱한 그 소리여, 그 바탕은 옥일 것이다."는 문과 질이 잘 어우러진 경지를 말한 것이다. 그 대표 작가로 두보를 들고 있다.

두보 시를 관통하고 있는 것은 '충정'의 마음이다. 한평생을 나라 걱정으로 일관한 재상 김영부도 그랬다. 그는 1146년(의종 1)에 임금에게 격구를 줄일 것을 간언하다가 미움을 사서 안남도호부사로 좌천되었다. 어릴 적 꿈에서 본 "격구 놀이를 하는 마당에 놓인 술 항아리"와 맥이 이어진다. 시와 꿈 이야기를 소개하면서, 김영부의 주광酒狂도, 사실은 충정에서 비롯된 것이라고 두둔하고 있다.

중5. 대우에 뛰어나고 말이 충직한 이지저

"나도 서강월 한 곡조는 읊을 줄 알고 있으니"

인종仁宗은 나라가 중흥하고 크게 번성할 운세가 서도西都(평양)에 있다는 점괘를 얻고, 그곳에 용언각龍堰閣[1]을 신축하였다. 이에 봉련鳳輦[2]을 타고 서쪽으로 나가 순행하고 서도에서 뭇 신하에게 잔치를 베풀어주었다.

그때 학사 이지저李之氏에게 명하여 구호口號[3]를 짓게 하였다.[4] 공은 대략 이렇게 읊었다.[5]

"제왕이 동방(개경)에서 나와
서북방(서경)에 오르는 것이[6]
시대 운수에 응하는 것이나,

帝出震以乘乾 제출진이승건
1 3 2 4 6 5
|제왕이|나와|진방에서|써|오름|건방에|

雖曰應時之數 수왈응시지수
1 6 5 2 3 4
|비록|하나|응함이라|시대|어사|운수에|

---

1) 용언각龍堰閣은 예종이 국운을 연장하기 위해 용언에 지었다고 하는 궁이다. 점치는 자가 예종에게 서경 용언에 궁궐을 지어 순행하면서 거처할 것을 권한 일이 있다.

2) 봉련鳳輦은 황금으로 만든 봉황으로 장식한 임금 가마이다.

3) 구호口號는 치어致語의 일부로 지어진다. 궁중 경사에 악공이 왕실 공적을 송축하는 내용이다. 변려문 형식으로 치어를 짓고, 그 뒤에 보통 칠언율시 형식으로 구어를 붙인다. 또 그 뒤에 6구(4자/6자/4자/6자/4자/4자) 정도로 구합곡句合曲을 지어 붙인다.

4) 이지저李之氏(1092~1145)는 제왕이 갖춘 덕을 기리는 구호口號와 경사를 축하하는 치어에 능하였다고 한다. 상-1 참조.

5) 『동문선』에 「서경대화궁대연치어西京大花宮大宴致語」라는 제목으로 실려있다. 이곳에 인용한 것은 모두 치어의 앞부분이다.

6) 진震은 동방으로 개경을 이르고, 건乾은 서북방으로 서경을 이른 것으로 보인다.

호경에서 술 베푼 무왕처럼[7]
대중과 함께 나누는 것이
진실로 마땅합니다."

王在鎬而飮酒 왕재호이음주
1 3 2 4 6 5
|무왕이|에서|호경|어사|마셨듯이|술|

固當與衆而同 고당여중이동
1 6 3 2 4 5
|정말|마땅하다|과|대중|어사|함께함이|

또 이렇게도 읊었다.

"집마다 서로 경축하여
'기다리던 우리 임금님 오시니
우리가 소생하리라' 하고,[8]

室家相慶 실가상경
1 1 3 4
|실가가|서로|경축하여|

徯我后其來蘇 헤아후기래소
3 1 2 4 5 6
|기다려|내|임금|그|오니|살았다 하고|

피리 젓대 소리 처음 듣고서
'우리 임금님이
음악 연주를 잘하시네' 하네."[9]

管籥初聞 관약초문
1 2 3 4
|피리|젓대 소리|처음|듣고|

曰吾王能鼓樂 왈오왕능고악
6 1 2 3 5 4
|한다|우리|왕|능히|연주한다|음악을|

또 이렇게도 읊었다.

---

7) 『시경 어조魚藻』, "왕이 호경에 계시니, 즐겁게 술을 마시도다.[王在在鎬, 豈樂飮酒.]" 무왕이 호경에서 제후들에게 잔치를 베풀어주자 제후들이 찬미하여 지은 시이다. 호鎬는 주나라 무왕이 처음 도읍한 곳이다. 여기서는 고려 서경을 뜻한다. 서경은 998년에 호경으로 개칭된 적이 있다.

8) 『서경 중훼지고仲虺之誥』, "실가가 서로 축하하며 '우리 임금님을 기다렸는데, 임금님이 오시니 소생하게 되겠지'라고 하였다.[室家相慶曰'徯予后, 后來, 其蘇.']' '실가室家'는 '처자식'이나 '집집마다'로 풀이한다.

9) 『맹자 양혜왕상』, "지금 왕이 이곳에서 음악을 타시니, 백성들이 왕이 연주하는 종소리, 북소리와 피리소리, 젓대소리를 듣고는 모두 흔연히 기뻐하는 기색이 있으면서 서로 말하기를 '우리 왕께서 행여 병환이 없으신가. 어떻게 음악을 잘 타시는가?'라고 하였다.[今王鼓樂於此, 百姓聞王鍾鼓之聲管籥之音, 擧欣欣然有喜色而相告曰'吾

"노닐고 즐김이
제후에게 법도가 되니
하나라 속담의 말에[10]
이미 일치하고,
음식을 베풀어
충신 마음을 다 얻으니
주나라 사람 노래에[11]
정말 부합하네."

遊豫爲諸侯度 유예위제후도
1 2 6 3 3 5
|놀고| 즐김이| 되니| 제후의| 법도가|

旣符夏諺之稱 기부하언지칭
1 6 2 3 4 5
|이미| 부합하고| 하| 속담| 어사| 일컬음에|

飮食盡忠臣心 음식진충신심
1 2 6 3 3 5
|마시고| 먹어| 다하게 하니| 충신| 마음을|

允協周人之詠 윤협주인지영
1 6 2 3 4 5
|정말| 부합한다| 주| 사람| 어사| 노래에|

대우가 정밀하고 적절하다. 손댄 흔적도 전혀 보이지 않는다. 문열공文烈公이 이를 보고 감탄하면서 말하였다.

"4자와 6자로 짝을 맞추어 엮어내는 것[12]을 능사로 여기는 근래 사신詞臣들에 견줄 분이 아니다."

공은 시중 이공수李公壽[13] 아들이다. 나이 18세에 높은 성적을 얻어

王, 庶幾無疾病與, 何以能鼓樂也?']"

10) 『맹자 양혜왕 상』, "하나라 속담에 '우리 임금님이 놀지 않으면 우리가 어떻게 쉬며, 우리 임금님이 즐기지 않으면 우리가 어떻게 도움을 받겠는가. 한 번 놀고 한 번 즐기는 것이 제후에게 법도가 된다.'라고 하였다.[夏諺曰'吾王不遊, 吾何以休? 吾王不豫, 吾何以助? 一遊一豫, 爲諸侯度.']"

11) 임금이 신하를 빈객으로 맞아 예를 갖추어 연회를 베푼 것을 노래한 「녹명鹿鳴」을 이른다. 음악으로 즐겁게 하고 폐백을 베풀고 정성을 다하여 빈객 마음을 얻음을 노래하였다. 『시경 녹명鹿鳴』, "내가 맛있는 술을 갖추어, 아름다운 빈객 마음을 안락하게 하도다.[我有旨酒, 以燕樂嘉賓之心.]"

12) 4자와 6자로 구성한 기본 어구를 반복적으로 사용하여 대구 위주 문장을 만들어내는 변려문을 이른다. 화려한 형식미를 추구한다.

13) 이공수李公壽는 자가 원로元老, 시호가 문충文忠이다. 최유선崔惟善이 외조부이다. 초명이 수壽이다. 재상에 오른 뒤에 '공公'자를 보태었다.

장원으로 뽑히더니, 얼마 지나지 않아 재상 지위에까지 올랐다. 용모가 그림처럼 수려하였고, 시선을 옮기는 것도 가볍게 하지 않았다. 새로 배우기 시작하는 후배를 대할 때도 큰 손님을 대하듯이 깍듯하게 하였다.

또 공이 아뢴 충직한 말과 훌륭한 계책은, 상나라 이윤이 태갑에게 훈계한 말과 상나라 고종이 부열에게 명한 말과 더불어 안팎으로 짝을 이룰 만한 내용이었다.[14] 참으로 옛사람이 말한 '대신大臣'이라는 칭호에 걸맞은 분이다. 공이 살던 마을을 지금도 '정당리政堂里(정승 마을)'라고 부른다.

공이 일찍이 사명使命을 받들고 동도東都(경주)에 갔다가 장난삼아 적어놓은 시가 있다.[15]

혼미하게 대취하여	大醉惛惛曉夢顚 ●●○○●●◎
새벽까지 꿈에 뒤척이느라	1 2 3 3 5 6 7　대취혼혼효몽전
	크게│취해│혼미해│새벽│꿈│뒤척이니│
장막 아래에서	不知帳下玉人眠 ◎●○●●○○
미인이 자는 줄 몰랐어라	7 6 1 2 3 3 5　부지장하옥인면
	못했다│알지│장막│아래│미인│자는 줄│
사람들아, 인정머리 없다고	傍人莫笑風情薄 ○○●●○○●
비웃지는 말게나	1 2 7 6 3 3 5　방인막소풍정박
	곁│사람은│마라│웃지│풍정│박하다고│
나도 서강월[16] 한 곡조는	解賦西江月一篇 ●●○○●●◎[17]
읊을 줄 알고 있으니	7 6 1 1 1 4 5　해부서강월일편
	안다│읊을 줄을│서강월│한│편을│

---

14) 상나라 이윤伊尹이 왕위에 오른 태갑太甲을 훈계한 말은 『서경 이훈伊訓』에 실려있고, 상나라 고종高宗이 재상 부열傅說에게 명한 말은 『서경 열명說命』에 실려있다.

15) 『동문선』에 「동도에서 장난삼아 적다[東都戲題]」라는 제목으로 실려있다. 1구 '大'가 '乘'으로, '惛惛'이 '昏昏'으로 되어있고, 3구가 '故應解賦西江月'로, 4구가 '莫笑風情減少年'으로 되어있다.

16) 서강월西江月은 당나라 교방곡에서 유래한 사패詞牌 가운데 하나이다. 송나라 때

仁王卜得中興大華之勢於西都, 新開龍堰閣. 鳳輦西巡, 置群臣宴, 命學士李之氐作口號. 其略云"帝出震以乘乾, 雖日應時之數, 王在鎬而飲酒, 固當與衆而同." 又云"室家相慶, 俟我后其來蘇, 管籥初聞, 曰吾王能鼓樂." 又云"遊豫爲諸侯度, 旣符夏諺之稱, 飲食盡忠臣心, 允協周人之詠." 對偶精切, 固無斧鑿之痕. 文烈公見之, 嘆曰"非近代詞臣駢四儷六, 以組織爲工者所比也." 公侍中公壽之子, 十八擢龍頭高選, 指日躡台鼎. 容貌如畫, 不妄顧視, 雖新學後生, 相對如大賓. 忠言嘉謀, 足以與伊·傅訓命爲表裡, 眞古所謂大臣者. 至今號其居爲政堂里. 嘗奉使東都, 戱題詩云"大醉惛惛曉夢顚, 不知帳下玉人眠. 傍人莫笑風情薄, 解賦西江月一篇."

※ 이지저가 읊은 다양한 시들을 소개하고 있다. 경사를 축하하며 임금에게 바치는 글인 치어致語 뒤에는 제왕이 베푼 덕을 기리는 구호口號가 이어지는 것이 일반적이다. 즉석에서 바치는 것이라서 상당한 순발력이 요구되는데도, 이지저가 구호 3수를 연달아 적었다고 한다. 그 재능을 알 만하다. 모두 형식에 집착하여 인위적으로 짜낸 것이 아니라 자연스럽게 대우를 맞춘 것들이다. 또한 역대 성군에 관한 이야기를 다루어서 지금 임금이 갖춘 성덕을 그에 견주고 있다. 이는 당시 유행하던 육조풍 사륙변려문체와는 거리가 있다. 고문체를 수용하고자 했던 문열공 김부식에게서 큰 인정을 받은 것도 이 때문이다.

유행하였다. 남녀 간 사랑을 노래하였다.
17) □측기평수 구식을 사용한 칠언절구시이다. 하평성 '선先' 운에 맞추어 '顚, 眠, 篇' 으로 압운하였다.

중6. 요나라 사신 맹초를 놀래준 접반사 김연

"깃발 꼬리가 바람에 나부껴 세찬 불꽃을 날리네"

시중(문하시중) 김연金縁[1]은 평장사 김상기金上琦의 아들이다. 어려서부터 문장으로 명성을 떨쳤다. 30세가 되지 않았을 때(1102), 초헌輻軒[2]을 타고 변경에 나가서 요나라 사신 맹초孟初[3]를 접반하여 동행한 일이 있었다.

맹초는 공의 나이가 어린 것을 알고서 아주 쉬운 상대로 생각하였다. 이윽고 두 사람이 나란히 말을 몰아서 교외로 나갔을 때다. 눈이 방금 그친 뒤라서 사방이 아득해서 아무것도 보이지 않았다. 오직 땅에 부딪는 말발굽 소리가 귀에 들릴 뿐이었다.

맹초는 소맷자락을 늘어뜨려 입을 가리고서 가늘게 읊조리다가, 곧 이런 시구를 읊었다.

> 말발굽이 눈을 밟아
> 메마른 우렛소리가 울리고

馬蹄踏雪乾雷動　●○○○●○●
1 2 4 3 5 6 7　마제답설건뢰동
말 | 발굽 | 밟아 | 눈을 | 마른 | 우레 | 울리고

말이 떨어지기 무섭게 공이 바로 응수하였다.

> 깃발 꼬리가 바람에 나부껴
> 세찬 불꽃을 날리네

旗尾翻風烈火飛　○●○○●●○
1 2 4 3 5 6 7　기미번풍렬화비
깃발 | 꼬리 | 날려 | 바람에 | 센 | 불꽃 | 난다

---

1) 김연金縁(?~1127)은 호부 상서 김인존金仁存의 초명이다.
2) 초헌輻軒은 종2품 이상 관원이 타던 외바퀴 수레이다. 명거命車, 목마木馬로 불린다.
3) 맹초孟初는 숙종 생일을 축하하기 위해 요에서 보낸 사신이다. 1102년 12월(음)에 고려에 입국하였다.

맹초가 깜짝 놀라면서 말하였다.

"진짜 천재로다."

이를 계기로 날이 갈수록 우의가 돈독해졌다. 늦게야 만난 것을 안타까워했을 정도다. 수레를 돌려 돌아가게 되었을 때다. 맹초는 차고 있던 통천서각대通天犀角帶(무소뿔 장식 허리띠)를 풀어서 공에게 선물로 주었다.

공이 간원諫垣[4]에서 진언한 말들은 모두 나라를 경영하는 원대한 계책들이었다. 처음에 언뜻 보면 사리에 어둡고 물정에 맞지 않은 것 같지만, 실제로는 백 년 천 년 이후까지 이로운 내용이었다.

인종 때다. 권신權臣(이자겸)이 조정에서 멋대로 권세를 부렸다. 공은 그 행태를 풍자하는 동요가 불리는 것을 듣고 마침내 병을 핑계 삼아 벼슬을 내놓고 물러났다. 이후 나라 기강이 바로 세워진 뒤(1126)에 다시 불려 나가 총재가 되었다. 공의 행동에는 신이神異한 점이 많았다. 세상 사람들은 헤아릴 수 없는 것이었다.

세 아들[5]도 모두 문묵文墨에 뛰어나 재상 지위에까지 올랐다. 당시에 사람들이 이들을 강좌江左[6] 사람인 왕도王導와 사안謝安의 가문에 견주었다고 한다.[7]

---

4) 간원諫垣은 간언을 담당하는 부서를 이른다. 이 시기에 중서문하성 관원들이 간관 역할을 담당하였다.
5) 세 아들은 김영석金永錫, 김영윤金永胤, 김영관金永寬이다.
6) 강좌江左는 장강 하류 동쪽의 강소성 일대를 이른다. 강이 구강을 지난 후에 남경까지 동북쪽으로 흐르기 때문에, 그 왼쪽에 있는 태호太湖 주변의 소주와 항주 일대를 이렇게 이른다. 동진東晉의 본거지이다.
7) 왕도王導(276~339)는 동진을 세우고 안정시킨 인물이고, 사안謝安(320~385)은 환온桓溫의 반란을 진압하고 전진前秦 군대를 격파한 인물이다. 두 사람은 승상을 지냈다. 또 모두 가문이 번창하여 대표적 명문거족이 되었다. 『진서 왕도전王導傳·사안전謝安傳』.

이전에 용만龍灣(의주)을 진무하는 직책을 맡아 부임할 때, 시를 지어서 문생에게 보여주었다.8)

십 년 동안 대각에서
왕명9)을 맡다가
이제는 바뀌어서
변경10) 신하가 되었어라
간원에 있을 때는
미처 직언을 아뢰지 못했으나
변경에서만큼은
오랑캐를 쓸어내리라
나라 근심에
귀밑머리 벌써 새었고
어버이가 그리워
흐르는 눈물을 참기 어렵구나
문하 여러 자제11)에게
많이 감사하니

十年臺閣掌絲綸　○○○●●○○
1 2 3 3 7 5 5　십년대각장사륜
십|년 동안|대각에서|맡다가|왕명을

此日翻爲閫外臣　●●○○○●●
1 2 3 7 4 5 6　차일번위곤외신
이|날|도리어|되었다|변경|밖|신하가

諫掖未能陳讜議　●●○●○●●
1 1 7 3 6 4 5　간액미능진당의
간원에서|못했으나|능히|말|곧은|의론

塞垣聊欲掃胡塵　○○○●●○○
1 1 3 7 6 4 5　새원료욕소호진
변경서|애오라지|한다|쓸려|호의|먼지

鬢毛早白緣憂國　○○●●○○○
1 2 3 4 7 6 5　빈모조백연우국
귀밑|털|일찍|새니|때문이고|걱정|나라

涕淚難禁爲戀親　●●○○○●●
1 1 4 3 7 6 5　체루난금위련친
눈물|힘듦|참기|때문이다|그립기|부모

多謝丘門諸子弟　○●○○○●●
1 7 2 2 4 5 5　다사구문제자제
많이|고마우니|문하의|여러|자제가

---

8) 『동문선』에 「용만을 진무하러 나가면서 문생에게 지어 보이다[出鎭龍灣次示門生]」라는 제목으로 실려있다. 3구 '掖'이 '苑'으로, 7구 '丘'가 '孔'으로, 8구 '餞'이 '送'으로 되어있다.

9) 사륜絲綸은 제왕이 내린 명을 이른다. 『예기 치의緇衣』, "왕이 꺼낸 말은 실[絲] 같아도, 입 밖에 나가면 위엄이 밧줄[綸] 같다."

10) 곤외閫外는 변경 지역을 이른다. 과거에 임금이 장군을 변경 지역으로 내보낼 때 "곤閫 안은 내가 통제하니, 곤閫 밖은 장군이 통제하라."라고 하면서 수레바퀴를 밀어주었다고 한다. 『사기 풍당열전馮唐列傳』.

11) 구문丘門은 '공자 문하'이다. '유학자 문하'를 일컫는 말로 쓴다. '丘'는 『동문선』에 '孔'(상성)으로, 『신증동국여지승람』에 '一'(입성)로 되어있다. 자제子弟는 문생門生을 이른 것이다.

청주 백 병으로

길 떠나는 나를 전별해주네

百壺淸酒餞行人 ●○♂●●○○ 12)
　　　1 2 3 7 5 6 　백호청주전행인
백｜병｜청주로｜전별한다｜가는｜사람을｜

金侍中緣, 平章上琦子也. 少以文章顯, 年未三十乘軺出塞, 與大遼使
人孟初伴行. 初見年少頗易之, 及幷轡出郊, 雪始霽, 四顧茫然無所
見, 唯馬蹄觸地作聲. 初垂袖微吟, 卽唱云"馬蹄踏雪乾雷動." 公卽
應聲曰"旗尾翻風烈火飛." 初愕然曰"眞天才也." 由是情好日篤, 恨
相知之晚. 及返轅, 解所佩通天犀以贈之. 公在諫垣, 所陳皆經國遠
猷, 初若迂踈, 利在千百載下. 仁廟時權臣擅朝, 聞童謠托疾引歸, 及
返正徵爲冢宰. 其行止多神異, 世莫能測. 三子皆以文墨位宰相, 時
以比江左王·謝云. 嘗出鎭龍灣, 作詩示門生云"十年臺閣掌絲綸, 此
日翻爲闉外臣. 諫掖未能陳讜議, 塞垣聊欲掃胡塵. 鬢毛早白緣憂國,
涕淚難禁爲戀親. 多謝丘門諸子弟, 百壺淸酒餞行人."

※ 김연이 요나라에서 파견한 사신 맹초를 맞이했을 때는 1102년이
다. 그리고 관직에서 물러날 것을 요청할 때는 1122년이다.13) 어린 인
종을 두고서 이자겸이 권력을 농단하고 있어 언제라도 화가 미칠 수
있다고 생각한 것이었다. 인종은 허락하지 않았다. 그런데 어느 날
관아로 출근하던 중이었다. 길에서 아이들이 세태를 풍자하여 노래
부르는 소리를 듣고는 깜짝 놀라서 말에서 떨어지고 말았다고 한다.
이 일로 몸져누웠고 더 간절하게 요청하여 면직될 수 있었다고 한다.

---

12) □평기평수 구식을 사용한 칠언율시이다. 상평성 '진眞' 운에 맞추어 '綸, 臣, 塵,
親, 人'으로 압운하였다.
13) 『동사강목』 인종 원년(1122) 4월.

중7. 호랑이보다 무서운 술 취한 김자의

"호랑이나 들소를 차라리 만날지언정!"

상서 김자의金子儀[1]는 강직하고 절개가 남달랐다. 일찍이 예부에서 시행하는 과거를 치를 때였다. 임금(인종)이 꿈속에서 '창昌'이라는 이름을 가진 자가 과거 급제하는 것을 보았다. 나중에 풀칠해서 봉해놓은 부분을 뜯어서 답안지에 적힌 성명을 확인해보니,[2] 정晶이라는 이름(초명)을 가진 공이 2등에 올라 있었다. 임금은 깜짝 놀라서 기이하다고 생각했다.

공은 조정에 나가서 꼿꼿하게 바른말을 하여 간쟁을 하는 신하로서 기풍을 잃지 않았다. 천성이 술을 좋아하여 거나하게 취한 뒤에는 자리에서 일어나 춤을 추었는데, 그때마다 사해四海의 노래를 부르곤 하였다. 공이 꺼내는 말은 언제나 국가 기강을 바로 세우려는 내용뿐이었다.

그래서 당시 사람들은 이렇게 말했다.

"호랑이나 들소를
차라리 만날지언정

寧逢虎兕 녕봉호시
1 4 2 3
|차라리|만나지|호랑이|들소를|

---

1) 김자의金子儀는 생몰년과 급제 시기 등이 알려지지 않는다. 초명은 정晶이다. 의종 원년(1147)에 동지공거가 되어 이유창李愈昌 등 32명을 선발하고, 의종 6년(1152) 4월에 예부 상서에 올랐다. 『고려사』.

2) 과거에서 응시자가 답안지를 작성할 때 첫머리에 자기 성명과 생년 및 선조 성함 등을 기록한다. 답안을 제출한 뒤에는 부정 방지를 위해 채점 전에 이 부분을 접고 풀칠하여 봉한다. 이를 봉미封彌라고 한다. 채점을 끝내고 이를 뜯어 응시자를 확인하게 된다. 『고려사』에 따르면, 1011년 12월(음력)에 주기周起가 과거

술에 취한 김공을
만나진 마라."

不逢金公醉 불봉김공취
5 4 1 1 3
말라 | 만나지 | 김공이 | 취한 것을

공이 강남江南[3] 안찰사로 부임하게 되었을 때다. 임금이 헌軒에 나아가 임하여 공을 단속하였다.

"경이 갖춘 문장과 뜻과 절개는 옛사람과 비교하면 손색이 없소. 다만 음주로 인한 실수가 잦다는 점이 유일한 차이일 뿐이오. 석 잔을 마신 뒤에는 조심해서 더 입을 대지 마시오."

이후로는 관할하는 주州와 군郡을 순행할 때도 언제나 정신을 바짝 차리고서 술을 마시지 않았다. 한번은 길을 가다가 산속 사찰을 지나게 되었다. 오래 알고 지내던 노승이 있어서 찾아가 손을 잡고 회포를 나누었다. 그러다가 헤어질 시간이 되었다. 노승이 술을 사 들고 와서 전별하려고 하였다. 공은 밖으로 나가더니 이끼 덮인 바위 위에 걸터앉아 이렇게 말하였다.

"지난번이오. 내가 도성을 떠날 때 말이오. 임금께서 신에게 술 석 잔을 넘겨서 마시지 말라고 금하시지 않았겠소. 그러니 스님이 공양할 때 사용하는 쇠 바리때를 가져오시는 것이 좋겠소."

공은 쇠 바리때에 세 번 술을 따라 마시고서 떠났다. 그 바리때는 한 말 남짓한 양이 들어가는 크기였다. 공은 호방함이 대체로 이러했다.

에 호명시식糊名試式을 적용하자고 건의하였다. 또 1062년 3월에 정유산의 건의에 따라 비로소 봉미를 시작했다고 한다.
3) 강남江南은 강남도江南道를 이른다. 고려의 지방 행정구역에 속하는 10도 가운데 하나이다. 전라북도 지역에 해당한다.

한번은 상국 척준경拓俊京[4]이 남쪽으로 귀양 간 것을 안타까워하면서 절구로 시 한 수를 지었다.

용과 범처럼 웅건한 자태에
철석같은 기백이 있어
충성과 의리로
임금님을 보필하려 하다가
나는 새가 사라짐에
치워진 활처럼 되었을 뿐이니
회음후가 한왕을
배반하지 않은 것과 같다오[6]

龍虎雄姿鐵石腸　ŏ●○○●●○
1 2 3 4 5 6 7　룡호웅자철석장
용｜범｜씩씩한｜자태와｜쇠｜돌｜마음으로

欲將忠義輔君王　●○ŏ●●○○
7 3 1 2 6 4 4　욕장충의보군왕
싶은데｜가지고｜충성｜의리｜돕고｜군왕

只緣鳥盡弓藏耳　●○●●○○●
1 4 2 3 5 6 7　지연조진궁장이
다만｜인해｜새｜사라짐｜활｜감춰졌을｜뿐

不是淮陰背漢皇　●●○○●●○[5]
6 6 1 1 5 3 3　불시회음배한황
아니다｜회음후가｜배신한 것이｜한황을

尙書金子儀, 骯髒有奇節. 嘗戰藝春官, 上夢見有人擢第, 名曰昌. 及開糊封, 公在第二人, 名晶, 上駭異之. 立朝勁諤, 有諍臣風. 性嗜酒, 醉則起舞, 輒唱四海之歌, 其所言皆國朝綱紀也. 當時語曰"寧逢虎兒, 不逢金公醉." 方出按江南, 上臨軒戒之日"卿文章志節不愧古人. 但飮酒多過差耳. 三杯之後愼勿屬口." 由是歷遍所轄州郡, 嘗惺惺然

---

4) 척준경拓俊京(?~1144)은 이자겸과 함께 인종을 폐위하고자 대궐에 침입했으나, 임금 권유에 따라 이자겸을 제거하고 공신이 되었다. 이후 정지상에게 탄핵받아 1127년 3월에 암타도巖墮島에 유배되었다.
5) ⼝측기평수 구식을 사용한 칠언절구시이다. 하평성 '양陽' 운에 맞추어 '腸, 王, 皇'으로 압운하였다.
6) 회음淮陰은 회음후 한신韓信이고, 한황漢皇은 한 고조 유방劉邦이다. 한신은 유방을 도와 한나라를 일으킨 개국공신으로 초왕에 책봉되었다. 그런데 몇 달 후에 모반을 꾀한다는 무고를 당하여 회음후로 강등되었고, 얼마 후에 다시 계략에 빠져 비운을 맞이하였다.

不飮. 行過山中精藍, 訪舊知老衲, 握手話懷. 及別貰酒欲餞之, 出門踞苔石上, 乃曰"頃, 出都有朝旨, 禁臣飮酒不過三爵. 宜持爾應供鐵鉢來", 三酌而去. 其鉢可受一斗餘, 豪邁皆類此. 嘗悲拓相國南遷一絕, "龍虎雄姿鐵石腸, 欲將忠義輔君王. 只緣鳥盡弓藏耳, 不是淮陰背漢皇."

※ 이인로는 척준경이 죄가 있어 유배된 것이 아니라, 한신이 모함당한 것처럼 억울한 누명을 썼다고 보았다. 회음후 한신은 유방을 도와 한나라를 일으킨 공로로 초왕이 되었다. 이후 한신은 모반을 꾀했다는 무고를 받아 한나라 고조 유방에게 끌려가게 되었다. 그때 한신이 남겼다는 말이 유명하다. "과연 사람들 말과 같다. 교활한 토끼가 죽으면 날랜 사냥개가 삶겨지고, 높이 나는 새가 사라지면 좋은 활이 감춰진다. 적국이 망하면 계책을 내던 신하가 죽는 것이다. 천하가 이미 평정되었으니 내가 삶겨져서 죽는 것도 정말 당연하다." '토사구팽'이라는 성어로 유명한 이 말은, 필요할 때 쓰다가 쓰고 나서 야박하게 버리는 경우를 이른다. 이인로는 척준경이 여진족을 몰아내고 고려를 지킨 공을 인정하는 마음이 있었기에, 그가 말년에 탄핵당하여 귀양살이하게 된 현실을 더욱 안타까워한 것이다.

중8. 청평산에 은둔한 이자현

"말없이 얼굴 보며 한참을 머물러 담담하게 옛 우정을 서로 느끼네"

진락공眞樂公 이자현李資玄[1]은 재상 가문에서 성장하여 관직에 종사하던 분이다. 그렇지만 항상 속세에서 멀리 벗어나 노닐고 싶다고 생각하였다. 금규金閨(한림원)[2]에서 근무하던 젊은 시절이었다. 술사 은원충殷元忠[3]을 쫓아 풍광 좋은 산과 시내를 찾아다니면서 은거할 곳으로 삼을 만한 장소를 은밀히 물색하였다. 그때 은공이 이렇게 귀띔해주었다.

"양자강楊子江(북한강) 가에 청산靑山 한 굽이가 있소. 참으로 세상을 피하여 지낼 만한 곳이오."

이 말을 듣고 늘 마음속에 담아두었다. 27세가 되어 벼슬이 대악서영大樂署令[4]에 올랐을 때다. 갑자기 아내가 세상을 떠나는 우환[5]을 겪고 말았다. 이에 아예 벼슬에서 물러나 멀리 청평산淸平山으로 들어가 버렸다. 문수원文殊院을 수리해 거처하기 시작한 것이었다.

---

1) 이자현李資玄(1061~1125)은 자가 진정眞靖이다. 호는 식암息庵, 청평거사淸平居士, 희이자希夷子이다. 이자연李子淵의 손자이자, 이의李顗의 맏아들이다.
2) 금규金閨는 금마문金馬門을 이른다. 금문金門이라고 한다. 한림원의 별칭으로 쓰인다.(중-9 참조)
3) 은원충殷元忠은 고려 중기 술사術士이다.
4) 대악서大樂署는 음악 일을 담당하던 관서이다. 문종 때 종7품 영令 1인과 종8품 승丞 2인을 두어 관리하게 하였다.
5) 아내의 죽음을 고분지환叩盆之患이라고 한다. 고분叩盆은 아내의 죽음을 뜻한다. 장자莊子는 아내가 죽었을 때 두 다리를 뻗고 동이[盆]를 두드리며[叩] 노래를 불렀다고 한다.『장자 지락至樂』.

공은 특히 참선하여 선정禪定에 드는 기쁨을 좋아하였다. 배우려는 자가 찾아가면 번번이 함께 고요한 방에 들어가서 온종일 말없이 꼿꼿하게 앉아있곤 하였다. 아울러 옛 고승이 전수한 종지宗旨(깨달음)를 가지고 수시로 함께 토론하였다. 이에 따라 공이 이룬 심법心法이 해동海東에 널리 전해지게 되었다. 혜조惠照[6]와 대감大鑑[7] 두 국사도 모두 공의 문하에서 공부한 분들이다.

공은 골짜기 안쪽 외진 곳에 식암息庵을 지어놓았다. 고니알처럼 둥글게 생겼으면서 양쪽 무릎을 겨우 비집어 넣을 만한 작은 암자였다. 그 안에 들어가 묵묵히 앉아서 며칠이 지나도 나오지 않았다.

한번은 같은 해에 치른 과거에서 함께 급제한 친구 곽여郭璵[8]가 부절을 들고서 관동關東으로 부임하는 길에 공을 방문하였다. 곽여가 시를 지어주었다.[9]

상강[10] 물가처럼 아름다운 | 清平山水似湘濱 ○○○●●○◎
청평 산수에서 | 1 1 3 4 7 5 6 청평산수사상빈
 | 청평의 산과 물은 같은데 상강 물가와
옛 친구를 해후하여 | 邂逅相逢見故人 ●●○○●●◎
서로 마주하니 | 1 1 3 4 7 5 6 해후상봉견고인
 | 해후하여 서로 만나 보니 옛 사람을

---

6) 혜조惠照는 선종 승려이다. 1107년에 왕사王師가 되고, 1114년에 국사國師가 되었다.
7) 대감大鑑은 탄연坦然(1069~1158)의 시호이다. 1145년에 왕사가 되었다.
8) 곽여郭璵(1058~1130)는 호가 동산재東山齋, 시호가 진정眞靜이다. 1083년 과거에 급제하고, 합문지후 등을 거쳐 예부 원외랑에 오른 뒤에 사직했다. 예종이 즉위한 뒤에 검은 두건에 학창의 차림으로 궁궐을 드나들어 금문우객金門羽客으로 불렸다.
9) 『신증동국여지승람 춘천도호부』에 곽여와 이자현이 창작한 시가 인용되어 있다. 앞의 시 2구 '得'이 '擢'으로 되어있다. 뒤의 시 1구 '逼'이 '遍'으로 되어있다.
10) 상강湘江은 풍광이 아름다운 장강 지류이다.(상-10 참조)

삼십 년 전
함께 급제한 뒤로
천 리 밖에서
제각기 살아왔었어라
골짜기 지나는 뜬구름처럼
매인 일 없고
시내에 뜬 달처럼
티끌에 물들지도 않았네
말없이 얼굴 보며
한참을 머물러
담담하게
옛 우정을 서로 느끼네

三十年前同得第 ○●○○○●●
1 2 3 4 5 6 7　삼십년전동득제
삼 십 년 전에 함께 얻고 급제를

一千里外各棲身 ●○○●●○○
1 2 3 4 5 6 7　일천리외각서신
일 천 리 밖에 각각 깃들었다 몸을

浮雲入洞曾無事 ○○●●○○
1 2 3 4 5 6 7　부운입동증무사
뜬 구름 들어 골짜기에 결코 없고 일

明月當溪不染塵 ○●○○○●●
1 2 3 4 5 6 7　명월당계불염진
밝은 달 비쳐 시내 않는다 물들지 티끌

目擊無言良久處 ●●○○○●●
1 2 3 5 6 7　목격무언량구처
눈으로 보며 없이 말 정말 오래 머물러

淡然相照舊精神 ●○○●●○○ 11)
1 1 6 7 4 4　담연상조구정신
담담히 서로 비춰본다 옛 마음을

공이 차운하여 이렇게 읊었다.

산천에 온기 깃들어
어느새 봄 되니
홀연히 걸음 돌려
은둔한 나를 찾아오셨네
백이 숙제[12]는 속세 떠나서
본성을 지켰고

暖逼溪山暗換春 ●●○○●●○
1 4 2 3 5 7 6　난핍계산암환춘
온기 닥쳐 시내 산 몰래 바뀌니 봄으로

忽紆仙杖訪幽人 ●○○●●○○
1 4 2 3 7 5 6　홀우선장방유인
문득 돌려 신선 지팡이 찾았다 은둔 자

夷齊遯世惟全性 ○○●●●○●
1 2 4 3 5 7 6　이제둔세유전성
백이 숙제 떠나 속세 오직 지키고 본성

---

11) □평기평수 구식을 사용한 칠언율시이다. 상평성 '진眞' 운에 맞추어 '濱, 人, 身, 塵, 神'으로 압운하였다.

12) 이제夷齊는 백이와 숙제이다. 주나라 무왕이 은나라 주왕을 멸하자 신하가 천자를 토벌한다고 반대하였다. 이후 주나라 곡식을 먹기를 거부하고 서산에 들어가 굶어 죽었다.

직과 설[13]은 나랏일 힘쓰느라　　稷契勤邦不爲身 ●●○○●●◎
자신 돌보지 않았어라　　　　　1 2 4 3 7 6 5　직설근방불위신
　　　　　　　　　　　　　　직 설 힘써 나라에 않았다 위하지 자신
왕명 받드는 지금은　　　　　　奉詔此時鏘玉佩 ●●◉○○○●
그대가 패옥 소리 울리지만　　2 1 3 4 7 5 6　봉조차시장옥패
　　　　　　　　　　　　　　받든 명을 이 때 울리지만 옥 패물
언젠가 관복을 벗고　　　　　　掛冠何日拂衣塵 ●○◉●○◎
속세 떠나거든[14)　　　　　　　2 1 3 4 7 5 6　괘관하일불의진
　　　　　　　　　　　　　　걸어둘 관 어느 날에 털 테니 옷 먼지
이곳에 와서　　　　　　　　　何當此地同棲隱 ○○●●○○●
함께 은거하면서　　　　　　　7 1 2 3 4 5 6　하당차지동서은
　　　　　　　　　　　　　　어떤가 응당 이 곳 함께 깃들어 숨어
불로불사의 옛 신선 술법을　　養得從來不死神 ●●○○●●[15)
익혀보면 어떻겠소?　　　　　6 7 1 1 4 3 5　양득종래불사신
　　　　　　　　　　　　　　길러 얻음 종래 않는 죽지 신선 술법

예종은 진인 풍모가 있는 공을 몹시 흠모하여 여러 차례 명을 내려
서 부르기도 하였다. 그러자 공은 사신을 통해 이렇게 아뢰었다.

　"신은 처음에 도성 문을 나설 때부터 도성에 다시 돌아가지 않기
로 맹세했습니다. 명을 받들 수 없습니다."

마침내 예종에게 표문을 올려 아뢰었다.[16)

　　　　　"당과 우[17)의　　唐虞之代 당우지대
　　　　　　　　　　　　　1 2 3 4
　　　　　　시대에　　　　당과 우의 어사 시대에

---

13) 직稷은 요堯임금 신하로 농사를 관장하였고, 설契은 우禹임금을 도와 치수治水에
　　힘썼다.
14) 의진衣塵은 옷에 묻은 속세 먼지이다. 이를 털어내고 돌아가 은거함을 이른다.
15) ■측기평수 구식을 사용한 칠언율시이다. 상평성 '진眞' 운에 맞추어 '春, 人, 身,
　　塵, 神'으로 압운하였다.
16) 예종 12년(1117) 9월의 일이다. 『고려사절요』.
17) 당唐과 우虞는 각각 요임금 나라와 순임금 나라를 일컫는 이름이다.

요임금과 순임금
신하 중에,
기와 용[18]은
나라 위한 계책을 아뢰었으나
소부와 허유[19]는
산림에 숨을 뜻 고집했습니다.
새의 본성에 따라
새를 길러야
외려 종과 북 연주해주다가
죽게 만드는 우환 없으니,[20]
물고기를 관찰하여
그 습성을 이해해서
강호에서 살아가던 본성대로
이루어주어야 합니다."[21]

堯舜之臣 요순지신
1 2 3 4
|요와|순의|어사|신하 중에|

夔龍陳廊廟之謨 기룡진낭묘지모
1 2 7 3̲ 5 6
|기와|용은|아뢰고|조정|어사|계책을|

巢許抗山林之志 소허항산림지지
1 2 7 3̲ 5 6
|소부|허유는|고집했다|산림|어사|뜻|

以鳥養鳥 이조양조
2 1 4 3
|써서|새를|길러야|새를|

庶無鍾鼓之憂 서무종고지우
1 6 2 3 4 5
|거의|없으니|종과|북의|어사|우환|

觀魚知魚 관어지어
2 1 4 3
|관찰하여|물고기|알아서|물고기를|

俾遂江湖之性 비수강호지성
1 6 2 3 4 5
|하여금|이뤄준다|강|호수|어사|본성|

예종은 공이 뜻을 굽히지 않을 것을 알았다. 이에 특별히 남도南都
(한양)로 행차하여 공을 불러서 만나보았다. 몸과 마음을 수양하는 요

---

18) 기夔와 용龍은 순임금 신하이다. 기는 음악을 담당하고, 용은 간언諫言을 담당하
였다.
19) 소부巢父와 허유許由는 천하를 맡기려는 요임금 청을 거절하고 산림에 숨은 은
자이다. 소부는 속세를 벗어나 나무 위에서 살았고, 허유는 기산箕山에 은둔하
였다.
20) 옛날 노나라 임금이 새를 위해 연회를 베풀고 구소九韶 음악과 태뢰太牢 음식을
갖추어 제공했다. 그러자 그 새는 두렵고 슬퍼서 아무것도 마시고 먹지 못하다
가 3일 뒤에 죽었다고 한다. 『장자 지락至樂』.
21) 물고기가 말라붙은 샘의 바닥에서 서로 입김을 불고 거품을 뿜어 적셔주면서 지
내는 것은, 강호에서 서로 잊고서 본성대로 지내는 것만 못하다고 한다. 『장자
대종사大宗師』.

령을 묻자, 공은 이렇게 답변하였다.

"옛사람 말에, '본성을 기를 때는 욕심을 줄이는 것보다 좋은 방법이 없다.'[22]고 합니다. 폐하께서는 이에 유의하소서."

예종은 감탄하고 칭찬하기를 멈추지 않고 말하였다.

"공의 말을 들을 수는 있어도 그 도를 전하여 받을 수가 없고, 공의 몸을 볼 수는 있어도 그 뜻을 굽힐 수가 없군요. 참으로 영양潁陽에 은둔하던 소부巢父와 허유許由에 버금가는 분이오."

곧이어 차와 약을 하사하고 산으로 돌아가게 하였다. 죽은 뒤에 '진락공眞樂公'이란 시호를 내려주었다. 그 밖의 행적은 김 상국金相國(김부의)이 작성한 「중창기重刱記(청평산문수원기)」에 보인다.[23]

眞樂公資玄, 起自相門, 雖寅跡簪組, 常有紫霞逸想. 少遊金閨, 從術士殷元忠, 密訪溪山勝地可以卜隱. 殷公云 "楊子江上有靑山一曲, 眞避世之境." 聞之常掛於心. 年二十七仕至大樂署令, 忽致叩盆之患, 拂衣長往, 入淸平山葺文殊院以居之. 尤嗜禪說, 學者至則輒與之入幽室, 竟日危坐忘言, 時時擧古德宗旨商論. 由是心法流布於海東, 惠照·大鑑兩國師, 皆遊其門. 乃於洞中幽絶處作息庵, 團圓如鵠卵, 只得盤兩膝, 而默坐其中, 數日猶不出. 其同年友郭璵, 持節出關東見

---

22) 『맹자 진심 하盡心下』.
23) 김 상국金相國은 김부식의 동생 김부의金富儀(1079~1136)를 이른다. 초명은 부철富轍이다. 『동문선』(권64)에 실린 김부의 「청평산문수원기淸平山文殊院記」에 이자현 행적이 자세히 기록되어 있다.

訪, 贈詩云. "淸平山水似湘濱, 邂逅相逢見故人. 三十年前同得第, 一
千里外各棲身. 浮雲入洞曾無事, 明月當溪不染塵. 目擊無言良久處,
淡然相照舊精神." 公次韻云 "暖逼溪山暗換春, 忽紆仙杖訪幽人. 夷·
齊遯世惟全性, 稷·契勤邦不爲身. 奉詔此時鏘玉佩, 掛冠何日拂衣塵.
何當此地同棲隱, 養得從來不死神." 睿王渴仰眞風, 累詔徵之, 對使
者曰 "臣始出都門, 有不復踐京華之誓, 不敢奉詔." 遂附表云 "唐·虞
之代, 堯·舜之臣, 夔·龍陳廊廟之謨, 巢·許抗山林之志. 以鳥養鳥, 庶
無鍾鼓之憂, 觀魚知魚, 俾遂江湖之性." 上知其不可屈致, 特幸南都
召見, 問以修身養性之要. 對曰 "古人云, '養性莫善於寡欲', 惟陛下
留意焉." 上嗟賞不已, 曰 "言可聞, 而道不可傳, 身可見, 而志不可
屈, 眞潁陽之亞流也." 賜茶藥還山, 及卒諡眞樂公. 其餘事迹, 見金
相國「重刱記」.

※ 이인로와 이자현은 고려 명문거족 인주 이씨 집안에서 태어나 뛰
어난 재능을 갖추었지만,[24] 세상에 크게 쓰이지는 못했다. 이자현
은 의도하였고 이인로는 부득이 선택한 것이었다. 100년 시차를 두
고 두 사람이 처한 현실도 확연히 달랐다. 이자현은 예종에게 몹시
지지받았지만 스스로 은둔하는 삶을 선택했다. 반면 이인로는 난을
일으킨 무신들에 의해 멸문지화를 당하여 겨우 목숨을 부지하는 신
세였다. 이런 까닭에 삼고초려에도 은거 결심을 굽히지 않은 집안
어른 이자현 행적이 퍽 인상 깊게 느껴진 듯하다. 이인로가 이자현
일화를 자세히 기록해둔 이유일 것이다.

---

24) 이자현의 조부 이자연李子淵과 이인로의 고조 이자상李子祥이 형제이다.

중9. 예종의 궁궐을 드나든 처사 곽여

"붉은 비단을 누가 마름질하여 모란꽃 만들었나?"

처사 곽여郭璵는 춘궁에 있던 예종을 보좌하는 요좌寮佐로 있었다. 예종이 즉위한 뒤로는 아예 직책을 내놓고서 물러나버렸다. 예종이 이에 명을 내려 도성 동쪽에 있는 약두산若頭山 봉우리 하나를 하사했다. 공은 이곳에 별장을 마련하고 '동산재東山齋'라고 이름 붙였다. 이곳에서 늘 검은색 두건에 학창의鶴氅衣[1] 차림으로 궁궐을 오갔다. 당시에 사람들이 공을 보고 '금문우객金門羽客'이라고 하였다.[2]

언젠가 궁궐 안에서 연회가 벌어졌을 때였다. 예종이 머리에 꽂는 꽃가지 하나를 공에게 내려주면서 즉시 시를 지어 올리라고 하였다. 공이 이런 시를 지어 올렸다.

붉은 비단을 누가 마름질하여
　　　　　모란꽃 만들었나?
　　　　　봄 추위가 무서워
　　　꽃망울[3] 틔우지 못했어라

誰剪紅羅作牧丹　〇●〇〇●●〇
1 4 2 3 7 5 5　수전홍라작목단
|누가|잘라|붉은|비단|만들었나|모란|

芳心未展怯春寒　〇〇●●●〇〇
1 2 4 3 7 5 6　방심미전겁춘한
|꽃이|마음|못하고|펴지|겁낸다|봄|추위|

---

1) 검은색 두건[烏巾]은 벼슬하지 않고 은둔한 처사들이 착용했다고 한다. 학창의鶴氅衣는 흰색 천으로 만들고 검은색 천으로 가장자리에 선을 두른 소매가 넓은 도포를 이른다. 도사나 선비들이 착용하였다.
2) 금문金門은 한나라 궁궐 미앙궁未央宮에 있던 금마문金馬門을 이른다. 금규金閨라고 한다. 학사가 대조待詔하며 근무하는 장소가 이곳에 있었기에, '한림원'의 별칭이 되었다. 우객羽客은 도사나 신선을 이른다. 송나라 때 도사 임영소林靈素가 궁중에 출입하여 금문우객金門羽客이란 칭호를 얻었다.
3) 방심芳心은 꽃술을 감싸고 있는 꽃망울 속을 이른다.

여섯 궁전[4] 궁인[5]들이
서로 말하길
어떤 이유로 궁궐 꽃이
도사의 관에 꽂혔을까 하네

六宮粉黛皆相道	●○●●○○●
1 1 3 3 5 6 7	륙궁분대개상도
여섯 궁의 궁인이 모두 서로 말한다	

何事宮花上道冠	○●○○●●◎[6]
1 2 3 4 7 5 6	하사궁화상도관
무슨 일로 궁궐 꽃 올랐나 도사 관에	

또 임금 수레를 수행하여 장원정長源亭[7]에 갔을 때다. 정자에 오른 예종이 저물녘 풍경을 구경하다가 들판에서 소를 타고 시냇가를 따라서 집으로 돌아가는 한 노인을 발견하였다. 이에 즉석에서 시를 지어서 읊으라고 명하였다. 공이 이렇게 읊었다.[8]

태평한 모습으로
아무렇게 소를 타고서
가랑비에 절반이 젖은 채로
둑 위를 지나가네
물가 가까이에
집이 있음을 알겠어라

太平容貌恣騎牛	●○○●●○○
1 1 3 3 5 7 6	태평용모자기우
태평한 모습으로 멋대로 타고 소를	

半濕殘霏過壟頭	●●○○●●○
3 4 1 2 7 5 6	반습잔비과롱두
반 젖어 잔 가랑비 지난다 이랑 머리	

知有水邊家近在	○●●○○●●
7 6 1 2 3 4 5	지유수변가근재
안다 있음을 물 가에 집이 가까이 있는 곳	

---

4) 육궁六宮은 왕비가 거처하는 내전을 이른다. 정침正寢 한 곳과 연침燕寢 다섯 곳을 합하여 육궁이라 한다.

5) 분대粉黛는 분을 바르고 눈썹 먹을 칠하여 화장한 여인을 이른다.

6) □측기평수 구식을 사용한 칠언절구시이다. 상평성 '한寒' 운에 맞추어 '丹, 寒, 冠'으로 압운하였다.

7) 장원정長源亭은 문종이 1056년에 창건한 이궁離宮이다. 개경 서강西江의 병악餠岳 남쪽에 있다. 태조가 후삼국을 통일한 병신년(936)을 기점으로 삼아 120년이 지난 해(1056)에 이곳에 집을 지으면 국운이 오래간다는 도선道詵의 예언에 따라 세워졌다. 『신증동국여지승람 경기 풍덕군豊德郡』.

8) 『동문선』에 「어가를 따라 장원정에 가서 누에 올라, 저물녘에 시골 늙은이가 소를 타고 개울 곁을 따라서 집으로 돌아가고 있는 모습을 보고서 왕명을 받들어 시로 짓다[隨駕長源亭上登樓晩眺有野叟騎牛傍溪而歸應製]」라는 제목으로 실려있다.

그가 저물녘 흐르는 시냇가를 從他落日傍溪流 ○○●●●○⁹⁾

따라서 가고 있으니 7 1 2 2 6 4 5 종타락일방계류

[부터다] [그가] [저물어] [따라감] [시내] [흐름]

곽여가 어떻게 신선 풍모와 도사 운치만으로 예종 마음을 사로잡을 수 있었겠는가? 문장도 힘차고 민첩하게 지어내어서 솜씨가 남달리 뛰어났기에 예종이 더욱 각별하게 관심을 두고 돌본 것이었다. 조정에 있는 다른 신하는 미칠 바가 아니었다.

한번은 예종이 황문黃門¹⁰⁾ 소속 내관 수십 명을 거느리고 북문으로 빠져나간 일이 있다. 스스로 종실 열후列侯라고 칭하면서 신분을 감추고 동산재를 방문한 것이다. 마침 공교롭게도 처사가 도성에 나가 돌아오지 않고 머물러 있을 때였다. 예종은 서너 차례 배회하다가 「어디서도 술을 잊기 어려워라[何處難忘酒]」¹¹⁾라는 시 한 수를 지어냈다. 이를 어필로 벽에 써놓고서 돌아갔다.

당시에 사람들이 모두 이렇게 말했다.

"흰 구름을 노래하던 한나라 무제의 시 짓는 솜씨¹²⁾와 너울너울 춤추는 봉황 같은 당나라 태종의 붓글씨 솜씨¹³⁾를 실제로 겸비하

---

9) □평기평수 구식을 사용한 칠언절구시이다. 하평성 '우尤' 운에 맞추어 '牛, 頭, 流'로 압운하였다.

10) 황문黃門은 궁중에서 임금을 시중하거나 숙직 따위 일을 맡아보던 내관을 이른다. 처음에는 권세가 자제나 문과 출신이 맡다가, 고려 말에 이르러 거세한 남자들로 바뀌었다.

11) 백거이白居易의 「권주 십사수勸酒十四首」 가운데 7수가 '하처난망주何處難忘酒'로 시작한다.

12) 한나라 무제武帝가 창작한 「추풍사秋風辭」를 이른다. 여기에 "가을바람 일어나고 흰 구름 날아가네.[秋風起兮白雲飛.]"라는 말이 있어서, 사람들이 이를 백운편白雲篇이라고 불렀다.

13) 당나라 태종 이세민李世民은 글씨에 능하였다. 왕저에게 명하여 『순화비각법첩』을 엮기도 하였다. 춤추는 봉황 같다는 것은 너울너울 춤추는 날갯짓처럼 생동

173

였다. 지금까지 아무도 이루지 못한 경지다."

예종이 써두고 간 시는 아래와 같다.

한글 번역	한자	평측	독음 / 풀이
어디에서 술 잊기 어려운가?	何處難忘酒	○●○○○ 1 2 5 4 3	하처난망주 어느 곳에서 어려운가 잊기 술을
진인을 찾다가 못 만난 때라	尋眞不遇廻	○○●●◎ 2 1 4 3 5	심진불우회 찾다가 진인 못해 만나지 돌아갈 때다
서실 창에 석양이 밝게 비추고14)	書窓明返照	○○○●● 1 2 5 3 4	서창명반조 서실 창은 밝고 반사하는 석양빛에
남은 향15)이 식은 재에 덮여있는데	玉篆掩殘灰	●●●○○ 1 2 5 3 4	옥전엄잔회 옥 전서 모양 향 덮였는데 꺼진 재에
방장에는 지키는 사람이 없고	方丈無人守	○●○○● 1 2 5 3 4	방장무인수 사방 한 길 방에 없고 사람 지킴이
사립문도 온종일 열려있어라	仙扉盡日開	○○●●◎ 1 2 4 3 5	선비진일개 신선 사립문이 다해 하루 열려있다
늙은 나무에서 동산 꾀꼬리는 지저귀고	園鶯啼老樹	○○○●● 1 2 5 3 4	원앵제로수 동산 꾀꼬리가 울고 늙은 나무에서
푸른 이끼에서 뜰의 학은 조는데	庭鶴睡蒼苔	○●●○○ 1 2 5 3 4	정학수창태 뜰 학이 자는데 푸른 이끼에서
도의 참맛을 누구와 얘기할까?	道味誰同話	●●○○○ 1 2 3 5 4	도미수동화 도의 맛을 누구와 함께할까 이야기

함을 말한 것이다.

14) 반조返照는 저녁에 지는 해가 반사되어 비치는 석양을 이른다.

15) 옥전玉篆은 전서 글씨와 유사하게 피어오르는 향 연기, 또는 그 향을 이른다.

선생이 나가서	先生去不來 ○○●●◎
	1 1 3 5 4　선생거불래
오지 않네	선생이｜가서｜않는다｜돌아오지
생각에 잠기어	深思生感慨 ○○○●●
	2 1 5 3 3　심사생감개
감개 일어	깊게 함에｜생각을｜일어나｜감개가
고개 돌려	回首重徘徊 Ŏ●●○◎
	2 1 5 3 3　회수중배회
찬찬히 배회하다가	돌려｜머리를｜차분히 하다가｜배회하길
붓을 들어	把筆留題壁 ●●○○●
	2 1 3 5 4　파필류제벽
벽에 시를 적어두고	들어｜붓을｜남겨서｜적고｜벽에
난간 잡고 느릿느릿	攀欄懶下臺 ○○●●◎
	2 1 3 5 4　반란라하대
누대 내려가는데	잡고서｜난간｜느릿느릿｜내려가는데｜누대
다채로운 풍경이	助吟多態度 ●○○●●
	2 1 5 3 3　조음다태도
시흥 돋우고	돕는｜읊조림을｜많고｜모습이
세속 티끌조차	觸處絕塵埃 ●●●○◎
	1 2 5 3 4　촉처절진애
어디에도 보이지 않아라	닿는｜곳마다｜단절하였다｜티끌｜먼지
수풀 아래에	暑氣鑠林下 ●●○○●
	1 2 5 3 4　서기견림하
더위가 잦아들고	더운｜기운이｜줄어들고｜숲｜아래에서
집 모퉁이로	薰風入殿隈 ○○●●◎
	1 2 5 3 4　훈풍입전외
훈풍이 불어오니	훈훈한｜바람｜들어오니｜전각｜모퉁이로
이러한 때	此時無一盞 ●○○●●
	1 2 5 3 4　차시무일잔
술 한 잔 없다면	이러한｜때에｜없다면｜한｜잔의 술이
번뇌 근심을	煩慮滌何哉 Ŏ●●○◎16)
	1 2 3 4 5　번려척하재
어떻게 씻으리오?	번다한｜생각｜씻기를｜어찌 할까｜어사

---

16) □측기측수 구식을 사용한 오언배율시이다. 상평성 '회灰' 운에 맞추어 '廻, 灰, 開, 苔, 來, 徊, 臺, 埃, 隈, 哉'로 압운하였다.

예종이 읊은 시를 보고 공이 응하여 화답하였다.[17]

어디에서 술 잊기 어려운가?	何處難忘酒 ○●○○○ 1 2 5 4 3　하처난망주 |어느|곳에서|어려운가|잊기|술을|
임금님 가마[18]가 헛걸음하고 가신 때라네	虛經寶輦廻 ○○●●◎ 1 2 3 4 5　허경보련회 |괜히|들렀다가|보배|가마|돌아간 때다|
대갓집[19] 작은 잔치에 가느라	朱門追小宴 ○○○●● 1 2 5 3 4　주문추소연 |붉은|대문|집|좇아가서|작은|연회에|
약 솥 아궁이[20]에 꺼진 재만 남기고서	丹竈落寒灰 ○●●○○ 1 2 5 3 4　단조락한회 |단약|아궁이에|남기고|차가운|재를|
밤을 지새 술자리 파하고	鄕飮通宵罷 ○●○○● 1 2 4 3 5　향음통소파 |마을|술자리|통째로 새고|밤을|파하고|
새벽 성문 열리기를 기다렸다가	天門待曉開 ○○●●◎ 1 2 4 3 5　천문대효개 |하늘|문이|기다려|새벽을|열리니|
봉래산[21] 솔길로 지팡이 짚어 돌아오니	伏還蓬島徑 ○○○●● 1 5 2 2 4　장환봉도경 |지팡이 짚고|돌아오니|봉래산|산길로|
나막신에 도성 이끼가 묻어나는데	屐惹洛城苔 ●●●○○ 1 5 2 2 4　극야락성태 |나막신이|일으키는데|낙성의|이끼를|
나무 아래 푸른 옷 동자[22] 하는 말이	樹下靑童語 ●●○○● 1 2 3 4 5　수하청동어 |수목|아래|푸른 옷|동자가|말하기를|

---

17) 『동문선』에 「동산재응제시東山齋應製詩」라는 제목으로 실려있다. 7구 '伏'이 '杖'으로 되어있다.

18) 보련寶輦은 임금이 타는 가마이다.

19) 주문朱門은 문에 붉은 칠을 한 지체 높은 벼슬아치 집이다.

20) 단조丹竈는 단사丹沙를 달여서 선약仙藥을 만드는 도사 집 아궁이이다.

21) 봉도蓬島는 도가에서 신선이 산다고 하는 삼신산 가운데 하나인 봉래산이다.

22) 푸른 옷 동자[靑童]는 신선을 시중한다고 하는 푸른 옷을 입은 남자아이이다.

구름 사이로 임금님23)이	雲間玉帝來 ○○●●●
오셨다고 하네	1 2 3 3 5 운간옥제래
	|구름|사이에서|옥황상제|왔다고 한다|
자라 궁24)이	鼇宮多寂寞 ○○○●●
너무 적막하여	1 2 3 <u>4 4</u> 오궁다적막
	|자라 장식한|궁이|많이|적막하여|
임금님 거둥하여25)	龍馭久徘徊 Ŏ●●○◎
한참 배회하다가	1 2 3 <u>4 4</u> 룡어구배회
	|용을|몰고 와서|오래|배회하다가|
감개한 마음에	有意仍抽筆 ●●○●●
붓을 들고	2 1 3 5 4 유의잉추필
	|있어|뜻이|인하여|들어|붓을|
주인 없는 누대에	無人獨上臺 ○○●●◎
홀로 올랐었다고 하네	2 1 3 5 4 무인독상대
	|없이|사람이|홀로|올랐다|누대에|
임금님을	未能瞻日月 Ŏ○○●●
뵙지 못하고	5 1 4 <u>2 2</u> 미능첨일월
	|못하고서|능히|뵙지|일월을|
속세에 머문 것이	却恨向塵埃 ●●●○◎
한스러워서	1 5 4 <u>2 2</u> 각한향진애
	|도리어|원망해|향한 것을|티끌세상|
머리 긁적이며	搔首立階下 Ŏ●●○●
섬돌 아래 서있다가	2 1 5 3 4 소수립계하
	|긁으며|머리를|서고|섬돌|아래에|
시름겨워	含愁倚石隈 ○○●●◎
바위 모퉁이에 기대니	2 1 5 3 4 함수의석외
	|머금고서|근심|기대니|바위|굽이에|
이러한 때	此時無一盞 Ŏ○○●●
술 한 잔 없다면	1 2 5 3 4 차시무일잔
	|이러한|때에|없다면|한|잔의 술이|

---

23) 옥제玉帝는 도가에서 옥황상제를 일컫는 말이다. 여기서는 임금을 이른다.

24) 오궁鼇宮은 곽여의 거처를 이른다. 큰 자라가 떠받치고 있다는 신산神山 속 신선의 거처다. 이 전설에 따라 궁전 섬돌을 자라 모양으로 장식하였다.

25) 용어龍馭는 용이 끄는 수레를 몰아서 간다는 말이다. 임금 거둥을 빗대었다.

豈慰寸心哉 ●●●○○[26)]
1 4 2 3 5 기위촌심재
|어찌|위로할까|방촌 크기|마음|어사|

┐

郭處士璵, 睿王在春宮時寮佐也. 及上踐阼, 掛冠長往. 詔賜城東若
頭山一峯, 開別墅, 名曰"東山齋". 常以烏巾鶴氅出入宮掖間, 時人
謂之'金門羽客'. 嘗於內宴, 上賜戴花一枝, 卽令進詩云"誰剪紅羅作
牧丹, 芳心未展怯春寒. 六宮粉黛皆相道, 何事宮花上道冠." 又隨駕
長源亭, 上登樓晚眺, 有野叟騎牛傍溪而歸者, 卽令口占, "太平容貌
恣騎牛, 半濕殘霏過壟頭. 知有水邊家近在, 從他落日傍溪流." 豈惟
仙風道韻, 足以傾動人主意? 至於文章亦勁敏絶倫, 上眷顧尤異, 非
朝臣所及. 上嘗從北門出, 率黃門數十人, 自稱宗室列侯, 訪東山齋.
處士適留城中不返, 上徘徊數四, 製「何處難忘酒」一篇, 以宸翰題壁
而還. 時皆以謂"漢帝白雲之詞, 唐皇舞鳳之筆, 實兼而有之, 古今所
無也." 詞曰"何處難忘酒, 尋眞不遇廻. 書窓明返照, 玉篆掩殘灰. 方
丈無人守, 仙扉盡日開. 園鶯啼老樹, 庭鶴睡蒼苔. 道味誰同話, 先生
去不來. 深思生感慨, 回首重徘徊. 把筆留題壁, 攀欄懶下臺. 助吟多
態度, 觸處絶塵埃. 暑氣蠲林下, 薰風入殿隈. 此時無一盞, 煩慮滌何
哉?" 公應製, "何處難忘酒, 虛經寶輦廻. 朱門追小宴, 丹竈落寒灰.
鄕飮通宵罷, 天門待曉開. 伏還蓬島徑, 屐惹洛城苔. 樹下靑童語, 雲
間玉帝來. 鼇宮多寂寞, 龍馭久徘徊. 有意仍抽筆, 無人獨上臺. 未能
瞻日月, 却恨向塵埃. 搔首立階下, 含愁倚石隈. 此時無一盞, 豈慰寸
心哉?"

└

---

26) ㅁ측기측수 구식을 사용한 오언배율시이다. 상평성 '회灰' 운에 맞추어 '廻, 灰,
開, 苔, 來, 徊, 臺, 埃, 隈, 哉'로 압운하였다.

※ 예종이 곽여를 총애한 이유 가운데 하나는 사뭇 남다른 글솜씨이다. 앞에 소개한 즉흥시 두 수가 그의 솜씨를 짐작하게 해준다. 두 시 모두 시의 대상이 생생하게 눈앞에 보이는 듯하다. 첫 번째 시에서는 하사한 꽃가지를 머리에 꽂고 임금을 마주 대하는 신하 모습이, 두 번째 시에서는 저물녘 귀가 시간에 소를 타고 시내를 따라 강둑 위를 지나는 노인 모습이 생동하게 그려진다. 예종과 곽여 두 사람이 군신 관계를 뛰어넘는 지우知友였음을 위의 시를 통해 엿볼 수 있다. 예종은 신분을 감추고 번잡한 의전을 차리지 않은 채로 곽여를 찾아갔다. 의례적이지 않은 지극히 사적인 만남을 기대한 것이었다. 동궁 시절부터 자신이 따르던 곽여의 곁이 그리웠을 수 있겠다. 이렇게 해서 서로 주고받은 시도 적지 않았을 것이다. 『예종창화집睿宗唱和集』에 수록되었을 법하다.[27] 그러나 이 책이 아쉽게 전해지지는 않는다.

---

27) 『동국이상국전집 예종창화집발미睿宗唱和集跋尾』.

중10. 태백산인 계응의 시

"거기나 여기나 전부 세상 밖인지라 옷깃에 눈물 적실 것 없으리라"

태백산인太白山人 계응戒膺[1]은 대각국사大覺國師 의천義天[2]에게 배운 적전嫡傳 제자이다. 어렸을 때 잠시 절에 머무르면서 책을 읽은 적이 있었다. 그때 대각국사가 담장 너머에서 책 읽는 소리를 듣고 말하였다.

"이 아이가 참으로 불법을 수행할 그릇[法器]이로다."

곧 권유하여 머리를 깎고 승려가 되게 하여 문하에 있게 하였다. 이 때부터 아침저녁으로 부지런히 본받고 숭상하여 더욱 오묘한 경지에 오를 수 있었다. 이후로 대각국사를 계승하여 40여 년 동안 큰 불법을 널리 알리는 일을 하였다. 임금(예종)에게도 공경과 추앙을 받아 늘 도성에서 벗어날 수 없는 형편이었다.

계응은 여러 차례 간청한 끝에 태백산太白山으로 돌아가서 그곳에 각화사覺華寺[3]를 손수 중창하고 널리 불법을 전하였다. 이 때문에 배우려는 자들이 사방에서 한꺼번에 모여들어 날마다 수백 명에 달했을 정도다. 이런 까닭에 그곳이 '법해용문法海龍門'으로 일컬어졌다.

당시 흥왕사興王寺[4]에 지승智勝이라는 승려가 있었다. 배우기를 좋

---

1) 계응戒膺은 의천義天 문하에서 수행하여 불법을 계승한 승려이다. 태백산인太白山人은 호이다. 인종 때 무애지국사無㝵智國師라는 시호를 받았다.
2) 의천義天(1055~1101)은 문종의 아들이다. 대각국사大覺國師는 시호이다. 송나라에 유학한 뒤에 흥왕사에 주석하면서 불교 전적을 정리하고 간행하는 일에 앞장섰다. 천태종을 개창하였다.
3) 각화사覺華寺는 경북 봉화의 사찰이다. 신라 원효元曉가 686년에 창건했다고 한다. 계응이 이를 중건한 것이다.
4) 흥왕사興王寺는 1067년에 개경 동남쪽 성밖(개풍군 봉동면)에 창건하여 문종의 원

아하는 자였다. 그가 계응 거처로 찾아가서 옷을 여미고 공손하게 가르침을 청하였다. 그리고 이듬해까지 머물러 수행하다가 흥왕사로 돌아가게 되었다. 그때 계응이 시를 지어주면서 전송하였다.[5]

호학하는 자는 지금도 적고	好學今應少 ●●○○● 2 1 3 4 5　호학금응소 좋아함은｜배움을｜지금도｜응당｜적고
격의 없는 벗은 옛적에도 드문데	忘形古亦稀 ○○●●○ 2 1 3 4 5　망형고역희 잊음은｜격식을｜옛날에｜역시｜드문데
나에게 무엇이 있기에	顧余何所有 ◓○●●● 1 2 3 5 4　고여하소유 도리어｜내게｜무엇이｜바여서｜있는
그대가 와서 의지했던 것인가?	而子乃來依 ◓●●○◎ 1 2 3 4 5　이자내래의 어사｜그대가｜마침내｜와서｜의지할까
깊은 골에서 겨우내 함께하다가	窮谷三冬共 ◓●○○● 1 2 3 4 5　궁곡삼동공 궁벽한｜골짝서｜석 달｜겨울｜함께하고
어느 날 봄바람에 돌아간다네	春風一日歸 ○○●●◎ 1 2 3 4 5　춘풍일일귀 봄｜바람에｜어느 한｜날에｜돌아간다
거기나 여기나 전부 세상 밖인지라	去留俱世外 ◓○○●● 1 2 3 4 5　거류구세외 갈 곳｜머물 곳이｜모두｜세상｜밖이니
옷깃에 눈물 적실 것 없으리라	不用淚霑衣 ●●●○◎[6] 5 4 1 3 2　불용루점의 않는다｜쓰지｜눈물로｜적심을｜옷

찰刹로 삼은 사찰이다.

5) 『동문선』에 「지승을 보내다[送智勝]」라는 제목으로 실려있다. 3구 '余'가 '子'로 되어있다.

6) □측기측수 구식을 사용한 오언율시이다. 상평성 '미微' 운에 맞추어 '稀, 依, 歸, 衣'로 압운하였다.

무릇 도를 깨달은 자의 말은 넉넉하여 여유롭고 담박하다. 그러면서도 이치는 심원하다. 당나라 선월禪月(관휴)[7]이 읊은 고일高逸한 시와 송나라 삼요參寥[8]가 읊은 청완淸婉한 시라고 해도, 어찌 이 시보다 더 뛰어날 수 있겠는가? 이는 옛사람이 말한 이런 경지와 같다.

"물 위에 바람이 분 듯이

절로 무늬가 이루어진다."[9]

如風吹水 여풍취수
4 1 3 2
|같아| 바람이| 분 것| 물에|

自然成文 자연성문
1 1 4 3
|자연히| 이룬다| 무늬|

太白山人 戒膺, 大覺國師適嗣也. 幼時, 寓僧舍讀書. 大覺隔墻聞其聲, 曰"此眞法器也", 勸令祝髮在門下. 日夕孜孜鑽仰, 優入閫奧, 繼大覺弘揚大法四十餘年. 爲萬乘敬仰, 常不離輦轂. 累請歸太白山, 手刱覺華寺, 大開法施. 四方學者輻湊, 日不減千百人, 號爲"法海龍門". 時興王寺有智勝者嗜學, 詣帳下, 摳衣請益. 踰年將還山, 作詩送之云"好學今應少, 忘形古亦稀. 顧余何所有, 而子乃來依. 窮谷三冬共, 春風一日歸. 去留俱世外, 不用淚霑衣." 夫得道者之辭, 優游閑淡, 而理致深遠. 雖禪月之高逸, 參寥之淸婉, 豈是過哉. 此古人所謂"如風吹水, 自然成文."

---

7) 선월禪月은 당나라 승려 관휴貫休(832~912)이다. 속성은 강姜이다. 서화에 능하였다.
8) 삼요參寥는 북송 승려 화가이다. 속성은 하何이다.
9) 『선화서보 왕래첩往來帖』.

※ 시는 함축과 절제가 요구되는 문학 갈래이다. 특히 한자로 쓰인 근체시는 구수와 자수까지 정해져있다. 시인은 시어 하나를 선택하는 데도 정성을 쏟지 않을 수 없다. 위에 소개한 계응의 시는 오언율시이다. 40자 안에 시인 마음을 담아내야 한다. 오언시 창작이 오히려 칠언시 창작보다 쉽지 않은 것이다. 적은 글자에 깊은 의미를 담아서 울림을 주어야 하기 때문이다. 그래서 오언시에는 허사를 잘 사용하지 않고, 서술어를 생략할 때도 적지 않다. 그런데도 계응의 시는 그렇지 않다. 응당[應], 또한[亦], 다만[顧], 이에[乃] 등 산문적 표현을 마다하지 않았다. 억지로 꾸며서 조탁한 흔적이 보이지 않는다. 승려 지숭에게 전하려는 계응 마음만이 오롯하게 담겨있다.

중11. 백금으로 사탕 백 덩어리를 바꾼 혜소

서호西湖 승려 혜소惠素는 내전과 외전[1]에 두루 해박하였다. 특히 시에 뛰어나고 글씨도 절묘하였다. 늘 대각국사大覺國師(의천)를 스승으로 섬겨 뛰어난 제자가 되었다. 한번은 대각국사가 승과僧科(승려 과거)에 응시하라고 권유한 일이 있었다. 그는 이렇게 대답하였다.

"제가 어찌 임금님 마구간 말이 될 수 있다고 자부해서, 걷고 달리는 솜씨를 시험해볼 생각을 하겠습니까?"

이후로도 언제나 국사 곁을 따르며 문장을 토론할 뿐이었다. 국사가 세상을 떠나자 혜소는 일생 언행을 기록하여 10권에 이르는 『행록行錄』을 엮었다. 시중 김부식이 작성한 국사 비문[2]은 이 『행록』을 발췌하여 엮은 것이다.

서호 견불사見佛寺[3]에 머무는 동안에 거처하는 방장方丈(승방) 안은 늘 텅 비어 휑하였다. 오직 방석 크기로 넓적한 청석靑石 한 장이 덩그러니 놓여있을 뿐이었다. 시시때때로 그 돌판 위에 붓을 휘둘러 글씨 쓰는 일을 재미로 삼았다. 시중 김부식도 벼슬을 내어놓은 뒤에는 나귀를 타고 자주 찾아가서 밤을 새워가며 도에 관해 이야기를 나누곤 하였다.

---

1) 내전內典은 불경을 이르고, 외전外典은 불경 외의 전적을 이른다.
2) 김부식이 작성한 「영통사대각국사비靈通寺大覺國師碑」를 이른다.
3) 견불사見佛寺는 황해도 배천군에 있던 사찰이다. 『신증동국여지승람』에 강서사江西寺로 되어있다. 서호(예성강 전포)에서 배를 띄워 강을 건너면 견불사에 닿는다.

임금도 평소에 혜소의 명성을 익히 듣고 있었기에, 마침내 그를 불러 궐내 내도량에 머무르면서 『화엄경』을 강론하게 하였다. 그리고 많은 백금白金(은)을 하사하였다. 혜소는 이 백금을 전부 가져다가 백 덩어리의 사탕을 사서 머무는 거처 안팎에 늘어놓았다. 사람들이 까닭을 묻자 이렇게 대답하였다.

"사탕은 내가 평소에 좋아하는 것이오. 혹시라도 내년 봄에 장삿배가 오지 않는다면 말이오, 내가 어디서 이를 구할 수 있겠소?"

사람들은 이 말을 듣고서 모두 혜소가 진솔하다고 웃음을 지었다고 한다.

西湖僧惠素, 該內外典, 尤工於詩, 筆跡亦妙. 常師事大覺國師爲高弟. 國師勸令赴僧選, 對日"我豈天廐馬也, 試其步驟哉?"常隨國師所在, 討論文章. 國師歿, 撰『行錄』十卷, 金侍中摭取之以爲碑. 住西湖見佛寺, 方丈闃然, 唯畜靑石一葉如席大, 時時揮灑以遣興. 侍中納政後, 騎驢數相訪, 竟夕談道. 上素聞其名, 邀置內道場, 講『華嚴』寶典, 賜白金至多. 師盡用買砂糖百餅, 列于所居內外. 人問其故, 日"是吾平生嗜好, 儻明春商舶不來, 則顧何以求之."聞者皆笑其眞率.

※ 광종이 처음 과거를 시행할 때 승과가 포함되어 있었다. 하지만 식년마다 정기적으로 승과가 시행된 것은 선종 원년(1084)부터다. [4]

---

4) 『고려사』 선종 원년(1084) 1월 19일(음력).

대각국사가 승과 응시를 권한 때는 아마도 선종 원년 이후일 듯하다. 이때는 승계 체계도 차츰 정비되어 수행한 기간과 덕망의 고하에 따라 고위 승계에 오르고 그에 걸맞은 소임을 수행할 수 있었다. 대각국사는 혜소의 재능을 아껴 크게 쓰이기를 바랐지만, 혜소는 국사國事에 매이기를 원치 않은 것이다.

김부식과 혜소는 개경 감로사와 배천 견불사(강서사)에서 자주 만났다. 김부식이 혜소의 운을 써서 감로사를 읊은 시가 특히 유명하다.[5] 또 이제현李齊賢이 고려 문인의 일화 중 네 가지를 골라 "동국사영東國四詠"이라는 연작시를 지었는데, 첫 번째 시에서 김부식과 혜소의 교유를 읊었다. 그 제목은 "김 시중이 나귀를 타고 강서사 혜소 상인을 방문하다[金侍中騎驢訪江西慧素上人]"이다. 학문과 종교의 경계를 뛰어넘은 두 사람의 망형지교忘形之交가 오랫동안 문인들에게 울림을 준 것이다.[6]

송나라 육유의 기록에 따르면,[7] 사탕沙糖은 당나라 태종 때 처음으로 중국에 전해졌다. 외국에서 특산물로 보낸 것이었다. 사탕수수즙을 달이는 제조법을 외국 사신에게 배워 중국 내에서 생산하게 된 것도 이때다. 혜소는 이 사탕을 녹여 만든 덩어리를 산 것이다. 송나라 상선을 통해 유통된 것으로 보인다. 조선 초기에 이승소는 이렇게 읊었다. "사탕을 녹여 사람 귀신 모양을 만들고, 밀병을 눈썹 높이로 높이 쌓았네."[8]

---

4) 『고려사』 선종 원년(1084) 1월 19일(음력).
5) 김부식, 「혜원의 운을 차운하여 감로사를 읊다[甘露寺次惠遠韻]」(『동문선』 권9). (중−18 참조).
6) 김부식, 「혜소사의 새끼 고양이 시에 화답하다[和慧素師猫兒]」(『보한집』 중−9).
7) 『노학암필기老學庵筆記』 권6.
8) 이승소, 「태감 정동 댁 잔치[太監鄭同第宴], "沙糖融作人鬼形, 蜜餅累上高齊眉."

중12. 한송정 우물에 남은 계응과 혜소의 시

"그들 뼈는 이미 흙이 됐어도 솔잎은 버써 무성하다오"

금란현 경내에 한송정寒松亭[1]이 있다. 옛날에 사선四仙[2]이 노닐던 곳이다. 당시에 화랑 무리 삼천 명이 저마다 나무 한 그루씩을 심어놓은 것이 지금은 구름에 닿을 듯한 울창한 숲이 되었다.

한송정 아래에는 찻물을 긷는 다정茶井이 있다. 그곳에 도형道兄[3] 계응국사戒膺國師가 남긴 시가 전한다.

옛날에 뉘 집 자제들이	在昔誰家子 ●●○○○ 2 1 3 4 5 　재석수가자 에|옛날|누구|집|자제가
푸른 솔 삼천 그루나 심어놓았나?	三千種碧松 ○○●●◎ 1 2 5 3 4 　삼천종벽송 삼|천 그루나|심었나|푸른|소나무를
그들 뼈는 이미 흙이 됐어도	其人骨已朽 ○○●●● 1 2 3 4 5 　기인골이후 그|사람의|뼈는|이미|썩었는데
솔잎은 내내 무성하다오	松葉尚茸容 ○●●○○[4] 1 2 3 4 5 　송엽상용용 소나무|잎은|아직|무성한|모습이다

---

1) 한송정寒松亭은 강릉시 강동면 하시동리에 있던 정자이다. 돌 아궁이 석조石竈, 돌 그릇 석지石池, 돌 우물 석정石井 등 차茶 유적이 남아있다. 곁에 한송사寒松寺가 있었다. 『가정집 동유기東遊記』.

2) 사선四仙은 신라의 화랑 지도자 국선國仙 4인이다. 곧 술랑述郎, 남랑南郎, 영랑永郎, 안상安詳이다.

3) 도형道兄은 승려나 도사를 일컫는 경칭敬稱이다. 계응戒膺은 혜소惠素와 함께 대각국사 의천의 고제高弟로 꼽힌다.

4) □측기측수 구식을 사용한 오언절구시이다. 상평성 '동冬' 운에 맞추어 '松, 容'으로 압운하였다.

이에 화운하여 읊은 시도 함께 전한다.

먼 옛날에 화랑이 멀리 노닐던 곳에	**千古仙遊遠** ○●○○○ 1 2 3 5 4　천고선유원 천년｜옛날에｜화랑이｜놀았는데｜멀리
울창한 소나무만 홀로 남았구나	**蒼蒼獨有松** ○○●●○ 1 1 3 5 4　창창독유송 울창하게｜홀로｜있다｜소나무만
샘물 아래 달님만이 남아서	**但餘泉底月** ●○○●● 1 5 2 3 4　단여천저월 단지｜남아서｜샘물｜아래의｜달님만
어렴풋이 당시 모습을 떠올리게 해주네	**髣髴想形容** ●●●○○[5] 1 1 5 3 3　방불상형용 방불하게｜떠올린다｜모습을

논하는 자가 이렇게 말한다.

"선사(혜소)가 시를 구성한 솜씨는 비록 공교하지만, 천취天趣를 자연스럽게 구현한 앞 시보다는 못하다."

<u>金蘭</u>境有<u>寒松亭</u>, 昔四仙所遊. 其徒三千各種一株, 至今蒼蒼然拂雲. 下有茶井, 道兄<u>戒膺國師</u>留詩, "在昔誰家子, 三千種碧松. 其人骨已朽, 松葉尙茸容." 和云"千古仙遊遠, 蒼蒼獨有松. 但餘泉底月, 髣髴想形容," 論者以爲"師組織雖工, 未若前篇天趣自然."

---

5) 측기측수 구식을 사용한 오언절구시이다. 상평성 '동冬' 운에 맞추어 '松, 容'으로 압운하였다.

※ 계응은 혜소와 함께 대각국사 의천에게 배운 제자이다. 이들이 남긴 시 두 수를 소개했다. 앞의 시는 계응의 시이다. 뒤의 시는 계응을 도형道兄으로 부르는 자가 읊은 것일 수 있다. 혜소일 가능성이 크다. 이곳 이야기는 앞 장의 이야기와 연속되어 있다.

신라 사선이 3천 낭도를 거느리고 강원도 고성 일대에서 노닌 적이 있다. 사선은 술랑, 남랑, 영랑, 안상이다. 이들은 삼일포三日浦 안에 있는 작은 섬에서 3일 동안 놀았다고 한다. 삼일포라는 이름을 갖게 된 이유이다. 나중에 이곳에 사선정四仙亭이 세워졌다. 또 강원도 통천 바다에 돌기둥 수십 개가 솟은 총석叢石이 있다. 그중 네 개의 큰 돌기둥을 특별히 사선봉四仙峯이라고 부른다. 이외에도 이 지역에 사선과 관련한 여러 유적이 존재하고 있어 사선이 남긴 흔적을 증명해주고 있다.

중13. 벽라노인 거비와 왕륜사 광천이 전한 시

"파초야 잎 크다고 차군에게 자랑 마라"

벽라노인碧蘿老人 거비去非가, 예전에 역참의 벽에서 본 절구시라고 하면서, 시 한 수를 내게 읊어주었다.

가을볕이 봄볕인양 따사로운데	秋陽融暖若春陽 ○○○●●○○
	1 2 3 4 7 5 6 추양융난약춘양
	가을│볕│화창하고│따뜻해│같고│봄│볕
댓잎과 파초 잎이 채색 담장¹⁾서 빛나고 있어라	竹葉芭蕉映粉墻 ●●○○○●●
	1 2 3 3 7 5 6 죽엽파초영분장
	대│잎│파초가│빛난다│분칠│담장에서
파초야 잎 크다고 차군(대나무)²⁾에게 자랑 마라	莫向此君誇葉大 ●●●○○●●
	7 3 1 1 6 4 5 막향차군과엽대
	말라│향해│차군│자랑하지│잎│크다고
엄동설한이 멀지 않았다고 차군이 비웃겠네	此君應笑近經霜 ○○○●●○○³⁾
	1 1 3 7 6 5 4 차군응소근경상
	차군이│응당│웃는다│가깝다│겪음│서리

또 왕륜사王輪寺⁴⁾ 광천光闡⁵⁾ 선사도 근래에 창작된 시라고 하면서 한 수를 읊어주었다.

---

1) 채색 담장[粉墻]은 석회를 바르고 분을 칠하여 꾸민 담장이다.
2) 차군此君은 대나무의 별칭이다. 진晋나라 왕휘지가 대나무를 '차군'이라고 일컬었다. 『진서 왕휘지전王徽之傳』.
3) ㅁ평기평수 구식을 사용한 칠언절구시이다. 하평성 '양陽' 운에 맞추어 '陽, 墻, 霜'으로 압운하였다.
4) 왕륜사王輪寺는 개경 송악산의 죽선대竹仙臺 입구에 있던 사찰이다.
5) 광천光闡은 분황종 승려이다. 왕륜사 서쪽에 있는 족암足菴에 머물렀다고 한다. 『서하집 족암기足菴記』.

<table>
<tr><td>봄에 게을러 놓친 것을
뉘에게 하소연할까?</td><td>春慵所失與誰云 ○○●●●○○
1 2 4 3 6 5 7 　춘용소실여수운
봄│게으름에│바│잃은│에게│뉘│말할까</td></tr>
<tr><td>간혹 꾀꼬리 소리 듣고서도
착각이라 여겼어라</td><td>時或聞鶯謂誤聞 ○●○○●●○
1 2 4 3 7 5 6 　시혹문앵위오문
때│혹│듣고│꾀꼬리│했다│잘못│들었다</td></tr>
<tr><td>나처럼 물정 어두운 자는
비웃어줄 만하니</td><td>堪笑物情如我困 ○●●○○●●
7 6 1 1 4 3 5 　감소물정여아곤
만하니│비웃을│물정이│처럼│나│막힘을</td></tr>
<tr><td>모란꽃 벌써 여물어지고
낮에는 훈풍 분다네</td><td>牧丹頭重午風薰 ●○○●●○○6)
1 1 3 4 5 6 7 　목단두중오풍훈
모란│머리│무겁고│낮│바람│훈훈하다</td></tr>
</table>

이 두 수는 모두 창작한 시인 이름이 전하지 않는다. 하지만 그 어법語法이 당송 시인의 시와 차이가 없다. 거비와 광천은 해동 명현들과 사귀어 노닐던 분들이다. 반드시 전해 들은 이야기가 있을 것이다. 그러므로 두 편을 모두 여기에 기록하여 아는 자가 나타나길 기다린다.

碧蘿老人 去非, 與僕云 "嘗於郵亭壁上, 見一絶. 云 '秋陽融暖若春陽, 竹葉芭蕉映粉墻. 莫向此君誇葉大, 此君應笑近經霜.'" 又王輪 光闍師, 誦近詩, "春慵所失與誰云, 時或聞鶯謂誤聞. 堪笑物情如我困, 牧丹頭重午風薰." 此二篇俱無作者之名, 然其語法與唐·宋人無異. 二師相從海東名賢遊, 必有所受, 故兩錄之以俟知者.

---

6) □평기평수 구식을 사용한 칠언절구시이다. 상평성 '문文' 운에 맞추어 '云, 聞, 薰'으로 압운하였다.

※ 벽라노인 거비와 광천 선사가 외어서 전한 시 두 수를 소개했다. 시를 지은 자가 누구인지는 알 수 없다. 시를 들려준 자를 대신 소개해두었다. 시에 얽힌 사연을 아는 자가 나타나길 기대한 것이다. 앞의 시는 화창한 가을 담장 앞에 자라는 대나무와 파초에 깃든 정취를 묘사하였다. 여기에 서로 경쟁 관계로 설정하는 상상력을 보태었다. 뒤의 시는 찾아온 줄도 몰랐던 봄이 어느새 끝나가고 있음을 각성한 시인의 심경을 읊어내었다. 어느 날 문득 이미 여문 모란꽃을 발견하고 불어오는 훈풍을 느끼고 나서야, 비로소 봄이 벌써 저물어가는 때임을 깨닫고 스스로 게으름을 탓한 것이다.

중14. 술에 취해 쫓겨난 승려 광천

"하늘의 만다라 꽃 떨어지다가 눈에서 꽃이 피어나네"

분황종芬皇宗[1]의 광천光闡 선사는 성품이 화평하고 활달하여 사소한 행실에 얽매이지 않았다. 예전에 궐내에 설치된 내도량에 들어가 있을 때다. 술에 잔뜩 취하여 털퍼덕 주저앉은 채로 눈물 콧물을 가슴팍까지 줄줄 흘리며 잠이 들어버렸다. 이런 일로 담당 관리에게 지적받아 결국 쫓겨나고야 말았다.

족암足菴(종령宗聆)[2]이 이 소식을 듣고서 말하였다.

"천 항아리 술을 마셔도 성인이 되고, 백 통 술을 마셔도 현인이 된다.[3] 누룩을 산더미처럼 쌓아놓는다고 해도 진인眞人이 되는 데에는 아무런 방해가 되지 않는다. 하물며 승려는 자유롭게 노닐게 해야 하고 진실로 구속할 수 없음에랴?"

이어서 게송 한 수를 지었다.[4]

---

1) 분황종芬皇宗은 법성종法性宗의 별칭이다.
2) 족암足菴은 승려 종령宗聆의 호이다. 법계가 수좌首座에 올라 영수좌聆首座로 일컬어졌다.
3) 한나라 공융孔融은 조조曹操의 금주禁酒 정책에 반대하면서 "요임금은 술 천 종鍾이 아니었으면 태평을 이루지 못하였고, 공자는 술 백 고觚가 아니었으면 상성上聖이 되지 못했다."(『공북해집孔北海集』)라고 하였다. 조나라 평원군平原君은 공자고孔子高에게 술을 권하면서 "요와 순은 천 종鍾을 마시고, 공자는 백 고觚를 마셨다. 자로는 말은 많아도 10합榼을 마셨다. 옛 성현 중에 술을 못 마신 분이 없거늘, 그대가 왜 사양하는가?"(『공총자孔叢子』)라고 하였다.
4) 이 게송은 『동문선』에 「장난삼아 천사에게 지어 주다[戱贈闡師]」라는 제목으로 실려있다. 작자는 "석종령釋宗聆 족암足菴"으로 되어있다.

패엽(불경)을 넘기다가
죽엽 술잔을 드니[5]
하늘 만다라 꽃[6] 떨어지다가
눈에서 꽃[7]이 피어나네
인간 세상 비좁아
드넓고 큰 취향[8]에서
미친 척하던 늙은 만회[9] 마음
누가 이해할까?

貝葉翻爲竹葉盃 ●●○○○●◎
1 2 3 4 5 6 7　패엽번위죽엽배
패다라 | 잎 | 넘김 | 하다가 | 대 | 잎 | 잔 드니

天花落盡眼花開 ○○●●●○◎
1 2 3 4 5 6 7　천화락진안화개
하늘 | 꽃 | 떨어져 | 다하고 | 눈 | 꽃 | 핀다

醉鄕廣大人間窄 ●○●●○○●
1 2 3 4 5 5 7　취향광대인간착
취한 | 마을 | 넓고 | 커도 | 인간 세상 | 좁아

誰識佯狂老萬回 ◐●○○●●◎[10]
1 7 2 3 4 5 5　수식양광로만회
누가 | 알까 | 거짓 | 미친 | 늙은 | 만회를

芬皇宗光闍師夷曠, 不護細行. 嘗赴內道場, 大醉頹然坐睡, 涕淚垂
胸, 爲有司所糾, 竟斥去之. 足菴聞之, 乃曰 "千鍾斯聖, 百榼亦賢,
積麯成封, 猶不害於眞人. 況浮圖人遊戱自在, 固不可得窮耶." 乃作
偈, "貝葉翻爲竹葉盃, 天花落盡眼花開. 醉鄕廣大人間窄, 誰識佯狂
老萬回."

---

5) 패엽貝葉은 종이 대신 글을 기록하는 데 사용하던 패다라貝多羅 나뭇잎을 이
른다. 여기에 불경을 기록하여 불경을 일컫는 별칭이 되었다. 죽엽竹葉은 술
이름 죽엽주竹葉酒를 이른다. 전하여 술을 일컫는 말로 쓰인다.
6) 하늘의 만다라 꽃[天花]은 부처가 설법할 때 제천諸天이 감동하여 여러 빛깔
의 향기로운 꽃을 흩날려 뿌린 것을 이른다.
7) 눈의 꽃은 안화眼花이다. 눈앞이 어른거리는 증세이다. 여기서는 취기가 올라 어
지러워진 것을 이른다.
8) 취향醉鄕은 술에 취한 상태를 이상향에 빗대어 이른 말이다.
9) 만회萬回는 어린 시절에 어리석기로 이름이 났던 당나라 도승道僧이다. 남들이 못
보는 것을 알아보는 혜안과 예지력이 있었다. 하루에 만 리를 왕복할 수 있었다
고 한다.
10) ▢측기평수 구식을 사용한 칠언절구시이다. 상평성 '회灰' 운에 맞추어 '盃, 開,
回'로 압운하였다.

※ 승려 광천의 일화이다. 불법에 심취하면서도 술을 좋아하여 뜻하지 않은 곤욕을 당한 이야기이다. 족암이 남긴 게송은 광천의 삶을 보여준다. 늙은 만회처럼 겉으로 어리석게 보이지만, 혜안과 예지력을 갖춘 인물이라고 평하고 있다. 비좁은 인간 속세에서 벗어나 광대한 취향에 숨어든 도승이라는 것이다.

광천의 행적은 임춘의 기록에서 엿볼 수 있다.[11] 그는 도가 행해지지 않는 속세를 떠나 왕륜사王輪寺 서쪽 암자에서 여생을 보낼 생각이었다. 그러나 지인들이 놓아주지 않는 바람에 뜻을 이루지는 못했다. 아마도 말법末法의 시대에 처하여 울울함을 달래려고 그가 어느 날 과음을 했던 모양이다. 새삼 심란한 마음에 눈물 콧물을 주체하지 못한 것이다. 관리의 눈에는 그런 그가 그저 주정꾼처럼 보였겠지만, 종령은 그 속마음을 이미 알고 있었다.

이인로는 절친 네 사람을 시로 읊은 적이 있다.[12] 이들을 "미수사우眉叟四友"라고 부른다. 시 친구[詩友] 임춘, 산수 친구[山水友] 조통, 술친구[酒友] 이담지가 세 사람이다. 죽림고회 회원들이다. 나머지 한 사람은 불가 친구[空門友]로 꼽은 종령이다. 이인로는 종령에게 이런 시를 지어주었다. "지둔은 안석(사안)을 따르고, 포소(포조)는 혜휴를 사랑하였네. 예부터 고승들은, 때로 고상한 선비와 더불어 놀았네." [13] 지둔과 혜휴는 승려이고, 사안과 포조는 문인이다. 곧 "종령은 이인로를 따르고, 이인로는 종령을 사랑한다."라고 읽을 수 있다. 이인로는 그렇게 종령과 막역한 사이였다.

---

11) 임춘, 『서하집 족암기足菴記』.
12) 이인로, 「네 벗에게 주다[贈四友]」(『동문선』 권4).
13) "支遁從安石, 鮑昭愛惠休. 自古龍象流, 時與麟鳳遊."

중15. 시인 가도의 풍골을 얻은 승려 각훈

"만나서 **이야기** 나누려니 도리어 할 말을 잊네"

화엄월사華嚴月師[1]는 젊은 시절에 나와 교유하였다. 스스로 '고양취곤高陽醉髡(고양의 술 취한 승려)'[2]이라고 일컬었다. 창작한 시는 시인 가도賈島[3]의 풍치와 골격을 갖추었다.

지난번에 선사와 함께 서하西河 임기지林耆之(임춘)[4]를 찾아간 적이 있다. 서하는 한 번 보더니 예전부터 알던 사람처럼 대하였다. 그리고 이렇게 말하였다.

"이공(이인로)이 오래전부터 선사를 칭찬하였소. 어찌 꼭 손을 잡고 교우를 맺어야 서로 아는 사이가 되는 것이겠소?"

이어서 즉시 그 자리에서 붓을 들어 시를 써 주었다.

옛날에 시에 능하던
승려 혜근[5]이

昔有能詩釋惠勤	●●○○●● ◎
1 7 3 2 4 5 5	석유능시석혜근
옛날에 있어 능한 시에 승려 혜근이	

---

1) 화엄월사華嚴月師는 화엄종 승려 각훈覺訓이다. 각월覺月, 화엄월수좌華嚴月首座, 고양취곤高陽醉髡 등으로 불렸다. 『해동고승전』을 엮었다.
2) 고양의 술 취한 승려[高陽醉髡]는 화엄월사의 자호이다. 이는 '고양주도高陽酒徒'라는 말을 빗대어 일컬은 것이기도 하다. 술을 좋아한 한나라 역이기酈食其가 패공沛公을 찾아갔을 때, 패공은 천하 일로 바빠서 유인儒人을 만날 겨를이 없다고 하면서 만나주지 않았다. 그러자 "나는 고양高陽의 주도酒徒이다. 유인이 아니다."라고 하여 만날 수 있었다고 한다. 『사기 역생전酈生傳』.
3) 가도賈島(779~843)는 당나라 시인이다. '퇴고堆敲'로 유명하다.
4) 임기지林耆之는 임춘林椿이다. 기지耆之는 자이고, 서하西河는 호이다.
5) 혜근惠勤은 시에 뛰어나 30여 년간 구양수와 교유하던 승려이다.

취옹(구양수)6) 문하에서
오래 교유했는데
지금 미수(이인로)도
진실로 기특한 선비로
고양에서 한 승려를 만났다고
나에게 자랑했어라
그 이름만 듣고 만나지 못해
오래 아쉽다가
만나서 이야기 나누려니
도리어 할 말을 잊네
시가 맑고 글씨 굳센 것까지
굳이 물을까?
또한 장원(이인로)에게
벌써 이야기 전해 들었어라

從遊長在醉翁門　○○○●●○○
1 2 3 7 4 4 6　종유장재취옹문
|따라|놀며|오래|있었다|취옹|문하에|

如今眉叟眞奇士　○○○●○○●
1 1 3 3 5 6 7　여금미수진기사
|지금|미수는|정말|기이한|선비인데|

誇我高陽得一髡　○●○○●●◎
7 1 2 2 6 4 5　과아고양득일곤
|자랑했다|내게|고양서|얻음|한|승려|

長恨聞名猶未見　○●○○○●●
1 7 3 2 4 6 5　장한문명유미견
|오래|아쉽다가|듣고|이름|아직|못해|보지|

相逢欲話却忘言　○○●●●○○
1 2 4 3 5 7 6　상봉욕화각망언
|서로|만나|하려다|말|외려|잊는다|말|

淸詩健筆何須問　○○●●○○●
1 2 3 4 5 7 6　청시건필하수문
|맑은|시|굳센|글씨|어찌|필요할까|질문|

且說相傳自狀元　●●○○○●●◎7)
1 2 3 4 7 5 5　차설상전자장원
|또한|말|서로|전하길|부터|했다|장원|

華嚴月師少從僕遊, 自號高陽醉髡, 作詩有賈島風骨. 昨者携訪西河
耆之, 一見如舊識. 乃謂曰"師爲李公稱譽, 久矣. 何必待握手論交,
然後爲相知耶." 卽於座上伸筆而贈之. "昔有能詩釋惠勤, 從遊長在
醉翁門. 如今眉叟眞奇士, 誇我高陽得一髡. 長恨聞名猶未見, 相逢
欲話却忘言. 淸詩健筆何須問, 且說相傳自狀元."

---

6) 취옹醉翁은 구양수의 호이다.
7) □측기평수 구식을 사용한 칠언율시이다. 상평성 '문文' 운과 통운에 해당하는 상
평성 '원元' 운에 맞추어 각각 '勤'과 '門, 髡, 言, 元'으로 압운하였다.

※ 화엄월사 각훈은 가장 오래된 승려 전기傳記인 『해동고승전』을 편찬하였다. 전기는 사실에 기반하면서 대상 인물을 입체적으로 재현하는 문학성이 요구된다. 각훈은 승려이지만 글솜씨도 뛰어나 당대 문사들과 교유하였다. 이인로도 그중 한 사람이다. 이인로의 세 아들이 과거 급제했을 때 각훈은 시를 보내어 "해마다 황금 방에 이름을 올려도 그래도 장원을 피해서 아비에게 양보하네."라고 했다.

임춘과 이인로는 무신정권 아래에서 죽림고회를 결성하여 시와 술로 서로 위로하던 사이이다. 임춘이 세상을 떠나자 이인로가 그의 유고를 수습하여 『서하집』을 엮었다. 이인로는 서문에서 "해동에서 포의 신분으로 세상 영웅이 된 사람은 이 한 사람뿐이다."[8]라고 하였다. 임춘은 각훈을 처음 만날 때부터 오래 만난 사이 같았다. 이인로를 매개로 진즉 마음이 통하고 있었기 때문이다. "기이하고 탈속한 사람이다." 임춘이 기억하는 각훈의 첫인상이다. "그 풍류가 '고양의 술 취한 승려'라는 호에 걸맞다."[9] 역시 임춘이 남긴 말이다. 한눈에 몹시 마음에 든 것이다.

---

8) 이인로, 「서하집서」, "自海而東, 以布衣雄世者一人而已."
9) 『서하집 증월사병서贈月師并序』, "余視之, 超然奇逸人也. …… 日與高人入醉鄉, 風流應合號高陽."

중16. 황빈연이 감악사에서 만난 김신윤

"신진에 든 승려만 홀로 귀먹은 듯하네"

강하江夏(황씨 관향) 사람 황빈연黃彬然이 과거에 급제하기 전에 있었던 일이다. 친구 두세 명과 어울려 단주湍州(장단) 감악사紺岳寺[1]에서 독서하고 있었다.

그때 동각東閣 김신윤金莘尹은 이미 명사로 알려진 분이었다. 그런데 그가 술에 취해서 광언을 쏟아붓는 바람에 당시 임금에게 총애받던 귀인의 비위를 거스르고 말았다. 이에 맨 걸음으로 도성을 빠져나와 감악사로 와서 스스로 이렇게 말했다.

"늙은 병졸이 이제 고향으로 돌아가는 길이라오. 묵어갈 수 있게
해주시기를 청하오."

황빈연은 늙고 지친 김공의 모습을 보고 가엽게 여겨 허락해주었다.

김공은 온종일 평상 아래서 한마디 말도 없었다. 우연히 부지깽이를 들고서 그저 타고 남은 재를 끄적거려 글자 모양으로 쓰는 시늉을 해보곤 할 뿐이었다. 그 순간이었다. 자리에 있던 사람들이 일제히 손가락으로 가리키면서 말하였다.

"이 늙은이가 제법 문자를 아는가 보군."

이튿날 아침이 되었다. 이미 과거에 급제한 김공의 아들 김온기金蘊琦가 찾아왔다. 노복 두세 명과 함께 술병을 짊어지고서 온 것이었

---

1) 감악사紺岳寺는 장단 동쪽 적성면의 감악산에 있던 사찰이다.

다. 사찰 문에 이르러 사람들에게 물었다.

"어제 제 아버지께서 도성 문을 빠져나와 이곳에 오셨을 텐데, 지금 계시는지요?"

"늙은 병졸 한 분이 와서 묵고 있을 뿐이오. 동각 김공께서 어찌 여기에 계시겠소……?"

그 순간 김온기가 갑자기 안으로 뛰어 들어가더니 뜰 아래에서 절을 올리는 것이었다. 황빈연도 즉시 땅에 엎드려 부끄러운 얼굴로 사죄하였다. 이에 김공이 웃으면서 말하였다.

"그대는 아직 공부하는 서생일 뿐이지 않은가? 내가 이미 진나라에서 재상에 오른 범수范雎[2] 같은 사람인 줄을 어찌 알아볼 수 있었겠소?"

이들은 북쪽 봉우리에 올라 소나무 아래 바위에 앉아서 함께 술을 마셨다. 몹시 흥겨워진 뒤에 김공이 동석한 사람들에게 '솔바람[松風]'을 소재로 저마다 1운(2구)씩 시를 짓게 하였다.[3]

검은색 원숭이
울음소리 가끔 들려주고

斷送玄猿嘯 ●●○○○
1 2 3 4 5   단송현원소
끊었다|보냈다|하며|검은|원숭이|울고

---

2) 범수范雎는 범저范雎로 표기하기도 한다. 전국시대 위나라에서 수고須賈의 부하로 있다가 모함을 받아 죽을 고비를 넘겼다. 이후 장록張祿으로 개명하고 진나라 소양왕昭襄王을 도와 재상에 올랐다. 당시에 수고가 사신이 되어 재상 장록을 만나러 갔는데, 범수가 초라한 차림으로 나타나자 그가 곧 장록인 줄을 알아보지 못했다고 한다.

3) 네 사람 시는 모두 상평성 '동東' 운을 사용하여 각각 沖, 童, 雄, 聾으로 압운하였다. 첫 시는 측기측수 구식 1, 2구에 해당하고, 나머지 세 수는 모두 측기측수 구식 3, 4구에 해당한다.

백학이 너울너울 바람 타고
날아오른다 [빈연]

掀揚白鶴沖 ○○○●◎
1 2 3 4 5　흔양백학충
치키고│펄럭이며│흰│학│솟구쳐 오른다

소란한 소리 싫어하여
베개에 기댄 객이요
서늘함 겁내어
삭정이 줍는 동자라네 [종령⁴⁾]

厭喧欹枕客 ●○○○●
2 1 4 3 5　염훤의침객
싫어하여│소란│기댄│베개에│나그네고

怕冷拾枯童 ●●●○◎
2 1 4 3 5　파랭습고동
겁내어│추위│줍는│삭정이│동자이다

막고야산⁵⁾에서 마시던
시원한 바람
초나라 누대처럼 웅장하게⁶⁾
횡 하고 불어오네 [무명씨]

泠然姑射吸 ○○○●●
1 1 3 3 5　령연고야흡
시원하니│고야산에서│마시던 바람이고

颯爾楚臺雄 ●●●○○
1 1 3 4 5　삽이초대웅
횡 하니│초│누대의│웅장한 바람이다

학은 추워
잠들기도 힘든데
선정에 든 승려만 홀로
귀먹은 듯하네 [동각]

鶴寒難得睡 ●○○○●●
1 2 5 4 3　학한난득수
학은│추워서│어려운데│얻기│잠을

僧定獨如聾 ○●●○◎
1 2 3 5 4　승정독여롱
승려는│좌정해│홀로│같다│귀먹은 것

---

4) 종령宗聆은 승려 족암足菴으로 추정된다. 족암의 법명이 종령宗聆이다. 『동문선』
에 실린 「장난삼아 천사에게 지어주다[戱贈闊師]」라는 시는 작가가 "석종령釋宗聆
족암足菴"으로 되어있다. 종령宗聆을 종령宗聆으로 적은 것 같다.(중-14 참조)

5) 고야姑射는 막고야산을 이른다. 『장자』에 나오는 전설 속 산이다. 이 산에 신선이
사는데, 피부가 빙설氷雪 같고 처자處子처럼 곱다고 한다. 또 오곡을 먹지 않고
바람과 이슬을 마시며, 구름을 타고 나는 용을 몰아서 사해 밖에서 노닐었다고
한다. 『장자 소요유逍遙遊』.

6) 초나라 양왕襄王이 난대蘭臺 위에서 노닐 때 소슬한 바람이 불어오자 옷을 풀고
바람을 맞이하며 "상쾌하구나, 이 바람이여. 나는 이 바람을 서민과 함께 나누
고 싶다."라고 하였다. 이에 송옥이 대왕을 위한 바람이라고 하면서 '웅풍雄風'으
로 일컬었다. 송옥宋玉, 「풍부風賦」.

이날 밤에 실컷 술을 마시고 자리를 파한 뒤에 황빈연이 머리를 조아리면서 수업을 청하였다. 김공은 몇 달 동안 더 머무르면서 『전한서』를 전부 읽고서 돌아갔다고 한다. 이 일이 지금까지 선비들 사이에서 이야깃거리가 되고 있다.

⌐

江夏黃彬然未第時, 與兩三友讀書湍州紺岳寺. 時金東閣莘尹名士也, 醉發狂言, 忤當時貴倖, 徒步出城, 歸紺岳. 自云 "老兵將還鄕, 請寄宿", 彬然憫其老且困許焉. 終日在床下無一言, 偶取火筯, 畫灰成字勢. 座皆指目, "這老漢頗解文字也." 詰朝, 公之子蘊琦, 已登第也, 率蒼頭兩三人, 負酒壺往尋. 及門, 問於人曰 "昨者, 家公出都門抵此, 今在否?" 答曰 "但有一老兵來宿, 安有金東閣耶?" 蘊琦突入拜庭下, 彬然伏地愧謝. 公笑曰 "措大爾, 安得知范睢之已相秦耶?" 相與登北峯, 坐松下石, 共飮極歡, 命座客賦松風各一韻. "斷送玄猿嘯, 掀揚白鶴沖", 彬然. "厭喧欹枕客, 怕冷拾枯童", 宗昑. "泠然姑射吸, 颯爾楚臺雄", 無名. "鶴寒難得睡, 僧定獨如聾", 東閣也. 是夕劇飮而罷, 彬然叩頭願受業, 留數月讀『前漢書』畢, 方還. 士林至今以爲口實.

└

※ 장단 감악사에서 황빈연과 김신윤 등 시인 네 명이 읊은 시를 소개했다. 솔바람을 소재로 한 연씩 짓기로 했다. 두 시인은 학을 끌어왔다. 가녀린 듯한 두 다리로 꼿꼿하게 서있거나 긴 날개를 펼쳐 너울거리는 흰 학 모습은 탈속한 정취를 느끼게 해주기에 충분하다. 황빈연은 또 원숭이 소리를 말했다. 원숭이 소리는 탈속한 공간을

대표하는 시적 상징이다. 산사 주변에 원숭이와 학을 끼워 넣어 속세에서 벗어난 고즈넉함을 그려낸 것이다.

그사이에 누군지 모르는 한 나그네는 모처럼 부산해진 절간에서 소란함을 싫어하여 침상에 기대어 외부와 거리를 두고 있다. 한편에서는 추워진 날씨가 걱정스러운 어린 동자가 삭정이를 주워다가 군불을 놓을 채비를 하고 있다. 학이 잠들지 못할 정도로 추위가 엄습하는 때임을 보여준다. 그렇지만 스님은 아랑곳하지 않고 선정에 들어 꼿꼿하게 좌정하고 있어 엄숙한 산사 분위기를 자아내고 있다.

중17. 학사 김황원의 시

"저물녘 새소리는 푸른 숲에 숨어드는데"

학사 김황원金黃元[1]과 좌사 이중약李仲若[2]과 처사 곽여郭璵[3]는 모두 훌륭한 선비이다. 이들은 젊은 시절에 문장을 논하면서 서로 벗이 되어 "마음으로 사귄 친구[神交]"라고 불렀다.

어느 날이었다. 김공과 곽공 두 사람이 좌사 이공의 집을 방문하였다. 날이 저무는 줄도 모르고서 맑고 고상한 이야기[淸談]를 부지런히 나누었다. 어느새 달이 떠오르고 구름이 사라지면서 시냇물처럼 푸른 하늘이 드러나 보였다.

마침내 남쪽 누대에 함께 올라 조촐하게 술을 마셨다. 그리고 운자를 정하여 저마다 시 한 연씩을 짓기로 하였다. 이공이 망설임 없이 먼저 읊었다.

씩씩한 기상 가만히 드러나니
하늘 밖끼지 빛나는 의천검이요[4]

壯氣暗生天外劍 ●●●○○●●
1 2 3 4 5 6 7 장기암생천외검
|씩씩한|기운|가만|내니|하늘|밖 비춘|검이고|

---

1) 김황원金黃元(1045~1117)은 상-22 참조.
2) 이중약李仲若(?~1122)은 자가 자진子眞이고, 호가 청하자靑霞子이다. 도가 의술에 능하여 예종을 태자 시절에 모셨다. 1108년에는 한교여韓皦如가 이끄는 사행에 동참하여 송나라에 다녀왔다. 귀국 후에 도교 본산이라고 하는 복원궁福源宮을 건립하고 도교를 진흥하였다.
3) 곽여郭璵(1058~1130)는 중-8 참조.
4) 천외검天外劍은 하늘 밖으로 솟아오를 듯이 빛나는 긴 검을 이른다. 의천검倚天劍을 이른 듯하다. 송옥宋玉, 「대언부大言賦」, "긴 검은 빛이 번쩍거리며 하늘 밖으로 기대어 선 듯하네.[長劍耿耿倚天外.]"

웅대한 계책을 운용하니
군막에서 산가지 놓던 장량이네5)

雄謀潛轉幄中籌	○○○●●○○
1 2 3 4 5 6 7	웅모잠전악중주
큰 꾀 은밀히 부리니 장막 안 셈이다	

곽공이 뒤이어서 읊었다.

빙설6)처럼 깨끗한 여러분은
　　삼신산 신선7) 같아서
　　만 호 제후를8)
작은 저울 눈금9)처럼 여기네

座中氷雪三山客	●○○○●○○●
1 1 3 4 5 6 7	좌중빙설삼산객
좌중은 얼음 눈 자태 세 신산 객이니	

秤上錙銖萬戶侯	●●○○●●◎
1 1 3 4 5 6 7	칭상치수만호후
저울 위 치 수로 만 호 제후를 본다	

차례가 이르자 김황원이 말하였다.

"그대들이 지은 것과 다르게 지을 것이네."

마침내 술잔을 당겨 가득 채워 마시더니 낭랑한 소리로 읊었다.

　　저물녘 새소리는
　　푸른 숲에 숨어드는데

日暮鳥聲藏碧樹	●●●○○●●
1 2 3 4 5 6 7	일모조성장벽수
날 저물어 새 소리 숨고 푸른 나무에	

---

5) 책사 장량張良이 장막에서 산가지를 놓아 전술을 세워 천 리 밖 전투를 승리로
이끈 일을 인용한 것이다. 한나라 고조는 "장막 안에서 산가지를 움직여 천
리 밖 승리를 결정하는 것은 내가 장량만 못하다."라고 하였다.『사기 유후
세가留侯世家』.
6) 빙설氷雪은 깨끗하고 희고 매끄러운 신선 피부를 형용한 말이다. 신선은 피부가
빙설 같고 부드럽기가 처자 같다고 한다.
7) 삼신산 신선[三山客]은 세 신산神山에 사는 신선을 이른다.(상-14 참조)
8) 만호후萬戶侯는 1만 가구 인구가 거주하는 식읍을 거느리는 제후를 이른다.
9) 치錙와 수銖는 모두 무게를 측정하는 저울의 작은 눈금 단위이다.

밝은 달밤 사람 말소리는
높은 누대에 오르네

月明人語上高樓 ●○○○●○○
1 2 3 4 7 5 6　월명인어상고루
|달|밝아|사람|말소리|오른다|높은|누대|

나머지 두 사람이 자기도 모르게 무릎을 꿇고서 말하였다.

"옛사람 시에 견주더라도 어찌 크게 뒤지겠는가?"

이내 자리를 파하였다.

내 친구 이담지가 바로 좌사 이공의 친손이다. 덕분에 나는 당시에
남긴 글씨 진적을 열람한 적이 있다. 취한 붓으로 쓴 먹 자취가 뚜렷
하게 남아있었다. 진실로 가보로 삼을 만한 것이었다.

金學士黃元·李左司仲若·郭處士璵, 皆奇士. 少以文章相友, 號"神交".
二公嘗訪左司第, 淸談亹亹, 不覺日暮, 須臾月出雲開碧天如水. 相
與登南樓小飮, 點韻各成一聯. 李率然曰"壯氣暗生天外劒, 雄謀潛
轉幄中籌." 郭云"座中氷雪三山客, 秤上錙銖萬戶侯." 次至於黃元曰
"異於三子者之撰." 遂引滿朗吟曰"日暮鳥聲藏碧樹, 月明人語上高
樓." 二公不覺屈膝, 曰"雖古人何遠", 遂罷. 吾友湛之, 卽左司內孫.
僕嘗見其眞跡, 醉墨宛然, 眞家寶也.

※ 공자가 제자 네 명에게 품은 뜻을 물어본 일이 있다. 세 제자는
국정을 돕는 일을 행하고 싶다고 말했다. "저는 세 사람이 말한 것
과 다릅니다.[異乎三子者之撰] 증점은 이렇게 운을 떼고 포부를 밝혔
다. "기수에서 목욕하고 무우에서 바람 쐬고 시를 읊으며 돌아오겠

습니다."[10] 명예와 이익은 끼어있지 않다. 유유자적한 삶에 집중했을 뿐이다. 지금 김황원은 친구 두 명과 시를 창작하면서 이렇게 말했다. "나는 세 사람이 지은 것과 다르네.[異於三子者之撰]" '세 사람'이라는 표현은 증점 말을 따랐음을 보여주는 표식이다. 남들과 달리 자기는 시에서 속기를 완전히 덜어내겠다고 선언한 것이다. 그는 저녁 시간에 숲에 깃든 새소리와 달밤에 누대에 오른 벗들의 담소 소리에 주목했다. 청각으로 느끼는 소리만을 남기고 세속 관념을 배제하여 목가적 정취가 느껴질 뿐이다. 두 친구도 이에 탄복하여 무릎 꿇은 것이다.

---

10) 『논어 선진先進』, "異乎三子者之撰. …… 浴乎沂, 風乎舞雩, 詠而歸."

중18. 송나라 감로사를 본뜬 이자연의 감로사

창화공昌華公 이자연李子淵[1]은 사신이 되어 남조南朝(송나라)에 간 적이 있다. 그때 윤주潤州의 감로사甘露寺[2]에 올랐었다. 호수와 산 경치가 빼어나 사랑스러운 곳이었다. 공은 따라간 뱃사공에게 이렇게 말했다.

"그대는 산과 시내와 누대 형세를 자세히 관찰해주시오. 조금도 빠짐없이 가슴속에 담아두어야 할 것이오."
"삼가 분부대로 하겠습니다."

뱃사공이 남긴 대답이다. 마침내 우리나라로 돌아온 뒤에 뱃사공과 이렇게 약속하였다.

"천지 사이에서 모양을 갖추고 있는 모든 물건은 서로 유사한 부분이 없지 않소. 상강湘江 물가에 솟은 구의산九疑山[3] 봉우리 아홉 개 모양이 서로 비슷한 것도 이런 까닭이오. 지나가는 나그네들이 분간치 못해서 의구심을 내었을 정도라고 하오. 또 황하에 아홉 구비로 흐르는 물줄기가 있고, 남해에도 아홉 구비로 꺾인 구절만九折灣이라는 곳이 있소. 이렇게 볼 때 산수 형세가 만들어지

---

1) 이자연李子淵(1003~1061)은 자가 약충若冲이다. 1024년 과거에 장원 급제하였다. 1052년에 세 딸이 문종의 비가 되어 문하시랑평장사 수태부에 오르고, 다시 문하시중 판상서이부사에 올랐다.

2) 윤주潤州의 감로사甘露寺는 윤주 자사 이덕유李德裕가 강소성 진강鎭江의 북고산北固山에 창건한 사찰이다.

3) 구의산九疑山은 순임금이 남쪽을 순수할 때 죽어서 묻혔다고 하는 산이다. 아홉 봉우리 모양이 서로 같아서 구별하기 어려웠다고 한다.

는 이치는 사람이 얼굴을 타고나는 것과 다르지 않은 듯하오. 비록 그 모양이 천 가지로 다르고 만 가지로 다르다고 해도 그 속에는 반드시 비슷한 구석이 있는 것이오. 하물며 말이오. 신선이 사는 봉래산에서 멀지 않은 우리나라 산천은 중국보다 일만 배는 깨끗하고 수려하오. 경구京口[4]와 유사한 빼어난 풍경이 어찌 없겠소? 그대는 작은 배를 타고 짧은 노를 저어서 오리와 기러기를 벗하여 이리저리 떠다니다가 으슥한 곳이든 먼 곳이든 빠짐없이 나를 위해서 물색해주시오. 10년 세월로 기약을 삼아서 서두를 생각을 말아야 할 것이오."

뱃사공이 알겠다고 대답하였다.

이후로 여섯 번 겨울과 여름을 지낸 뒤다. 뱃사공이 비로소 도성(개경) 서호西湖 물가에서 그런 곳을 찾아내어 공에게 달려가 알렸다.

"찾았습니다. 세 끼 먹을 시간이면 다녀올 수 있는 거리입니다. 한번 행차하여 보시기 바랍니다."

마침내 함께 올라가서 풍광을 살펴보았다. 공이 기쁜 표정으로 이렇게 말하였다.

"송나라 감로사는 비할 데 없이 기이하고 화려하오. 하지만 시공하고 장식한 솜씨가 특별히 더 뛰어날 뿐이오. 하늘과 땅이 빚어낸 자연스러운 형세를 가지고 논한다면, 정말 아홉 마리 소에 박힌 터럭 하나만큼도 서로 차이 나지 않을 것이오."

---

4) 경구京口는 진강鎭江의 별칭이다. 경강京江이라고 한다.

즉시 금과 비단을 내놓아 재목과 기와를 마련하였다. 그리고 누각과 연못, 정자 등 형식을 모두 중국 감로사 것을 본떠서 시공하였다. 공사를 마친 뒤에 걸어둔 편액에도 "감로甘露"라고 썼다.[5] 이자연이 공사를 감독하여 공간을 적합하게 경영하였기에 만 가지 자연 풍광이 애쓰지 않아도 저절로 시야에 들어왔다.

나중에 시에 뛰어난 승려 혜소惠素[6]가 이 모습을 시로 읊었다. 시중 김부식도 뒤를 이어서 읊었다.[7] 그러자 이 이야기를 들은 자들도 모두 화답하는 시를 지었다. 이렇게 지어진 시가 거의 천여 편이나 되었을 정도다. 마침내 거대한 시집이 만들어졌다.

昌華公李子淵, 杖節南朝登潤州甘露寺. 愛湖山勝致, 謂從行三老曰 "爾宜審視山川樓觀形勢, 具載胸臆間, 毋失毫毛." 舟師曰 "謹聞命矣." 及還朝, 與三老約曰 "夫天地間凡有形者, 無不相似. 是以湘濱有九山相似, 行者疑焉. 河流九曲, 而南海亦有九折灣. 由是觀之, 山形水勢之相賦也, 如人面目. 雖千殊萬異, 其中必有相髣髴者. 況我東國去蓬萊山不遠, 山川淸秀甲於中朝萬萬, 則其形勝, 豈無與京口相近者乎? 汝宜以扁舟短棹, 泛泛然與鳬鴈相浮沉, 無幽不至無遠不尋, 爲我相收. 當以十年爲期, 愼無欲速焉." 三老曰 "唯." 凡六涉寒暑, 始得之於京城西湖邊, 走報公曰 "旣得之矣. 三殤可返, 冀煩玉

---

5) 이자연이 창건한 감로사甘露寺는 예성강 전포錢浦의 오봉봉五鳳峯(봉명산) 자락에 있다.

6) 혜소는 문헌에 따라 혜소惠素, 혜소慧素, 혜원惠袁, 혜원惠遠, 혜대惠臺 등으로 표기되었다.

7) 김부식의 시가 『동문선』에 「혜원 시를 차운하여 감로사를 읊다[甘露寺次惠遠韻]」라는 제목으로 실려있다.

趾一往觀焉." 遂相與登臨之, 喜見眉鬚曰 "且<u>南朝甘露寺</u>, 雖奇麗無
比, 然但營構繪飾之工, 特勝耳. 至於天生地作自然之勢, 與此相去
眞九牛之一毛也." 卽捐金帛, 庀材瓦. 凡樓閣池臺之制度, 一倣中朝
<u>甘露寺</u>. 及斷手, 用題其額, 亦曰'甘露'. 指畫經營旣得宜, 萬像不鞭
而自至. 後詩僧<u>惠素</u>唱之, 而<u>金侍中富軾</u>斷[8]之. 聞者皆和, 幾千餘篇,
遂成鉅集. ┌

※ 사신으로 남조에 갔던 이자연은 윤주 감로사 경관에 완전히 마음
을 빼앗겼다. 그래서 귀국 후에 감로사와 똑같은 사찰을 만들고자
한 것이다. 누각과 연못, 정자 등 위치와 구조는 살펴온 그대로를 따
르면 되지만, 윤주 감로사와 같은 풍광을 지닌 터를 찾기는 쉽지 않
았던 모양이다. 6년을 꼬박 찾아다닌 끝에 봉명산 자락에 자리 잡을
수 있었다. 빼어난 경치를 자랑하는 이 절에는 이름난 선비들이 많
이 찾아왔다. 이규보, 김부식, 이색, 권근, 정이오 등이 이 절을 읊
은 시가 『신증동국여지승람』에 수록되어 있다. 특히 시승으로 이름
난 혜소와 시중 김부식은 이곳에서 서로 수창하고 화답하여 그 시가
거의 천여 편에 달했다고 한다. 시집 한 권으로 엮었다고 하나 전해
지지는 않는다. 다만 그중 김부식의 시 「혜원 시에 차운하여 감로사
를 읊다[甘露寺 次惠遠韻]」가 수작으로 꼽힌다. 감로사에 올라 아름답
고 광활한 자연을 마주 대하니, 속세를 떠돌며 벼슬과 명리에 연연
한 자신이 부끄러워진다고 하였다. 혜원은 승려 혜소를 말한다.

---

8) '斷'은 『신증동국여지승람』 권4 「개성부 상 감로사」에 '繼'로 인용되어 있다.

『광여도 개성부』

(규장각 소장, 18세기), 감로사甘露寺

^중19. 꿈속 안화사에서 만난 호종단의 시

"한바탕 꿈속 같은 세상에서 지금도 고생고생하네"

봉성鳳城(개경)¹⁾ 북쪽 골짜기에 안화사安和寺²⁾가 있다. 본래 예종이 세운 사찰이다.

예종은 신성하고 덕이 높아 예를 어기지 않고 송나라를 존중하였다. 이 때문에 현효황제(휘종)³⁾가 넉넉하게 포상하였고, 따로 법서法書와 명화名畫와 진귀하고 기이한 물건도 헤아릴 수 없을 정도로 많이 보내주었다.

휘종은 안화사를 창건했다는 소식을 들었을 때도 특별히 사신을 파견하여 불전에 사용할 재물과 불상 등 진설할 물건을 보내주었다. 아울러 직접 쓴 불전 편액[능인지전能仁之殿] 글씨를 보내면서 채경蔡京⁴⁾을 시켜 사찰 산문山門의 편액[정국안화지사靖國安和之寺] 글씨를 쓰게 하였다.⁵⁾

이 사찰은 단청과 시공이 정교하기가 해동에서 가장 으뜸이다. 산문을 나서면 어화원御花園까지 거의 6, 7리가량 되는데, 그사이에 붉

---

1) 봉성鳳城은 임금이 머무는 도성을 이른다. 임금 덕을 보고 봉황이 깃든다고 하여 이렇게 일컫는다.

2) 안화사安和寺는 개경 송악산 동남쪽 골짜기 자하동에 있는 사찰이다. 예종 13년 (1118) 5월에 중건을 마치고 낙성식을 열었다. 『선화봉사고려도경 정국안화사靖國 安和寺』.

3) 휘종徽宗(1082~1135)은 북송 제8대 제왕 조길趙佶이다. (중-2참조)

4) 채경蔡京(1047~1126)은 북송의 재상이다. 서법에 능하였다.

5) 예종이 안화사를 완공한 뒤에 송나라로 가는 사신에게 명필이 쓴 편액 글씨를 구해오게 하였다. 이 말을 들은 송나라 휘종이 직접 불전佛殿 편액 글씨로 '능인지 전能仁之殿'을 써 주었다. 또 태사 채경蔡京을 보내어 사찰 입구 편액 글씨로 '정국 안화지사靖國安和之寺'를 쓰게 하였다. 『고려사 세가』 예종 13년(1118) 5월 12일.

은 벼랑과 푸른 산줄기가 종으로 횡으로 펼쳐지고 뻗어나간다.[6] 그리고 돌길을 따라 시냇물이 흐르면서 옥고리가 부딪는 듯한 맑은 소리를 낸다. 사방 두둑 위로는 오직 소나무와 잣나무가 하늘을 찌를 듯이 솟아있다. 이 때문에 한여름에도 항상 초가을 날씨처럼 시원하다. 이곳을 오가는 사람들이 자신이 마치 그림 병풍에 들어가 있는 것이 아닌가 하고 착각할 정도다. 세상 사람들은 이곳을 일컬어 "연하동은 신선 진인이 머무는 곳이다.[烟霞洞仙眞所居]"라고 한다.[7]

예전에 상국 윤언이尹彦頤[8]가 이곳에서 재계하면서 묵었던 적이 있다. 그때 그는 꿈속에서 조각배 한 척을 둥실 띄워서 타고 오는 학사 호종단胡宗旦[9]을 보았다. 자취문紫翠門 앞에서 만난 호종단이 절구로 시 한 수를 지어서 읊었다.

오색구름 깊게 덮인 이곳	五雲深處是吾鄉 ●○○●●○○
내 고향이니	1 2 3 4 5 6 오운심처시오향
	오색 구름이 깊은 곳 이니 내 고향
누대가 오랜 세월	烟鏁樓臺日月長 ○●○○●●○
안개에 잠겨있었어라	1 4 2 2 5 6 7 연쇄루대일월장
	안개가 잠그고 누대 해와 달 길다
돌아보니	回首昔年交伴者 ○●●○○●●
사귀던 옛 친구들은	2 1 3 3 5 6 7 회수석년교반자
	돌리니 머리 옛날 사귀어 짝하던 자

---

6) 공민왕이 1373년 6월에 이곳에 팔각전八角殿을 세우고 화초를 심어 연회 장소로 삼았다.

7) 연하동烟霞洞은 송악 남쪽의 자하동紫霞洞을 이른다. 『세종실록 지리지 구도 개성 유후사舊都開城留後司』.

8) 윤언이尹彦頤(1090~1149)는 1114년 과거에 급제하여 출사한 뒤로 정당문학과 판형부사에 올랐다.

9) 호종단胡宗旦은 상선을 타고 고려에 와서 귀화한 송나라 출신 인물이다. 예종의 마음을 얻어 1111년에 한림원에 들어갈 수 있었고, 1120년에 보문각 대제가 되었다. 인종 4년(1126)에는 기거사인이 되었다.

한바탕 꿈속 같은 세상[10]에서
지금도 고생고생하네

如今役役夢魂場 ○○●●●○○[11]
1 1 6 6 3 3 5
여금역역몽혼장
|지금도| 분주하다 |꿈속 같은| 마당서|

안화사에 자취문이 있다.

鳳城北洞安和寺, 本睿王所創也. 蓋睿王以神聖至德, 事大宋無違禮.
顯孝皇帝優加褒賞, 別賜法書名畫珍奇異物, 不可勝計. 聞其刱是寺,
特遣使人以殿財像設送之, 宸翰親題殿額, 命蔡京榜於門. 其丹靑營
構之巧, 甲於海東. 出寺門至御花園, 幾六七里, 丹崖碧嶺橫張側展.
有溪沿石逕而流, 如環珮之鳴. 四畔唯松栢參天, 雖盛夏常若早秋. 往
來者如在畫屛中, 世以謂"烟霞洞仙眞所居". 昔相國彥頤齋宿於是, 夢
見學士胡宗旦, 乘一葉泛泛而來, 會紫翠門, 作一絶云"五雲深處是
吾鄕, 烟鏁樓臺日月長, 回首昔年交伴者, 如今役役夢魂場." 寺有紫
翠門.

※ 윤언이가 꾼 꿈속에서 호종단이 지은 시를 소개했다. 그럼 진짜
시인은 누구일까? 호종단인지, 윤언이인지 알 수 없는 노릇이다. 시
속 공간은 안화사 자취문 앞이다. 호종단이 이전에 지냈던 곳일 수
있다. 오색구름은 평소에 볼 수 있는 것이 아니다. 탈속한 세계를 표
현하는 상징물로 사용하였다. 곧 자신이 속세를 벗어나 이곳에서 수

---

10) 한바탕 꿈속 같은 세상[夢魂場]은 꿈속에서 겪는 세상과 같은 속세를 이른다.
11) □평기평수 구식을 사용한 칠언절구시이다. 하평성 '양陽' 운에 맞추어 '鄕, 長, 場'
으로 압운하였다.

도자로 지내고 있음을 강조한 것이다. 이에 반해 세상에 남아있는 옛 친구들은 여전히 세상일에 얽매여 버둥버둥하고 있노라고 안타까워했다. 윤언이 입장에서는 아마도, 여기에서 말한 옛 친구 가운데 한 사람이 자신이라고 마음속으로 느끼고 있는 듯하다.

종20. 개경 길목의 영송 공간 천수사 남문

개경 동쪽 천수사天壽寺[1]는 성문 밖으로 100보가량 떨어진 곳에 있다. 사찰 뒤로는 봉우리가 연이어 솟아있고 앞으로는 평탄한 시내가 흐른다. 이어진 길 양쪽에는 야계野桂 수백 그루가 늘어서 그늘을 이룬다. 이런 까닭에 강남 지역에서 도성으로 들어오는 자라면 누구라도 그 아래에 멈추어 쉬게 된다. 수레바퀴 소리와 말발굽 소리가 요란하고 어부 노랫소리와 나무꾼 피리 소리가 끊이지 않는 이유이다. 또 단청하여 장식한 누각들이 안개 덮인 소나무와 삼나무 숲 위로 절반쯤씩 솟아있다.

왕공의 자손들은 진주와 비취로 단장한 여인과 함께 생황 부는 악사와 가객을 이끌고 꼭 천수사 문 앞에 가서 자리를 정하여 사람을 맞이하거나 전별하곤 한다.

옛날 예종 때 산수를 특히 잘 그린 화국畫局(도화원)의 이녕李寧[2]이 이곳 풍경을 그려서 송나라 상인에게 준 일이 있다. 이후로 오랜 시간이 흐른 뒤이다. 인종이 송나라 상인에게 부탁하여 명화를 구하자 그때 이 그림을 헌상하였다.

인종은 여러 화공을 불러 그림을 보여주었다. 그때 이녕이 나서서 이렇게 말하였다.

"이 그림은 신이 그린「천수사남문도天壽寺南門圖」입니다."

---

1) 천수사天壽寺는 개경 동문 밖에 있던 사찰이다.(상-13 참조)
2) 이녕李寧은 예종과 의종 연간에 화국畫局에 근무하던 화가이다. 1124년에 사행을 따라 북송에 갔다가 휘종徽宗의 명에 따라 그린「예성강도禮成江圖」로 명성을 얻었다.

배접한 종이를 뜯어서 살펴보니, 매우 상세한 기록이 남아있었다. 이후로 사람들이 그가 명필인 줄을 알게 되었다.

┘ 京城東天壽寺, 去都門一百步. 連峯起於後, 平川瀉於前, 野桂數百株夾道成陰. 自江南赴皇都者, 必憩於其下. 輪蹄闐咽, 漁歌樵笛之聲不絕, 而丹樓碧閣, 半出松杉烟靄之間. 王孫公子携珠翠, 引笙歌, 迎餞必寄於寺門. 昔睿王時, 畫局李寧尤工山水, 爲其圖附宋商. 久之, 上求名畫於宋商, 以其圖獻焉. 上召衆史示之, 李寧進曰 "此臣所畫「天壽寺南門圖」也." 折背觀之, 題誌甚詳, 然後知其爲名筆. ┌

※ 어려서부터 그림으로 명성을 얻은 이녕은 인종 때 사행단을 따라 북송에 들어갔다. 이때 송나라 휘종이 재능을 알아보고 「예성강도禮成江圖」를 그려보라고 했다. 그림을 완성하자 휘종은 이렇게 말했다. "근래 고려 사신을 따라온 화가가 많은데, 그중에서 오직 이녕의 솜씨가 절묘하다."3)

이녕이 배운 스승은 이준이李俊異이다. 시샘이 많고 칭찬을 아끼는 사람이었다고 한다. 한번은 인종이 그에게 이녕이 그린 산수 그림을 보여준 일이 있다. 그린 사람을 몰라본 이준이는 몹시 놀라면서 이렇게 칭송했다. "이 그림이 혹 다른 나라에 있었다면, 신이 기어이 천금을 써서라도 구해오려고 했을 것입니다." 이 일을 계기로 궁정 회화 일을 이녕이 주관하게 되었다고 한다.

---

3) 『고려사 이녕전李寧傳』, "比來, 高麗畫工, 隨使至者多矣, 唯寧爲妙手."

중21. 진동에 부임한 이인로의 장남 이정
"고국의 푸른 산이 한 점 한 점 멀어져 가네"

신종 7년(1204)에 있었던 일이다. 내가 맹성孟城(평남 맹산) 수령으로 나갔을 때다. 그때 아들 아대阿大(장남 이정李程)가 진동珍洞(금산군 진산) 관아로 부임하게 되었다. 내 친구 이담지李湛之가 함자진咸子眞(함순)에게 말했다.

"옥당 이공의 아들이 부절(지방관 신표)을 들고서 남쪽 고을로 부임한다고 하네. 그런데 그 아비가 멀리 맹성에 나가 있으니 말일세. 우리 두 사람이라도 가서 전별해주어야 마땅하지 않겠는가."

두 사람이 각자 자식을 데리고 천수사天壽寺 서쪽 봉우리로 가서 싸리나무를 깔고 앉아서 작별 인사를 나누었다. 술잔이 8, 9차례씩 돌아갔을 무렵이었다. 함자진이 아들 범랑梵郎을 불렀다. 시구 하나를 지어서 길 떠나는 사람에게 선물해야 마땅하다고 귀띔하였다. 범랑이 즉시 이렇게 읊었다.

가는 길에 붉은 나무가	歸程紅樹童童立 ○○○●○○○
우뚝우뚝 서있고	1 2 3 4 <u>5</u> <u>5</u> 7 귀정홍수동동립
	가는 길 붉은 나무 우뚝우뚝 서있고

아대가 그 뒤를 이어서 읊었다.

고국의 푸른 산이	故國靑山點點遙 ●●○○○●○
한 점 한 점 멀어져 가네	1 2 3 4 <u>5</u> <u>5</u> 7 고국청산점점요
	옛 나라 푸른 산 점점이 멀어진다

이들은 해가 기울어 어둑해지고 나서야 자리를 파하였다.

아대가 관아에 부임한 뒤에 이때 있었던 일의 자초지종을 갖추어 매우 자세하게 기술해서 천 리 밖 맹성에 있는 나에게 보내주었다. 편지를 꺼내어 읽으니 나도 모르게 웃음이 지어졌다. 집안 노복들과 고을 아전들도 손뼉을 치고 발을 구르면서 좋아하였다.

도성 안에 펼쳐진 산천 풍경과 옛 친구와 지인들이 웃고 이야기하는 모습과 전별하는 자리에서 술잔을 주고받는 모습들이 내 눈앞에 또렷하게 떠오르지 않음이 없다. 타향살이하는 나그네 수심이 마치 눈 위에 끓는 물을 쏟아부은 듯이 금세 녹아서 사라지게 되었다. 허옇게 센 구레나룻 수염도 한두 가닥쯤은 도로 검게 변한 것만 같다. 마침내 그 시간을 적어서 기쁨을 기록해둔다.

神王七年, 僕出守孟城, 兒子阿大赴官珍洞. 吾友湛之謂咸子眞曰"李玉堂之子剖竹南州, 而其儀遠在孟城, 宜吾二人往餞焉." 各携己子, 到天壽寺西峰, 班荊語離. 酒八九巡, 子眞呼兒梵郞, 宜以一句贐行. 卽云"歸程紅樹童童立." 阿大續之曰"故國靑山點點遙." 及日斜黯然而罷. 阿大到官, 叙始末甚詳, 千里寄孟城. 發書不覺失笑, 雖家僮州吏, 無不抃聳爲快. 其京洛山川之態, 故人親友之笑語, 祖席盃觴之交錯, 歷歷然無不在吾目前. 羈愁旅況, 如湯沃雪, 須鬢間有一莖兩莖還黑者. 遂書日月以志喜.

※ 천수사 남문 앞은 개경 사람들이 지인을 보내고 맞이하는 공간이다. 이담지와 함자진도 이곳에서 전별하는 자리를 마련한 것이다. 이들은 이인로와 죽림고회에 속한다. 벗이 떠나고 돌아올 때면 언제라도 함께 모이던 절친이다. 이때는 전별할 대상이 벗의 아들이었기에 각자 자제를 동행시켰다.

범랑과 아대가 읊은 시를 소개했다. 범랑은 천수사를 지나서 남방으로 향하는 길목 풍경을 읊었다. 보내는 사람의 시선에서 단풍이 든 나무들이 길가에 우뚝우뚝 선 모습을 묘사한 것이다. 아대는 개경 푸른 산을 읊었다. 떠나는 사람의 시선에서 산이 한 점 한 점 멀어져 시야에서 사라져가는 모습을 묘사한 것이다. 개경 산이 눈에 담기지 않는 순간 이별은 현실로 다가오는 것이다.

나중에 소식을 전해 들은 이인로는 의젓하게 성장한 아들 모습을 떠올리며 대견해하는 마음을 감추지 못하고 있다. 시와 글로 자기 생각을 멋지게 표현할 수 있는 솜씨도 갖추었다는 생각에, 나그네 수심이 봄눈 녹듯이 사라진다고 말할 정도로 뜨거운 기쁨을 느낀 것이다.

중22. 대동강 영명사의 남헌 부벽루

"너른 들 동쪽 머리에 점점이 산봉우리 솟았네"

서도西都(평양)에 있는 영명사永明寺[1] 남헌南軒(부벽루)[2]은 천하 절경이다. 본래 승려 홍상인興上人이 창건한 건물이다. 남쪽으로 대강大江(대동강)에 맞닿아 있고, 그 너머로 끝이 보이지 않는 드넓은 광야가 아득하게 펼쳐진다. 오직 동쪽 끄트머리 강둑 한편으로 아득히 먼 산이 보일 듯 말 듯 출몰하고 있을 뿐이다.

옛날에 예종이 서쪽(평양)으로 순행한 적이 있다. 그때 연회를 베풀어 뭇 신하와 술을 마시면서 수창한 시가 매우 많았다. 이를 전부 금석에 새겨서 기록하고 사죽絲竹(현악기와 관악기)으로 연주하여 악부樂府에 전하였다.

당시에 나의 증조부 평장사 이오李顗[3]도 마침 옥당에 근무하고 있었다. 그래서 예종을 호종하여 함께 남헌에 올라갔다가, 남헌을 "부벽료浮碧寮"로 명명하고 시를 지어서 그 내력을 매우 자세히 기술하였다. 이곳은 산천의 기세가 중국 척서정滌暑亭과 거의 대등하다. 수려함으로 말하자면 더 뛰어나다고 할 수 있다.

학사 김황원金黃元[4]도 서도에 머무를 때 그 위에 올라간 적이 있다. 그때 관리를 시켜 예부터 선비들이 만들어서 남겨둔 시판詩板을 전부

---

1) 영명사永明寺는 평양 금수산 부벽루 서쪽에 있는 사찰이다. 예종이 중창하였다.
2) 남헌南軒은 을밀대 아래 영명사 동쪽 대동강 앞에 있는 부벽루를 이른다.
3) 이오李顗(1042~1110)는 과거에 급제하여 한림원에 근무하였고 문하시랑평장사에 올랐다. 문종부터 예종까지 여섯 임금을 모셨다.
4) 김황원金黃元(1045~1117)은 상-22 참조.

떼어다가 불에 태우게 하였다. 그리고 난간에 기대어 이렇게 저렇게 시를 구상하기 시작하였다. 날이 저물 때가 되어서는 마침내 달을 향해 울부짖는 원숭이처럼 그 목소리가 정말 고단하게 변해있었다. 가까스로 겨우 한 연을 완성해내었다.

긴 성 한쪽으로 넘실넘실	長城一面溶溶水 ○○●●○○
강물이 흘러가고	1 2 3 4 <u>5</u> <u>5</u> 7　장성일면용용수
	긴 성 한쪽 면 넘실넘실한 물이요
너른 들 동쪽 머리에	大野東頭點點山 ●●○○●●
점점이 산봉우리 솟았네[5]	1 2 3 4 <u>5</u> <u>5</u> 7　대야동두점점산
	큰 들 동쪽 머리 점점 솟은 산이다

그러나 곧 시상이 말라붙어 말을 더 이어서 엮어낼 수가 없었다. 결국 통곡하면서 내려오게 된 것이다. 며칠이 지난 뒤에야 한 수를 채워서 완성할 수 있었다. 이 시가 지금까지 절창으로 불린다.

당시에 사람들이 이렇게 말하였다.

송옥이 가을 기운에 슬퍼했다는[6]	昔聞宋玉悲秋氣 ●○○●●○○
옛말을 들었는데	1 7 <u>2</u> <u>2</u> 6 4 5　석문송옥비추기
	옛날 들었고 송옥 슬퍼함 가을 기운
지금 보니 황원이	今見黃元哭夕陽 ○●○○●●
석양녘에 울고 있었어라	1 7 <u>2</u> <u>2</u> 6 4 5　금견황원곡석양
	지금 본다 황원 곡함 저녁 햇볕에

---

5) 이 시구 한 쌍이 평양 연광정練光亭에 주련으로 걸려있었다.

6) 송옥宋玉(기원전 298~222)은 선진 시기 초나라 시인이다. 굴원屈原을 이어 초사楚辭의 대가로 명성을 떨쳐 굴송屈宋으로 병칭된다. 대표작 「구변九辯」에서 쓸쓸한 가을 풍정을 노래하여 "슬프구나, 가을 기운이여. 쓸쓸하구나, 초목은 흔들리고 떨어져 시들어가네.[悲哉, 秋之爲氣也, 蕭瑟兮, 草木搖落而變衰.]"라고 하였다.

西都 永明寺 南軒, 天下絕景, 本興上人所刱. 南臨大江, 江外曠野茫
然, 不見際畔. 惟東極一涯, 遙岑出沒有無中. 昔睿王西巡, 與群臣宴
飲唱酬, 篇什尤多. 無不鏤金石播絲竹, 以傳樂府. 吾祖平章李顗, 適
在玉堂, 扈從登臨, 命名浮碧寮, 作詩叙其始末甚備. 山川氣勢, 與中
朝滌暑亭相甲乙, 而秀麗過之. 學士金黃元弭節西都, 登其上, 命吏
悉取古今羣賢所留詩板焚之, 憑欄縱吟. 至日斜, 其聲正苦, 如叫月
之猿. 只得一聯, "長城一面溶溶水, 大野東頭點點山." 意涸不復措辭,
痛哭而下. 後數日, 足成一篇, 至今以爲絕唱. 時人語曰 "昔聞宋玉悲
秋氣, 今見黃元哭夕陽."

※ 평양은 물산이 풍부하기로 유명한 곳이다. 고려 개경과 조선 한
양에서 관원과 사신이 북방 지역을 오갈 때 경유하던 주요 길목이기
도 하다. 이들이 평양에 이르면 반드시 구경하던 곳이 영명사, 부벽
루, 을밀대 등 대동강 명승이다. 이런 이유로 부벽루에는 다녀간 많
은 시인이 창작한 시가 걸려있었다. 고려 임금들도 대동강에 용선龍
船을 띄워 신하들과 연회를 베풀곤 했다. 이오도 옥당에 근무하던 시
절에 예종을 수행하여 이곳에 간 적이 있다. '부벽루'라는 이름은 이
때 이오가 붙인 것이라고 한다.

김황원도 이곳에 방문하여 선배 시인들이 남긴 시판을 모조리
떼어내라고 호기를 부렸다. 그리고 부벽루에서 바라보는 동쪽 편
의 드넓은 풍경을 근경에서 원경으로 시점을 옮기면서 묘사했다. 부
벽루 앞 대동강 언저리에서 평양성 한 자락이 눈에 들어오는 것 같
다. 그 성 너머로 넘실거리는 대동강 물굽이가 보이고, 강 너머로 너
른 들이 펼쳐져 있다. 다시 들 너머 저 먼 곳으로 시선을 옮기니, 한

점 한 점이 아득하게 보이는 산봉우리들이 시야에 들어온 것이다. 그런데 훗날 연암 박지원은 김황원이 남긴 이 시를 혹평했다. "넘실넘실[溶溶]"이라는 표현은 대동강 형세를 드러내기에 부족하며, 동쪽 끝에 솟은 산까지 40리 거리에 불과하니 "너른 들[大野]"이라는 표현도 적절치 않다는 이유이다.[7] 그 많은 시인이 읊었어도 여전히 새롭게 읊을 수 있다고 자신하면서 목이 잠기도록 고생스럽게 읊조려 얻어낸 시구이지만, 부족한 구석은 여전히 있는 모양이다. 부벽루에 있어서 완벽한 시란 애초에 있을 수 없는지도 모르겠다.

---

7) 박지원, 『열하일기 관내정사關內程史』.

중23. 가야산 독서당에서 최후를 보낸 최치원

"시비를 따지는 소리 귀에 닿을까 항상 두려워라"

문창공文昌公 최치원崔致遠은 자가 고운孤雲이다. 당나라에 가서 빈공(외국 유학생)[1] 자격으로 과거에 급제한 뒤에 고변高騈[2]의 막부에서 일했다. 당시는 천하가 구름이 흩어지듯 어지럽던 때였다. 그런 시기에 막부에서 처리하는 서찰과 격문 따위를 모두 공이 도맡아 작성하였다.

신라로 돌아올 때였다. 같은 해 과거에 급제한 고운顧雲[3]이 「고운편孤雲篇」을 지어주면서 전송하였다. 그 시에서 이렇게 읊었다.[4]

바람 타고	因風離海上 ○○○●●
	2 1 5 3 4 인풍리해상
바다를 건너서	|인하여|바람을|떠나서|바다|위로|
달님과 함께	伴月到人間 ●●●○○
	2 1 5 3 3 반월도인간
당나라 이르러	|짝하여|달을|이른다|인간 세상에|
안주하지 못하고	徘徊不可住 ○○●●●
	1 1 5 4 3 배회불가주
배회하다가	|배회하며|없어|수|머물|
아득히 다시	漠漠又東還 ●●●○○[5]
	1 1 3 4 5 막막우동환
동방으로 돌아가네	|막막하게|또|동방으로|돌아간다|

---

1) 빈공賓貢은 당나라에서 외국인에게 보이던 빈공과賓貢科의 응시 대상자를 이른다.

2) 고변高騈은 당나라 말기에 절도사를 지낸 인물이다.

3) 고운顧雲은 최치원과 같은 해에 급제한 동년同年이다. 고변 막부에 먼저 들어가 있다가 최치원을 추천하였다.

4) 『동사강목』헌강왕 11년(885)에 이 시가 인용되어있다. 1구 '因'이 '뮈'으로, 3구 '住'가 '從'으로, 4구 '漠漠'이 '漫漫'으로 되어있다.

5) □오언고시이다. 상평성 '산删' 운에 맞추어 '間, 還'으로 압운하였다.

최치원은 직접 붙인 서문에서 이렇게 말하였다.

"무협[6]의 열두 봉우리와
똑같은 나이에
무명옷 입고
중국에 들어왔다가,
은하의 28수[7]와
같은 나이에
비단옷을 입고
고국으로 돌아간다."

巫峽重峯之歲 무협중봉지세
1 1 3 4 5 6
무협의 | 중첩한 | 봉우리의 | 어사 | 나이에

絲入中華 사입중화
1 4 2 2
무명옷 입고 | 들어왔다가 | 중국에

銀河列宿之年 은하열수지년
1 1 3 3 5 6
은하 | 열수의 | 어사 | 나이에

錦還故國 금환고국
1 4 2 2
비단옷 입고 | 돌아간다 | 고국으로

공은 우리나라 태조가 왕위에 오를 것임을 미리 예견했다. 그래서 글을 올려 의견을 아뢰기도 하였다.[8] 그러나 벼슬에 뜻이 전혀 없었기에 가야산에 들어가 은거하였다.

그러던 어느 날이었다. 아침에 일찌감치 일어나 문을 나선 뒤로, 그가 간 곳을 아무도 알지 못하였다. 오직 갓과 신발만이 숲속에 남아 있었을 뿐이다. 아마도 신선이 되어 하늘로 올라갔을 것이다. 사찰에서 승려가 그날을 기려서 제사를 지내고 명복을 빌어주었다.

공은 수염이 구름 같고 얼굴이 백옥 같았다. 또 항상 흰 구름이 머

---

6) 무협巫峽은 장강 삼협三峽 중 한 곳이다. 강을 따라 솟아있는 봉우리 12개 모양이 '무巫'자와 비슷하다고 하여 무산巫山이라고 한다.

7) 28수는 은하에 있는 28개 별자리를 이른다.

8) 고려 태조가 천명을 받아 나라를 세울 인물인 줄을 알아보고 글을 올려 "계림은 누런 잎이고 곡령은 푸른 소나무이다[雞林黃葉, 鵠嶺靑松.]"라고 하였다. 계림은 신라 경주를 이르고 곡령은 고려 개경 송악을 이른다. 『삼국사기 최치원전崔致遠傳』.

리 위에 어려있어서 그늘을 드리워주었다. 공의 모습을 그린 초상이 독서당讀書堂에 남아서 지금까지 전해진다.

독서당에서 계곡 입구 무릉루武陵樓까지는 거리가 거의 10리가량이 된다.[9] 그사이에 붉은 벼랑과 푸른 산줄기가 이어져 있고 소나무와 전나무가 울창하다. 그리고 바람과 물이 서로 부딪혀 절로 쇠와 돌이 부딪는 듯한 소리를 낸다.

공이 예전에 절구로 시 한 수를 지어서 그곳에 적어놓았다. 취한 붓을 들어 초탈하게 쓴 것이다. 지나가는 사람들이 모두 이를 가리켜 "최공제시석崔公題詩石"이라고 한다. 그 시는 이러하다.[10]

첩첩 바위에서 사납게 내뿜어	狂噴疊石吼重巒 ○○○●●○○
중첩한 산에 소리 울리니	1 4 2 3 7 5 6 광분첩석후중만
	미쳐 뿜어 첩첩 바위 울리니 겹겹 산
지척 간 말소리도	人語難分咫尺間 ◐●○○●●○
분간하기 어렵네	1 2 7 6 3 3 5 인어난분지척간
	사람 말 어렵다 분간하기 지척 사이에
시비를 따지는 소리	常恐是非聲到耳 ◐●●○○●●
귀에 닿을까 항상 두려워라	1 7 2 2 4 6 5 상공시비성도이
	늘 두려워 시비 소리가 이를까 귀에
일부러 흐르는 물소리로	故敎流水盡籠山 ●○◐●●○[11]
온 산을 휘감게 했구나	1 4 2 2 6 7 5 고교류수진롱산
	일부러 하여 유수로 전부 감쌌다 산

---

9) 독서당은 최치원이 머물던 곳이다. 해인사 서편에 있었다고 한다. 여기에서 가야면 방향으로 10리가량 홍류동 계곡이 이어진다.

10) 『고운집』과 『동문선』에 「가야산 독서당에 적다[題伽倻山讀書堂]」라는 제목으로 실려 있다. 1구 '噴'이 '奔'으로 되어있다.

11) □평기평수 구식을 사용한 칠언절구시이다. 상평성 '한寒' 운과 통운에 해당하는 상평성 '산刪' 운에 맞추어 각각 '巒'과 '間, 山'으로 압운하였다.

文昌公崔致遠字孤雲. 以賓貢入中朝擢第, 遊高駢幕府. 時天下雲擾, 簡檄皆出其手. 及還鄕, 同年顧雲賦「孤雲篇」以送之, 云"因風離海上, 伴月到人間. 徘徊不可住, 漠漠又東還." 公亦自叙云"巫峽重峯之歲, 絲入中華. 銀河列宿之年, 錦還故國." 豫知我太祖龍興, 獻書自達, 然灰心仕宦, 卜隱伽倻山. 一旦早起出戶, 莫知其所歸, 遺冠屨於林間, 蓋上賓也. 寺僧以其日薦冥禧. 公雲髻玉頰, 常有白雲蔭其上, 寫眞留讀書堂, 至今尙存. 自讀書堂至洞口武陵樓, 幾十里, 丹崖碧嶺, 松檜蒼蒼, 風水相激, 自然有金石之聲. 公嘗題一絶, 醉墨超逸, 過者皆指之, 曰"崔公題詩石." 其詩曰"狂噴疊石吼重巒, 人語難分咫尺間. 常恐是非聲到耳, 故敎流水盡籠山."

※ 최치원이 겪은 삶을 잘 보여주는 시 두 수를 소개했다. 최치원은 12세에 당나라에 가서 유학하였다. 배를 타고 고국을 떠나던 날에 아버지는 이런 훈계를 남겼다. "앞으로 10년 안에 진사시에 급제하지 못하면, 내 아들이라고 말하지 말아라. 나도 자식이 있다고 생각지 않을 것이다. 가서 부지런히 공부하여 네 힘을 헛되게 만들지 마라."[12] 최치원은 훈계를 새겨듣고서 잠시도 헛되이 보내지 않았다. 남이 백 번을 노력하면 자기는 천 번을 노력했다고 한다.

최치원은 마침내 6년이 지난 874년에 빈공과에 합격했다. 이후 2년간 낙양을 유랑하다가 876년에 율수 현위가 되었고, 이듬해에 사직하고 물러났다. 다시 879년에 황소의 난을 진압하는 고변 막부에 들

---

12) 최치원, 「계원필경서桂苑筆耕序」.

어가 종사관이 되었다. 이때 막부에서 발송하는 표, 장 등 각종 문서를 도맡아서 작성했다고 한다. 881년에 작성한「격황소서橄黃巢書」가 특히 명문으로 꼽힌다. 글을 읽던 적장 황소가 글 속에 담긴 추상과 같은 호령에 놀라서 떨다가 침상에서 굴러떨어졌다는 일화가 전해진다. 이후 최치원은 885년에 신라로 돌아왔다. 친구 고운이 이때「고운편」을 지어준 것이다.

중24. 김유신이 사랑한 여인 천관

"여인은 원망하여 말 앞에서 흐느꼈다오"

김유신金庾信은 계림雞林(신라) 사람이다. 빛나는 업적을 남겨 국사國
史에 두루 기록되어 있다.

어린 시절에 어머니가 날마다 함부로 어울려 놀아서는 안 된다
고 엄하게 훈계해주었다. 그런데 어느 날 우연히 기녀의 집에서 밤
을 보내고 말았다. 어머니가 얼굴을 마주하고서 그 죄를 따져 물
었다.

"나는 이미 늙은 사람이다. 네가 장성해서 공을 세우고 이름을 드
날려 임금과 어버이에게 영광을 돌릴 수 있기를 밤낮으로 바라고
있을 뿐이다. 그런데 너는 지금 어째서 푸줏간과 주막을 오가는
어린아이들과 어울려서 음란한 기생방과 주막을 드나들며 노는
것이냐?"

이내 목 놓아 울기를 멈추지 않았다. 김유신은 어머니 앞으로 다가
가서, 그 집 문 앞을 다시는 지나지 않겠다고 맹세하였다.

그러던 어느 날이다. 술에 취한 채 집으로 돌아가는 길이었다. 말
이 예전에 다니던 길을 따라가서 잘못하여 그 여인이 있는 창가(기녀
집)에 이르고 말았다. 그 여인은 한편으로는 반가우면서도 한편으로
는 원망스러워 눈물을 흘리면서 나와 맞이해주었다. 그 순간 일이 잘
못된 줄을 깨달았다. 김유신은 타고 간 말을 칼로 베고 안장도 버려
두고서 돌아가버렸다. 그때 여인이 원망을 담아서 가사를 지어 부른
노래 한 곡이 전해진다.

동도東都(경주)에 있는 천관사天官寺[1]가 바로 그녀의 집이었다. 상국 이공승李公升[2]이 예전에 동도 관기管記(서기)[3]로 부임했을 때 이런 시를 지었다.[4]

절을 천관이라 부르는
옛 사연이 있어
세워진 유래[5] 듣고서
마음 문득 처연하여라
다정한 공자가
꽃 아래서 노닐고
여인은 원망하여
말 앞에서 흐느꼈다오
갈기 붉은 말도 정이 있어서
옛길을 알았을 뿐이거늘
무슨 죄로 사내는
괜스레 채찍을 가했던가?

寺號天官昔有緣 ●●○○●●○
1 4 2 2 5 7 6　사호천관석유연
절을 | 부름 | 천관으로 | 옛 | 있으니 | 사연

忽聞經始一悽然 ●○○●●○○
1 4 2 2 5 6 6　홀문경시일처연
문득 | 듣고 | 짓기 시작함 | 내내 | 처연하다

多情公子遊花下 ○○○●●○●
2 1 3 3 7 5 6　다정공자유화하
많은 | 정 | 공자 | 노닐었는데 | 꽃 | 아래서

含怨佳人泣馬前 ○●○○●●○
2 1 3 4 7 6 5　함원가인읍마전
품은 | 원망 | 고운 | 여인 | 울었다 | 말 | 앞서

紅鬣有情還識路 ○●●○○●●
1 2 4 3 5 7 6　홍렵유정환식로
붉은 | 갈기 | 있어 | 정 | 외려 | 알았는데 | 길

蒼頭何罪謾加鞭 ○○○●●○◐
1 1 3 4 5 6 6　창두하죄만가편
창두가 | 무슨 | 죄로 | 괜히 | 쳤나 | 채찍을

---

1) 천관사天官寺는 경주 오릉五陵 동쪽에 있던 사찰이다. 본래 김유신이 사랑하던 여인 천관天官이 살던 집이었다. 김유신이 삼국을 병합한 뒤에 천관의 집을 절로 만들고 천관사로 명명했다고 한다.
2) 이공승李公升(1099~1183)은 인종 시기에 급제하여 한림원에 근무하였고 중서시랑 평장사에 올랐다.
3) 관기管記는 군현에서 공식적 문서를 작성하고 관리하는 서기 역할을 맡는다.
4) 『동문선』에 「천관사天官寺」라는 제목으로 실려있다. 3구 '多情'이 '倚醉'으로 되어있다.
5) 경시經始는 건축을 시작함을 뜻한다. 경經은 측량이고, 시始는 시작이다. 곧 천관사를 처음에 짓게 된 사연을 이른다. 『시경 영대靈臺』, "영대를 경영하기 시작하여, 측량하고 표시하네.[經始靈臺, 經之營之.]"

오직 절묘한 가사로
노래 한 곡을 남겨놓아
"두꺼비 토끼 함께 잠드네"가
만고에 전해지네

唯餘一曲歌詞妙　○○●●○○●
　1 4 2 3 5 6 7　유여일곡가사묘
오직 남아 한 곡 노래 말이 절묘하니

蟾兎同眠萬古傳　○●○○●●○⁶⁾
　1 2 3 4 5 5 7　섬토동면만고전
두꺼비 토끼 함께 잔다 만고에 전한다

천관天官은 곧 그 여인이 쓰던 호이다.

金庾信雞林人, 事業赫赫, 布在國史中. 爲兒時, 母夫人日加嚴訓不
妄交遊. 一日偶宿女隸家, 其母面數之, 曰"我已老. 日夜望汝成長,
立功名爲君親榮. 今乃爾與屠沽小兒, 遊戲婬房酒肆耶?"號泣不已,
卽於母前, 自誓不復過其門. 一日被酒還家, 馬遵舊路, 誤至倡家. 且
欣且怨, 垂泣出迎, 公旣悟, 斬所乘馬棄鞍而返. 女作怨詞一曲傳之,
東都有天官寺, 卽其家也. 李相國公升嘗赴東都管記, 作詩云"寺號
天官昔有緣, 忽聞經始一悽然, 多情公子遊花下, 含怨佳人泣馬前, 紅
鬣有情還識路, 蒼頭何罪謾加鞭, 惟餘一曲歌詞妙, 蟾兎同眠萬古傳."
天官卽其女號.

※ 천관은 김유신이 정을 주었던 기녀가 쓰던 호이다. 어머니 훈계
를 받들어 그녀를 다시 찾지 않던 김유신이 하루는 술에 취하여 말
을 탔는데 그 말이 옛길을 기억하여 그녀의 집으로 찾아간 것이었

---

6) □측기평수 구식을 사용한 칠언율시이다. 하평성 '선先' 운에 맞추어 '緣, 然, 前,
鞭, 傳'으로 압운하였다.

다. 놀란 김유신이 말 목을 베면서까지 단호하게 돌아가자 천관이 슬퍼하면서 노래를 지어 불렀다고 한다. 이 노래가 「가시리」라고 한다. "두꺼비와 토끼(달) 함께 잠드네[蟾兎同眠]"는 여인이 부른 노래의 가사 일부로 보인다. 이후 천관의 집 자리에 천관사라는 절이 세워졌다.

중25. 명종의 존경을 받은 승통 요일
"새벽 오경에 못다 꾼 꿈을 옛 절에 남겨두고"

명종 때이다. 큰 숙부인 승통[1] 요일寥—[2]은 궁궐을 출입하는 20여 년 동안에 좌우 사람들에게 나랏일에 관해서는 물은 적이 없었다. 늘 자리에서 물러나게 해달라고 요청하는 시를 지어 올릴 뿐이었다. 그 시는 아래와 같다.[3]

새벽 오경[4]에 못다 꾼 꿈을
옛 절[5]에 남겨두고
십 년 세월
궁궐[6]에서 서성이네
난새 봉황 모습[7] 가늘게 어린
이른 찻잎을 우려 마시고

五更殘夢寄松關 ●○○●●○○
1 2 3 4 7 5 5 오경잔몽기송관
|오|경의|남은|꿈|맡겨두고|옛 절에|

十載低徊紫禁間 ●●○○●●○
1 2 6 6 3 3 5 십재저회자금간
|십|년 동안|배회한다|궁궐|사이서|

早茗細含鸞鳳影 ●●●○○●●
1 2 3 7 4 5 6 조명세함란봉영
|이른|찻잎|가늘게|띠고|난|봉|모습|

---

1) 승통僧統은 고려 교종의 최고 법계이다. 승과에 합격한 이후 대선大選, 대덕大德, 대사大師, 중대사重大師, 삼중대사三重大師, 수좌首座를 거쳐 승통이 되었다.
2) 요일寥—은 이인로의 숙부이다. 흥왕사興王寺 승려로 승통에 올랐다. 요일의 동생 이백선李伯仙이 이인로 부친이다.
3) 『동문선』에 「걸퇴乞退」라는 제목으로 실려있다. 5구 '丹'이 '靑'으로 되어있다. 제목 아래에 "선사가 궁궐에 불려 들어간 지 20여 년이 되었다."라는 주가 달려있다.
4) 오경五更은 하루 시간에 빗대어 인생 후반기를 이른 것이다.
5) 송관松關은 소나무가 우거져 저절로 이루어진 문을 이른다. 요일이 본래 머물던 사찰을 의미한다.
6) 자금紫禁은 북쪽에 있는 자미성紫微星이다. 임금이 거처하는 궁궐을 상징한다.
7) 난새 봉황의 모습[鸞鳳影]은 찻잎을 뭉쳐 차병茶餅을 만들 때, 위에 압인하여 찍은 난새와 봉황 무늬를 이른다.

새로 가루 낸 자고새 무늬[8]

異香新屑鷓鴣斑 ●○○●●○○
　　　1 2 3 7 4 4 6　이향신설자고반
　기이한｜향｜새로｜가루 내도｜자고｜무늬로

기이한 향을 사르지만

스스로 아쉽게도

自憐瘦鶴翔丹漢 ●○●●○●○
　　　1 4 2 3 7 5 5　자련수학상단한
　혼자｜가련히｜야윈｜학처럼｜맴돌아｜하늘

야윈 학처럼 하늘 맴도느라[9]

고향 산 쓸쓸한 원숭이를

久使寒猿怨碧山 ●●○○●●◎
　　　1 4 2 3 7 5 5　구사한원원벽산
　오래｜시켜｜찬｜원숭이｜원망한다｜청산에서

홀로 오래 원망케 하였어라

바라건대 남은 생애는

願把殘陽還舊隱 ●●○○●●●
　　　1 4 2 3 7 5 6　원파잔양환구은
　원컨대｜들고｜남은｜시간｜가서｜옛｜은거로

은거하던 옛 절로 돌아가서

바위 곁 흰 구름도

不敎巖畔白雲閑 ●○○●●○○[10]
　　　7 5 1 2 3 4 6　불교암반백운한
　않겠다｜시켜｜바위｜가｜흰｜구름｜심심케

외롭지 않게 하여주소서

명종이 크게 칭송하고서 요일 선사에게 이렇게 말하였다.

"옛사람이 읊은 이런 시가 있소. 선사가 품은 남다른 생각을 더 먼저 품었던 자라고 이를 만하오."[11]

청려장 짚고서 벌써 가느냐고

莫訝杖藜歸去早 ●●●○○●●
　　　7 6 2 1 3 4 5　막아장려귀거조
　말라｜익심치｜짚고｜여장｜돌아｜감｜빠름을

이상하게 생각 마오

고향 산에 시내 구름을

故山開却一溪雲 ●○○○●○○
　　　1 2 6 7 3 4 5　고산한각일계운
　옛｜산에｜한가히｜버려뒀다｜한｜시내｜구름

한가히 버려두어서 그러하니

---

8) 자고새 무늬[鷓鴣斑]는 자고새 깃털 모양으로 조각낸 향을 이른다.
9) 수학瘦鶴은 야윈 학이다. 요일이 수척한 자기 모습을 빗댄 것이다. 단한丹漢은 궁성 위 하늘을 이른 듯하다. 『동문선』에는 청한靑漢으로 되어있다. 푸른 하늘을 뜻한다.
10) ❏평기평수 구식을 사용한 칠언율시이다. 상평성 '산刪' 운에 맞추어 '關, 間, 斑, 山, 閑'으로 압운하였다.
11) 북송 범치허范致虛라는 자의 집에 머물던 한 도사가 남긴 시이다. 그는 본래 백 발 노인이었으나 스승에게 얻은 신약을 복용하여 어린아이 같은 홍안이 되었다 고 한다. 위 시는 그가 돌아갈 때 남긴 시이다. 『시인옥설 선림禪林』.

이어서 선사가 읊은 시 운자에 맞추어 시를 지어서 하사하였다.

조사가 전해준 심인[12]을
방편[13]으로 삼아서

祖師心印製機關　●○○●●○◎
1　1　3　3　7　5　5　조사심인제기관
조사의 심인을 만들어 방편으로

진공의 불법[14]을
일순간에 깨달았어라

卽悟眞空一瞬間　●●○○●●◎
1　7　2　3　4　5　6　즉오진공일순간
곧 깨달으니 참 공을 한번 깜짝할 틈에

한가히 좌정하여
침향 조각 향로에 사르다가

宴坐爐添沈水瓣　○○○○●●●
1　2　3　7　4　4　6　연좌로첨침수판
편히 앉아 향로에 얹고 침수향 조각

손님을 맞이하랴 지팡이 들어
자색 이끼에 자국 내네

迎賓笻破紫苔斑　○○○●●●◎
1　2　3　3　7　4　6　영빈공파자태반
맞는 손 지팡이로 깬다 자색 이끼 무늬

경론을 잘 설하여
승려들에게 전수할 것이오

好將經論傳緇侶　●○○●○○●
1　4　2　2　7　5　5　호장경론전치려
좋게 가지고 경론을 전하고 승려에

자리에서 물러나서
옛 산으로 돌아갈 생각 말고

莫以行藏憶舊山　●●○○●●◎
7　3　1　2　6　4　5　막이행장억구산
말라 로 나갈까 숨을까 생각지 옛 산

저녁 경쇠와 새벽 분향으로
부지런히 예배 염불하여

夕磬晨香勤禮念　●●○○○●●
1　2　3　4　7　5　6　석경신향근례념
저녁 경쇠 새벽 향에 힘써 예배 염불

미욱한 속세가
평안케 해주시길 원하노라

願令愚俗得安閑　●○○●●○◎[15]
7　3　1　2　6　4　4　원령우속득안한
원한다 시켜 우매한 풍속 얻길 안녕

예부터 지금까지 명성을 얻은 뛰어난 승려를 두루 살펴보면, 군왕

---

12) 심인心印은 선종 초조인 달마 조사로부터 심심상인으로 전승한 불법의 요체를 이른다.
13) 기관機關은 수행자를 인도하는 방편이나 수단을 이른다.
14) 진공眞空의 불법은 일체 색상과 의식 경계에서 벗어난 열반 경지를 이른다.
15) □평기평수 구식을 사용한 칠언율시이다. 상평성 '산刪' 운에 맞추어 '關, 間, 斑, 山, 閑'으로 압운하였다.

에게 은혜롭게 시를 하사받은 경우가 많다. 그러나 특별히 그 승려의 시에 차운해서 군왕이 자기 뜻을 표현하기를 이렇게 정성스럽고 친밀하게 한 사례는 있지 않았다.

엊그제 큰 숙부가 거처하는 방장에 찾아갔더니, 명종이 지어서 하사한 이 시를 보여주었다. 그 필체가 날아갈 듯이 생동하였고, 난초와 사향 같은 향내도 진하게 배어났다. 나는 의관을 정돈하고 용모를 엄숙하게 하고서 무릎 꿇고 읽어보았다. 그랬더니 마치 구름을 뚫고 나온 하늘 위 태양을 보는 듯이, 상서로운 광채가 찬란하여 눈이 부실 정도였다. 정말 우러러볼 만한 것이다.

明皇時, 大叔僧統寥一, 出入禁宇間, 不問左右二十餘年. 常作乞退詩進呈云 "五更殘夢寄松關, 十載低徊紫禁間. 早茗細含鸞鳳影, 異香新屑鸍鵠斑. 自憐瘦鶴翔丹漢, 久使寒猿怨碧山. 願把殘陽還舊隱, 不敎巖畔白雲閑." 上大加稱賞, 謂師曰 "昔人云 '莫訝杖藜歸去早, 故山間却一溪雲', 可謂先得師之奇趣." 因和其詩以賜之, 曰 "祖師心印製機關, 卽悟眞空一瞬間. 宴坐爐添沈水瓣, 迎賓筭破紫苔斑. 好將經論傳緇侶, 莫以行藏憶舊山. 夕磬晨香勤禮念, 願令愚俗得安閑." 歷觀古今名緇秀衲, 得被君王寵賜以篇章者多矣. 未有特次其韻, 叙其意如此款密. 昨詣大叔丈室, 示以御製此篇, 宸翰飛動, 蘭麝郁然. 正冠肅容, 跪而讀之, 若瞻天日於雲表, 祥光瑞色爛然溢目, 誠可仰也.

※ 승통 요일과 명종이 주고받은 시를 소개했다. 요일은 이인로의 숙부이다. 이인로의 할아버지 이언림李彦林 슬하 3형제 중에 요일이

장남이고 아버지 이백선李伯仙이 삼남이다. 일찍 부모를 여의고 의지할 데 없는 신세가 된 이인로를 요일이 거두어 양육하였다. 명종 시기에 20여 년 동안 궁중을 출입했다고 하니, 소개한 시는 명종 말년에 창작한 것으로 추정된다.

요일은 비록 귀한 차를 마시고 귀한 향을 피우면서 호사롭게 궁궐에 머물고 있었지만, 정작 마음을 흔드는 것은 고향 산천에 있는 정든 원숭이와 흰 구름이었다. 그는 시에서 홀로 쓸쓸한 원숭이와 외로운 흰 구름이 간절하게 그립다고 담담한 어조로 읊었다. 그러나 요일의 간절한 소망은 쉽게 이루어지지 않았다. 명종은 끝내 요일을 보내주고 싶지 않았던 모양이다. 도리어 그에게 빈객을 맞아 경론을 잘 설법하고 미욱한 속세를 평안케 해달라고 당부할 따름이었다.

원숭이와 흰 구름은 고향 산천을 상징한다. 남조 송나라 공치규孔稚珪는 은자가 떠나고 없는 공간을 묘사하면서 "혜초 장막이 텅 비니 밤에 학이 원망하고, 산 사람이 떠나가니 새벽에 원숭이가 놀라서 운다."라고 하였다.[16] 또 당나라 적인걸狄仁傑은 태항산을 넘어가다가 고향 쪽 하늘에 외롭게 떠가는 흰 구름을 보면서 "나의 어버이 계시는 곳이 저 구름 아래에 있다."라고 하였다.[17]

---

16) 공치규孔稚珪, 「북산이문北山移文」, "蕙帳空兮夜鶴怨, 山人去兮曉猨驚."
17) 『구당서 적인걸전狄仁傑傳』, "吾親所居, 在此雲下."

破閑集

파한집

권 하

하1. 태조에게 인정받은 곽여와 곽동순
"이슬 젖은 꽃은 다시 모시는 신하 옷을 적시네"

계림雞林(신라)에는 풍모가 아름다운 사내를 선발하여 진주와 비취옥으로 장식하고 '화랑花郎'이라고 부르는 옛 풍속이 있었다.[1] 나라 사람들이 모두 이들을 존중해주었다. 그 무리가 많게는 3천여 명에 달하였다. 전국 시대에 조나라 평원군, 제나라 맹상군, 초나라 춘신군, 위나라 신릉군이 양성한 식객에 맞먹는 수다.[2]

그중에서 남달리 두각을 나타내는 자에게는 조정의 벼슬을 내려주었다. 특히 문도가 가장 번성했던 사선四仙[3]의 사적이 빗돌에 새겨져 전한다.[4]

"신라에서 전한 옛 풍속이 아직 사라지지 않았다."

우리 태조가 왕업을 이룬 뒤에 이렇게 말하고 겨울에 성대하게 팔관회八關會 행사를 개최하였다. 이때 양갓집 자제 네 명을 뽑아 무지

---

1) 화랑花郎은 진골 출신에서 선발하고 진골 이하 많은 낭도郎徒를 통솔하였다는 설이 있다. 국선國仙은 화랑을 이끄는 지도자이다. 『삼국유사 탑상塔像』. "(진흥왕이) 다시 명령을 내려 덕행을 갖춘 양갓집 남자 중에서 선발하여 화랑으로 삼게 하였다."
2) 평원군平原君은 전국 시대 조나라 무령왕武靈王의 아들 조승趙勝이다. 식객 수천 명을 양성했다. 맹상군孟嘗君은 전국 시대 제나라 재상 전문田文이다. 식객 1천여 명을 양성했다. 계명구도鷄鳴狗盜로 유명하다. 춘신군春申君은 초나라 재상 황헐黃歇이다. 식객 3천 명을 양성했다. 신릉군信陵君은 위나라 소왕昭王의 아들 위무기魏無忌이다. 식객 3천 명을 양성했다.
3) 사선四仙은 국선國仙 4인을 이른다.(중-12 참조)
4) 강릉 문수당文殊堂 동쪽에 있었다고 하는 사선비四仙碑를 이른 것으로 보인다. 이곡, 「동유기東遊記」.

개 옷을 입히고서 뜰에서 줄지어 춤추게 했다.[5]

당시에 대제[6]로 근무하던 곽동순郭東珣[7]이 사람들을 대신해서 경하하는 표문表文을 작성하여 이렇게 아뢰었다.[8]

"복희씨가
천하의 왕이 된 뒤로
삼한을 일으킨 우리 태조보다
뛰어난 분이 없사오며,
막고야산에 있다는
신선[9] 모습이
월성(경주)의 네 국선 모습과
완연히 같을 것입니다."

自伏羲氏之王天下 자복희씨지왕천하
8 1 1 1 4 7 5 5
|부터| 복희씨가 |어사| 왕이 됨| 천하의|

莫高太祖之三韓 막고태조지삼한
7 6 1 1 3 4 4
|없으며| 높은 것| 태조 |어사| 삼한보다|

邈姑射山之有神人 막고야산지유신인
1 1 1 1 5 8 6 6
|막고야산에| 어사| 있으니| 신인이|

宛是月城之四子 완시월성지사자
1 7 2 2 4 5 5
|완연히| 이다| 월성의| 어사| 네 사람|

또 이렇게 아뢰었다.

"복사꽃이 시냇물에 떠서
아득히 흘러가

桃花流水杳然去 도화류수묘연거
1 2 4 3 5 5 7
|복숭이| 꽃| 흘러| 물에| 아득히| 떠내려가|

---

5) 무지개 옷은 신선이 입는다는 예상우의霓裳羽衣를 이른다. 당나라 개원 연간에 양경충楊敬忠이 바친 악곡을 발전시켜 예상우의곡霓裳羽衣曲을 만들고, 이 음악에 맞추어 춤을 추었다고 한다. 갈입방, 『운어양추韻語陽秋』, "예상우의무霓裳羽衣舞는 개원 연간에 시작하여 천보 연간에 성행하였다. 지금은 적막하게 전하지 않는다."

6) 대제待制는 보문각 정4품 벼슬이다.

7) 곽동순郭東珣은 곽여의 조카이다. 태학박사를 거쳐 1135년에 원외랑으로, 1145년에 비서감으로 두 차례 사신이 되어 금나라에 다녀왔다.

8) 『동문선』에 「팔관회선랑하표八關會仙郎賀表」라는 제목으로 실려있다.

9) 막고야산의 신선은 중-16 참조.

신선(화랑) 자취는
비록 찾기 어렵지만,
옛 나라(신라) 남은 풍속은
여전히 전해지니
진실로 하늘이
없애지 않은 것입니다."

雖眞跡之難尋 수진적지난심
1 2 3 4 6 5
|비록|진짜|자취|어사|어렵지만|찾기|

古家遺俗猶有存 고가유속유유존
1 2 3 4 5 7 6
|옛|나라|남은|풍속|아직|있으니|남아|

信皇天之未喪 신황천지미상
1 2 2 4 6 5
|진실로|하늘이|어사|않았다|없애지|

또 이렇게도 아뢰었다.

"요임금 궁궐 뜰이
아니겠는가?10)
온갖 동물이 함께 춤추는 줄에11)
나아가 참여해보니,
무릇 주나라
선비들처럼
'소자는 할 일 있노라'란 시를12)
모두가 노래합니다."

匪高之庭 비고지정
4 1 2 3
|아닌가|요임금의|어사|궁정이|

得詣百獸率舞之列 득예백수솔무지렬
8 7 1 1 3 4 5 6
|얻으니|나감|백수|끌고|추는|어사|줄|

凡周之士 범주지사
1 2 3 4
|무릇|주나라의|어사|선비처럼|

皆歌小子有造之章 개가소자유조지장
1 8 2 2 5 4 6 7
|모두|부른다|소자|있다는|할 일|어사|시를|

---

10) 고高는 요堯임금을 이른다. 고려 정종定宗의 이름이 '요堯'이기 때문에, 이를 피하려고 뜻이 같은 '고高'자로 바꾸어 표기한 것이다. 양웅, 『법언 문명問明』, "봉황이 너울너울 춤추니, 요임금 뜰이 아니랴?[鳳鳥蹌蹌, 匪堯之庭?]"

11) 『서경 익직益稷』에 순임금 음악인 소韶를 아홉 번 연주하자 봉황이 날아와서 춤을 추었고[鳳凰來儀], 석경石磬을 치자 온갖 짐승들이 어울려 춤을 추었다[百獸率舞]고 하였다.

12) 『시경 사제思齊』, "이러므로 성인은 덕이 있으며 소자는 할 일이 있다.[肆成人有德, 小子有造.]"

곽동순은 처사 곽여郭璵[13]의 조카이다. 어려서부터 재주가 있어 명성을 떨쳤다. 한번은 곽 처사가 대궐 안에 들어가서 산호정山呼亭에 머물고 있을 때였다. 곽동순이 찾아가서 뵙고 앉아서 조용히 고상한 담론을 나누었다. 그러다가 날이 저무는 바람에 하룻밤을 묵게 되었다. 그런데 한밤중이 되자 달빛이 비단처럼 곱게 비추는 것이었다. 이에 태조가 산책하러 나왔다가 산호정에까지 이르렀다. 곽 처사가 즉시 곽동순을 불러내어 절을 올리게 하였다.

태조가 물었다.

"이 사람이 누구인가?"

"신의 조카 아무개입니다. 형의 아들입니다.[14] 오래 만나지 못하다가 다행히 오늘 만나서 회포를 나누었으나, 돌아가려고 보니 궐문이 이미 잠겨있었습니다. 죽을죄를 지었습니다. 죽을죄를 지었습니다."

"짐도 오래전부터 이름을 들어왔소."

이에 곽 처사가 태조의 만수무강을 축원하고 자리에서 곧바로 시를 지어 읊었다.

달빛은 유독
천자 계신 곳을 찾아 비추고

月影偏尋天子座　●●○○○●●
1　2　3　7　4　4　6　월영편심천자좌
달 빛은 유독 찾는다 천자의 자리를

곽동순에게 뒤를 이어서 지으라고 명하였다. 곽동순이 즉시 무릎을 꿇고서 이렇게 아뢰었다.

---

13) 곽여郭璵(1058~1130)는 중-8 참조.
14) 곽여의 형은 곽원郭垣이다.

이슬 젖은 꽃은 다시
모시는 신하 옷을 적시네

露花還濕侍臣衣 ●○○○●○○
1 2 3 7 4 5 6　로화환습시신의
|이슬|꽃|다시|적신다|모시는|신하|옷|

"재주가 이러하니, 비록 당나라 명황(현종)15)이라고 해도, 이런 사람을 어찌 차마 내쫓을 수 있으랴?"

태조가 크게 칭찬해주었다. 그리고 이날 저녁에 금문金門16)에서 숙직할 수 있게 하였다.

雞林舊俗, 擇男子美風姿者, 以珠翠飾之, 名曰"花郎". 國人皆奉之. 其徒至三千餘人, 若原·甞·春·陵之養士. 取其穎脫不群者, 爵之朝, 唯四仙門徒最盛, 得立碑. 我太祖龍興, 以爲"古國遺風, 尙不替矣." 冬月設八關盛會, 選良家子四人, 被霓衣, 列舞于庭. 郭待制東珣, 代作賀表云"自伏羲氏之王天下, 莫高太祖之三韓; 邈姑射山之有神人, 宛是月城之四子." 又云"桃花流水杳然去, 雖眞跡之難尋; 古家遺俗猶有存, 信皇天之未喪." 又云"匪高之庭, 得詣百獸率舞之列; 凡周之士, 皆歌小子有造之章." 東珣, 卽郭處士猶子也, 少有才名. 時處士入處大內山呼亭, 東珣往謁淸談從容, 會日晚留宿焉. 迨夜半月色如練, 上步至山呼亭, 處士命東珣出拜. 上曰"是何人耶?" 對曰"臣兄子某. 久不得面, 今幸得叙契闊. 及將還, 而金鑰已下. 死罪死罪." 上

---

15) 명황明皇은 당나라 현종의 시호이다. 왕유가 궐내에서 숙직하면서 맹호연을 불러 이야기를 나눈 적이 있다. 그때 갑자기 찾아온 현종을 보고 맹호연은 침상 밑에 숨었다. 현종이 불러서 시를 읊게 하자, "재능이 없어 밝은 임금께 버림받고, 병이 많아 옛 친구와 멀어지네.[不才明主棄, 多病故人疎.]"라고 하였다. 현종은 맹호연을 종남산으로 돌려보냈다고 한다. 『당척언』.

16) 금문金門은 한림원의 별칭이다. (중-9 참조)

日"朕亦聞之久矣." 處士獻壽口占云 "月影偏尋天子座." 命東珣續
之, 卽跪奏云 "露花還濕侍臣衣." 上大加稱賞曰 "有才如是. 雖明皇,
豈忍放耶?" 是夕入直金門. ┌

※ 팔관회 행사를 축하하기 위해 작성한 변려문과 태조의 만수무강
을 축원한 시를 소개했다. 고려는 신라 팔관회 행사를 계승하여 통
치 기강을 강화하고 화합을 끌어내고자 하였다. 행사는 태조 원년
(918) 11월에 시작되었다고 한다. "신라 왕이 매년 11월에 팔관회를
크게 열어서 복을 기원했사온데, 그 제도를 따르소서." "짐이 덕이
부족함에도 대업을 이루었으니, 어찌 부처 가르침을 따라서 국가 안
정을 도모하지 않겠는가?" 담당 관리와 태조가 나눈 대화이다.

　마침내 격구를 하는 넓은 마당에 윤등輪燈 1좌를 설치하고 사방에
향등香燈을 진열하여 밝은 빛이 밤새 가득하게 했다. 또 다섯 사람
키 높이 채붕彩棚(무대 가설물) 2개를 설치했다. 나무 골조에 채색 비
단 등을 얹어 연화대 모양으로 만든 것이다. 그 앞에 신라 옛 전례
를 따라 사선악부四仙樂部를 배치하고 용, 봉황, 코끼리, 말, 수레, 배
등을 연출하여 온갖 유희와 노래와 춤을 공연했다. 관리들도 도포
차림에 홀을 들고서 의례에 참여했다. 구경하는 사람들이 도성에 가
득 모여 밤낮으로 즐겼다고 한다.[17] 국왕은 위봉루에 가서 이를 관
람했다. 이를 공불낙신지회供佛樂神之會라고 명명하고 해마다 상례로
삼아 거행했다. 팔관회 기간에는 송나라 상인과 동번, 서번, 탐라에
서 토산물을 바치고 무역도 했다. 이들도 하객으로 참석하여 예식
을 구경했다. 대사면大赦免도 이루어졌다.[18]

---

17) 『고려사 중동팔관회의仲冬八關會儀』.
18) 『고려사』 정종 즉위년(1034) 11월.

하2. 예종에게 과장에서 쫓겨난 고효충

"나는 청운의 뜻을 이룬 제일인이 되리라"

예종은 유생儒生(국자감 유생)을 특히 소중하게 여겼다. 격년마다 친히 대책對策을 내어 현량賢良을 시험하고, 제출한 답안지를 먼저 열람해서 그들의 재주를 살펴보았을 정도다.

한번은 선비로 이름이 알려진 고효충高孝冲[1]이 이 시험에 응시하였다. 그는 「네 가지 무익에 관한 시[四無益詩]」를 답안으로 작성하여 임금의 잘못을 지적하였다. 예종은 비록 성군이었으나, 이를 보고 나서 마음을 비울 수가 없었다.

이윽고 봄(1120)이 되어 과거가 열렸을 때다. 예종은 시종하는 신하 임경청林敬淸[2]에게 명하여 시험장에 가서 먼저 고효충을 쫓아낸 뒤에 시험 글제를 내걸게 하였다. 이에 학사 호종단胡宗旦이 대궐에 나가서 차자를 올려 구원한 덕분에 그 죄를 용서받을 수 있었다.

고효충은 나중에(1124) 다시 과거에 응시하였는데, 예부에 답안으로 제출한 첫 번째 시에서 이렇게 읊었다.

시권에 적은
시, 부, 논에게 말하노라[3]

寄語卷中詩賦論 ●●○○●●
7 6 1 2 3 4 5   기어권중시부론
전한다 말 답안지 속 시 부 논에게

---

1) 고효충高孝冲은 1124년 4월에 장원으로 과거에 급제하였다.
2) 임경청林敬淸은 예종 때 내시로 근무하던 인물로 묘청이 주장한 천도설을 지지했다. 묘청의 난이 진압된 1136년에 치사하고 물러났다.
3) 왕이 친히 시험을 보여 벼슬을 내릴 때, 시·부·논 세 가지로 평가했다. 『선화봉사고려도경 유학儒學』.

그대들과 이별하는
내년 봄이면
그대들은 비각4)에서
천 년의 보물이 되고
나는 청운의 뜻을 이룬
제일인이 되리라

與君相別在明春 ●○○●●○○
2 1 3 4 7 5 6　여군상별재명춘
와 그대 서로 이별함 있으니 내년 봄에

汝爲秘閣千年寶 ●○○●●○○
1 7 2 2 4 5 6　여위비각천년보
그대는 되고 비각의 천 년 보배

我作青雲第一人 ●●○○●●◎5)
1 7 2 2 4 4 6　아작청운제일인
나는 된다 청운 뜻 이룬 제일의 사람

　그는 과연 장원으로 급제하였다. 이후로 조정을 출입하면서 올곧
은 말로 간쟁하는 신하의 기풍을 보여주었다. 가는 곳마다 사람들이
모두 그를 가리키며 말하였다.

　"이 사람이 예전에 「네 가지 무익에 관한 시」를 지었던 분이라네."

睿王尤重儒生, 每間歲親策賢良, 先閱所納卷子, 以知其才. 擧子高
孝冲名士也, 作「四無益詩」, 以斥君非. 雖聖主, 不能虛懷. 及闘春闈,
命侍臣林敬淸就試席, 黜高孝冲然後放題, 而學士胡宗旦詣闕上箚子,
得叙其罪. 後復應擧, 納卷子春官, 其首題曰"寄語卷中詩賦論, 與君
相別在明春. 汝爲秘閣千年寶, 我作靑雲第一人." 果擢龍頭, 翺翔省
闥, 諤諤有諍臣風. 所至, 人皆指之, 曰"是嘗作「四無益詩」者."

4)　비각秘閣은 비서성에서 서적이나 서화 등을 보관하던 서고이다.
5)　□측기측수 구식을 사용한 칠언절구시이다. 상평성 '진眞' 운에 맞추어 '春, 人'으
　　로 압운하였다.

※ 고효충은 국자감 학생 시절에 치른 국자감시에서 풍자시를 제출했다. 이때 작성한 시가 「감이녀感二女」라는 제목으로 여러 문헌에 소개되어 있다. 위에 소개한 「네 가지 무익에 관한 시」와 같은 시로 보인다. 당시에 예종은 노래하는 영롱玲瓏과 알운遏雲 두 여인을 몹시 총애하여 노래를 자주 시키고 물품도 많이 하사했다고 한다. 시에서 이를 지적하고 임금 도리를 말했기에, 예종이 이를 보고서 불쾌함을 지우지 못한 것이다. 고효충은 1120년에 예부에서 주관한 대과에 처음 응시하였다가 예종 지시로 과장에서 쫓겨나고 죄까지 얻어 하옥되었다. 다행히 호종단의 구명으로 용서받아[6] 인종 2년(1124)에 치러진 과거에 응시할 수 있었다.[7] 이 과거에서 그는 장원으로 급제했다.

위에 인용한 시는 급제할 때 답안으로 적은 것이다. 시험에서 시詩, 부賦, 논論 세 가지 형식을 작성하여 제출하게 되는데, 세 가지 형식을 사람으로 설정하고 이야기를 나눈 것이다. 곧 '너희 시, 부, 논은 명작으로 역사에 남을 것이고, 나는 청운의 길에 오를 것이 분명하다'라는 강한 확신을 감추지 않았다.

---

6) 『고려사 호종단전胡宗旦傳』.
7) 『임하필기』(권12) 「고효충풍시高孝冲諷詩」에 보인다.

"꽃 중 왕이란 명성을 부끄러워했으리"

선비 박원개朴元凱[1]는 어려서부터 남달리 영리하고 슬기로웠다. 겨우 11살이 되던 해에 계사啓事(일을 아뢰는 글)를 작성해서 재상 최윤의崔允儀[2]에게 올린 일이 있다. 자기 아버지에게 벼슬을 내려달라고 청하는 내용이었다.

"은택을 입지 못한
한 사내가 있사온데

有一夫不被其澤 유일부불피기택
7 1 2 6 5 3 4
|있으니|한|사내가|못함|입지|그|은택|

오직 저의
아비뿐입니다.

惟我父兮 유아부혜
1 2 3 4
|오직|나의|아버지이다|어사|

만물에게 모두
마땅한 삶을 얻게 해줌이

使萬物咸得其宜 사만물함득기의
3 1 1 4 7 5 6
|하여|만물로|다|얻게 함은|그|마땅함|

진실로 공에게
달렸을 뿐입니다."

實惟公耳 실유공이
1 2 3 4
|진실로|오직|공|뿐이다|

상국은 읽고 나서 다른 사람에게 부탁해서 지은 것은 아닐까 하는

---

1) 박원개朴元凱는 생몰년과 가계 등이 알려지지 않는다. 재상 최윤의를 만난 11세 시절은 1155년 전후로 추정된다. 채보문蔡寶文의 「나주 공관에 쓰다[題羅州館]」(『동문선』)라는 시 제목 아래에 "을유년(1165)에 공부하러 이곳까지 왔을 때, 서기書記 박원개가 특별히 공관에서 잔치를 열어 위로해주었다"라는 주가 달려있으나, 같은 사람인지 확인되지 않는다.

2) 최윤의崔允儀(1102~1162)는 최충崔冲의 현손이다. 1155년에 중서시랑 동중서문하평장사에 올랐다. 1154년과 1162년에 지공거로 과거를 주관하였다. 왕명을 받들어 『고금상정례古今詳定禮』 50권을 편찬했다고 한다.

의심이 들었다. 직접 눈앞에서 시험해보고 싶었다.

"나는 지금 차 한 잔을 마시려고 하네. 이 한 잔을 다 마시기 전까지 자네는 뜰에 핀 작약을 시로 읊어보게."

이어서 운자를 골라 '향香' 자와 '왕王' 자로 정해주었다. 말이 떨어지기 무섭게 박원개가 즉시 읊었다.

작약이
봄빛을 품고서

> 芍藥留春色 ●●○○○
> 1 1 5 3 4　작약류춘색
> 작약이 | 보존하고서 | 봄 | 빛을

기이한 향기
마루 앞에서 풍기니

> 軒前吐異香 ○○●●◎
> 1 2 5 3 4　헌전토이향
> 마루 | 앞에서 | 토한다 | 기이한 | 향기를

모란이
곁에 있었다면

> 牧丹如在側 Ŏ○○●●
> 1 1 3 5 4　목단여재측
> 모란이 | 만약 | 있었다면 | 곁에

꽃 중 왕이란 명성을
부끄러워했으리⁴⁾

> 應愧百花王 Ŏ●●○◎3)
> 1 5 2 3 4　응괴백화왕
> 응당 | 부끄러워했다 | 백 | 꽃의 | 왕임을

상국이 놀라서 감탄하기를 멈추지 못하면서 말하였다.

"반드시 훗날 재상에 오를 아이로다."

그가 성장하여 사마시에 응시했을 때다. 이런 시제가 걸렸다.

---

3) □측기측수 구식을 사용한 오언절구시이다. 하평성 '양陽' 운에 맞추어 '香, 王'으로 압운하였다.
4) 모란이 화왕花王으로 불리므로 이렇게 말한 것이다.

"국가란 것은
지극히 공정한 그릇이다."

國者至公之器 국자지공지기
1̲ ̲1̲ 3 4 5 6
국가는ㅣ극히ㅣ공정한ㅣ어사ㅣ그릇이다

그는 시에서 이렇게 읊었다.

요순5)도 자식에게 나라를
물려주기 어려우니
상나라 주나라도
공을 세워서 얻은 것이었네6)

高舜難傳子 ○●●○● 고순난전자
1 2 5 4 3
요와ㅣ순도ㅣ어렵고ㅣ전해주기ㅣ자식에게

商周得以功 ○○●●○ 상주득이공
1 2 5 4 3
상과ㅣ주도ㅣ얻었다ㅣ써ㅣ공으로

고사 사용이 이처럼 정묘精妙하였다. 과연 과거에 합격해서 세상에
명성을 떨쳤다.

士子朴元凱, 少穎悟不群. 年甫十一作啓事, 上冢宰崔允儀, 乞叙父
官云 "有一夫不被其澤, 惟我父兮; 使萬物咸得其宜, 實惟公耳." 相
國讀之, 疑其倩人. 欲面試之, "今我欲飮茶一椀. 飮未及盡, 兒宜賦
庭中芍藥." 探韻'香·王'. 卽應聲曰 "芍藥留春色, 軒前吐異香. 牡丹
如在側, 應愧百花王." 相國驚嘆不已, 曰 "必爲後生袖領." 及長赴司
馬試, 放題 "國者至公之器". 詩乃曰 "高·舜難傳子, 商·周得以功." 使
事精妙如此, 果擢第, 爲一時聞人.

---

5) 고순高舜은 요순堯舜이다. 곧 요임금과 순임금이다. (하-1 참조)
6) 은나라(상나라) 탕왕湯王과 주나라 무왕武王이 공을 이루고 천명을 받아 나라를 세
운 것을 이른다.

※ 선비 박원개가 11세 때에 남긴 일화이다. 당시 재상 최윤의를 찾아가 자기 아버지에게 벼슬을 내려주라고 요청한 것이다. 당돌한 소년이 엮은 글을 받아든 최윤의는 도리어 그 글솜씨에 깜짝 놀랐다. 그래서 작약을 소재로 시를 지어보게 했다. 앞의 시는 늦봄에 피는 작약이 봄 색깔과 향기를 여전히 보존하여 봄 끝을 지키고 있는 자태를 표현했다. 무엇과도 바꿀 수 없는 아름다움이 있어, 화왕으로 불리는 모란도 넘볼 수 없다고 단언했다. 뒤의 시는 사마시에서 시제에 따라 작성한 것이다. 국가는 공공의 그릇이어서 요순처럼 훌륭한 성군도 함부로 자식에게 물려주지 않았고, 상나라 탕왕과 주나라 무왕도 사적 욕심으로 나라를 얻은 것이 아님을 간결한 말로 강조했다. 아쉽게도 박원개가 남긴 다른 일화나 시 작품은 전하지 않는다.

하4. 점귀부와 서곤체를 극복한 임춘

"가슴속에 비루함이 도무지 생겨나지 않아라"

시인이 시를 지을 때 고사 사용이 많은 것을 "점귀부點鬼簿"[1]라고 한다. 또 이상은李商隱처럼 용사用事를 험벽險僻하게 하는 것을 "서곤체西崑體"[2]라고 한다. 이는 모두 문장에서 나타나는 일종의 병폐이다.

근래에 소식과 황정견도 우뚝하게 등장하여 이런 수법을 추종하고 숭상하기는 했으나, 시어를 지어낸 솜씨가 더욱 공교해서 고치거나 다듬은 흔적을 전혀 드러내지 않았다. 청출어람이라고 이를 만하다. 예컨대 소동파는 이런 시를 남겼다.[3]

고래 타고[4] 한만에서 논다는
그대의 말을 듣고[5]

見說騎鯨遊汗漫 ●●○○○●●
7 6 2 1 5 3 3 견설기경유한만
듣고 | 말 | 타고 | 고래 | 논다는 | 한만에서

---

1) 점귀부點鬼簿는 죽은 사람 이름을 적은 장부이다. 당나라 양형楊炯이 시 속에 옛 사람 이름을 연달아 사용하자, 장작張鷟이 이를 지적하여 "점귀부"라고 하였다. 장작, 『조야첨재朝野僉載』권6.

2) 서곤체西崑體는 송나라 초기 양억楊億과 유균劉筠 등이 구사하던 시체이다. 당나라 이상은과 온정균 시를 모방하여 궁벽한 전고와 화려한 시어를 즐겨 사용하였다. 이들이 서로 수창한 시를 모아 『서곤수창집西崑酬唱集』을 엮었다. 후에 구양수가 공거貢擧를 주관하면서 이 시체를 힘껏 배척했다고 한다.

3) 앞의 시는 칠언율시 「화왕유和王㢱」의 3, 4구이고, 뒤의 시는 칠언율시 「질안절원래야좌姪安節遠來夜坐」의 3, 4구이다.

4) 기경騎鯨은 뱃놀이하던 이백이 취중에 달을 잡겠다고 물에 뛰어들었다가 고래를 타고 하늘로 올라갔다는 고사를 이른다.

5) 진나라 노오盧敖가 북해에서 만난 신선 약사若士가 "나는 구해九垓 밖에서 한만汗漫과 약속하여 오래 머물 수 없다."라고 하였다. 속세 밖 미지 세계를 의인화하여 '한만'이라고 일컬을 것이다. 신선 이름으로 보기도 한다. 『회남자 도응훈道應訓』.

이 잡으며 고생을 얘기하던

옛 시절을 추억하네[6]

憶曾捫虱話悲辛 ●○○○○●○
7 1 3 2 6 4 4　억증문슬화비신

|추억한다|전에|잡고|이|말할 때|고생|

고향 집 어디쯤인지

긴 긴 밤마다 그리우니

永夜思家在何處 ●●○○●●●
1 2 7 3 6 4 5　영야사가재하처

|긴|밤|생각하고|집이|있을까|어느|곳|

늙은 나를 멀리서 찾아와준

그대 마음을 알겠어라[7]

殘年知爾遠來情 ○○○●●○○
1 2 7 3 4 5 6　잔년지이원래정

|쇠한|나이|안다|네가|멀리서|온|마음|

시구를 엮어낸 수법이 마치 조화옹이 빚어낸 것 같다. 시를 읽는 사람이 어떤 고사를 사용한 것인지 알아챌 수가 없을 정도다.

황산곡은 이런 시를 남겼다.[8]

---

6) 문슬화捫虱話는 왕맹王猛이 어렸을 때, 대장군 환온桓溫을 만나 아무렇지 않게 이를 잡으며 대화한 일을 이른다.

7) 당나라 한유는 「불골표佛骨表」를 올린 일로 유배되어 남관을 지나게 되었다. 그때 한상韓湘에게 지어 준 「좌천되어 남관에서 질손 한상에게 보내다[左遷至藍關示姪孫湘]」라는 시를 인용한 것이다. 한상은 도술을 부려 모란 꽃을 피울 수 있었다는데, 이전에 피운 꽃잎에 이런 시가 적혀있었다고 한다. "진령에 구름 걸쳐 있는데 집은 어디에 있나? 남관을 눈이 뒤덮어 말이 나가지 못하네.[雲橫秦嶺家何在? 雪擁藍關馬不前.]" 한유는 좌천되어 남관을 지나다가 큰 눈을 만나고 나서야 그 시의 뜻을 깨닫게 되었다. 한유는 마침 자기를 찾아온 한상에게 다시 이런 시를 읊어주었다. "자네가 멀리서 온 뜻이 응당 있음을 알겠으니, 장기 많은 강가에서 내 유골을 잘 거두어주시게.[知汝遠來應有意好收吾骨瘴江邊]" 『시인옥설 한상韓湘』.

8) 앞의 시는 칠언율시 「외할아버지가, 왕정중 삼장이 칙명을 받들고 남악에 가서 기도하고 돌아오는 길에 양양에 이르러 역마를 버리고 배를 타고서 찾아온 것을 기뻐하여 지은 시에 차운하다[次韻外舅喜王正仲三丈奉詔禱南岳回至襄陽舍驛馬就舟見過]」의 1, 2구이고, 뒤의 시는 칠언율시 「대강 써서 중모에게 올리다[漫書呈仲謀]」의 3, 4구이다.

담소 자리에 별미가 적음은
돈[9]이 없어서니
빙설 속에 지켜보는 건
대나무[10]뿐이라네

語言少味無阿堵	●●●●○●
1 1 4 3 7 5 5	어언소미무아도
대화에 적음은 맛난 음식 없어서고 돈	

氷雪相看只此君	○●○○●●○
1 2 3 4 5 6 6	빙설상간지차군
얼음 눈 속 서로 봄은 단지 차군이다	

눈으로 보니
인정이 격오[11] 놀이 같고
세상일이 조삼모사[12] 같음을
마음으로 느끼네

眼看人情如格五	●●○○○●●
1 7 2 3 6 4 4	안간인정여격오
눈으로 보고 사람 마음 같음을 격오	

心知世事等朝三	○○●●●○○
1 7 2 3 6 4 4	심지세사등조삼
마음에 안다 세상 일 같음을 조삼모사	

지어낸 시가 대체로 이와 같다.

내 친구 임기지林耆之(임춘)도 이러한 그 묘법을 터득하였다. 그는 이런 시를 지었다.[13]

양 어깻살이 익는 듯한
빠른 세월에 거듭 놀라고[14]

歲月屢驚羊胛熟	●●●○○●●
1 1 3 7 4 5 6	세월루경양갑숙
세월은 자주 놀라고 양 어깨 익듯 빨라	

---

9) 아도阿堵는 돈을 이른다. 진나라 왕연王衍이 돈을 아도물阿堵物이라 일컬었다. 『세설신어 규잠規箴』.

10) 차군此君은 대나무의 별칭이다. (중-13 참조)

11) 격오格五는 흑백 돌 다섯 개씩을 두어 승부를 겨루는 놀이이다.

12) 조삼朝三은 조삼모사朝三暮四를 이른다. 『열자 황제편黃帝篇』.

13) 앞의 시는 칠언율시 「이인로와 함께 이담지 집에서 모이다[與眉叟同會湛之家]」의 3, 4구이고, 뒤의 시는 칠언율시 「미수가 개령으로 나를 찾아와서 거위, 배, 좋은 술로 대접하므로 시를 지어 사례하다[眉叟訪子於開寧以鵝梨旨酒爲餉作詩謝之]」의 5, 6구이다.

14) 진조陳造, 「회포를 쓰다[書懷]」, "백 년 인생이 양 어깻살 익듯이 빠르네.[百年羊胛熟]"

학이 나는 차가운 하늘처럼[15]
쟁한 시를 다시 접하네

風騷重會鶴天寒	○○○●●○○
1 1 3 7 4 5 6	풍소중회학천한
시는 또 만난다 학 하늘처럼 찬 기상	

뱃속에 정신이 충만한 줄을[16]
일찍 알았으니
가슴속에 비루함이
도무지 생겨나지 않아라[17]

腹中早識精神滿	●○○●●○○
1 2 3 7 4 4 6	복중조식정신만
배 속에 일찍 알았으니 정신 충만함	

胸次都無鄙吝生	○●○○●●○
1 2 3 7 4 4 6	흉차도무비린생
가슴 속에 도무지 없다 인색함 생겨남	

이 시들이 모두 사람들 입에서 전해진다. 진실로 옛사람에게 부끄럽지 않은 시들이다.

詩家作詩多使事, 謂之"點鬼簿", 李商隱用事險僻, 號"西崑體", 此皆
文章一病. 近者蘇·黃崛起, 雖追尙其法, 而造語益工, 了無斧鑿之痕,
可謂靑於藍矣. 如東坡"見說騎鯨遊汗漫, 憶曾押虱話悲辛", "永夜思
家在何處, 殘年知爾遠來情", 句法如造化生成, 讀之者莫知用何事.
山谷云"語言少味無阿堵, 氷雪相看只此君", "眼看人情如格五, 心知
世事等朝三", 類多如此. 吾友耆之亦得其妙, 如"歲月屢驚羊胛熟, 風
騷重會鶴天寒", "腹中早識精神滿, 胸次都無鄙吝生", 皆播在人口,
眞不愧於古人.

15) 두목, 「눈 개어 큰길 서쪽 조하 집을 찾다[雪晴訪趙嘏街西所居]」, "두보는 고래 바다
가 움직이는 듯하고, 이백은 학이 나는 차가운 하늘 같네.[少陵鯨海動, 翰苑鶴天寒.]"
16) 정신이 충만하다는 것은 경륜과 지혜가 풍부하다는 말이다. 진나라 온교溫嶠가
교우가 깊은 전봉錢鳳을 매번 칭찬하면서 "정신이 배에 가득하다.[精神滿腹]"라고
하였다. 『진서 온교전溫嶠傳』.
17) 후한 황헌黃憲은 인품이 고매하였다. 같은 마을 진번陳蕃과 주거周擧가 늘 칭송하
여 "잠깐이라도 황생을 보지 못하면 마음속에 비린鄙吝이 다시 싹튼다."라고 하
였다. 『후한서 황헌전黃憲傳』.

✳ 점귀부와 서곤체의 두 가지 병폐를 극복한 사례로 소식과 황정견을 소개했다. 두 시인도 마찬가지로 고사를 사용했으나, 시어를 만드는 솜씨가 정교하여 다듬은 흔적을 남기지 않은 차이가 있다. 이인로는 두 시인이 이룬 창작 수법을 본받아 전고 사용을 정교하게 해야 함을 강조했다. 그렇게 하지 않으면 결국 점귀부와 서곤체에 떨어질 수밖에 없기 때문이다. 소식은 한만과 왕맹 고사를 사용하고 황정견도 아도, 차군, 격오, 조삼모사와 같은 성어를 사용했다. 그러나 정교하게 다듬어 난삽하지 않고 직관적으로 그 뜻을 이해할 수 있다.

임춘도 여러 고사를 사용하여 매끄럽게 엮어냈다. 먼저 빠른 세월을 양 어깻살로 비유했다. 양 어깻살은 요리할 때 금세 익는 부위라고 한다.[18] 그래서 백 년 인생이 양 어깻살 익는 사이에 지나간다고 말한다. 또 학이 나는 높은 하늘처럼 서늘하면서 쨍한 기상을 갖춘 시를 다시 접하게 되었다고도 했다. "두보는 고래 바다가 움직이는 듯하고, 이백은 학이 나는 차가운 하늘 같네.[少陵鯨海動, 翰苑鶴天寒.]"라는 두목 시의 말을 빌린 것이다. 상대 시인을 이백에 견준 것과 같다.

---

18) 『신당서 회흘전回紇傳』, "북쪽으로 바다를 건너면, 낮이 길고 밤이 짧다. 해진 뒤에 양의 어깨를 삶아서 익는 사이에, 동녘이 벌써 밝아온다.[北度海, 則晝長夜短. 日入烹羊胛熟, 東方已明.]"

하5. 개경 천마산 사찰에 전하는 시

"시에 골똘하여 학처럼 갸웃거리네"

내가 어렸을 때, 경성京城(개경) 북쪽 천마산에 올라가 기이한 곳을 구석구석 빠짐없이 찾아다닌 적이 있다. 어느 소사蕭寺(사찰)[1]에서 벽에 남아있는 이런 시를 보았다.

누가 천마령이라고 이름 지었나?	誰號天磨嶺 ○●○○○ 1 5 2 2 2 수호천마령 누가 불렀나 천마령이라고
초록을 쌓아 허공 위로 떠올라 있네	凌空積翠浮 ○○●●◎ 2 1 4 3 5 릉공적취부 타고 허공을 쌓아 초록을 떠올랐다
하늘까지 겨우 한 뼘인 그곳에	去天纔一握 ●○○●● 2 1 3 4 5 거천재일악 거리가 하늘까지 겨우 한 주먹이니
얼마나 오랜 세월 달님이 걸렸었던가?	掛月幾多秋 ●●●○◎ 2 1 3 4 5 괘월기다추 걸고 달을 얼마나 많은 가을 지냈나
원숭이처럼 팔 짚고서 험한 산길 올라	路險垂猿臂 ●●○○○ 1 2 5 3 4 로험수원비 길이 험해 내려 짚고 원숭이 팔처럼
시에 골똘하여 학처럼 갸웃거리네[3]	詩偏側鶴頭 ○○●●◎[2] 1 2 5 3 4 시편측학두 시에 치우쳐 갸웃거린다 학 머리처럼

---

1) 남조 양 무제梁武帝 소연蕭衍이 절을 세운 뒤에 '소蕭'자를 크게 써놓게 하였다. 이 후로 절을 '소사蕭寺'로 일컫게 되었다.
2) □측기측수 구식을 사용한 오언율시의 1∼6구이다. 하평성 '우尤' 운에 맞추어 '浮, 秋, 頭'로 압운하였다.
3) 학이 머리를 갸웃거리듯이 시 짓느라 골똘한 모습을 이른다. 소식, 「숙망호루재화宿望湖樓再和」, "그대가 와서 시를 읊어보시게, 분명 학처럼 머리를 갸웃거리리.[君來試吟咏, 定作鶴頭側.]"

261

마지막 한 연은 닳아 없어져서 읽을 수가 없었다. 시인 이름도 전하지 않았다. 그러나 이 시는 세상을 피해 바위 골짜기에 은둔하며 도를 닦던 자가 적어놓은 것임이 분명하다. 시어가 맑으면서도 고단하다.

僕爲兒時, <u>登京城北天磨山</u>, 探奇摘異無遺. 見一蕭寺壁上留詩, 云 "誰號天磨嶺, 凌空積翠浮. 去天纔一握, 掛月幾多秋. 路險垂猿臂, 詩 偏側鶴頭." 下一句漫滅不可讀, 無作者之名. 然此必巖谷間避世養道 者所題, 其語淸而苦.

❋ 어릴 때 천마산 사찰에서 발견한 시를 소개했다. 천마산은 박연폭포로 유명한 개경의 진산鎭山이다. 하늘을 찌를 듯 솟은 여러 봉우리에 푸른 기운이 엉겨있어 이렇게 불렸다고 한다. 이 산은 달이걸릴 만큼 높고 원숭이처럼 팔을 늘여서 땅을 짚고 올라가야 할 만큼 가파르다. 그 위에 어렵게 올라서 시를 지어볼 요량으로 학처럼갸웃거리며 골똘해진 시인 모습이 시에서 잘 드러난다.

『여지도 경기도』
규장각 소장, 18세기, 천마산天摩山

^하6. 불행한 기녀를 살린 정습명의 시 한 수

"온갖 꽃 무더기 속에서도 담담하고 곱던 자태"

남쪽 고을에 악적樂籍[1]에 등록된 한 기녀가 있었다. 미색도 뛰어나고 기예도 출중한 여인이었다. 이름은 기억나지 않는 한 군수가 그런 그녀에게 홀딱 빠지고 말았다. 그가 임기가 차서 곧 수레를 돌려 돌아가게 되었을 때다. 갑자기 술에 몹시 취해서는 옆 사람에게 이런 말을 하는 것이었다.

"내가 이 고을에서 두어 걸음만 벗어나면, 이 여인을 곧 다른 자가 차지할 것이다."

그러더니 즉시 촛불을 가져다가 그녀 양쪽 볼을 태워 성한 살갗이 없게 만들고 말았다.

후에 영양榮陽(정씨 관향) 사람 정습명鄭襲明이 왕명을 받들고 사신으로 가는 길에 이 고을을 지나게 되었다. 그녀 모습을 목격한 정공은 안타까운 마음을 가눌 수 없었다. 이내 운람지雲藍紙[2] 한 폭을 꺼내어 절구시 한 수를 손수 써서 주었다.[3]

온갖 꽃 무더기 속에서도
담담하고 곱던 자태

百花叢裏淡丰容	●○○̃●●○○
1 2 3 4 5 6 7	백화총리담봉용
온갖 꽃 떨기 속 담박하고 고운 자태	

---

1) 악적樂籍은 관청 소속 관기를 기록한 등록부이다.
2) 운람지雲藍紙는 당나라 문인 단성식段成式이 구강九江에서 만들었다는 쪽빛 구름 무늬가 있는 종이이다.
3) 『동문선』에 「기녀에게 주다[贈妓]」라는 제목으로 실려있다.

문득 광풍에 날려
붉은빛이 줄어들고 말았어라
　　수달 골수로도[4]
옥 같은 그 뺨 못 고쳐
　　오릉 귀공자[5]들이
탄식이 끝도 없어라

忽被狂風減却紅	●●○○●●◎
1 4 2 2 6 7 5	홀피광풍감각홍
문득 | 쓸려 | 광풍에 | 줄여 | 없었다 | 붉음	

獺髓未能醫玉頰	●●●○○●●
1 2 7 3 6 4 5	달수미능의옥협
수달 | 골수 | 못하니 | 능히 | 고치지 | 옥 | 뺨	

五陵公子恨無窮	●○○●●○◎[6]
1 1 3 3 5 7 6	오릉공자한무궁
오릉 | 공자들의 | 원망이 | 없다 | 끝이	

이어서 이렇게 당부하였다.

"사신 수레가 이곳을 지나가거든, 꼭 이 시를 꺼내서 보이시오."

그녀가 유념하여 알려준 대로 하였다. 그러자 이 시를 본 사람들이
모두 구호를 베푸는 것이었다. 그녀를 도왔다는 말이 영양 정공에게
들리기를 바란 것이었다. 그녀는 이렇게 이익을 얻어서 이전보다 곱
절이나 부유해질 수 있었다.

⌐
南州樂籍有倡, 色藝俱絶. 有一郡守忘其名, 屬意甚厚. 及瓜將返轅,
忽大醉謂傍人曰 "若我去郡數步, 輒爲他人所有." 卽以蠟炬, 燒灼

---

4) 달수獺髓는 상처를 치료하거나 얼굴을 곱게 꾸미는 약물이다. 삼국시대 오나라
손화孫和가 여의주로 놀다가 등부인鄧夫人 뺨에 상처를 입힌 일이 있었다. 이에 태
의太醫가 "흰 수달 골수를 구해 옥과 호박 가루에 섞어서 얼굴에 바르면 상처가
흉터 없이 치유된다.[得白獺髓, 雜玉與琥珀屑, 當滅此痕.]"라고 하였다. 『습유기拾遺記』
5) 오릉공자五陵公子는 한나라 다섯 황제 무덤 사이에서 모여 놀던 장안 유협 소년
들을 이른다. 오릉은 장안에 있는 고제高帝의 장릉長陵, 혜제惠帝의 안릉安陵, 경
제景帝의 양릉陽陵, 무제武帝의 무릉茂陵, 소제昭帝의 평릉平陵이다.
6) ▢평기평수 구식을 사용한 칠언절구시이다. 상평성 '동冬' 운과 통운에 해당하는
상평성 '동東' 운에 맞추어 각각 '容'과 '紅, 窮'으로 압운하였다.

其兩腋, 無完肌. 後榮陽襲明杖節來過, 見其妓, 悵怏不已. 出一幅
雲藍, 手寫一絕贈之, "百花叢裏淡丰容, 忽被狂風減却紅. 獺髓未
能醫玉腋, 五陵公子恨無窮." 因囑云 "若有使華來過, 宜出此詩示
之." 妓謹依其敎, 凡見者, 輒加賙恤, 欲使榮陽公聞之. 因得其利, 富
倍於初. ㄴ

※ 지방 관아에 소속되어 있어 삶이 자유롭지 못한 한 기녀의 안타
까운 사연이다. 우연히 이야기를 들은 정습명이 시로써 도움을 줄
수 있었다. 사연을 담아 시를 지어 주고 오가는 사신들에게 보이라
고 귀띔한 것이다. 마침내 이 시를 본 사신들은 너나 할 것 없이 도
움을 제공했다고 한다. 아마도 역관이 설치되어 있는 고을인 듯하
다. 공무로 오가는 관원들이 이곳을 지나다가 시를 보고 안타까운
그녀 사연을 알게 된 것이다. 더구나 그 시를 지은 사람이 정습명이
다. 인맥과 평판을 중시하던 시기에 모른 채 지나칠 수 없었을 것이
다. 정습명은 처음부터 이를 예견한 것이었다.

백두산 정령으로 불린 황순익

"간밤에 식지가 꿈쩍이더니 오늘 아침에 별미를 맛보노라"

황순익黃純益[1] 공은 재주가 뛰어난 분이다. 어려서 태학에 들어가 공부할 적에 입이 마르는 병을 앓고 있었다. 그래서 사람을 통해 건계建溪에서 생산되는 찻잎을 구하게 되었다.[2] 찻잎을 구해준 사람에게 계사啓事를 올려 사례하면서 이렇게 말했다.

"맹 간의가 노동에게
찻잎을 보내니
따스한 맑은 바람이
두 겨드랑이서 분다고 하고[3]
왕 상국이 평보에게
찻잎을 건네주니
둥그런 푸른 달(찻잎)이
구천에서 떨어졌다고 합니다."[4]

孟諫議之寄盧同 맹간의지기로동
1 1 4 7 5 5
맹간의가 | 어사 | 부치니 | 노동에게

習習清風生兩腋 습습청풍생량액
1 3 4 7 6
따스한 | 맑은 | 바람 | 나고 | 두 | 겨드랑이에

王相國之贈平甫 왕상국지증평보
1 1 4 7 5 5
왕상국이 | 어사 | 보내니 | 평보에게

團團碧月墮九天 단단벽월타구천
1 1 3 4 7 6
둥그런 | 푸른 | 달이 | 떨어진다 | 구천에서

---

1) 황순익黃純益은 생몰년과 가계 등이 알려지지 않는다.
2) 건계建溪는 복건성 민강閩江 지류이다. 이곳에서 생산한 차를 건다建茶라고 한다.
3) 당나라 시인 노동盧仝은 햇차를 보내준 맹 간의에게 보낸 시에서 "다섯 잔에 살 갖과 뼈가 맑아지고, 여섯 잔에 신령에 통하네. 일곱 잔을 다 마시기 전에, 두 겨드랑이에서 따스한 맑은 바람이 생겨나는 것을 깨닫네.[五椀肌骨清, 六椀通 仙靈. 七椀喫不得也, 唯覺兩腋習習清風生.]"(「주필사맹간의기신다走筆謝孟諫議寄新茶」)라고 하였다.
4) 왕안석이 동생 평보에게 찻잎을 보내고 쓴 시에서 "둥그런 푸른 달이 구천에 서 떨어지니, 봉하여 낙중 신선에게 보내주네.[碧月團團墮九天, 封題寄與洛中仙.]"(「기 다여평보寄茶與平甫」)라고 하였다. 둥그런 푸른 달은 찻잎을 형용한 것이다.

또 학을 노래한 다른 사람 시에 화운하여 이렇게 읊었다.

솔처럼 굳센 발로 　　踏破逕苔松脚健 ●●●○○●●
오솔길 이끼 디뎌 자국 내고 　　3 4 1 2 5 6 7　답파경태송각건
　　　　　　　　　　　　밟아｜부순｜산길｜이끼｜솔｜다리｜굳세고

달빛 뜰에서 너풀너풀 춤추니 　　舞翻庭月雪衣凉 ●○○○●○○
눈빛 깃털 서늘하네 　　　　　　3 4 1 2 5 6 7　무번정월설의량
　　　　　　　　　　　　춤추고｜뒤집는｜뜰｜달빛에｜눈｜옷｜차다

공이 이처럼 준일俊逸하였기에, 사림 선비들이 모두 경외하였다.
한번은 추부 김존중金存中5)을 찾아가 뵌 일이 있다. 마침 송이버섯
을 헌상하는 자가 있었다. 상국이 송이버섯을 시로 읊어보라고 권하
였다. 공이 그 자리에서 즉시 시를 적었다.

간밤에 식지가 　　　　　昨夜食指動 ●●●●●
꿈쩍이더니6) 　　　　　　1 2 3 3 5　작야식지동
　　　　　　　　　　　　어제｜밤에｜식지가｜움직이니

오늘 아침에 　　　　　　今朝異味嘗 ○○●●○
별미(송이)를 맛보노라 　　1 2 3 4 5　금조이미상
　　　　　　　　　　　　오늘｜아침에｜기이한｜맛을｜맛본다

원래 낮은 언덕7)에서 자란 　　元非培塿質 ○○○●●
물건 아니니 　　　　　　　1 5 2 2 4　원비배루질
　　　　　　　　　　　　원래｜아니니｜낮은 언덕의｜자질이

---

5) 김존중金存中(?~1156)은 용궁군龍宮郡 사람이다. 시에 능하여 의종이 춘방에 있던
　시절에 춘방시학春坊侍學이 되었다. 이 인연으로 의종에게 총애를 받아 우승선에
　오르고 권세를 얻었다.
6) 식지가 움직인다는 것은 별미를 먹을 조짐을 이른다. 초나라 사람이 정나라 영
　공에게 자라를 바쳤다. 공자 송公子宋이 공자 가公子家와 함께 영공을 뵈러 갔을
　때다. 공자 송의 식지가 움직이니, "이전에 나는 이런 일이 있으면 반드시 별미
　를 맛보았다."라고 하였다. 『좌전』 선공宣公 4년.
7) 배루培塿는 소나무 숲이 제대로 형성되지 않은 낮은 흙언덕을 이른다.

복령[8] 향기를
여전히 품고 있어라

尙有茯苓香 ●●●○○[9]
1 5 2 2 4   상유복령향
아직 남아있다 복령의 향기가

공은 술을 좋아하고 행실을 잘 단속하지 않았다. 그래서 낮은 벼슬을 전전할 뿐 오랫동안 좋은 자리로 올라가지 못했다.

어느 날이었다. 문득 추운 밤에 흠뻑 취하여 안석에 기댄 채 잠이 들었다. 바로 그날 밤에 이웃 사람이 꿈을 꾸었다. 꿈속에서 공을 만났더니, 공이 흰 일산을 펼쳐 쓰고서 장차 백두산의 옛 거처로 돌아가려고 하던 참이었다고 하였다. 새벽에 일어나 찾아가보니, 공이 이미 세상을 떠난 뒤였다. 이 때문에 세상 사람들이 공을 "백두산 정령[白頭精]"이라고 부른다.

黃公純益有奇才. 少遊太學讀書, 患口焦, 從人求建茶. 以啓事謝之云 "孟諫議之寄盧同, 習習淸風生兩腋; 王相國之贈平甫, 團團碧月墮九天." 又和人鶴詩 "踏破逕苔松脚健, 舞翻庭月雪衣涼." 其俊逸如是, 士林皆敬畏之. 常謁樞府金存中, 適有獻松芝者. 相國請賦之, 立書云 "昨夜食指動, 今朝異味嘗. 元非培塿質, 尙有茯苓香." 嗜酒少檢束, 低徊薄宦, 久不得遷轉. 忽一夕天寒痛飮, 憑机而睡. 其鄰人夢見先生張素蓋, 將返白頭山舊居. 及曉訪之, 已寂矣. 世號"白頭精".

---

8) 복령茯苓은 소나무 뿌리에 기생하는 둥근 덩어리 모양 균체이다. 약이나 차로 식용한다.
9) □오언고시이다. 하평성 '양陽' 운에 맞추어 '嘗, 香'으로 압운하였다.

※ 황순익이 갖춘 남다른 시적 묘사력과 구속을 싫어하는 생활 태도를 소개했다. 먼저 대구 형식으로 지은 계사 일부를 인용했다. 차를 보내준 사람에게 고마움을 표하려고 작성한 글이다. 맹 간의와 왕 상국, 노동과 평보, 습습과 단단, 청풍과 벽월, 양액과 구천이 대칭을 이룬다. 보내준 찻잎을 우려 마시니 신선처럼 겨드랑이에 바람이 부는 듯하고, 푸른 달처럼 둥근 찻잎을 볼 수 있게 되었다고 한다. 두 번째 인용한 시는 흰 학을 묘사했다. 숲속 길을 걸어갈 때 이끼가 묻어나는 학의 발을 단단한 소나무 줄기에 빗대고, 달밤에 뜰로 내려와 펄럭이는 학의 날개를 하얗게 빛나는 서늘한 눈에 빗대었다. 마지막 시는 김존중 집에서 송이버섯을 맛본 소감을 읊은 것이다. 식지가 움직일 때마다 별미를 맛보았다는 공자 송의 고사를 끌어와서 송이가 쉽게 맛볼 수 없는 별미임을 강조했다.

하8. 임춘에게 성내고 달아난 성산 기녀

"불사약 훔친 항아처럼 부질없이 달로 달아나버렸네"

서하西河 임기지林耆之(임춘)가 객지 생활에 넌더리가 났을 때 일이다.
성산군星山郡(성주)에 잠시 머무르고 있었다. 공의 명성을 익히 들은 군
수가 기녀 한 명을 보내어 잠자리를 모시게 하였다. 그런데 날이 저물
자 그녀가 달아나버리고 말았다. 임기지가 서글퍼하면서 시를 지었다.[1]

누대에 올라 통소 불어주는	登樓未作吹簫伴　○○●●○○●
짝이 되진 못하고서[2]	2 1 7 6 4 3 5　등루미작취소반
	올라서 | 누대 | 않고 | 되지 | 부는 | 통소 | 짝
불사약 훔친 항아처럼	奔月空爲竊藥仙　○●○○●●◎
부질없이 달로 달아나버렸네[3]	2 1 3 7 5 4 6　분월공위절약선
	달아나 | 달로 | 괜히 | 됐어 | 훔친 | 약 | 신선
수령의 엄한 호령을	不怕長官嚴號令　●●●○○●●
겁내지 않고	7 6 1 1 3 4 4　불파장관엄호령
	않고 | 두려워하지 | 장관의 | 엄한 | 호령
인연이 나쁘다고	謾嗔行客惡因緣　●○○●●○◎[4]
나그네에게 성을 내네	1 7 2 3 4 5 5　만진행객악인연
	괜히 | 성낸다 | 길 가는 | 객 | 나쁜 | 인연이라

---

1) 『동문선』에 「장난으로 밀주 수령에게 지어주다[戱贈密州倅]」라는 제목의 칠언율시
   로 실려있다. 함련과 경련을 인용하면서, 그 순서를 경련·함련으로 바꾸었다. 첫
   째 구 '登'이 '乘'으로, 둘째 구 '空'이 '還'으로 되어있다.

2) 춘추시대에 통소에 뛰어난 소사簫史라는 자가 진 목공秦穆公의 딸 농옥弄玉과 결
   혼하였다. 농옥은 통소를 배워 봉황 울음소리도 낼 수 있게 되었다. 농옥과 소
   사 부부는 목공이 지어준 봉황대鳳凰臺에 머물다가 어느 날 각각 봉鳳과 용龍을 타
   고 승천하여 신선이 되었다고 한다.

3) 옛날에 예羿가 서왕모西王母에게 청하여 얻은 불사약을 항아姮娥가 훔쳐 달로 달
   아났다고 한다. 『회남자 남명훈覽冥訓』.

4) □평기평수 구식을 사용한 칠언율시의 함련과 경련이다. 하평성 '선先' 운에 맞추
   어 '仙, 緣'으로 압운하였다.

용사用事의 솜씨가 더욱 정밀하다. 이는 옛사람이 말한 이런 경지
와 같다.

"금실을 꿰어 수놓은 듯이
흔적이 없다."[5]

蹙金結繡而無痕迹 축금결수이무흔적
2 1 4 3 5 8 6 6
조여 금실 엮어 수를 어사 없다 흔적

西河耆之倦遊, 僑泊星山郡. 郡倅飽聞其名, 送一妓薦枕, 及晚逃歸.
耆之悵然作詩, 曰"登樓未作吹簫伴, 奔月空爲竊藥仙. 不怕長官嚴
號令, 謾嗔行客惡因緣." 其用事益精, 此古人所謂'蹙金結繡而無
痕迹'.

※ 정중부 난을 피해 남쪽 지역을 떠돌던 임춘이 잠시 성주에 머물
때의 일이다. 군수가 기녀 한 명을 보내어 보살피게 했다. 그런데 날
이 저물자 그녀가 달아나버렸다. 임춘이 이때 느낀 서글픈 심경을
시로 남긴 것이다. 소사의 아내 농옥처럼 통소를 불어주지 못할망
정, 서왕모의 불사약을 훔쳐 달아난 항아처럼 떠났다고 하면서 에
둘러서 아쉬움을 표현했다. 짠하고 고단한 자기 신세가 덧대어져 있
음을 느낄 수 있다.

5) 왕정보王定保,『당척언 해서불우海敍不遇』.

하9. 공주에서 은거한 백운자 신준

"눈물만 훔친 가련한 늙은 후영이여"

백운자白雲子 신준神駿[1]이 관을 벗어 신호문[2]에 걸어두고 공주 산장으로 돌아가 은둔하였다. 이에 군수가 아들을 보내어 여러 해 동안 수업하게 했다. 그 아들이 과거를 보러 도성에 가게 되었을 때다. 신준이 절구로 시 한 수를 지어 전송해주었다.

신릉공자가

정예 병사를 거느리고

멀리 한단(개경)으로 가서

큰 명성을 떨칠 때[3]

천하 영웅이 모두

질서 있게 따랐으나[4]

信陵公子統精兵 ●○○◐●●○
　1　1　3　3　7　5　6　신릉공자통정병
　신릉｜공자가｜거느리고｜정예｜병사｜

遠赴邯鄲立大名 ●●○○●●○
　1　4　2　2　7　5　6　원부한단립대명
　멀리｜나아가｜한단에｜세우니｜큰｜명성｜

天下英雄皆法從 ○●○○○●●
　1　1　3　3　5　6　7　천하영웅개법종
　천하｜영웅들｜모두｜법대로｜따르는데｜

---

1) 백운자白雲子 신준神駿은 정중부 난을 피해 승려가 된 오정석吳廷碩을 이른다. 신준은 법명으로 보인다. 1156년 10월에 작성한 「오대산문수사석탑기五臺山文殊寺石塔記」가 『삼국유사 탑상塔像』에 실려 전한다.

2) 신호문神虎門은 신무문神武門의 이칭이다. 고려 혜종의 이름 '무武'를 피해 '호虎'로 표기하였다. 도홍경이 관을 벗어 신무문에 걸어두고 물러나 은둔한 일을 빗댄 것이다. 『남사 도홍경전陶弘景傳』.

3) 신릉공자信陵公子는 전국시대 위나라 공자 위무기魏無忌이다. 신릉군信陵君으로 불린다. 문하에 식객 3천 명을 길렀다. 기원전 257년에 진秦나라가 조나라 수도 한단을 포위하자, 조나라가 위나라에 구원을 요청하였다. 이에 위나라가 장군 진비晉鄙를 보내 구원하게 했으나, 진나라 위협에 머뭇거리고 있었다. 이때 위무기가 병부兵符를 훔치고 진비를 죽인 뒤에 병력을 이끌고 가서 조나라를 구원한 일이 있다.

4) 법종法從은 수레 좌우에서 질서 있게 수행함을 이른다. 또는 임금의 법가法駕를 수행함을 뜻한다.

可憐揮淚老侯嬴　●○○●●○○[5)]
2 1 4 3 5 6 6　가련휘루로후영
[만하다│가여울│훔친│눈물│늙은│후영]

白雲子神駿掛冠神虎, 歸隱公州山莊. 郡守遣其子, 受業有年. 應擧
京師, 以一絶送之, "信陵公子統精兵, 遠赴邯鄲立大名. 天下英雄皆
法從, 可憐揮涕老侯嬴."

※ 백운자는 정중부 난을 피해 승려가 되어 여생을 마친 오정석吳廷
碩의 호이다. 공주 지역에 머물렀음을 알 수 있다. 신준은 법명으로
보인다. 당시 많은 지식인이 난리를 피해서 벼슬을 버리고 승려가
되었다. 각처에서 학생들이 은둔한 지식인 승려를 찾아가서 공부하
게 된 이유가 여기에 있다고 이제현이 말한 바 있다.(하–18 참조) 군
수 아들도 이렇게 해서 백운자에게 수학한 것이다.

　백운자는 시에서 군수 아들을 신릉군에게 빗대고 자신을 후영에
게 빗대어 급제를 바라는 절절한 심경을 표현했다. 세상을 등지고
은둔한 자신이 후학을 길러 세상에 내보내야 하는 순간에 느꼈을 회
한과 기대가 신릉군을 전쟁터로 내보내는 후영으로 표상된 것이다.
전국 시대 위나라 안리왕의 동생 신릉군이 진秦나라의 공격을 받은

5) □평기평수 구식을 사용한 칠언절구시이다. 하평성 '경庚' 운에 맞추어 '兵, 名, 嬴'
　　으로 압운하였다.
6) 후영侯嬴은 위나라 사람으로 신릉군에게 상객으로 발탁되었다. 신릉군이 조나라
　　를 돕고자 할 때 위왕魏王이 소유한 병부를 훔치고 진비의 권한을 빼앗으라고 권
　　유하였다. 그러나 자신은 위왕에게 불충을 저지른 책임을 지고 스스로 목숨을 끊
　　었다.

조나라를 구원하러 떠나게 되었을 때이다. 후영은 자신이 따라가야 하지만 늙어서 그럴 수 없다고 한탄하면서, 왕이 지닌 병부兵符를 훔쳐 이로써 진비晉鄙 군사를 몰래 거느리고 가라고 조언하였다. 자신은 뒤에 남아 자진함으로써 신의를 표했다.[8]

8) 『사기 위공자전魏公子傳』.

하10. 대대로 과거에 급제한 이인로 집안
"계수나무 가지 네 개를 한 집에서 얻었네"

나의 선대 조상들은 대대로 문장으로 명성을 이어왔다. 지금까지 이미 8대가 과거에 급제하여 홍지紅紙(과거 합격증)[1]를 받아 전하였다.

재주가 부족한 나도 우연히 여러 선비 앞자리를 차지하여 장원이 되었다. 또 큰아들 이정李程은 4등을 차지하고, 둘째 아들 이양李讓은 3등을 차지하고, 셋째 아들 이온李榲은 2등을 차지하였다.[2] 아이들도 비록 우뚝하게 두각을 나타내어 높은 등수로 급제했으나, 탁월한 성적으로 장원을 차지하여 아비와 같은 등급을 얻는 데에 이르지는 못했다.

고양 화엄월사華嚴月師[3]가 시로 축하해주었다.

구슬을 꿴 듯이	三子聯珠繼父風 ○●○○●●◎
세 아들이 아버지 가풍 이어서	1 2 4 3 7 5 6 삼자련주계부풍
	|세|아들|꿴 듯|구슬|이어|부친|가풍|
계수나무 가지 네 개를	四枝仙桂一家中 ●○○●●○◎
한 집에서 얻었네[4]	1 2 3 4 5 6 7 사지선계일가중
	|네|가지|신선|계수|한|집|안에 있다|

---

1) 홍지紅紙는 홍패紅牌를 이른다. 과거 급제자에게 성적과 이름을 적어주는 붉은 종이 합격증이다.
2) 세 사람의 이름이 『고려사 이인로전李仁老傳』에는 정程, 양讓, 온榲으로 되어있다.
3) 화엄월사華嚴月師는 화엄종 승려 각훈覺訓이다.(중-15 참조)
4) 선계仙桂는 전설 속에서 달에 있다는 계수나무를 이른다. 진 무제晉武帝 때, 장원으로 과거 급제한 극선郤詵이 "신이 현량 대책을 치러 천하 제일이 되었으나, 계수나무 숲에 있는 가지 하나요 곤륜산에 있는 한 조각 옥일 뿐입니다."라고 겸손하게 소감을 말하였다. 이후 과거 급제를 계수나무 한 가지를 얻거나 꺾은 것에 빗대었다. 『진서 극선전郤詵傳』.

해마다 비록

황금 방을 차지했어도

용두만은 피해서

아버지께 양보했어라

連年雖占黃金榜	○○○●●●●	
2 1 3 7 4 4 6		련년수점황금방
이어	해를 비록 차지했으나	황금 방

尙避龍頭讓老翁	●●○○○●●○ 5)	
1 4 2 2 7 5 5		상피룡두양로옹
외려	피해 용두를 양보했다	노옹께

僕先祖, 世以文章相繼, 紅紙相傳, 今已八葉矣. 僕以不才, 偶居多士
之先, 而長子程第四人, 次讓第三, 次樞第二. 雖嶄然露頭角, 科級巍,
而未有能卓然處狀頭, 得與父同科者. 高陽月師作詩, 賀曰 "三子聯
珠繼父風, 四枝仙桂一家中. 連年雖占黃金榜, 尙避龍頭讓老翁."

※ 이인로가 문한가로 명성을 떨치던 자기 집안을 소개했다. 위로 8대
가 대대로 급제를 얻었다고 한다. 과거가 처음 시행된(958) 초기부터
계속하여 급제자를 배출한 것이다. 이인로는 1180년에 장원 급제하
고, 이후 세 아들도 나란히 급제하였다. 계수나무 가지는 과거 급제
를 상징한다. 4개의 가지는 4명의 급제자를 가리킨다. 이에 화엄월
사가 장원을 차지한 아버지와 4등, 3등, 2등 성적을 얻은 세 아들을
재미있게 시로 표현하여 축하했다.

---

5) □측기평수 구식을 사용한 칠언절구시이다. 상평성 '동東' 운에 맞추어 '風, 中,
翁'으로 압운하였다.

하11. 노영수가 서호에서 만난 신선의 시

"광활한 초나라 하늘 아래 나그네는 어디로 가는가?"

개경에서 서쪽으로 10리쯤 떨어진 곳에 흐름이 급하지 않고 물결이 잔잔한 강이 있다. 강물이 벽옥 빛으로 맑아서 바닥까지 훤하게 보이고 먼 산들이 서로 하늘에 맞닿아 있는 곳이다. 정말로 소식과 황정견이 문집에서 얘기한 "서흥西興[1]의 수려한 기운"이라는 것과 다를 바 없다.

선비 노영수盧永綏는 시문에 재주가 있었다. 한번은 날이 저문 뒤에 작은 배 한 척을 강에 띄워서 강줄기를 거슬러 올라간 적이 있다. 어디든 강가에 있는 절에 들어가서 묵을 요량이었다. 길게 휘파람을 불면서 강 중류를 지나다가 불현듯 떠오르는 것이 있었다.

소슬하게 바람이 부는
차가운 역수에서[2]
외로운 배를 저어
홀로 가네

風蕭蕭兮易水寒 ○○○○●●○
1 2 2 4 5 5 7 풍소소혜역수한
|바람이|소슬하고|어사|역수가|찬데|

孤舟獨往 ○○●●
1 2 3 4 고주독왕
|외로운|배|홀로|간다|

마음 놓고 소리를 높여서 이렇게 읊조려보았다. 하지만 아쉽게도 뒤

---

1) 서흥西興은 항주 소산의 서북쪽 지역이다. 전당강 남쪽 강변으로 나루가 있던 곳이다. 강 건너에 서호西湖가 있다. 옛 이름은 고릉固陵, 서릉西陵이다.

2) 형가荊軻가 결의에 차서 부른 노래를 인용한 것이다. 전국 시대에 진시황을 죽이러 떠나는 형가가, 친구 고점리高漸離가 연주하는 축 소리에 맞춰 "바람이 소슬하고 역수가 차도다. 장한 선비는 한번 떠나 다시 돌아오지 않네.[風蕭蕭兮易水寒, 壯士一去兮不復還.]"라고 노래하였다. 『전국책 연책燕策』.

를 이을 만한 말이 떠오르지 않았다. 바로 그때였다. 안개가 자욱해서 어둑한 갈대밭 사이에서 갑자기 누군가 즉시 그 뒤를 이어서 읊었다.

저녁 안개가 자욱한
공활한 초나라 하늘 아래[3]
　　나그네는
어디로 가는가?

靄沉沉兮楚天濶　●○○○●●
1　2　2　4　5　6　7　　애침침혜초천활
|안개|자욱하고|어사|초|하늘|공활한데|

遊子何之　○●○○
1　2　3　4　유자하지
|노니는|사람은|어디로|가나|

노공은 이를 듣고서 깜짝 놀라 마음을 가누지 못하였다. 마침내 이렇게 말하였다.

"이곳에는 인가가 없으니, 이는 분명히 신선일 것이다."

노공은 젓던 노를 멈추고서 그곳을 떠나지 못하고 있었다. 밤이 깊어 자정이 가까운 시간이 되도록 사방에서는 여전히 아무런 인기척도 들리지 않았다. 오직 새벽 별과 기울어진 달만이 서리맞은 차가운 파도 사이에서 빛나고 있을 때가 되어서야, 노공은 비로소 배를 돌려서 돌아갔다.

다음 날이다. 도성 안에 자자하게 소문이 퍼졌다. 하늘에서 서호로 신선이 내려왔다는 것이었다. 나중에 한 달쯤 지난 뒤에야 그 사정을 들을 수 있었다. 과거에 급제한 유수柳脩가 그 시간에 고깃배를 타고 하룻밤을 묵고 있었다는 것이다.

───────────

3) 송나라 유영柳永이 지은 사詞를 인용한 것이다. 유영, 「우림령雨霖鈴」, "가고 가는 천 리 길에 안개 자욱한데, 저녁 안개 자욱한 초나라 하늘이 공활하네.[念去去, 千里烟波, 暮靄沉沉楚天闊.]"

京城西十里許, 有安流慢波, 澄碧澈底, 遙岑遠岫相與際天. 實與蘇·
黃集中所說<u>"西興秀氣"</u>無異. 士子<u>盧永綏</u>有才調, 嘗日暮泛一葉, 泝
流而行, 欲抵宿湖邊寺. 中流長嘯, 怳若有得, 云"風蕭蕭兮<u>易水寒</u>,
孤舟獨往." 放聲吟諷, 恨未有續之者. 忽於蘆葦間烟霏掩昧中, 卽應
聲曰"<u>靄沉沉兮楚</u>天濶, 遊子何之?" <u>盧公</u>聞之, 驚愕不自定, 乃曰"此
間無人居, 是必仙眞也." 停棹不得去. 夜將午, 四顧無人聲, 唯殘星
缺月倒影霜濤間, 遂還. 明日都下喧傳, 有天仙降<u>西湖</u>. 後踰月聞之,
乃及第<u>柳脩</u>, 寄宿於漁舟.

　개경 서쪽의 예성강 한 굽이를 서호라고 한다. 개경 문사들이 한
적한 정취를 즐기기 위해 찾던 공간이다. 여기에서 조각배는 빠질
수 없다. 한양 문사들이 한강에 나가 동호와 서강에서 배를 띄워 시
흥을 돋운 것과 다르지 않다. 위에 소개한 일화에서도 서호를 찾은
두 시인이 배 위에서 뜻하지 않게 조우하였다. 어찌 보면 평범한 장
면 같지만, 서로 모르는 두 시인이 맞닥뜨린 순간 민첩하게 대구를
주고받는 모습이 예사롭지 않다. 언제라도 시가 튀어나올 만큼 한
창 시 솜씨를 단련한 두 시인이 눈을 가린 채로 서로 상대하여 기예
를 겨루는 것 같다. 탈속한 문인 정취가 느껴진다.

　노영수와 유수의 생애는 확인되지 않는다. 노영수가 읊은「투모관
投某官」이라는 시가 전할 뿐이다. 변변한 벼슬 없이 빈궁하게 살아가
는 고단한 삶을 어떤 관원에게 토로한 시이다. 시는 이렇다. "벼슬
의 바다에 바람과 파도 사나워서, 궁한 물고기처럼 나갈 길이 없으
니, 늙은 아내 얼굴이 어둡고, 어린 자식 눈물만 흘리노라. 귀밑머
리는 천 년 학처럼 세었고, 남은 목숨도 시월 개똥벌레 같은데, 저

를 알아봐 주신 은혜가 적지 않으니, 완적이 한번 푸른 눈(청안)으로 봐준 것 같아라."4)

4) 『동문선』 권9 「투모관投某官」, "宦海風波惡, 窮鱗去路停. 老妻容寂寞, 稚子淚飄零. 衰鬢千年鶴, 殘生十月螢. 辱知恩不薄, 阮眼一回靑."

^하12. 승려에게 술을 청한 가난한 박공습

"손님이 있어 찾아와도 주머니 속에 동전 한 푼 없네"

박공습朴公襲 군은 가난하였으나 술을 좋아하였다. 찾아온 손님에게 술을 대접할 수가 없어 영통사靈通寺[1] 승려에게 술을 보내달라고 부탁한 일이 있었다. 승려는 절에서 사용하는 배가 불룩한 동이에 샘물을 가득 채웠다. 그런 뒤에 이를 아주 단단하게 싸매어 봉한 채로 보내주었다.

박공이 처음에 이를 보고 기뻐하면서 말하였다.

"이 그릇은 술이 두 말쯤 들어가는 크기요. 옛날에 진왕陳王은 1만 냥을 주고 술 한 말을 사서 평락平樂에서 연회를 베풀었다고 하더이다.[2] 두자미(두보)도 이렇게 읊었소.[3]

다시 마주 앉아서	還須相就飮一斗 ○○○●●●
	1 7 2 3 6 4 5　환수상취음일두
술 한 말을 마셔보세	다시 요하니 서로 가서 마심을 한 말
때마침 청동전 삼백 냥을	恰有三百靑銅錢 ●●○○○○
	1 7 2 3 4 4 6　흡유삼백청동전
가지고 있으니	마침 있다 삼 백 냥 청동 동전이

그런데 우리 두 사람은 지금 한 푼도 쓰지 않고서 좋은 술을 얻었네 그려. 각자 한 말씩 마시면, 얼큰하고 만족스럽게 취할 수

---

1) 영통사靈通寺는 경기도 장단에 있던 사찰이다. 1027년에 창건되었다.
2) 진왕陳王은 조조曹操의 셋째 아들 조식曹植을 이른다. 평락平樂은 업鄴에 있는 누관樓觀 이름이다. 이백, 「장진주將進酒」, "진왕이 옛날 평락에서 잔치를 벌여, 만 전 값 좋은 술 한 말로 실컷 즐겼다오.[陳王昔日宴平樂, 斗酒十千恣歡謔.]"
3) 두보가 지은 「핍측행偪側行」의 마지막 두 구이다. '還須'가 '速宜'로 되어있다.

있어서 옛사람에 견주어도 뒤지지 않을 만큼 흥이 날 것이오."

그러나 동이를 열어서 보니 물일 뿐이었다. 이에 안목이 짧아서 늙은 승려 꾀에 넘어가고 말았다고 탄식하였다. 다시 이런 시를 지어 보냈다.[4]

<table>
<tr><td>손님이 있어
찾아와도</td><td>有客來相過 ●●○○○
　　2 1 3 4 5　유객래상과
|있어|객이|와서|서로|방문했으나|</td></tr>
<tr><td>주머니 속에
동전 한 푼 없네</td><td>囊中欠一錢 ○○●●◎
　　1 2 5 3 4　낭중흠일전
|주머니|속에|부족하다|한 푼|동전이|</td></tr>
<tr><td>여산 좋은 술[5]은
분수에 있지 않아서</td><td>分無廬岳酒 ○○○●●
　　1 5 2 2 4　분무려악주
|분수에|없어|여산|술이|</td></tr>
<tr><td>혜산 샘물[6]만
괜스레 얻었으니</td><td>浪得惠山泉 ●●●○◎
　　1 5 2 2 4　랑득혜산천
|공연히|얻었다|혜산의|샘물을|</td></tr>
<tr><td>호랑이 닮은
숲속 바위요[7]</td><td>似虎林中石 ●●○○●
　　2 1 3 4 5　사호림중석
|비슷한|범과|숲|속의|바위이고|</td></tr>
</table>

---

4) 『동문선』에 「영통사 승려가 산속 샘물을 술병에 담아 봉하여 보내서 희롱하다[靈通寺僧貯山泉封寄見戲]」라는 제목으로 실려있다. 2구 '中'이 '空'으로, 3구 '分無'가 '本求'로, '岳'이 '阜'로, 4구 '浪'이 '謾'으로, 5구 '似虎'가 '虎伏'으로, 6구 '如蛇'가 '蛇懸'으로, 8구 '樽'이 '尊'으로 되어있다.

5) 여악廬岳은 여산을 이른다. 동진 시대에 여산 동림사東林寺에 있던 승려 혜원慧遠이 백련사白蓮社라는 모임을 만들고 도연명에게 참석하라고 하였다. 도연명은 술 마시는 것을 허락하는 조건으로 참석했다는 고사가 전한다. 『고금사문류취 초입 백련사招入白蓮社』.

6) 혜산惠山은 혜산慧山으로도 쓴다. 강소성 무석無錫의 서쪽에 있다. 물맛이 좋기로 유명하다.

7) 한나라 명장 이광李廣이 사냥을 나갔다가 바위를 호랑이로 착각하고 화살을 쏘아서 맞힌 일이 있다. 『사기 이장군전李將軍傳』.

뱀 닮은
벽 위 활시위 같아라[8]
푸줏간 문에서도
입맛 다신다고 하던데
술동이를
마주했음에랴?

如蛇壁上弦 ○○●●◎
2 1 3 4 5　여사벽상현
비슷한 뱀과 벽 위의 활시위이다

屠門猶大嚼 ○○○●●
1 2 3 4 5　도문유대작
푸줏간 문에서 외려 크게 입맛 다시니

何況對樽前 Ŏ●●○◎[9]
1 1 5 3 4　하황대준전
하물며 마주해서랴 술동이 앞에

이 시를 본 승려는 다시 좋은 술을 채워서 보내주었다.

朴君公襲居貧嗜酒, 客至無以飮, 求酒於靈通寺僧. 用燔腹山罇, 盛
以泉水, 封纏甚牢固送之. 朴公初見, 喜曰 "此器可受二斗許. 昔陳王,
斗酒十千, 宴於平樂. 杜子美亦曰 '還須相就飮一斗, 恰有三百靑銅
錢.' 今吾二人不費一錢, 而得美酒. 各飮一斗, 則酣適之興, 不減於
古人." 開視之乃水也. 恨眼目不長, 落老胡計中. 作詩寄之, 曰 "有
客來相過, 囊中欠一錢. 分無盧岳酒, 浪得惠山泉. 似虎林中石, 如蛇
壁上弦. 屠門猶大嚼, 何況對樽前." 僧見詩, 更以美酒酬之.

---

8) 동진 시대에 악광樂廣이 친구와 술을 마실 때 벽에 걸린 각궁角弓이 술잔에 비친
고사를 이른다. 친구는 뱀이 든 술을 마신 줄로 착각하여 병이 났으나, 나중에
활 그림자임을 알고서 병이 나았다고 한다. 『진서 악광전樂廣傳』.
9) □측기측수 구식을 사용한 오언율시이다. 하평성 '선先' 운에 맞추어 '錢, 泉, 弦,
前'으로 압운하였다.

※ 푸줏간 앞에서 입맛 다시는 것만으로도 즐길 수 있다. "사람들은 장안(서울)이 즐겁다는 말을 들으면 서쪽 장안을 향해 웃음을 짓고, 고기 맛을 알면 푸줏간 문을 보면서 입맛을 다신다."[10] 한나라 환담이 남긴 말이다. 얻을 수는 없어도 즐길 수는 있다는 말이다.

　박공습은 좋아하는 벗과 술을 마시며 담소하고 싶은 바람이 간절했다. 가난으로 이 바람을 이루기 어려워 승려에게 부탁한 것이다. 승려는 짓궂게 술동이에 샘물을 담아서 보냈다. 술을 바라는 애틋함이 한층 더 간절해진 박공습은, 바위가 호랑이로 보이고 활줄이 뱀처럼 보이듯이 술동이만 있어도 술을 마시는 듯이 입맛을 다실 수 있다면서 되받아쳤다. 자조 섞인 말로 상대에게 강한 원망을 에둘러 표현한 것이다. 결국 승려는 그 간절한 바람을 이루어주지 않을 수 없었다.

---

10) 환담, 『신론』, "人聞長安樂, 則出門西向而笑. 肉味美, 對屠門而嚼."

하13. 책 읽기를 탐하고 문장이 기이한 팽조적

"사자 굴 속에 사자가 있어 울음소리가 똑같고"

학사 팽조적彭祖逖[1]은 책을 탐하는 버릇이 있다. 서까래 몇 개로 올린 띠집에 살아서 사방에서 비바람이 들이치곤 하였다. 또 계수나무를 사서 때고 옥으로 밥을 지어야 한다고 말할 만큼 땔나무도 쌀도 없이 가난한 살림이었다. 그래도 마음만은 항상 평안하였다.[2]

문장을 지을 때는 반드시 전거가 있는 말을 사용하였다. 읽는 자들이 구두를 떼어서 띄어 읽기도 어렵다고 할 정도다.

의종 말년에 재상을 지낸 이광진李光縉[3]은 겸손하고 공손하면서 언행을 삼가서 곤란에 빠지지 않는 분이었다. 팽공은 윤원綸苑(중서성)에서 근무할 때, 이광진에게 내려줄 고신告身(임명장)을 작성한 일이 있다. 고신에 이렇게 기술하였다.

"위험하고 간난한 일을
두루 겪어[4]
또한 위태로웠으나,

險阻艱難備嘗矣 험조간난비상의
1 1 3 3 5 6 7
|험하고|어려움|갖춰|맛봤으니|어사|

亦日殆哉 역왈태재
1 3 2 4
|또한|말한다|위태하다고|어사|

---

1) 팽조적彭祖逖은 생몰년과 가계 등이 알려지지 않는다.
2) 매계취옥買桂炊玉은 땔나무는 계수나무보다 귀하고 밥이 옥보다 귀하다는 말이다. 고생스러운 생활을 빗댄 것이다. 『전국책 초위왕楚威王』.
3) 이광진李光縉(?~1178)은 이인로의 숙부이다. 중서시랑문하평장사를 지냈다.
4) 진 문공晉文公이 난을 피해 달아나 국외에서 19년 동안 온갖 고초를 겪었다. 그러나 마침내 돌아와 왕위에 오르고 패주가 되었다. 『좌전』 희공僖公 28년.

온화 선량 공손 검소로
자리를 얻으니[5]
끝내 허물이 없으리라."

溫良恭儉以得之 온량공검이득지
1 2 3 4 5 6 7
|온화|선량|공손|검소|써서|얻어|이를|

終無咎也 종무구야
1 3 2 4
|끝내|없다|허물이|어사|

또 명종 초기의 일이다. 종백(시험관) 한언국韓彦國[6]이 새로 급제한 여러 문생을 이끌고 자기의 은문恩門(좌주)인 상국 최공崔公(최유청)을 찾아뵙고 인사하였다. 이에 최공이 시를 지어 사례하였다. 팽공이 이 시의 운에 맞춰서 시를 짓고 나서 서문을 붙여 이렇게 말했다.

"군자인 사람에게
군자가 있어
계속 영재를 얻고,

君子人君子 군자인군자
1 1 3 4 4
|군자인|사람에게|군자이니|

繼得英才 계득영재
1 4 2 3
|계속하여|얻고|뛰어난|인재를|

문생 아래에
문생이 있어
함께 사례를 올리네."

門生下門生 문생하문생
1 1 3 4 4
|문생의|아래|문생이니|

共陳禮謝 공진례사
1 4 2 3
|함께|베푼다|예로써|감사함을|

또 이렇게 말했다.

5) 자공子貢의 말을 인용한 것이다. 공자가 일부러 벼슬을 구하지는 않았으나, 당시 임금이 공자의 덕을 공경하여 정사를 묻게 되었다는 말이다. 이광진을 공자에 빗대어 칭송한 것이다. 『논어 학이學而』, "선생님은 온순하고 어질고 공손하고 검소하고 겸양하여 이로써 얻었으니, 선생님의 구함은 다른 사람의 구함과 다릅니다. [夫子溫良恭儉讓以得之, 夫子之求之也, 其諸異乎人之求之與.]"
6) 한언국韓彦國은 명종 2년(1172)에 동지공거를 맡았다. (상-15 참조)

"사자 굴 속에

사자가 있어[7]

울음소리가 똑같고,

계수나무 가지 숲에

계수나무 가지이니[8]

향기가 다르지 않네."

師子窟中師子 사자굴중사자
1 1 3 4 5 5
|사자의| 굴 |속에| |사자이니|

同一吼音 동일후음
1 1 3 4
|동일한| 울음 |소리이고|

桂枝林下桂枝 계지림하계지
1 2 3 4 5 6
|계수| 가지| 숲| 아래에| 계수| 가지이니|

無二熏氣 무이훈기
1 1 3 4
|다름 없는| 향| 기운이다|

팽공의 문장은 기이하고 험벽하기가 이와 같았다.

만년에 이르러서는 특히 내전內典(불경)을 좋아하여 화엄의 선사 장관壯觀[9]과 법계관法界觀[10]을 배우기도 했다. 그리고 1백 운으로 시를 지어서 장관에게 사례하였다. 세상 사람들이 이 시를 "조적보살송祖逖菩薩頌"이라고 부른다.

學士彭祖逖有貪書之癖. 茅茨數椽, 風雨四至, 買桂炊玉, 常晏如也. 爲文章必有根柢, 讀者至於難句. 毅王末年相國李光縉, 謙恭謹愼不及於難. 公在綸苑, 作誥云"險阻艱難備嘗矣, 亦曰殆哉; 溫良恭儉以得之, 終無咎也." 明王初, 宗伯韓彦國, 引新榜諸生, 謁恩門崔相國,

---

7) 사자 굴에서 당연히 사자가 난다는 말이다. 『오등회원 복주보자원광운혜각선사福州報慈院光雲慧覺禪師』, "사자 굴 속에서 다른 짐승이 나지 않는다.[師子窟中無異獸.]"
8) 과거 급제를 계수나무 가지를 얻은 것에 빗대므로 이렇게 말한 것이다.(하-10 참조)
9) 장관壯觀은 생몰년과 가계 등이 알려지지 않는다.
10) 법계관法界觀은 화엄종에서 법계의 진리를 깨우치는 관법觀法을 이르는 말이다.

作詩謝之. 公和其詩, 引云 "君子人君子, 繼得英才; 門生下門生, 共陳禮謝." 又云 "師子窟中師子, 同一吼音; 桂枝林下桂枝, 無二熏氣." 其奇險如是. 晚年尤嗜內典, 與華嚴師壯觀學法界觀, 作百韻謝之, 世號 "祖逖菩薩頌". ┌

※ 팽조적은 책 읽기를 좋아했다. 비바람도 피하지 못하는 허술한 집에서 끼니를 잇지 못했지만, 마음은 늘 평온했다고 한다. 안빈낙도를 실천한 것이다.

임금을 화자로 설정하는 교서나 임명장 등은 화려한 변려문으로 작성한다. 변려문은 거의 4자와 6자가 반복되는 대구 방식으로 이루어진다. 대구는 글자 수와 성분 배열도 대칭을 이루고, 전고가 있는 성어를 많이 사용한다. 해독에 어려움을 느낄 수밖에 없다. 격조사가 없고 띄어 쓰지 않는 한문 특성으로 인해 더욱 그렇다. 어휘와 문장 구조를 직관하기 어려워 띄어 읽을 자리를 찾지 못하는 곳이 적지 않다. 전고 활용도 글쓰기 기법이다. 내용 전달을 중시하는 실용적 글쓰기에서는 전고를 많이 사용하지 않는다. 팽조적은 문장의 아름다움을 중시한 작가로 보인다.

하14. 성산에 좌천된 대간 김황원이 남긴 시
"분행역 누대 위에서 어찌 시를 읊지 않으리오"

학사 김황원金黃元이 대간에 제수되었을 때이다. 국정에 약이 될 만한 말을 여러 차례 진술하였다. 하지만 임금의 생각을 바로잡는 효험을 내지는 못하였다.

공은 결국 대간 지위에서 물러나 성산 수령으로 나가게 되었다. 부임하는 길에 분행역分行驛[1]을 지났다. 그때 천원天院(한림원)의 이재李載[2]가 마침 남쪽 고을에서 조정으로 돌아가던 길이어서, 두 사람이 이 역에서 걸음이 마주친 것이었다. 김공이 시 한 수를 지어 주었다.

분행역 누대 위에서 어찌 시를 읊지 않으리오	分行樓上豈無詩 ○○○○●●○○ 　1 1 3 4 5 7 6　분행루상기무시 분행역 누대 위에 어찌 없을까 시가
왕명 받든 사신[3]에게 남겨주어 생각을 전하노라	留與皇華寄所思 ○●○●●●●○ 　3 4 1 1 7 6 5　류여황화기소사 남겨 줘 사신에게 전한다 바 생각한
갈대밭도 쓸쓸한 가을 물가 마을에서	蘆葦蕭蕭秋水國 ○●○○○○●● 　1 1 3 3 5 6 7　로위소소추수국 갈대가 쓸쓸한 가을 강 마을이요
강산이 어둑해진 석양 무렵에	江山杳杳夕陽時 ○○○●●○○ 　1 2 3 3 5 5 7　강산묘묘석양시 강과 산 어둑한 석양 비치는 때다

---

1) 분행역分行驛은 경기 죽산현竹山縣 북쪽 10리 떨어진 곳에 있던 역이다. 『신증동국여지승람 죽산현竹山縣』.

2) 이재李載는 이궤李軌의 초명이다. 참지정사를 지냈다.

3) 황화皇華는 임금 명을 받들어 수행하는 사신을 이른다. 『시경 황화皇華』.

옛 친구를 볼 수 없어

이제 탄식만 하고

지난 일을 돌이키기 어려워

혼자 슬퍼할 뿐이라

누가 알았으랴

장사로 좌천된 가의⁴⁾처럼

낮은 벼슬로 늙어서

귀밑머리만 세어질 줄을

古人不見今空歎	●●●●○○○
1 1 4 3 5 6 7	고인불견금공탄
고인 못해 보지 지금 괜히 탄식하고	

往事難追只自悲	●●○○○●●○
1 1 4 3 5 6 7	왕사난추지자비
옛일 어려워 좇기 단지 홀로 슬프다	

誰信長沙左遷客	○●○○●●○
1 2 3 3 5 5 7	수신장사좌천객
누가 믿었으랴 장사에 좌천된 객이	

職卑年老鬢毛衰	●○○●●○◎ 5)
1 2 3 4 5 6 7	직비년로빈모쇠
벼슬 낮고 나이 늙어 귀밑 털 셀 줄	

선비들이 모두 이 시에 화답하였기에, 지은 시가 거의 1백 수에 이른다. 이 시들을 묶어서 "분행집"이라고 하였다. 학사 박승충朴昇冲⁶⁾이 서문을 짓고, 임금의 아우 대원공大原公⁷⁾이 목판에 새겨 세상에 전한다.

공은 평소에 시를 지을 때, 반드시 '석양夕陽' 두 글자를 사용했다. 상국 김부의金富儀가 공 무덤에 넣을 묘지墓誌를 작성하면서, 이것이 공이 만년에 청요직에 오를 것을 예언한 참언讖言⁸⁾이 되었다고 하였다.

---

4) 한나라 가의賈誼가 주발 등에게 모함을 받아 장사왕長沙王의 태부太傅로 좌천된 일을 이른다.

5) □평기평수 구식을 사용한 칠언율시이다. 상평성 '지支' 운에 맞추어 '詩, 思, 時, 悲, 衰'로 압운하였다.

6) 박승충朴昇冲은 다른 기록에 박승중朴昇中으로 되어있다. 현종을 섬겨 남행호종공신南幸扈從功臣이 된 박섬朴暹의 증손이다. 중서시랑평장사에 올랐다.

7) 대원공大原公(1093~1170)은 숙종 아들이자 예종 동생인 왕효王侾이다. 이자겸 난에 연루되어 유배되었다가 1129년에 소환되었다. 예종 4년(1110)에 대원후大原侯에 책봉되었다.

8) 참언讖言은 미래 길흉화복을 예언한 말을 이른다.

學士金黃元拜大諫, 屢陳藥石, 未得回天之力. 出守星山, 路出分行驛. 適會天院李載, 自南國還朝, 邂逅於是驛. 以詩贈之, "分行樓上豈無詩, 留與皇華寄所思. 蘆葦蕭蕭秋水國, 江山杳杳夕陽時. 古人不見今空歎, 往事難追只自悲. 誰信長沙左遷客, 職卑年老鬢毛衰." 縉紳皆屬和幾一百首, 目之曰"分行集". 學士朴昇冲爲序, 皇大弟大原公鏤板以傳之. 公平生作詩, 必使'夕陽'二字. 金相國富儀, 誌於墓, 以爲晚登淸要之讖.

※ 김황원은 대간의 직책을 맡아 임금에게 직언을 멈추지 않았다. 결국 임금 뜻을 거슬러 성산으로 좌천되고 말았는데, 그때 마침 분행역에서 도성으로 복귀하는 이재를 만났다. 그 순간 감회가 일어서 시에 담아 드러낸 것이다. 수련에서 시를 짓는 계기를 언급하고, 함련에서 처한 시공간 배경을 묘사했다. 경련과 미련에서는 좌천되어 도성을 벗어나는 당사자로서 느낀 부질없는 시시비비와 무상한 세상일을 담담한 어조로 토로하고 있다.

하15. 행주 물가에서 명성을 떨친 시인 인빈

"봉우리 위로 돛이 솟아올라 바닷바람 느끼네"

초당의　草堂秋七月 ●○○●●
　　　　1 1 3 4 5 초당추칠월
초가을 칠월　초당의｜가을｜칠｜월

오동잎에 비 드는　桐雨夜三更 ○●●○○
　　　　1 2 3 4 5 동우야삼경
삼경 야밤에　오동잎에｜비 내리는｜밤｜삼｜경에

베개에 기댄 나그네　欹枕客無夢 ○●●○●
　　　　2 1 3 5 4 의침객무몽
잠 못 이루고　기댄｜베개에｜나그네｜못하고｜꿈꾸지

창문 밖 풀벌레　隔窓虫有聲 ●○○●○
　　　　2 1 3 5 4 격창충유성
울어대는데　너머로｜창문｜벌레｜있는데｜소리가

짧은 잔디에　淺莎翻亂滴 ●○○●●
　　　　1 2 5 3 4 천사번란적
어지러이 비 튀기고　얕은｜잔디｜뒤집고｜어지러운｜물방울

찬 잎새는　寒葉洒餘清 ○●●○◎
　　　　1 2 5 3 4 한엽쇄여청
청량한 기운 뿜어내어　찬｜잎은｜뿌려서｜남은｜맑음을

그윽한 정취를　自我有幽趣 ●●●○●
　　　　5 1 4 2 3 자아유유취
내가 느끼니　부터｜나에게｜있음으로｜그윽한｜정취

오늘 밤 그대 마음도　知君今夜情 ○○○●●[1)]
　　　　5 1 2 3 4 지군금야정
알 수 있겠어라　알겠다｜그대의｜오늘｜밤｜마음을

이는 학사 인빈印份이 지은 시이다.[2)] 학사가 해동에서 우레처럼 큰

---

1) □평기측수 구식을 사용한 오언율시이다. 하평성 '경庚' 운에 맞추어 '更, 聲, 淸, 情'으로 압운하였다.

2) 『동문선』에 「비 내리는 밤에 감회를 읊다[雨夜有懷]」라는 제목으로 실려있다. 8구 '夜'가 '夕'으로 되어있다.

명성을 떨친 것은 실로 이 시가 있었기 때문이다.

내가 예전에 계양부桂陽府에서 서기書記로 근무할 때였다. 하루는 배를 저어 공암현에서 행주 남쪽 호수로 갔었다. 그곳에서 줄풀 모양으로 깎아지른 언덕과 그 옆으로 빽빽하게 늘어선 여덟아홉 그루 소나무와 삼나무를 보았다. 여전히 남아있는 무너진 담장도 보였다. 지나는 사람들이 모두 그곳을 가리키며 말하였다.

"이곳이 옛적에 인공印公의 초당이 있던 터다."

나는 그냥 떠날 수가 없었다. 배를 대고 길게 휘파람을 불고 배회하면서 인공 모습을 떠올려보았다. 이내 작은 오솔길을 따라 소화사小華寺[3] 남쪽 누대로 올라갔다가 벽 위에 적힌 시를 발견하였다. 이끼에 덮여서 어둑하고 흐릿한 곳에 먹 자국만 겨우 남았을 뿐이었다. 가까이 다가가서 살펴보니 바로 인공이 적어놓은 것이었다.

주렴 너머 파초가 울어	蕉鳴箔外知山雨　○○●●○○
산에 비 내리는 줄을 깨닫고	1 4 2 3 7 5 6　초명박외지산우
	파초 울어 주렴 밖에 알고 산 비 내림
봉우리 위로 돛이 솟아올라	帆出峰頭見海風　○●○○●●○
바닷바람 느끼네	1 4 2 3 7 5 6　범출봉두견해풍
	돛이 솟아 봉우리 위 본다 바다 바람

과연 명성을 거저 얻은 선비가 없다고 말할 만하다.

---

3) 소화사小華寺는 경기 고양의 남쪽 강가에 있던 사찰이다. 『신증동국여지승람 고양高陽』.

"草堂秋七月, 桐雨夜三更. 敧枕客無夢, 隔窓虫有聲. 淺莎翻亂滴, 寒葉洒餘淸. 自我有幽趣, 知君今夜情." 此學士印份作也. 學士之名雷震海東者, 實由此篇. 僕昔佐桂陽府, 一日棹舟, 自孔巖縣至幸州南湖. 見斷岸如苽, 松杉八九株森立於側, 而遺垣壞堵猶在. 過者皆指之, 曰 "此印公草堂舊墟也." 僕艤舟不能去, 徘徊長嘯, 想見其人. 便尋小徑, 登小華寺南樓, 見壁上有詩. 莓苔暗淡, 墨痕僅存, 迫而視之, 乃印公所題也. "蕉鳴箔外知山雨, 帆出峰頭見海風." 可謂名下無虛士矣.

※ 인빈은 다른 이름이 인의印毅이다. 행주(덕양) 남쪽 한강 변에 초당을 짓고 살았다. 이인로가 계양부(부평) 서기로 부임한 것은 32세 때(1183)이다. 이때 공암현(양천)에서 배를 띄워 강 건너 초당 터를 찾아간 것이다.

앞 시는 비 내리는 한가로운 초가을 밤 정취를 군더더기 없이 담담하게 읊었다. 시인은 창밖에서 들리는 풀벌레 소리와 잔디 위로 부서지는 빗방울 소리에서 물씬한 가을 정취를 체감하고 이를 시에 담았다. 그리고 그 순간 '그대'를 떠올린다. 내가 느낀 이 정취를 그대도 느낄 것이라고 믿고 있다. 쓸쓸하지만 외롭지 않게 연결되어 있다는 연대 의식과 따뜻한 정감을 함께 보여준다. 초당은 아마도 행주 강변에 있었을 것이다. 뒤의 시도 청각과 시각 요소를 나란히 포치하고 원근 경물을 끌어들여 비 내리고 바람 부는 물가 마을의 서정적 정취를 물씬하게 묘사하였다.

"홀로 고결하고 우뚝한 개골산아 온통 비대한 흙산을 비웃겠지"

개골산皆骨山(금강산)[1]은 관동에 있는 명산이다. 봉우리와 등성이, 골짜기가 바위 아닌 것이 없다. 그래서 멀리서 바라보면 영락없이 먹물이 번져 있는 듯이[潑墨] 보인다. 그 사이에 깃들어 사는 사람들은 모두 다른 곳에서 흙을 실어다가 바위 틈새에 채워놓은 뒤에 곡식과 과일을 재배하여 먹는다.

옥당 전치유田致儒[2]가 왕명을 수행하러 가는 길에 이 산을 지나면서 즉시 이렇게 시를 적었다.

민머리 터럭처럼	草木微生禿首髮	●●○○◒●●●
	1 2 3 4 5 6 7	초목미생독수발
가늘게 초목이 돋았고	풀│나무│가늘게│돋아│민│머리│털 같고	
어깨를 드러낸 옷차림처럼	烟霞半卷袒肩衣	○○●●●○◎
	1 2 3 4 7 5 6	연하반권단견의
안개 노을 절반이 걷혔네	안개│노을│반│걷혀│걷은 듯│어깨│옷	
홀로 고결하고	兀然皆骨獨孤潔	●○◒●●○◒
	1 1 3 3 5 6 7	올연개골독고결
우뚝한 개골산아	높은│개골산│홀로│고고하고│깨끗하니	
온통 비대한	應笑肉山都大肥	◒●●○◒○◎[3]
	1 7 2 3 4 5 6	응소육산도대비
흙산을 비웃겠지	응당│웃겠다│흙│산이│모두│크고│살찜	

---

1) 개골산皆骨山은 금강산의 이칭이다. 금강산은 계절마다 달라지는 모습에 따라 봄에는 기달怾怛, 여름에는 봉래蓬萊, 가을에는 풍악楓嶽, 겨울에는 개골皆骨로 불린다고 한다. 이유원, 『가오고략 금강풍엽기金剛楓葉記』.
2) 전치유田致儒(?~1170)는 한림원에 근무하던 인물이다. 정중부 난에 희생되었다.
3) ㅁ측기측수 구식을 사용한 칠언절구시이다. 상평성 '미微' 운에 맞추어 '衣, 肥'로 압운하였다.

皆骨, 關東名山也. 峰巒洞壑無非石, 望之如潑墨. 岩棲者, 皆以客土
塡罅隙, 然後, 得種蒔苽菓以食之. 玉堂田致儒, 杖節經是山, 卽題
云"草木微生禿首髮, 烟霞半卷衵肩衣. 兀然皆骨獨孤潔, 應笑肉山
都大肥."

※ 전치유는 옥당 관원으로 의종을 가까이에서 모시다가, 안타깝게
1170년에 정중부 반란군에 의해 희생되고 말았다. 위 시는 개골산
으로 불리는 금강산을 노래했다. 금강산은 1만 2천 봉우리가 모두
바위로 이루어졌다. 한 줌 흙도 찾아보기 힘들 정도다. 특히 겨울 금
강산은 얼마 되지 않는 나뭇잎까지 모두 떨어져 기암괴석이 앙상하
게 드러난다. 그 모습이 뼈처럼 보여 개골산이라고 불리는 것이다.
시에서 우뚝 솟아있는 바위산 모습을 의인화했다. 뼈대만 앙상한 바
위산 꼭대기를 민머리에 빗대고, 그 위에 듬성듬성하게 삐죽삐죽 자
란 초목을 머리카락에 빗대었다. 또 곳곳에 뭉게뭉게 얹혀있는 안
개구름 사이로 드러난 바위산을 보고 웃옷 목덜미 한쪽을 걷어 어깨
를 드러내고 있는 사람 모습에 빗대었다. 그 모습이 마치 수도자를
닮았는지 홀로 고결하다고 하였다.

하17. 패랭이꽃을 자신에 빗댄 정습명

"궁벽한 곳에 귀공자 드물어 그 교태를 농부가 차지하네"

동관東館(사관)은 '봉래산蓬萊山'이다. 옥당玉堂(한림원)은 '오정鼇頂'이라고 부른다.[1] 모두 신선神仙이 근무하는 관직이다.

우리나라 옛 제도에는 천자라도 마음대로 이들을 등용하거나 내칠수 없었다. 결원이 발생하면 반드시 금서禁署(궐내 관서)에 소속한 여러 선비에게 추천받은 뒤에 등용하게 된다. 삼다三多를 갖추었다고 칭송받는 자이거나,[2] 일곱 걸음 사이에 시를 지어내는 재주가 있는 자[3]가 아니라면, 세상 사람들은 모두 이렇게 말할 것이다.

"자리를 차지하더라도, 일이 서툴러 손에 피를 흘리고 얼굴이 땀으로 범벅되는 목수와 같다는 비난을 결코 면할 수 없다."[4]

예종 때이다. 강남 선비 정습명鄭襲明[5]은 기특한 재주와 큰 도량을

---

1) 오정鼇頂은 자라 머리이다. 장원 급제한 자를 일컫는 말로 쓴다. 장원이 주로 근무하는 옥당을 오정서鼇頂署라고 한다.

2) 삼다三多는 학자가 글을 많이 읽고, 많이 짓고, 많이 생각하는 것이다. 진사도, 『후산집 시화詩話』, "구양수가 말했다. 문장에 삼다가 있다. 많이 읽고 많이 짓고 많이 생각하는 것이다.[永叔謂爲文有三多, 看多做多商量多也.]"

3) 위나라 문제가 동생 조식曹植(192~232)에게 일곱 걸음 안에 시를 짓지 못하면 큰 벌을 내리겠다고 겁박한 일이 있다. 조식은 즉시 "콩을 끓여 국을 만들고, 콩을 갈아 즙을 만드네. 콩대는 솥 아래서 타고, 콩은 솥 안에서 우네. 본래 같은 뿌리에서 났거늘, 어찌 심하게 서로 볶아대는가?[煮豆持作羹, 漉豉以爲汁, 萁在釜下燃, 豆在釜中泣. 本自同根生, 相煎何太急.]"라고 하였다. 유의경, 『세설신어 문학文學』.

4) 장인이 일에 서투르면 손가락을 다쳐 피를 흘리고 얼굴이 땀투성이가 되도록 고생한다는 말이다. 한유, 「제유자후문祭柳子厚文」, "깎는 일에 서투른 목수는 손가락을 다쳐 피 흘리고 얼굴에 땀이 범벅이다. 하지만 뛰어난 장인은 곁에서 구경하면서 소매 속에 손을 넣고 있을 뿐이다.[不善爲斲, 血指汗顔, 巧匠旁觀, 縮手袖間.]"

지니고 있었다. 하지만 세상으로 나가는 길을 얻지 못하였다. 그가
어느 날 석죽화石竹花(패랭이꽃)를 보고서 이렇게 읊었다.[6]

한글	한시	평측	독음	풀이
붉은 모란을 세상이 사랑하여	世愛牡丹紅	●●●○○ 1 5 2 2 4	세애목단홍	세상이|사랑하여|모란의|붉음을
뜰에 가득 심고 기르지만	栽培滿院中	○○●●○ 1 2 5 3 4	재배만원중	심어서|길러|가득하나|원의|안에
어느 누가 거친 초야에도	誰知荒草野	○○○●● 1 5 2 3 3	수지황초야	누가|알까|거친|초야에
좋은 꽃떨기 있는 줄 알까?[7]	亦有好花叢	●●●○○ 1 5 2 3 4	역유호화총	또한|있음을|좋은|꽃|떨기가
마을 연못 달그림자에 그 빛깔이 스며들고	色透村塘月	●●○○● 1 5 2 3 4	색투촌당월	빛깔이|스며들고|시골|연못|달빛에
언덕 나무 바람결에 향기 전해오는데	香傳隴樹風	○○●●○ 1 5 2 3 4	향전롱수풍	향이|전해진다|언덕의|나무|바람에
궁벽한 곳에 귀공자 드물어	地偏公子少	○○○●● 1 2 3 3 5	지편공자소	땅이|외지고|공자가|적어
그 교태를 농부가 차지하네	嬌態屬田翁	○●●○○[8] 1 2 5 3 4	교태속전옹	아리따운|모습|속한다|시골|노인에게

---

5) 정습명鄭襲明(?~1151)은 태자 시절 의종의 스승이었다. 한림학사와 좌승선을 거쳐
추밀원 지주사를 지냈다.
6) 『동문선』에 「석죽화石竹花」라는 제목으로 실려있다.
7) 벼슬을 얻지 못하고 초야에 머물러 있는 시인 자신을 패랭이꽃에 빗댄 것이다.
세상에 사랑받는 모란과 대비된다.
8) □측기평수 구식을 사용한 오언율시이다. 상평성 '동東' 운에 맞추어 '紅, 中, 叢,
風, 翁'으로 압운하였다.

당시에 어떤 대혼大閽(수문장)[9]이 이 시를 외워 예종의 귀에까지 들어가게 되었다. 예종이 이렇게 말했다.

"구감(대혼)이 알려주지 않았다면, 사마상여(정습명)가 아직 살아있는 줄을 어찌 알았겠는가?"[10]

그리고 즉시 명하여 정공을 옥당 관원으로 보임하게 하였다.

의종 즉위 초의 일이다. 현량 황보탁皇甫倬[11]이 열 번에 걸쳐 과거를 치른 뒤에 상등의 성적(장원)을 얻어 합격하였다. 그때 마침 상림上林[12]에서 노닐던 의종이 작약을 감상하다가 시 한 수를 지어냈다. 모시는 신하들이 모두 화답하는 시를 지어냈고, 황보탁도 한 수를 지어 올렸다.[13]

주인 없는 꽃이라고
누가 말했나?
임금께서
날로 사랑하시네
이른 여름
맞이하고

誰導花無主 ○●○○●
1 5 2 4 3　수도화무주
누가│말했나│꽃에│없다고│주인이

龍顔日賜親 ○○●●◎
1 1 3 5 4　룡안일사친
용안이│날마다│내린다│친함을

也應迎早夏 ●○○●●
1 2 5 3 4　야응영조하
또한│응당│맞이하고│이른│여름을

---

9) 대혼大閽은 궁궐이나 성에서 문을 지키는 관원을 이른다.
10) 구감狗監은 임금을 모시는 신하이다. 한 무제가 「자허부子虛賦」를 읽고 감탄하며 작가가 옛사람이라 만날 수 없다고 한탄하자, 구감 양득의楊得意가 자기 마을에 사는 사마상여라고 소개했다. 『사기 사마상여전司馬相如傳』.
11) 황보탁皇甫倬은 의종 8년(1154) 과거에 장원으로 급제하였다. 대사성을 지냈다.
12) 상림上林은 궁궐 내의 정원을 이른 것으로 보인다.
13) 『동문선』에 「작약芍藥」이라는 제목으로 실려있다. 조통趙通의 시로 되어있다.

끝 봄을
홀로 지키니

바람결에
낮잠을 깨고

비에 씻겨
새벽 화장이 새로워라

궁인들은
시기하지 말게

비슷할 뿐
진짜 서시는 아니니15)

獨自殿餘春 ●●●○○
1 2 5 3 4　독자전여춘
|홀로|스스로|뒤에 있으니|남은|봄|

午睡風吹覺 ●●○○●
1 2 3 4 5　오수풍취교
|낮|잠을|바람이|불어|깨고|

晨粧雨洗新 ○○●●○
1 2 3 4 5　신장우세신
|새벽|화장을|비가|씻어|새롭다|

宮娥莫相妬 ○○●●○
1 2 5 3 4　궁아막상투
|궁궐|여인은|말라|서로|시기하지|

雖似竟非眞 ○●●○◎14)
1 2 3 5 4　수사경비진
|비록|비슷하나|결국|아니다|진짜가|

의종이 큰 칭찬을 아끼지 않았다. 나중에 임용을 담당하는 이부에서 관직館職16)에 보임할 후보자로 공을 추천한 일이 있었다. 의종이 공의 성명을 보고서 말하였다.

"이 사람이 예전에 명에 응하여 작약을 시로 지어 올렸던 자가 아닌가?"

즉시 친필로 낙점해서 동관에 근무하게 하였다.

정공鄭公은 나중에 추액樞掖(중추원)에 들어가 언론을 담당하는 후설喉舌(승선)의 직임을 맡았다. 이때 임금(예종)이 남긴 유명을 받들어 다

---

14) □측기측수 구식을 사용한 오언율시이다. 상평성 '진眞' 운에 맞추어 '親, 春, 新, 眞'으로 압운하였다.

15) 작약芍藥의 별칭이 취서시醉西施이다. 작약 꽃잎이 술기운에 발그레한 서시 얼굴 같다고 하여 이렇게 이른다.

16) 관직館職은 수찬修撰이나 편교編校 등 문필에 관한 일을 담당하는 예문관이나 춘추관 등의 관직을 이른다.

음 임금(의종)을 보필하게 되었다. 이에 직언으로 간언하여 임금을 바로잡는 신하의 기풍을 보여주었다.

황보탁 공도 왕명과 임명장을 작성하는 일을 담당하면서 10여 년 동안 대각을 출입하였다.

아, 바람이 용을 만나고 구름이 범을 만나듯이 임금과 신하가 의기투합하는 일은 천 년에 한 번쯤 생긴다고 옛사람이 말하였다.[17] 그런데 지금 두 분은 오직 시 한 수로 인해서 임금에게 지우知遇를 입게 되었다. 꿈에 나타나거나[18] 점을 쳐서 찾아내거나[19] 하는 번거로운 일을 거치지 않고서 자연스럽게 의기가 투합하게 된 것이었다. 밝은 임금과 어진 신하가 서로 만나는 것이 어찌 우연한 일이겠는가?

東館是蓬萊山, 玉堂號鼇頂, 皆神仙之職. 本朝舊制, 雖天子莫得擅其升黜. 苟有缺, 必須禁署諸儒薦引, 然後用之. 非有三多之譽七步之才, 則世皆謂之處必未免血指汗顔之誚. 睿王時, 江南措大鄭襲明, 抱奇才偉量, 涉世無津. 嘗賦石竹花, "世愛牡丹紅, 栽培滿院中. 誰知荒草野, 亦有好花叢. 色透村塘月, 香傳隴樹風. 地偏公子少, 嬌態屬田翁." 時有大闇, 誦此詩達宸聰. 上曰 "非狗監, 何以知相如之尙

---

17) 훌륭한 임금과 신하가 서로 만나는 것이 천 년에 한 번 찾아오는 특별한 기회라는 말이다. 『주역 건괘乾卦』. "구름은 용을 따르고 바람은 범을 따른다. 성인이 나옴에 만물이 우러러본다.[雲從龍, 風從虎, 聖人作而萬物睹.]" 동류同類가 서로 응하여 만남을 이른다.

18) 은나라 고종이 꿈에서 성인을 만난 뒤에 그 인물을 찾았다. 얼마 후 부암이라는 곳에서 부열傅說을 찾아내어 재상으로 삼았다고 한다. 『사기 은본기殷本紀』.

19) 주나라 문왕이 인재를 얻을 것이라는 점괘를 얻은 뒤에, 사냥을 나갔다가 위수渭水 물가에서 낚시하는 태공망太公望 여상呂尙을 만났다고 한다. 『사기 제태공세가齊太公世家』.

在耶?"卽令補玉堂. 毅王初, 賢良皇甫倬, 十擧擢上第. 會上遊上林, 賞芍藥, 遂成一什. 侍臣莫賡載, 賢良亦進一篇, "誰導花無主, 龍顔日賜親. 也應迎早夏, 獨自殿餘春. 午睡風吹覺, 晨粧雨洗新. 宮娥莫相妬, 雖似竟非眞." 上大加稱賞. 其後選部進擬補館職者, 上觀姓名曰 "莫是嘗進應制芍藥者耶?" 卽以宸翰點之, 直東館. 鄭公後入樞掖居喉舌, 受遺輔主, 謇謇有王臣風. 皇甫公亦掌綸誥, 出入臺閣十餘年. 噫, 風雲際會, 古人謂之千載. 今觀二公, 唯以一篇見知, 不煩夢卜, 自然而合. 明良相値, 豈偶然哉.

※ 동관과 옥당을 신선이 근무하는 관직으로 소개했다. 동관은 왕을 위해 조서나 고명 등을 작성하는 일을 맡던 곳이고, 옥당 역시 왕명을 기록하는 일을 담당하던 곳이다. 소속 관원은 과거 시험을 주관하거나 국왕과 왕세자 교육을 맡는 경연관이 되기도 했다. 또 왕의 행차를 호종하여 곁에서 보필했다. 그만큼 시문에 뛰어나고 품격이 우아한 자가 근무하는 명예로운 자리이다. 결원을 충원할 때는 반드시 소속 관원에게 여론을 물어 신중하게 대상자를 결정했다고 한다. 대개 장원 급제한 자가 이곳에 근무하게 된다. 그런데 정습명과 황보탁은 빼어난 시 한 수로 이곳에 근무하게 된 경우이다. 그 정도로 인상이 강렬하게 남는 시를 지어낸 것이다. 위에 소개한 시 두 수가 그것이다.

하18. 백운자와 임춘의 처량하고 슬픈 앵무새 시

"부지런히 쉬지 않고 백 번을 지저귀네"

백운자白雲子(오정석)[1]는 유가의 의관을 버리고 부도씨浮屠氏(불교)의 가르침을 배웠다. 그리고 허리에 바랑을 매고서 명산을 두루 유람하였다. 그러던 길에 꾀꼬리 우는 소리를 듣고서 감흥이 일어나 절구로 시 한 수를 완성하였다.[2]

붉은 부리와 노란 깃털을 예쁘다고 자랑하니	自矜絳觜黃衣麗 ○○●●○○○ 1 7 2 3 4 5 6　자긍강자황의려 홀로 뽐내니 붉은 부리 노란 옷 예쁨
대갓집[3] 초록 나무에서 울어야 마땅한데	宜向紅墻綠樹鳴 ○○●○●●○ 1 4 2 3 5 6 7　의향홍장록수명 응당 향해 붉은 담 푸른 나무서 울지
무슨 일로 쓸쓸한 외딴 시골에서	何事荒村寥落地 ○●○○○●● 1 2 3 4 5 5 7　하사황촌료락지 무슨 일로 거친 시골 쓸쓸한 땅에서
이따금 숲 너머로 울음소리 몇 마디씩 낼 뿐인가?	隔林時送兩三聲 ●○○●●○○[4] 2 1 3 7 4 5 6　격림시송량삼성 너머 숲 때로 보낼가 두 세 울음소리

내 친구 임기지林耆之(임춘)도 희망을 잃고서 강남 지역을 떠돌다가

---

1) 백운자白雲子는 오정석吳廷碩의 호이다. 하−9 참조.
2) 『동문선』에 「도중에 꾀꼬리 소리를 듣다[途中聞鶯]」라는 제목으로 실려있다. 작가는 오정석吳廷碩이다. 1구 '絳觜黃'이 '丹口金'으로, 3구 '事荒'이 '似山'으로 되어 있다.
3) 홍장紅墻은 부귀한 집에 설치한 채색 담장을 이른다.
4) □평기측수 구식을 사용한 칠언절구시이다. 하평성 '경庚' 운에 맞추어 '鳴, 聲'으로 압운하였다.

꾀꼬리 우는 소리를 듣고서 또한 이런 시를 지었다.[5]

농가에 오디 익고
보리도 장차 여물 무렵에

田家椹熟麥將稠 ○○●●●○○
1 1 3 4 5 6 7 　전가심숙맥장조
|농가에|오디|익고|보리|장차|여무니|

푸른 나무에서 비로소
꾀꼬리 소리 들리네[6]

綠樹初聞黃栗留 ●●○○○̆●○
1 2 3 7 4 4 4 　록수초문황률류
|초록|나무서|처음|듣는다|꾀꼬리 소리|

꽃구경하는 낙양(개경) 손님을
알아보는지

似識洛陽花下客 ●●●○○●●
7 6 1 1 3 4 5 　사식락양화하객
|듯하니|아는|낙양의|꽃|아래|나그네|

부지런히 쉬지 않고
백 번을 지저귀네

殷勤百囀未曾休 ○○●●●○◎[7]
1 2 3 4 7 5 6 　은근백전미증휴
|몹시|힘껏|백 번|울어|않다|일찍|쉬지|

　예나 지금이나 시인들이 사물을 빌려 마음을 표현한 것은 대체로 이와 유사하다. 두 사람도 시를 짓기 전에 먼저 서로 약속한 것이 아니었다. 하지만 뱉어낸 시어가 마치 한 사람 입에서 나온 듯이 처량하고 구슬프다.

　뛰어난 재능을 갖추었으나 세상에 쓰이지 못하여 천하를 유랑하면서 정처 없이 떠돌던 나그네의 모습이 몇 글자 사이에서 또렷하게 전부 드러난다.

---

5) 『서하집』과 『동문선』에 「늦봄에 꾀꼬리 소리를 듣다[暮春聞鶯]」라는 제목으로 실려 있다. 『서하집』에 1구 '椹熟'이 '三月'로, '將'이 '初'로, 4구 '曾'이 '能'으로 되어있다. 『동문선』에 1구 '椹'이 '葚'으로, 2구 '初'가 '時'로, 4구 '曾'이 '能'으로 되어 있다.

6) 황률류黃栗留는 꾀꼬리의 별칭이다. 황조黃鳥, 황앵黃鶯이라고 부른다. 구양수, 「다시 여음에 이르다[再至汝陰]」, "꾀꼬리가 울 적에 뽕나무 오디가 익네.[黃栗留鳴桑椹美.]"

7) ㅁ평기평수 구식을 사용한 칠언절구시이다. 하평성 '우尤' 운에 맞추어 '稠, 留, 休'로 압운하였다.

"시는 마음에서 발원한다."[8]

詩源乎心 시원호심
1 4 3 2
|시는|발원한다|에서|마음|

이런 말이 있다. 정말로 그렇다.

白雲子棄儒冠, 學浮屠氏教, 包腰遍遊名山. 途中聞鶯, 感成一絶, "自矜絳觜黃衣麗, 宜向紅墻綠樹鳴. 何事荒村寥落地, 隔林時送兩三聲?" 吾友耆之失意遊江南, 聞鶯亦作詩云 "田家椹熟麥將稠, 綠樹初聞黃栗留. 似識洛陽花下客, 殷勤百囀未曾休." 古今詩人托物寓意, 多類此. 二公之作, 初不與之相期, 吐詞悽惋, 若出一人之口. 其有才不見用, 流落天涯, 羈遊旅泊之狀, 了了然皆見於數字間, 則所謂"詩源乎心"者信哉.

※ 오정석은 무신의 난을 피해 산에 들어가 중이 된 인물이다. 신준神駿이 법명이다. 출신과 행적이 전하지 않고 역사에도 이름이 한 차례 등장할 뿐이다. "불행히 의종 말년에 무인이 난을 일으켜 옥석을 가리지 않고 모두 불태웠습니다. 화를 피한 자들은 깊은 산에 들어가 의관을 버리고 가사를 입은 채로 여생을 마쳤습니다. 신준과 오생悟生 등이 이런 경우입니다."[9] 이제현이 충선왕에게 아뢴 말이다. 실제로 난리 초반에 무도한 참살이 곳곳에서 벌어져 도성이 공포에 휩

---

8) 『시화총귀 평론문評論門』, "구양수가 말하였다. '시는 마음에서 발원하는 것이다.'[歐陽文忠曰'詩原乎心者也.']"
9) 『고려사 이제현전李齊賢傳』.

싸였고, 많은 지식인이 각처로 흩어져서 은자로 살아가기 시작했다.

임춘도 젊은 시절에 난리 소용돌이를 피하지 못하였다. 겨우 개경 근처로 피신하여 숨어 지내다가 예천과 상주로 내려가 여러 해 머물렀다. 그 사이 몇 차례 벼슬을 구하고 과거도 준비했으나 소용없는 일이었다. 그의 유고는 무슨 사연이 있었는지, 청동 항아리 속에 담기어 묻혔다가 1656년에 청도 운문사 근처에서 발견되었다고 한다.

위에 소개한 시 두 수에는 두 시인이 살아온 서로 다른 삶이 투영되어 있다. 꾀꼬리를 보는 시선도 서로 다르다. 오정석은 깃털과 부리의 아름다움을 뽐내지 않고서 한가롭게 시골에서 지저귀는 모습에 주목했다. 환속하지 않고 일생을 마친 시인의 삶이 꾀꼬리에 겹쳐 보인다. "온종일 세상 밖에서 소요하니, 참언과 비방에서 일찍 벗어남을 기뻐하네."[10] 그가 남긴 말이다. 이에 반해 임춘은 자신을 여전히 낙양 사람으로 설정하고 있다. 꾀꼬리가 자기 모습을 알아보고 반갑게 지저귄다고 한다. 세상살이에 대한 희망 섞인 기대가 엿보인다.

---

10) 오정석, 「대광사 주지에게 보내다[贈大光寺堂頭]」.

강건하고 날렵한 대감국사의 글씨
"그 힘이 수레를 뒤집고 예리함은 갑옷미늘을 뚫는다"

계림(신라) 사람 김생이 이룬 필법은 기이하고 절묘하다. 진나라와 위나라 서예가들조차 발돋움해서 엿볼 수 없는 수준이다.

우리나라에 와서는 오직 대감국사大鑑國師(탄연)와 학사 홍관洪灌[1]이 명성을 떨쳤다. 화려하게 장식한 궁전과 누대에 걸어놓은 편액 글씨는 물론이고, 병풍과 족자에 써놓은 명銘이나 계戒의 글씨도 모두 두 사람 손에서 나온 것이었다.

청평 진락공眞樂公(이자현)이 세상을 떠났을 때이다. 서호 승려 혜소惠素가 제문을 짓고 대감국사가 글씨를 썼다. 그런 뒤에 더욱 정성을 다하여 빗돌에 새겨 전하였다. 세상 사람들은 이 세 가지를 꼽아서 삼절三絕(글, 글씨, 새김)이라고 부른다. 통통하게 살찌고 뼈대가 물렁물렁한 최崔와 양楊[2] 등의 글씨는 정말 미칠 수 없는 경지이다.

당시에 논평하는 사람들이 이렇게 말하였다.

"쇠를 구부려서	引鐵爲筋 인철위근
	2 1 4 3
	당겨 쇠 만들고 힘줄
힘줄 만들고	
산을 꺾어서	摧山作骨 최산작골
	2 1 4 3
뼈대 만들어내니,	꺾어 산 만든다 뼈대

---

1) 홍관洪灌(?~1126)은 당성唐城(경기 화성) 사람이다. 과거 급제 후에 어사 중승과 보문각 학사 등을 거쳐 상서 좌복야에 올랐다.
2) 최崔와 양楊은 누구인지 확인되지 않는다.

그 힘이
수레를 뒤집고

力可伏輗	력가복주
1 4 3 2	
힘	만하고	엎을	수레

예리함은
갑옷미늘을 뚫는다."

利堪穿札	리감천찰
1 4 3 2	
예리함	만하다	뚫을	미늘

송나라 사람이 고운 비단과 좋은 먹을 보내어 대감국사에게 글씨를 부탁하였다. 이에 학사 권적權迪[3]에게 청하여 절구로 시 두 수를 짓게 한 뒤에, 이를 써서 보내주었다.[4]

소식 문장이
해외까지 알려졌는데

蘇子文章海外聞	ŏ●○○●●	소자문장해외문
1 1 3 3 5 6 7		
소식	문장	바다	밖까지	알려졌는데

송나라 천자가 그 글을
불살라버렸네

宋朝天子火其文	●○ŏ●●○○	송조천자화기문
1 1 3 3 7 5 6		
송	천자가	불태웠다	그	문장을

문장을 태워
재로 만든다 해도

文章可使爲灰燼	○○●●●○●	문장가사위회신
1 1 3 4 7 5 5		
문장은	가히	하여금	만들어도	재로

높고 높은 큰 명성을
불태울 수 있으랴?

落落雄名安可焚	●●○○ŏ●○[5]	락락웅명안가분
1 1 3 4 5 7 6		
드높은	큰	명성	어찌	수 있나	태울

다른 한 수는 잃어버렸다.

---

3) 권적權迪(1094~1147)은 자가 득정得正이다. 1115년 7월에 견유·저甄惟底 등과 함께 송나라 태학에 파견 입학하였다가 상사급제上舍及第를 얻고 1117년에 귀국하였다. 귀국 후에 국자 좨주와 한림학사를 거쳐 형부 시랑과 태자태보에 올랐다.

4) 『청장관전서 앙엽기·동파체東坡體』에 인용되어 있다. 4구가 '千苦芳名不可焚'으로 되어있다.

5) ㅁ측기평수 구식을 사용한 칠언절구시이다. 상평성 '문文' 운에 맞추어 '聞, 文, 焚'으로 압운하였다.

雞林人金生筆法奇妙, 非晉·魏時人所政望. 至本朝, 唯大鑑國師·學士洪灌擅其名. 凡寶殿花樓額題, 及屛障銘戒, 皆二公筆也. 淸平眞樂公卒, 西湖僧惠素撰祭文, 而國師書之, 尤盡力刻石以傳, 世謂之"三絕". 固非崔·楊輩, 豐肌脆骨者之所及. 當有評者曰"引鐵爲筋, 摧山作骨. 力可伏軹, 利堪穿札."宋人有以精縑妙墨, 求國師筆跡者. 請學士權迪作二絕, 寫以附之, "蘇子文章海外聞, 宋朝天子火其文. 文章可使爲灰燼, 落落雄名安可焚?"亡其一篇.

※ 김생이 성취한 필법을 진나라와 위나라 사람의 필법에 견주었다. 진나라에 왕희지와 왕헌지가 있고 위나라에 종요가 있다. 김생에 대해 극찬한 것임을 알 수 있다. 대각국사가 이룬 글씨도 그에 못지않다. 쇠로 힘줄을 만들고 산으로 뼈대를 삼았다고 평하였다. 붓끝이 맵고 날렵하면서 필획이 강건함을 형용한 것이다. 동기창은 왕희지가 쓴「관노첩」글씨에 대해 '붓끝을 감추어 쇠를 품고 있는 듯하다'라고 평한 바 있다.

권적은 소식의 뛰어난 시문이 해외에 널리 전해졌다고 칭송하였다. 대각국사의 글씨가 거꾸로 바다를 건너 송나라에 전해지게 되었기에, 대응하는 짝으로 설정한 것이 아닐까 한다. 소식과 황정견은 선화 연간에 간당奸黨으로 지목되었다. 그 이후로 두 사람의 글씨도 상서롭지 못한 물건이 되었다. 예술품에 적은 제발 글씨까지 전부 버려졌을 정도다.[6] 그렇지만 고려와 조선에서 두 사람 시문과 글씨는 최고 본보기가 되었다.

---

6) 동기창, 『화선실수필』.

하20. 두목의 경지에 오른 이양실의 절묘한 시

"농서의 한 조각 달이 날아와서 낙성을 비추네"

사촌 동생 상서 이유경李惟卿[1]은 재상가 자제로서 풍류가 있다고 어릴 때부터 자임하였다. 함께 놀던 사람들은 마치 옥으로 이루어진 산을 곁에 두고 다니는 듯한 기운을 느꼈다.[2]

한번은 술에 취하여 상춘정賞春亭[3]에 들어가서 목작약木芍藥(모란)을 감상하며 읊조린 적이 있다. 바로 그때 추부 이양실李陽實[4]이 주변에 있다가 그 모습을 보았다. 그 풍류와 운치가 기특하다고 여겨 시를 지어 주었다.

농서의
한 조각 달이[5]

一片隴西月	●●●○○
1 2 3 3 5	일편롱서월
한 조각 농서의 달이	

---

1) 이유경李惟卿은 이인로의 사촌 형제이다. 이인로의 백부인 중서시랑 문하평장사 이광진李光縉의 아들이다.

2) 옥으로 이루어진 산[玉山]은 고매하고 준수한 자가 갖춘 기상을 빗댄 말이다. 진나라 배해裴楷(237~291)는 풍모가 고매하고 준수하였으며 의리에 밝고 식견이 정밀하여 사람들이 '옥인玉人'이라 일컬었다. 또 "배해를 만나면 옥산을 가까이한 듯이 빛이 난다."라고 하였다. 『진서 배해전裴楷傳』.

3) 상춘정賞春亭은 연경궁延慶宮의 뒤뜰에 있던 정자다. 왕이 자주 이곳에 행차하여 연회를 베풀었다.

4) 이양실李陽實은 1141년에 명주도감창사溟州道監倉使로서 울릉도에서 과일과 나뭇잎 따위를 채취하여 진상한 일이 있다. 1146년 11월에 사신으로 금나라에 다녀왔고, 위위경衛尉卿으로 있던 1163년 7월에 지서북면병마사에 제수되었다. 그러나 반대 여론에 막혀 부임하지 못했다.

5) 농서隴西는 달을 좋아하던 이백의 고향이자, 이씨李氏의 중국 관향이다. 농서 이씨 이유경이 낙양에 와서 노닐어 낙성이 밝게 빛난다고 표현한 것이다.

날아와서

飛來照洛城 ○○●●◎
1 2 5 3̲ 3̲　비래조락성
|날아|와서|비춘다|낙성을|

낙성(개경)을 비추네

헤어질 때 마음은

別時如久雨 ●○○●●
1 2 3 4 5　별시여구우
|이별할|땐|마치|오래|비 내린 듯하고|

굳은비 같더니

다시 만남에

逢處若新晴 Ŏ●●○◎[6)]
1 2 3 4 5　봉처약신청
|만난|곳에선|마치|새로|갠 듯하다|

새로 갠 듯 맑아지네

많은 운을 사용한 장편의 시인데, 다 기록하지는 않는다.
옛날에 황산곡(황정견)이 시를 논하면서 이렇게 말하였다.

"옛사람 뜻을

不易古人之意 불역고인지의
6 5 1 2 3 4
|않고서|바꾸지|옛|사람|어사|뜻을|

바꾸지 않고

말을 새로 지어냄을

而造其語謂之換骨 이조기어 위지환골
1 4 2 3 6 5 7̲ 7̲
|어사|지음|그|말|일러|이를|환골이다|

'환골'이라고 하고,

옛사람 뜻을

規模古人之意 규모고인지의
5̲ 5̲ 1 2 3 4
|본떠서|옛|사람|어사|뜻을|

본떠서

새로 형용해냄을

而形容之謂之奪胎 이형용지 위지탈태
1 3̲ 3̲ 2 6 5 7̲ 7̲
|어사|형용함|이를|일러|이를|탈태다|

'탈태'라고 한다."[7)]

환골과 탈태는 타인이 이룬 것을 날것 그대로 잘라내어 훔치는 활
박생탄活剝生呑과는 하늘과 땅만큼 차이가 크다. 하지만 몰래 베끼고
훔쳐 모방하는 것을 능사로 여긴다는 평가를 피할 수는 없다. 이른바

---

6) □측기측수 구식을 사용한 오언절구시이다. 하평성 '경庚' 운에 맞추어 '城, 晴'으
로 압운하였다.
7) 송나라 혜홍惠洪의 『냉재야화 환골탈태법換骨奪胎法』에 보인다.

"옛사람이 도달하지 못한 데서 신의新意를 지어낸다."라고 하는 시의 절묘함에 어떻게 해당할 수 있겠는가?

나는 위 시를 처음 보았을 때 이렇게 생각했었다.

"이는 옛사람이 득의得意하여 지어낸 시구이다."

그런데 얼마 전이다. 쌍명재雙明齋[8]에서 이 추밀李樞密[9]을 만나서 시를 논하게 되었다. 이야기 끝에 이 시도 거론하였다. 그런데 그 순간 재상 이준창李俊昌[10]이 낯빛을 바꾸고 정색하면서 이렇게 말하는 것이었다.

"이는 저의 선친(이양실)께서 아무개(이유경)에게 지어 주었던 시입니다."

나는 깜짝 놀라면서 감탄하는 마음을 가라앉힐 수 없었다. 자리에 있던 손님들에게 말했다.

"이 시를 가져다가 소두(두목)의 시집 속에 끼워 넣는다면, 두목 시가 아닌 줄을 누가 알아차릴 수 있겠는가?"

┐
堂弟尙書惟卿, 相門子, 少以風流自命. 與之遊者, 若近玉山行. 嘗中酒入賞春亭, 吟賞木芍藥. 樞府李陽實從傍見之, 愛其風韻, 贈詩云 "一片隴西月, 飛來照洛城. 別時如久雨, 逢處若新晴." 韻多不載. 昔

---

8) 쌍명재雙明齋는 최당崔讜(1135~1211)의 서재이다.(상-4 참조)
9) 이 추밀李樞密은 이준창과 함께 기로회에 속한 이세장李世長(1141~?)으로 추정된다. 수사공으로 치사하였다.
10) 이준창李俊昌(1135~?)은 형부 시랑을 거쳐 추밀원사와 수사공을 지낸 인물이다. 어머니는 예종의 궁인이 낳은 딸이다.

山谷論詩, 以謂"不易古人之意而造其語, 謂之換骨; 規模古人之意
而形容之, 謂之奪胎." 此雖與夫活剝生呑者, 相去如天淵, 然未免剽
掠潛竊以爲之工. 豈所謂出新意於古人所不到者之爲妙哉. 僕得是詩,
以謂"此古人得意句." 昨雙明齋見李樞密論詩, 語及此詩. 李相俊昌
愀然變容, 曰"此先公贈某詩也." 僕驚嘆不已, 謂座客曰"若以此詩,
編小杜集中, 孰知其非?" ⌐

※ 이인로는 위에 소개한 시가 지어진 사연을 처음에는 몰랐던 듯하
다. 아마도 옛사람이 남긴 걸작으로만 알고 있다가, 이준창에게 사
실을 전해 듣고서 깜짝 놀란 듯하다. 이준창이 말한 '선친'은 이양실
이고, '아무개'는 이유경일 것이다. 이양실의 시는 이미 '환골'이나
'탈태'라는 말로 지적할 수준에서 멀리 벗어나, 이미 '옛사람이 도달
하지 못한 데서 신의를 지어내는' 절묘한 경지에 올랐다고 규정한 것
으로 이해된다.

하21. 주나라 석고를 노래한 이인로의 시

"맑게 퍼지는 균천광악을 잠시 들은 것만 같구나"

석고石鼓[1]는 기양岐陽[2]에 위치한 공자孔子 사당[3]에 있다. 주나라에서 당나라까지 거의 2천 년이 흐르는 사이에, 세상에 전하는 어떤 시와 산문과 여러 역사서와 백가 저작에서도 언급되지 않았던 물건이다.

위응물[4]과 한유[5] 두 사람은 모두 옛것에 해박한 자들이다. 하지만 무엇을 근거로 이 물건이 주나라 선왕宣王이 제작한 석고라고 즉시 판단하고서, 가사歌詞(「석고가」)를 지어내어 남김없이 분석할 수 있었던 것인가? 구양수도 이에 대해 세 가지 의문이 남는다고 하였다. [6]

---

1) 석고石鼓는 627년에 봉상鳳翔 진창산陳倉山에서 발견된 북 모양의 석각 유물 10점이다. 사냥한 내용을 읊은 4언시를 주문籒文으로 새겨놓았다. 엽갈獵碣로도 불린다. 한유는 주나라 선왕宣王 때 제작되었다고 보았다.

2) 기양岐陽은 기산 남쪽이다. 『좌전』(소공 4년 6월)에 실린 "성왕이 기양에서 사냥하였다.[成有岐陽之蒐.]"라는 기사를 근거로, 이곳에서 사냥한 내용을 석고에 기록하였다고 본다.

3) 구양수는 『집고록』에서 기양석고岐陽石鼓가 봉상鳳翔 공자묘孔子廟에 있다고 소개했다. 실제로 기산 남쪽에는 서주西周 시기에 창건했다는 주공묘周公廟가 있다. 이를 일컫는 듯하다.

4) 위응물韋應物은 소주 자사를 지내어 위소주韋蘇州로 불리는 당나라 시인이다. 산수 전원에 있는 풍물을 맑고 담박한 어조로 읊었다. 16구 칠언고시 「석고가石鼓歌」를 남겼다.

5) 한유韓愈(768~824)는 792년에 급제하였다. 사후에 '문文' 자를 시호로 받아 한문공韓文公으로 불리고, 창려백昌黎伯에 봉해져 한창려韓昌黎로 불린다. 66구 칠언고시 「석고가」를 남겼다.

6) 구양수歐陽脩(1007~1072)는 1063년에 작성한 『집고록 석고문石鼓文』에서 세 가지 의문을 제시하였다. '가는 글씨로 얕게 새긴 석고가 2천 년 가까이 전해진 것'과 『시경』과 『서경』 외에 유일하게 남은 삼대 문장인데 그 사이에 누구도 이를 언급

어제 서루에서 우연히 석고의 글을 읽어보고서 마음속에 떠오르는 것이 있었다. 이를 20운(40구) 시로 읊어내어, 훗날 이를 아는 군자가 나타나기를 기다린다.

공자의 나막신은 전해져서
만세 보배가 되고[7]

木履傳爲萬世珍　●●○○●●○
1 2 3 7 4 5 6　목리전위만세진
|나무|신|전해|되고|만|세|보배가|

공벽의 경전[8]도
유자들이 논쟁하는데

壁經亦鼓諸儒舌　●●●●●○○
1 2 3 7 4 5 6　벽경역고제유설
|벽|경전|또|울리는데|여러|유자|혀|

하늘 모양으로 불룩한[9] 석고는
예부터 기이하다 알려지고

窮隆石鼓古稱奇　○○●●●○○
1 1 3 3 5 7 6　궁륭석고고칭기
|불룩한|석고|예부터|일컫고|기이하다|

하물며 이것이
공자 사당 물건임에랴

況是夫子玄宮物　●●○●○○○
1 7 2 2 4 4 6　황시부자현궁물
|하물며|이다|공자|사당의|물건|

옛날에 주 선왕이
중흥을 이루어낼 때

周宣昔日啓中興　○○●●●○○
1 2 3 4 5 5 7　주선석일계중흥
|주나라|선왕이|옛|날에|여니|중흥을|

방숙과 소호가[10]
장수 부월 잇달아 휘두르며

方召聯翩揮將鉞　○●○○○●●
1 2 3 3 5 6 7　방소련편휘장월
|방숙|소호|연이어|휘둘러|장수|부월|

하지 않은 것'과 '진시황 각석을 비롯하여 외국 서적까지 서목을 기록한『수서 경적지』에 실리지 않은 것'이다.

7) 목리木履는 공자의 나막신이다. 공자리孔子履로 불린다. 이를 보물로 여겨 궁중 무기고에 보관했으나, 진晉나라 혜제惠帝 때(295) 화재가 발생하여 소실되었다고 한다.『진서 오행지五行志』.

8) 공벽의 경전[壁經]은 한나라 무제 때 공자의 집 벽에서 발견된 경전을 이른다.

9) 궁륭窮隆은 둥근 공 모양으로 융기한 하늘을 형용한 말이다. 궁륭穹窿이라고도 한다. 한가운데가 높고 사방이 낮아지는 천장이나 지붕 등을 일컫는 말로 쓰인다.

10) 방소方召는 방숙方叔과 소호召虎이다. 방숙은 주나라 선왕 때 장수이다. 전차 3천대를 몰아 남방 형초荊楚와 북방 험윤玁狁을 물리쳐 주나라 중흥을 이끌었다. 소호는 소목공召穆公이다. 여왕厲王의 폭정에서 태자 정靖을 지켜 선왕宣王으로 즉위하게 하였다. 또 7천 군사를 거느려 회이淮夷의 4만 군사를 물리쳤다.

전차 3천 대를 몰아

새매처럼 날아가서

북쪽 험윤을 정벌하고

남쪽 월을 눌렀다오

국경을 넓혀

문왕 무왕[11]의 옛터 회복하니

성대한 그 업적을

금슬로 연주해야 마땅한지라

회군하면서 둥둥 북 침을

「채기」로 노래하고[12]

작은 것도 신중했던 일을

「길일」로 노래 불렀네[13]

응당 그때야

장수들이 힘을 다했어도

세월이 지나면

칼집에 서캐 이가 생기는 법

그러나 산하에 다짐한 맹세는

잊힐 수 없고

戎車三千若隼飛　○○○○●●○
1 2 3 4 5 6 7　융거삼천약준비
군대 수레 삼 천 마치 새매 나는 듯

北征玁狁南羈越　●○○●●○◉
1 4 2 2 5 7 6　북정험윤남기월
북으로 치고 험윤 남으로 매었다 월을

拓境已復文虎基　●●●●○○◉
2 1 3 7 4 5 6　척경이복문호기
넓혀 경계 이미 찾으니 문왕 무왕 터

盛業宜將播琴瑟　●○○○●○◉
1 2 3 4 7 5 5　성업의장파금슬
큰 업적 응당 가지고 연주하니 금슬로

振旅闐闐歌采芑　●○○○●○◉
2 1 3 3 7 5 5　진려전전가채기
정돈해 군대 둥둥 북침 부르고 채기로

愼微亦得陳吉日　○●○○●○◉
2 1 3 4 7 5 5　신미역득진길일
삼감도 작은 일 또 이룸을 읊었다 길일로

應念當時將帥勤　○●○○●●◉
1 4 2 2 5 7 6　응념당시장수근
응당 생각함에 당시 장수 근면했으나

幾年刀韜生蟣虱　●○○○●○◉
1 2 3 4 5 6 7　기년도독생기슬
몇 년 만에 칼 집에 생긴다 서캐 이

山河作誓可無亡　○○●●●○○
1 2 4 3 5 7 6　산하작서가무망
산 강에 함 맹세 가히 않고 잊히지

---

11) 문호文虎는 주나라 문왕文王과 무왕武王을 이른다. 고려 혜종의 이름 무武 자를 피해 호虎로 썼다.

12) 전투를 멈추고 군사들이 돌아오게 함을 말한 것이다. 『시경 채기采芑』, "북을 침에 연연히 하며, 군사들을 멈추게 함에 북소리 울리도다.[伐鼓淵淵, 振旅闐闐.]"

13) 『시경 길일吉日』은 작은 일까지 삼가면서 아랫사람을 대하던 선왕宣王의 사냥을 찬미한 시이다.

벽에 그린 모습¹⁴⁾도 | 粉壁圖形亦不滅 ●●○○●●◉
사라지지 않을 것이라 | 2 1 3 3 5 7 6　분벽도형역불멸
하지만 어찌 달 도끼로 | 분칠한｜벽에｜그림｜또｜않으나｜지워지지

豈如月斧墜雲根 ●○●●●○○
하지만 어찌 달 도끼로 | 1 7 2 3 6 4 4　기여월부추운근
바위를 잘라내어¹⁵⁾ | 어찌｜같을까｜달｜도끼로｜깎아｜바위를

科斗奇文勒勳伐 ○●○○●●◉
기이한 과두문자로¹⁶⁾ | 1 1 3 4 7 5 5　과두기문륵훈벌
공훈 새겨놓는 것만 할까? | 과두｜기이한｜문자로｜새긴 것과｜훈공

其辭渾兮簡而淳 ○○○○○●○
그 말이 온통 | 1 2 3 4 5 6 7　기사혼혜간이순
간결하고 순후한 데다 | 그｜말｜온통｜어사｜간결｜어사｜순후하며

奧理宜當載風什 ●●○○●○◉
이치가 심오해서 | 1 2 3 3 7 5 5　오리의당재풍십
시집에 실려야 마땅한데 | 깊은｜이치｜응당｜실릴 만한데｜시집에

胡奈詩官見不收 ○●○○●●◉
시를 맡은 관원이 | 1 1 3 4 5 7 6　호내시관견불수
어찌 채록하지 않아서 | 어찌｜시｜관리가｜보고｜않아｜거두지

滄海側畔遺明月 ○●●●○○◉
창해 물가에서 | 1 2 3 4 7 5 6　창해측반유명월
명월처럼 버려지게 하였나? | 창｜해｜곁｜가에｜버렸나｜밝은｜달처럼

嗟哉去周千載餘 ○○●○○●○
아, 주나라 이후로 | 1 2 4 3 6 7　차재거주천재여
천여 년 동안 | 아｜어사｜거리｜주에서｜천｜년｜남짓인데

雨打風催多壞缺 ●●○○○○◉
비바람에 씻기고 깎여 | 1 2 3 4 7 5 6　우타풍최다괴결
많이 이지러져서 | 비｜치고｜바람｜꺾어｜많아｜깨지고｜깎임

---

14) 한나라 선제宣帝 때 곽광霍光 등 11명 공신을 그린 화상을 미앙궁未央宮 기린각麒
麟閣에 걸어 공적을 기렸다.

15) 신묘한 도끼질 솜씨로 바위를 깎아 석고를 제작했다는 말이다. 월부月斧는 달을
조각하는 전설 속 신비한 도끼이다. 시문을 엮어내는 신묘한 솜씨를 빗대기도 한
다. 운근雲根은 바위이다. 구름이 피어오르는 곳에 있어 이렇게 이른다.

16) 과두문자[科斗奇文]는 획 머리는 둥글면서 크지만, 꼬리로 가면서 가늘고 길어져
서 올챙이[科斗]처럼 보이는 서체이다. 공자 옛집에서 나온 『고문상서』 등 서적이
이 서체로 쓰여 있었다고 한다. 공안국, 「상서서尚書序」.

남겨진 것이	所留一行十數字 ●○○●●●
한 줄에 십여 자뿐이니	2 1 3 4 5 6 7 소류일항십수자
	바가 남은 한 줄에 십 여 글자이니
용 비늘을 주고서 바꾼대도	蛇龍片甲誰復惜 ○○○●●●◎
누가 아끼랴?	1 2 3 4 5 6 7 사룡편갑수부석
	뱀 용 조각 비늘 누가 다시 아낄까
"내 수레가 이미 견고하고	我車旣攻馬亦同 ●○○●●●○
말도 나란히 달리네"라는	1 2 3 4 5 6 7 아거기공마역동
	내 수레 이미 강하고 말 또 나란하다
이 말이	此語迺與詩相涉 ●●●○○○●
『시경』에 보일 뿐인데¹⁷⁾	1 2 3 5 4 6 7 차어내여시상섭
	이 말이 곧 과 시경 서로 연관되는데
한유가 또한	韓公固亦深於詩 ○○●●○○○
정말 『시경』에 깊어	1 1 3 4 7 6 5 한공고역심어시
	한공이 정말 또한 심오하여 에 시경
한번 읽고 즉시	一讀卽認周宣烈 ●●●○○○◎
주 선왕 업적임을 알고서	1 2 3 7 4 5 6 일독즉인주선렬
	한번 읽고 즉시 알아 주 선왕 업적을
풍운처럼 붓을 휘둘러	風雲入筆騁雄詞 ○○●●●○○
웅장한 가사를 쏟아내어서	1 2 4 3 7 5 6 풍운입필빙웅사
	바람 구름처럼 넣어 붓에 쏟아 큰 말
조금도 남김없이	剖析不肯遺毫髮 ●●●●○○◎
분석하여 밝혀내었네	1 2 7 6 5 3 3 부석불긍유호발
	베고 나눠 않다 기껍지 놓침도 터럭을
그렇지 않았다면 이 석고문이	不然斯文成寒灰 ●○○○○○○
꺼진 재처럼 사라져	2 1 3 4 5 6 7 불연사문성한회
	않으면 그렇지 이 글 됐으니 찬 재
어찌 숭고한 시와	豈與崇高得幷列 ●●○○●●◎
나란히 전해질 수 있었으랴?	1 4 2 2 7 5 6 기여숭고득병렬
	어찌 와 숭고 얻을까 함께 줄 섬을
이를 보니 마치 꿈속에서	有如夢中遊帝所 ●○●○○●●
하늘 궁전에 갔다가	7 6 1 2 5 3 4 유여몽중유제소
	있으니 듯함 꿈 에서 논 천제 처소에

---

17) 『시경 거공車攻』, "우리 수레가 이미 견고하며 우리 말이 이미 똑같네.[我車旣攻, 我
馬旣同.]" 공攻은 견고하다[堅]는 뜻이고, 동同은 네 마리 말이 힘과 속력이 일정하
다[齊]는 뜻이다. 「석고문」의 첫 번째 각석에 같은 말이 보인다.

맑게 퍼지는 균천광악을
잠시 들은 것만 같구나[18]
이제 내가 읊어서
보태어 채워보고도 싶지만
이미 무뎌진 붓끝으로는
엮어내기 어려워라
큰 솥 음식 맛은
손끝에 묻혀서도 알겠으나[19]
나는 새 시의 빠진 한 글자를
어찌 채울 수 있으랴?[21]

暫聽鈞天悉清越	●●○○○●●
1 7 2 2 4 5 6	잠청균천실청월
잠시 듣는다 균천악 온통 맑게 퍼짐	

我今吟哦欲補之	●○○○●●○
1 2 3 3 7 6 5	아금음아욕보지
내가 이제 읊어 싶지만 채우고 그것	

毛錐已鈍難緝綴	○○●●○●◉
1 2 3 4 7 5 6	모추이둔난집철
붓 끝 이미 무뎌서 어렵다 잇고 엮기	

染指雖知九鼎味	●●○○●○●
2 1 3 7 4 4 6	염지수지구정미
적셔 손가락 비록 알아도 큰 솥 맛은	

飛鳥豈補一字脫	○●●●●●◉[20]
1 2 3 7 4 5 6	비조기보일자탈
나는 새 시 어찌 채울까 한 자 탈자	

石鼓在岐陽孔子廟中, 自周至唐幾二千載, 詩書所傳及諸史百子中固無所傳. 且韋·韓二公皆博古者, 何以卽謂周宣王鼓, 著於歌詞剖析無遺? 歐陽子亦以爲有三疑焉. 昨在書樓, 偶讀其文, 有會於予心者. 吟

---

18) 춘추 시대 진晋나라 조간자趙簡子가 꿈에 천제天帝 거처에서 노닐면서 균천광악鈞天廣樂을 들었다고 한다. 『사기 조세가趙世家』.

19) 큰 솥에 담긴 음식 맛을 손끝으로 맛볼 수 있듯이, 석고에 남은 조각 글로도 그 의미를 이해하고 감상할 수 있다는 말이다. 구정九鼎은 하나라 우임금이 구주九州에서 쇠를 모아 제작한 솥이다. 아홉 개 솥이라고도 한다.

20) □20운 40구의 칠언고시이다. 입성의 '설屑, 물物, 월月, 질質, 집緝, 맥陌, 엽葉, 갈曷' 운을 적용하여 각각 '舌, 滅, 缺, 烈, 列, 綴'와 '物'과 '鉞, 越, 伐, 月, 髮, 越'과 '瑟, 日, 虱'과 '什'과 '惜'과 '涉'과 '脫'로 압운하였다.

21) 석고에 남은 글로 전체 의미를 이해하고 감상하는 것은 비록 가능해도, 결락한 부분을 채워 넣는 것은 가능하지 않다는 말이다. "몸이 날래니 한 마리 새가 지나가는 듯하고, 창이 빠르니 만 명이 외치는 듯하네.[身輕一鳥過, 槍急萬人呼.]"라는 두보 시가 있다. 누군가 우연히 '과過' 자를 빠뜨린 채로 전해주자, 사람들이 채워보려고 애썼으나 채우지 못했다고 한다. 구양수, 『문충집 시화詩話』.

成二十韻, 以待後世君子, 云 "木履傳爲萬世珍, 壁經亦鼓諸儒舌. 窮隆石鼓古稱奇, 況是夫子玄宮物? 周宣昔日啓中興, 方·召聯翩軍將鉞. 戎車三千若隼飛, 北征玁狁南羈越. 拓境已復文·虎基, 盛業宜將播琴瑟. 振旅闐闐歌「采芑」, 愼微亦得陳「吉日」. 應念當時將帥勤, 幾年刀轡生蟣蝨. 山河作誓可無亡, 粉壁圖形亦不滅. 豈如月斧墜雲根, 科斗奇文勒勳伐? 其辭渾兮簡而淳, 奧理宜當載風什. 胡奈詩官見不收, 滄海側畔遺明月? 嗟哉去周千載餘, 雨打風催多壞缺. 所留一行十數字, 蛇龍片甲誰復惜? 我車旣攻馬亦同, 此語迺與『詩』相涉. 韓公固亦深於『詩』, 一讀卽認周宣烈. 風雲入筆騁雄詞, 剖析不肯遺毫髮. 不然斯文成寒灰, 豈與崇高得幷列? 有如夢中遊帝所, 暫聽鈞天悉淸越. 我今吟哦欲補之, 毛錐已鈍難緝綴. 染指雖知九鼎味, 飛鳥豈補一字脫?"「

※ 이는 이인로가 「석고가」에 도전한 것이다. 20운 40구 장편으로 「석고문」 내력을 분석했다. 석고에 기록된 내용은 주나라 선왕이 중흥을 이룬 업적에 관한 것이다. 선왕은 주나라 11대 왕(기원전 827~기원전 782)으로, 공자 이전 인물이다. 주 여왕이 폭동을 피해 기원전 842년에 도망했다가 기원전 828년에 사망하자, 주 선왕이 등극하여 정공과 목공 도움을 받아 중흥의 업적을 달성한 것이다.

하22. 가난하나 빛나던 나그네 시인 오세재

"눈 감고 앉아 세상사 잊으리라"

천하 일 중에 빈부와 귀천으로 높고 낮음을 가르지 못할 것은 오직 문장뿐이다. 지어놓은 문장은 하늘에 걸린 해와 달 같다. 또한 허공에서 모이고 흩어지는 안개와 구름 같다. 눈이 있는 자라면 보지 못할 수가 없는 것이다. 가리어 숨길 수 없다.

이런 까닭에 베옷이나 갈옷을 입은 미천한 선비라도 무지개처럼 빛나는 문장을 지어낼 수 있다. 이에 반해 부귀한 지위에 오른 조맹趙孟[1]은 어떠한가? 그 힘으로 말하자면 어찌 나라를 부유하게 만들거나 집안을 풍요롭게 만드는 데에 부족함이 있었겠는가? 그러나 문장에 있어서는 전혀 사람들에게 알려진 것이 없다.

그렇다면 문장은 그 자체로 일정한 가치를 지니는 것이라고 말할 수 있다. 부富를 가지고서 그 가치를 깎아내릴 수 없는 것이다. 그래서 구양영숙歐陽永叔(구양수)은 이렇게 말하였다.

"후세 평가가 만일 공정하지 않을 것이라면, 오늘날에 성현은 나지 않았을 것이다."[2]

後世苟不公	후세구불공
1 1 3 5 4	
후세가	만약	않다면	공정하지	

至今無聖賢	지금무성현
1 1 5 3 3	
지금	없다	성현이	

---

1) 조맹趙孟은 춘추 시대 진晉나라 조돈趙盾을 이른다. '맹孟'은 조돈의 자이다. 높은 지위에 올라 진나라 국정을 좌우하였다. 높은 지위에 오른 자를 빗대는 말로 쓰인다.

2) 구양수, 「중독조래집重讀徂徠集」(오언고시, 70구), "공자와 맹자가 당시에 곤궁해서, 온갖 곤란을 당하였노라. 후세에 만일 공정하지 않다면, 지금 성현이 없으리라. 그래서 충의를 지키는 선비들이, 이를 믿고 죽기를 어려워 않네.[孔孟困一時, 毀逐

복양濮陽 사람 오세재吳世材[3]는 재능 있는 선비다. 그러나 여러 차례 과거에 응시하고서도 급제하지 못했다. 어느 날 갑자기 눈병이 생겨서 이런 시를 지었다.[4]

늙음과 병은 서로 따르는데	老與病相隨 ●●●○◎ 1 2 3 4 5　로여병상수 늙음｜과｜병이｜서로｜뒤따르는데
일개 포의 신세로 평생을 보내네	窮年一布衣 ○○●●◎ 2 1 3 4 5　궁년일포의 다하도록｜나이를｜일개｜베｜옷 신세다
안화가 자주 어른거리고[5]	玄華多掩映 ○○○●● 1 1 5 3 4　현화다엄영 안화 피어｜많고｜가렸다｜보였다 함
눈동자도 광채가 줄어서	紫石少光輝 ●●●○○ 1 1 5 3 3　자석소광휘 눈동자는｜적다｜광채가
등불에 책 읽기 겁나고	怯照燈前字 ●●○○● 5 4 1 2 3　겁조등전자 겁내고｜비춰보기｜등잔｜앞｜글자를
눈 온 뒤엔 햇살도 눈 부시네	羞看雪後暉 ○○●●◎ 5 4 1 2 3　수간설후휘 부끄러워한다｜보기를｜눈 내린｜뒤｜빛
금방(급제자 명단)이 걸리기 기다렸다가[6]	待看金榜罷 ◐○○●● 1 4 2 3 5　대간금방파 기다려｜보기를｜황금｜방｜마치고서

遭百端. 後世苟不公, 至今無聖賢. 所以忠義士, 恃此死不難.]"

3) 오세재吳世材(1133~?)는 자가 덕전德全이다. 일찍부터 시문으로 명성을 떨쳤다. 무신의 난 이후에 과거 급제하였고 이인로도 여러 번 추천했으나, 끝내 변변한 벼슬을 얻지 못하고 가난하게 방황하다가 생을 마감하고 말았다.

4) 『동문선』에 「눈병[病目]」이라는 제목으로 실려있다. 3구 '華'가 '花'로, 6구 '看'이 '承'으로, 7구 '榜'이 '牓'으로 되어있다.

5) 현화玄華는 현화玄花이다. 눈앞에 불똥 같은 것이 어른어른 보이는 안화眼花 증세를 이른다.

6) 금방파金榜罷는 황금방을 내걸어 과거 합격자를 발표함을 이른다. 이수광, 「과장

오공은 세 번이나 장가를 들었으나 번번이 아내가 버리고 가버렸다. 결국 자식도 없고 송곳을 꽂을 만한 터전도 소유하지 못했다. 먹고 마실 끼니도 잇지 못할 형편이었다. 나이 오십에 이르러 겨우 과거에 급제하기는 하였으나, 동도東都(경주)에서 나그네로 떠돌다가 죽고 말았다.

그러나 그가 궁핍하고 불우하게 살았다는 이유로, 그가 남긴 문장을 없앨 수 있겠는가?

天下之事, 不以貴賤貧富爲之高下者, 惟文章耳. 蓋文章之作, 如日月之麗天也, 雲烟聚散於大虛也. 有目者無不得觀, 不可以掩蔽. 是以布葛之士, 有足以垂光虹霓, 而趙孟之貴, 其勢豈不足以富國豊家, 至於文章, 則蔑稱焉. 由是言之, 文章自有一定之價, 富不爲之減. 故歐陽永叔云 "後世苟不公, 至今無聖賢." 濮陽世材才士也, 累擧不得第. 忽病目作詩, "老與病相隨, 窮年一布衣. 玄華多掩映, 紫石少光輝. 怯照燈前字, 羞看雪後暉. 待看金榜罷, 閉目坐忘機." 三娶輒棄去, 無兒息托錐之地, 簞瓢不繼. 年至五十得一第, 客遊東都以歿. 至其文章, 豈以窮躓而廢之.

에서 읊다[考院卽事], "내일 아침 궐문에 방이 걸리면, 함께 궁궐 향해 인재 얻음을 축하하리라.[明朝揭罷天門榜, 共向丹墀賀得人.]"

7) □측기평수 구식을 사용한 오언율시이다. 상평성 '지支' 운과 통운에 해당하는 상평성 '미微' 운에 맞추어 각각 '隨'와 '衣, 輝, 暉, 機'로 압운하였다.

8) 망기忘機는 기회를 보고서 움직이는 기심機心을 잊는다는 말이다. 세상일을 다툴 생각이 없음을 뜻한다.

※ 좋은 문장은 빈부 귀천과 무관하게 미래에 공정한 평가를 받는 다. 마찬가지로 성현도 당장은 곤경에 처하더라도, 마침내는 올바른 가치를 평가받게 된다. 훗날 공정한 평가가 있을 것이기에, 현재 곤란을 감수하고 대의를 따르는 성현이 나올 수 있다. 같은 이유로 가난 속에서도 품격을 잃지 않는 오세재 같은 문장가도 나올 수 있는 것이다.

이규보는 오세재의 죽음을 애도하는 글에서, 18세 나이(1185)에 처음 53세의 오세재를 만났고 겨우 3년밖에 교유하지 못함을 아쉬워하였다.[9] 이를 근거로 따져보면, 오세재는 1133년에 태어나 1187년이나 그 이듬해에 세상을 떠난 것으로 추측할 수 있다. 1186년에 이규보를 데리고 죽림고회 모임에 참여하였고, 얼마 후 경주로 내려가 그곳에서 세상을 떠난 것이다.[10]

---

9) 이규보, 「오선생덕전애사 병서吳先生德全哀詞幷序」.
10) 이규보, 「칠현설七賢說」.

하23. 장원 급제한 자의 모임 용두회

"용이 날아 왕위에 오르시니 아래로 뭇 용이 모여들어"

세상에서 과거 시험을 치러서 선비를 선발한 지 오래다. 한나라에서 시작하여 위나라를 거치고 육조 시대로 이어졌다. 당나라와 송나라에 이르러서는 가장 성대하게 치러졌다. 우리나라도 그 법을 따라서 3년마다 한 차례씩 과거를 치렀다. 이런 식으로 지금까지 수천 년 동안 문장을 겨루어 벼슬을 얻은 자가 헤아릴 수 없이 많다.[1]

그러나 먼저 평범한 다사多士(백관) 벼슬에서 시작하여 나중에 큰 벼슬에까지 오른 자는 매우 적다. 문장의 재능은 자신이 태어날 때부터 소유하는 것이지만, 벼슬과 녹은 다른 사람이 소유한 것이기 때문이다. 그래도 도리에 맞게 구한다면, 더 쉽게 얻을 수 있다고 할 수 있다.

하지만 천지가 만물을 만들어낼 때, 아름다움을 독차지하게 놓아두지 않는다. 뿔 달린 것에는 날카로운 이빨이 없고, 날개 달린 것에는 발이 두 개뿐이다.[2] 또 아름다운 꽃에는 열매가 달리지 않고, 채색구름은 쉽게 흩어져서 사라지고 만다.[3]

사람도 다르지 않다. 기이한 재능과 넉넉한 기예를 부여한 자에게

---

1) 『주서 유림전儒林傳』, "이전 시대에는 육예六藝에 통달한 선비는 겸하여 정술政術에도 통달하지 않음이 없었다. 그래서 '관직을 얻기를 땅에서 풀을 줍듯이 쉽게 한다[拾靑紫如地芥]'라고 한다."

2) 『한서 동중서전董仲舒傳』, "송곳니를 주었으면 뿔을 없애고, 날개를 달았으면 두 다리만 남긴다. 받은 것이 큰 자는 작은 것을 가질 수 없다.[予之齒者去其角, 傅其翼者兩其足, 是所受大者不得取小也.]"

3) 백거이, 「탄로歎魯」, "여지는 이름난 꽃이 아니요, 모란은 달콤한 열매가 없네.[荔枝非名花, 牡丹無甘實.]" 백거이, 「간간음簡簡吟」, "대체로 좋은 물건은 견고하지 못하니, 채색구름은 쉽게 흩어지고 유리는 무르네.[大都好物不堅牢, 彩雲易散琉璃脆.]"

는 공훈과 명성을 제외하여 내려주지 않는다. 이치가 그런 것이다. 이런 이유로 공자孔子(공구), 맹자孟子(맹가), 순자荀子(순황), 양자揚子(양웅)를 비롯하여 한유, 유종원, 이백, 두보 등은 비록 문장과 덕과 명예로는 천고에 이르도록 많은 사람을 놀라게 하기에 충분할 정도였지만, 재상 지위에는 오르지 못했다. 높은 성적으로 장원에도 뽑히고 재상 지위에까지 오른 자가 있다면, 실로 옛사람이 말한 "학을 탄 양주 자사"와 다르지 않다. 어찌 많은 사람이 이룰 수 있겠는가?

우리나라에서 장원으로 급제한 뒤에 재상에 오른 자는 이전까지는 18명이 있었다. 그런데 지금은 최홍윤崔洪胤[4]과 금극의琴克儀[5]가 이미 서로 잇달아 재상[6]에 올랐다. 나와 시랑 김군수金君綏[7]도 함께 고원誥苑에서 근무하고 있다. 그밖에 청화淸華 요직에 오른 자도 15명이나 있다. 얼마나 성대한 일인가.

지금 임금(희종)이 즉위한 지 6년이 되는 기사년(1209)에 있었던 일이다. 김공(김군수)이 남쪽 고을(공주) 수령으로 나가게 되었다. 그래서 여러 공들이 회리檜里에 모여서 전별을 해주었다. 세상 사람들이 용두회龍頭會[8]라고 부르는 모임이다. 멀리서 보면 마치 하늘에 오른 신선들처럼 보인다.

내가 시 한 수를 지어서 이 일을 기록해둔다.

---

4) 최홍윤崔洪胤(1153~1229)은 초명이 최시행崔時幸이다. 명종 3년(1173)에 장원으로 급제하고, 이후에 개명하였다. 평장사로 치사하였다.
5) 금극의琴克儀(1153~1230)는 금의琴儀의 초명이다. 판이부사로 치사하였다.
6) 황비黃扉는 재상을 이른다. 과거에 승상이나 삼공三公이 집무하는 공간은 문을 황색으로 칠하였다.
7) 김군수金君綏는 김부식의 손자이다.(상-9 참조)
8) 용두회龍頭會는 과거에 장원 급제한 자가 모이는 모임이다. 새로 장원 급제한 자가 선배들을 초청해서 모임이 이루어진다.

용이 날아 왕위에 오르시니[9]	龍飛位九五 ○○●●◉ 1 2 5 3 3 룡비위구오 |용이|날아|위치하니|구오 자리에|
아래로 뭇 용이 모여들어	下有羣龍聚 ●●○○◉ 1 5 2 3 4 하유군룡취 |아래에|있어|뭇|용이|모여들어|
명월 같은 여의주 입에 굴리면서	呑吐明月珠 ○●○●○ 4 5 1 2 3 탄토명월주 |삼키고|뱉으며|밝은|달 같은|구슬|
청운의 길로 뛰어드네	騰躍靑雲路 ○●○○◉ 4 5 1 1 3 등약청운로 |오르고|뛰어오른다|청운의|길에|
이응의 용문에 이미 올랐으니[10]	旣登李膺門 ●○●●○ 1 5 2 2 4 기등이응문 |이미|올랐으니|이응의|문에|
은나라 부열처럼 단비를 뿌려야 하리라[11]	當霈殷相雨 ○●○●◉ 1 5 2 3 4 당패은상우 |응당|뿌려야 한다|은나라|재상|비를|
화흠 같은 용 머리[12]가 귀할 뿐이니	但貴華歆頭 ●●●○○ 1 5 2 2 4 단귀화흠두 |단지|귀할 뿐이니|화흠 같은|머리|
허리와 꼬리를 어찌 논하랴?	腰尾奚足數 ○●○●◉[13] 1 2 3 4 5 요미해족수 |허리와|꼬리|어찌|족히|헤아릴까|

---

9) 구오九五는 『주역』의 괘에서 다섯 번째가 양효인 것이다. 제왕 자리를 상징한다.

10) 이응李膺은 후한 환제桓帝 때 사례교위司隷校尉로서 기강을 세워 명망이 높던 인물이다. 당시에 그에게 인정받은 것을 용문龍門에 오른 것에 빗대었다. 용문을 이응문李膺門이라고도 한다.

11) 은나라 고종이 부열傅說에게 재상을 맡기면서 "큰 가뭄이 든 해에는 그대를 장맛비로 삼을 것이다.[若歲大旱, 用汝作霖雨.]"라고 하였다. 『서경 열명說命』.

12) 화흠華歆은 후한 말 인물로 병원邴原, 관녕管寧과 친하였다. 사람들이 세 사람을 아울러 한 마리 용이라고 하였다. 화흠이 용두龍頭, 병원이 용복龍腹, 관녕이 용미龍尾라는 것이다. 『통지 화흠전華歆傳』.

13) ❐오언고시이다. 상성 '우麌' 운과 운섭에 해당하는 거성 '우遇' 운에 맞추어 각각 '五, 聚, 雨, 數'와 '路'로 압운하였다.

시어가 비록 거칠고 서툴기는 하지만, 요임금과 순임금이 재위하던 당우 시대도 넘보지 못할 만큼 많은 인재가 우리나라에서 배출되었다는 사실을 후세 사람들이 모두 거의 알게 할 수는 있을 것이다.

世以科第取士尙矣. 自漢·魏而下, 縣歷六朝, 至唐·宋最盛. 本朝亦遵其法, 三年一比. 上下數千載, 以文拾靑紫者, 不可勝紀. 然先多士而後大拜者甚鮮. 蓋文章得於天性, 而爵祿人之所有也. 苟求之以道, 則可謂易矣. 然天地之於萬物也, 使不得專其美. 故角者去齒, 翼則兩其足, 名花無實, 彩雲易散. 至於人亦然. 畀之以奇才茂藝, 則革功名而不與, 理則然矣. 是以自孔·孟·荀·揚, 以至韓·柳·李·杜, 雖文章德譽足以聳動千古, 而位不登於卿相矣. 能以龍頭之高選, 得躋台衡者, 實古人所謂"楊州駕鶴"也. 豈可以多得哉? 本朝以狀頭入相者, 十有八人. 今崔洪胤·琴克儀, 相繼已到黃扉, 而僕與金侍郎君綏, 幷遊誥苑. 其餘得列於淸華亦十五人, 何其盛也? 今上卽祚六年己巳, 金公出守南州, 諸公會于檜里以餞之. 世謂之"龍頭會", 望之若登仙. 僕作一篇記之. "龍飛位九五, 下有羣龍聚. 呑吐明月珠, 騰躍靑雲路. 旣登李膺門, 當需殷相雨. 但貴華歆頭, 腰尾奚足數?" 詞語雖蕪拙, 庶幾使後世皆得知本朝得人之盛, 雖唐·虞莫能及也.

※ 장원으로 급제한 자의 용두회 모임을 소개했다. 과거마다 새로 장원에 오른 자가 선배 장원들을 초대하여 이 모임을 여는데, 고려 중기 이후로 모임이 활발했다고 한다.[14] 이인로도 용두회에 속해서인지 글 속에 자긍심이 엿보인다. 이들은 이미 실력을 검증받은 자

들이라서 벼슬길도 순탄했다. 재상 자리와 청화 요직에 오른 인물이 상대적으로 많았기에, '학을 탄 양주 자사'에 빗댄 것이다. 한 사람이 복을 독차지하지 못한다는 보편 이치를 뛰어넘어 원하는 많은 것을 성취할 수 있었다.

옛날에 사람들이 모여 각자 소원을 말한 일이 있다. 풍경 좋은 양주 자사로 부임하는 것, 많은 재물을 얻는 것, 신선이 되어 학을 타고 승천하는 것 등을 꼽았다. 그때 한 사람이 이렇게 말했다. "돈 십만 꿰미를 허리에 차고 학을 타고서 양주 위를 날고 싶다." 이것이 양주학揚州鶴이다. [15]

---

14) 권람, 「용두회서龍頭會序」.
15) 『고금사문류취 기학상양주騎鶴上揚州』.

하24. 어화원 귤나무를 읊은 배율시

"남방 종자를 누가 가져와서 어화원 곁에 옮겨서 심었나?"

이런 말이 전해진다.

"남방에서 자라면 귤 되고
북방에서 자라면 탱자 된다."[1]

在南爲橘 在北爲枳 재남위귤 재북위지
2 1 4 3 6 5 8 7
|에서|남|되고|귤|에서|북|된다|탱자|

초목은 걸맞은 토양이 아니면, 제 특성을 발현하지 못하는 것이다. 어제 금규金閨(옥당)에서 나와 어화원御花苑에 갔다가 한 길 높이로 자란 귤나무에 매우 많은 열매가 맺힌 것을 보았다. 어화원 관리에게 물어보니 이렇게 말한다.

"남쪽 고을 사람이 바친 나무입니다. 아침마다 뿌리에 소금물을
뿌려서 적셔주었더니 무성하게 자랍니다."

아! 초목은 본디 무지한 식물인데도, 오히려 물을 대고 재배하는 노력에 힘입어서 이렇게 무성하게 자랄 수 있다. 하물며 임금이 인재를 쓰는 일은 어떻겠는가? 멀고 가까움과 친하고 소원함을 구분하여 따지지 말고, 은혜와 사랑을 베풀어 신뢰를 쌓고 벼슬과 녹봉을 주어 대우한다면, 어찌 충성을 다해서 국가를 위해 돕지 않을 자가 있겠는가? 이로 인하여 12운(24구) 시를 짓는다.[2] 부디 시를 채록하는 자가 임

---

1) 춘추 시대 제나라 안영晏嬰이 초왕에게 "귤이 회수 남쪽에서 자라면 귤이 되지만 회수 북쪽에서 자라면 탱자가 됩니다. 잎은 같으면서도 열매 맛은 다른 것은, 물과 토양이 다르기 때문입니다."라고 하였다. 『안자춘추 잡하雜下』.

2) 『동문선』에 「귤나무를 읊다[詠橘樹]」라는 제목으로 실려있다. 작가가 곽예郭預로 되

금님께 올려서 을람[3]하시게 해주기를 바란다.

남방 종자를	誰把炎州種 ŏ●○○●
누가 가져와서	1 5 2 3 4　수파염주종
	|누가|가져다가|더운|고을의|종자를|
어화원 곁에	移栽禁御傍 ○○●●○
옮겨서 심었나?	1 5 2 3 4　이재금어방
	|옮겨|심었나|궁궐|어화원|곁에|
장기[4] 많은 바다를	脫身辭瘴海 ŏ○○●●
떠나서	2 1 5 3 4　탈신사장해
	|빼어|몸|떠나서|장기 있는|바다를|
궁궐 담장 곁에	托地近宮墻 ●●●○○
의탁하여	2 1 5 3 4　탁지근궁장
	|의탁한 것|땅에|가까운데|궁궐|담장|
옥처럼 야윈	玉瘦叢多刺 ●●○○●
가시 많은 떨기에	1 2 3 5 4　옥수총다자
	|옥처럼|야윈|떨기|많고|가시가|
까끄라기 달린 잎이	雲繁葉有芒 ○○●●○
구름처럼 성하였어라	1 2 3 5 4　운번엽유망
	|구름처럼|무성한|잎|있다|까끄라기|
봄꽃은	春葩渾帶白 ○○○●●
온통 희게 피고	1 2 3 5 4　춘파혼대백
	|봄|꽃이|온통|띠고|흰색을|
가을 열매는	秋實漸含黃 ŏ●●○○
차츰 누렇게 익으면서	1 2 3 5 4　추실점함황
	|가을|열매가|점차|머금어|노란색|
진한 이슬 엉겨	浩露凝爲腦 ●●○○●
알갱이 되고	1 2 3 5 4　호로응위뇌
	|질펀한|이슬이|엉겨|되고|뇌가|

어있다. 1구 '州'가 '洲'로, 8구 '漸'이 '正'으로, 9구 '浩'가 '結'로, 13구 '霧沾'이 '露
霑'으로 되어있다.
3) 을람乙覽은 임금이 밤 9시에서 11시 사이에 해당하는 을야乙夜에 글을 읽는 것을
이른다.
4) 장瘴은 축축하고 더운 땅에서 생겨나는 독기이다. 장기瘴氣라고 한다.

생 깁으로
격벽을 이루니

生綃用隔瓤 ○○●●○
1 2 3 5 4　생초용격양
|생|깁을|써서|나누니|속 알맹이를|

딸 때는
고운 손이 바빠지고

摘宜煩素手 ●○○●●
1 2 5 3 4　적의번소수
|딸 땐|응당|수고롭게 하고|흰|손을|

맑은 서리 내린 뒤에야
익노라

熟必待清霜 ●●●○○
1 2 5 3 4　숙필대청상
|익을 땐|꼭|기다린다|맑은|서리|

안개 뿜어
소매 적시고

噀霧沾衣袖 ●●○○●
2 1 5 3 4　손무첨의수
|뿜어|안개|적시고|옷|소매를|

과즙 날려
뱃속 축이는데

飛泉沃肺腸 ○○●●○
2 1 5 3 4　비천옥폐장
|날려|샘물|적시는데|폐와|장을|

회수 건너
멀리 왔어도

縱經淮水遠 ●○○●●
1 4 2 2 5　종경회수원
|비록|지나|회수를|멀리 왔으나|

동정의 향기5)
줄지 않았어라

不減洞庭香 ●●●○○
5 4 1 1 3　불감동정향
|않았다|줄이지|동정의|향기를|

신선계 기풍을
여전히 품고서

氣味含仙界 ●●○○●
1 1 5 3 4　기미함선계
|기미는|머금고|신선|세계를|

고향 소식6)
멀리하고 와서는

音塵隔古鄉 ○○●●○
1 1 5 3 4　음진격고향
|소식이|막혔으니|옛|고을에서|

걸맞은 토양은
아닌 곳이라지만

雖云非土性 ○○○●●
1 5 4 2 3　수운비토성
|비록|하나|아니라|걸맞은 토양|성질|

은혜를
입었기에

只爲被恩光 ●●●○○
1 5 4 2 2　지위피은광
|단지|때문에|입었기|은택을|

---

5) 귤은 동정洞庭에서 생산된 것이 가장 향기롭고, 회수淮水를 건너 북쪽으로 가면 탱
　자가 된다고 한다. 동정은 태호 동남쪽 호수 안에 있는 동서 동정산洞庭山을 이른다.
6) 음진音塵은 소식이다.

천 그루 무리[7]에서 벗어나

상산사호를 숨기면서 있을 뿐이라네[8]

그대(귤)는 흙다리 황석공 만나

초를 떠나서 고조를 보좌하려는 건가?[10]

恥與千奴并	●●○○○
5 3 1 2 4	치여천노병
부끄럽고	와	천	귤나무	어울리기

惟容四皓藏	○○●●○
1 4 2 2 5	유용사호장
오직	허용해	사호를	숨길 뿐이다

君看圮上老	○○○●●
1 5 2 3 4	군간이상로
그대는	보았나	흙다리	위의	노인

去楚佐高皇	●●●○○[9]
2 1 5 3 3	거초좌고황
떠나	초를	돕는다	한나라 고조를

傳曰 "在南爲橘, 在北爲枳." 蓋草木非其土, 莫遂其性. 昨出金閨至御花苑, 見橘樹高一丈, 結實甚多. 問苑吏, 云 "南州人所獻, 旦旦以鹽水沃其根, 故得盛茂." 噫! 草樹固無知物也, 猶資灌漑栽培之力, 得致於斯. 況人主之用人? 毋論遠近疎戚, 結之以恩愛, 養之以祿秩, 則安有不盡忠竭誠, 以補國家者哉? 因書十二韻, 庶幾採詩者, 用塵乙

---

7) 한나라 이형李衡이 청렴하게 살다가 자식에게 당부하기를 "시골에 천 그루 목노木奴(감귤)를 가꾸어놓았다. 너희는 의식 걱정이 없을 것이다."라고 하였다. 『삼국지 손휴전孫休傳』.

8) 사호四皓는 진나라 때 난을 피해 상산에 은둔한 동원공, 기리계, 하황공, 녹리선생을 이른다. 여기서는 귤껍질 속에 든 여러 알맹이를 빗대어 이른 것으로 보인다. 옛날 파공巴邛에서 농부가 귤을 길러 서너 말 크기 귤 두 개를 얻었다. 그런데 귤마다 속에서 노인 두 명이 장기를 두고 있었다고 한다. 한 노인이 "귤 속 즐거움이 상산商山보다 못하지 않다."라고 하였다. 『태평광기 파공인巴邛人』.

9) □측기측수 구식을 사용한 오언배율시이다. 하평성 '양陽' 운에 맞추어 '傍, 墻, 芒, 黃, 瓢, 霜, 腸, 香, 鄕, 光, 藏, 皇'으로 압운하였다.

10) 귤나무가 남방 산지를 떠나 궁성에 와서 임금 곁에 있음을 장량張良 고사에 빗대었다. 장량이 하비下邳 흙다리[圮上]에서 노인 황석공黃石公을 만난 일이 있다. 그때 다리 아래로 떨어진 황석공 신발을 주워주고 얻은 태공太公 병법으로 한나라 고조를 도와 초나라 항우를 물리치고 개국하는 공훈을 세울 수 있었다. 『사기 유후세가留侯世家』.

覽. "誰把炎州種, 移栽禁御傍. 脫身辭瘴海, 托地近宮墻. 玉瘦叢多刺, 雲繁葉有芒. 春葩渾帶白, 秋實漸含黃. 浩露凝爲腦, 生綃用隔瓤. 摘宜煩素手, 熟必待淸霜. 噀霧沾衣袖, 飛泉沃肺腸. 縱經<u>淮水</u>遠, 不減<u>洞庭</u>香. 氣味含仙界, 音塵隔古鄕. 雖云非土性, 只爲被恩光. 恥與千奴幷, 唯容<u>四皓</u>藏. 君看圯上老, 去<u>楚</u>佐<u>高皇</u>."

※ 개경 어화원 곁에 자란 귤나무에 관한 이야기이다. 생육환경을 갖추지 못한 곳임에도 불구하고 정성을 다해 키워낸 귤나무이다. 이인로는 이를 인재 등용에 빗대어 시로 읊었다.

우리나라 제주도에서 귤을 재배하였다. 삼국 시대에도 재배했다고 한다. 1052년에 제주에서 해마다 진상하는 귤 양을 100포로 정하였다는 기록과 1085년에 대마도에서 사신을 보내 감귤을 바쳤다는 기록이『고려사』에 보인다. 조선 시대에는 제주에서 감귤을 진상하면, 이를 기념하여 성균관에서 황감제黃柑製라는 특별 시험을 보였다. 선발된 자에게는 과거 시험의 마지막 관문인 전시殿試에 곧바로 응시할 수 있는 특전을 주었다. 임금은 신임하는 대신에게 이를 나눠주기도 하고, 승정원과 홍문관 등에 하사하고 시를 짓게도 하였다. 감귤이 올라오면 도성 안은 온통 축제의 장이 되었다.

개인이 따로 귤을 얻기도 했다. 이규보는 귤을 보내준 제주 태수 최안崔安에게 감사하는 뜻을 담아 이렇게 읊었다. "탐라가 아니면 보기도 어려운 것, 더구나 멀리 어려운 바닷길로 보낸 것임에랴. 귀인과 대갓집도 얻기 힘든데, 해마다 늙은이에게 보내주어 몹시 감사하노라."[11]

---

11) 이규보,『동국이상국집 후집』권2.

하25. 쓸쓸히 개경으로 돌아온 말년의 임춘

"이제야 비로소 불법의 참맛을 알았거늘"

임기지林耆之(임춘)는 강남 지방으로 피신하여 거의 10여 년을 지내었다. 그런 뒤에 병든 아내와 함께 개경으로 돌아왔을 때는, 송곳을 꽂을 만한 터전도 갖지 못한 형편이었다.

그가 우연히 한 사찰에 가서 노닌 일이 있다. 복건을 올려붙여 쓴 채로 꼿꼿이 홀로 앉아서 길게 휘파람을 불고 있었다. 그러자 한 승려가 물었다.

"그대는 누구이기에, 이렇게 멋대로 거리낌 없이 노는 것이오?"

그가 즉시 28자(칠언절구)의 시를 써서 주었다.[1]

옛날에는 문장으로 도성을 울리다가	早把文章動帝京 ●●○○●●◎ 1 4 2 2 7 5 5　조파문장동제경 일찍|가지고|문장|울렸는데|도성
하늘 아래 일개 늙은 서생이 되어	乾坤一介老書生 ○○●●●○◎ 1 2 3 3 5 6 6　건곤일개로서생 하늘|땅 사이|일개|늙은|서생이다
이제야 비로소 불법의 참맛을 알았거늘	如今始覺空門味 ○○●●●○○ 1 3 7 4 4 6　여금시각공문미 이제|처음|깨달았으나|공문의|맛을
절에 가득한 어떤 사람도 내 이름을 모르네	滿院無人識姓名 ●●○○●●◎[2] 2 1 7 3 6 4 4　만원무인식성명 찬|원에|없다|사람 중에|아는 자|성명

---

1) 『서하집』에 「외원 벽에 쓰다[書外院壁]」라는 제목으로 실려있다. 1구 '把'가 '抱'로 되어있다.

2) □측기평수 구식을 사용한 칠언절구시이다. 하평성 '경庚' 운에 맞추어 '京, 生, 名'

耆之避地江南，幾十餘載，携病妻還京師，無托錐之地．偶遊一蕭寺，岸幅巾，兀坐長嘯．僧問"君是何人，放傲如是？"卽書二十八字，"早把文章動帝京，乾坤一介老書生．如今始覺空門味，滿院無人識姓名．"

※ 시인 임춘의 이야기이다. 20대 시절 발생한 무신정변(1170)에 가문이 불행하게 몰락했기에, 이후 10년가량 개경 근처와 경북 상주 지역을 떠돌았다. 1180년에 개경에 돌아가 과거 급제한 이인로를 축하하는 시를 지어 준 사실이 확인된다. 위 시는 이 무렵에 지은 것이다. 아마도 30대 시절로 보인다. 불운하고 빈궁한 신세로 객지를 떠돌다가 돌아와 자기 현재 모습을 직관하고 깨달은 바를 읊은 시이다. 애잔함이 묻어난다.

으로 압운하였다.

하26. 장수하는 꿈을 꾼 학사 백광신

"장수와 요절은 본래 하늘이 부여하니"

학사 백광신白光臣이 과거 시험을 주관했을 때다.[1] 과거장을 해산하고 난 뒤에, 새로 급제한 여러 문생이 함께 불공을 올리는 재연齋筵의 자리를 마련하여 장수와 복을 축원해주었다. 이어서 옥순정玉筍亭으로 가서 학사를 찾아뵙고 인사하였다. 학사가 조촐하게 술자리를 마련해주고 절구로 시 한 수를 지어서 보여주었다.

장수와 요절은 본래	壽夭由來稟自天 ●○○○●●◎
하늘이 부여하니	1 2 3 3 7 6 5　수요유래품자천
	장수 요절은 본래 받으니 에서 하늘
기도한대도	不因祈禱更延年 ●○○̆●●○◎
나이를 늘릴 수 없건만	7 3 1 1 4 6 5　불인기도갱연년
	않는데 인해 기도로 더 늘리지 나이
술 취한 간밤에	醉眠昨夜有奇夢 ●○●●○̆○●
기이한 꿈 꾸었으니	1 2 3 4 7 5 6　취면작야유기몽
	취해 잔 어제 밤 있었으니 기이한 꿈
여러분 정성에	知是叢誠所感然 ○̆●○○●●◎[2]
감응하여 그랬으리라	7 6 1 2 5 3 4　지시총성소감연
	안다 임을 모두의 정성에 바 느껴 그런

---

1) 백광신白光臣은 해동기로회에 속한 인물이다. 신종 3년(1200)에 동지공거 자격으로 과거를 주관해서 조문발趙文拔 등을 선발한 일이 있다. 『고려사 선거選擧』.

2) □측기평수 구식을 사용한 칠언절구시이다. 하평성 '선先' 운에 맞추어 '天, 年, 然'으로 압운하였다.

白學士光臣掌貢籍. 及解鏁, 新牓諸生共設齋筵, 祝壽祺, 便謁學士 於玉筍亭. 設小飮, 以一絕示之, "壽夭由來稟自天, 不因祈禱更延年. 醉眠昨夜有奇夢, 知是叢誠所感然."

※ 백광신은 동지공거 자격으로 신종 3년(1200)에 과거 시험을 주관했다. 시험에 합격한 새로운 문생들은 절에 가서 불공을 올리고 장수와 복을 빌었다. 이어서 조촐한 연회를 벌였다. 이 때문에 이를 재회齋會나 재연齋筵이라고 한다. 이때 문생들이 다시 옥순정으로 백광신을 찾아가 사례했다. 그러자 백광신이 위 시를 읊은 것이다. 시에서 기특한 꿈을 꾸었다고 한다. 아마도 간밤에 자신이 장수하는 꿈을 꾼 듯하다. 기도로 수명을 늘릴 수는 없지만, 문생들이 간절하게 빌어준 덕분에 그런 꿈이나마 꾸었다고 하면서, 고마움을 표한 것이다.

하27. 원효가 시작한 무애가와 무애무
"가을 매미 배 같고 여름 자라 목 같은 것이"

옛날에 원효 대성元曉大聖[1]은 푸줏간과 술집 등을 다니면서 사람들과 뒤섞여 지냈다. 일찍이 목이 휘어진 호리병박을 들고 어루만지면서 저잣거리에서 노래하며 춤을 추었다. 그리고 여기에 "무애無㝵"라고 이름 붙였다.[2]

이후로 호사가들이 호리병박 위에 금방울을 매달고 아래에 채색 비단을 늘어뜨려서 장식하였다. 이를 두드리고 치면서 앞뒤로 나가고 물러나기를 모두 음절에 맞게 반복하였고, 이어서 경론經論에 실린 게송을 골라 취하여 읊조렸다. 이를 "무애가無㝵歌"라고 하였다. 나이 든 농부들도 이를 본떠서 놀이로 삼곤 하였다.

무애지국사無㝵智國師 계응戒膺[3]이 일찍이 이렇게 읊었다.

이 물건(호리병박)은 오래도록
쓸모없음으로써 쓰였는데
이름 짓지 않음으로
옛사람이 다시 이름 삼았네

此物久將無用用	●●●○○●●
1 2 3 6 5 4 7	차물구장무용용
이 물건 오래 가지고 없음 쓸모 쓰고	
昔人還以不名名	●○○○●●○○
1 2 3 6 5 4 7	석인환이불명명
옛 사람 또 으로 없음 이름 이름했다	

---

1) 원효 대성元曉大聖은 신라 고승 원효(617~686)를 존칭한 것이다. 스스로 소성거사小性居士라고 불렀다. 속성이 설薛 씨이다. 무열왕이 낳은 둘째 딸 요석공주와 인연을 맺어 아들 설총薛聰을 두었다.
2) 무애無㝵의 춤은 정재呈才 무용 가운데 하나인 무애무無㝵舞로 발전하였다.
3) 계응戒膺은 의천義天에게 배운 승려이다. 무애지국사無㝵智國師는 시호이다.(중-10 참조)

또 근래에 산인山人(승려) 관휴貫休[4]가 이런 게송을 지었다.

양쪽 소맷자락을	揮雙袖 ○○●
휘두름은	3 1 2　휘쌍수
	휘두르니|양쪽|소매를
두 가지 장애[5]를	所以斷二障 ●●●●●
끊어내려 함이요	5 1 4 2 3　소이단이장
	바이고|써서|끊으려는|두 가지|장애
세 번 발을	三擧足 ○●●
들어 올림은	1 3 2　삼거족
	세 번|드니|발을
세 가지 미혹한 세계[6]를	所以越三界 ●●●○●
건너가려 함이라네	5 1 4 2 3　소이월삼계
	바이다|써서|넘으려는|세 가지|세계

모두 참된 이치를 빗대어서 말한 것이다. 나도 이 춤을 보고 나서 찬을 지었다.

가을 매미	腹若秋蟬 ●●○○
배 같고	1 4 2 3　복약추선
	배는|같고|가을|매미와
여름 자라	頸如夏鼈 ●○○◉
목 같은 것이	1 4 2 3　경여하별
	목은|같은데|여름|자라와
굽어서	其曲可以從人 ○●●●○○
남을 따를 수 있고	1 2 3 4 5 5　기곡가이종인
	그|굽음|가히|써서|따르고|사람

---

4) 관휴貫休는 고려 승려이다. 생몰년과 행적이 알려지지 않는다.

5) 이장二障은 참된 지견知見을 가로막는 두 가지 장애를 이른다. 『유식론』에서는 소지장所知障과 번뇌장煩惱障을 이른다.

6) 삼계三界는 중생이 처하는 미혹한 세계이다. 곧 욕계欲界, 색계色界, 무색계無色界를 이른다.

<table>
<tr><td>텅 비어
남을 용납할 수도 있어라</td><td>其虛可以容物 ○○●●◎
1 2 3 4 6 5　기허가이용물
그 빔은 가히 써서 수용한다 물건</td></tr>
<tr><td>밀석(석영)⁷⁾에게
기죽지 않고</td><td>不見窒於密石 ●●●○◎
6 5 4 3 1 1　불견질어밀석
않고 당하지 기죽음 에게 밀석</td></tr>
<tr><td>규호(자사호)⁸⁾에게도
비웃음 받지 않으니</td><td>勿見笑於葵壺 ●●●○○◎
6 5 4 3 1 1　물견소어규호
않으니 당하지 비웃음 에게 규호</td></tr>
<tr><td>한상은 여기에
세계를 담아 넣었고⁹⁾</td><td>韓湘以之藏世界 ○○●○●●●
1 1 4 3 7 5 5　한상이지장세계
한상은 써서 이를 감추고 세계를</td></tr>
<tr><td>장자는 이를
강호에 띄웠어라¹⁰⁾</td><td>莊叟以之泛江湖 ○●●○●○◎
1 1 4 3 7 5 5　장수이지범강호
장수는 써서 이를 띄웠다 강호에</td></tr>
<tr><td>누가
이름 붙였나?</td><td>孰爲之名 ●○○○
1 3 2 4　숙위지명
누가 위하여 이를 이름 지었나</td></tr>
<tr><td>소성거사요</td><td>小性居士 ●●○○
1 1 1 1　소성거사
소성거사이다</td></tr>
<tr><td>누가
찬을 지었나?</td><td>孰爲之讚 ●○○●
1 3 2 4　숙위지찬
누가 위하여 이를 찬을 지었나</td></tr>
<tr><td>농서 이씨라네¹¹⁾</td><td>隴西駝李 ●○○○¹²⁾
1 1 3 3　롱서타이
농서 이씨이다</td></tr>
</table>

---

7) 밀석密石은 결이 치밀한 석영류 돌을 이른다.

8) 규호葵壺는 해바라기 모양으로 만든 자사호紫沙壺 따위의 도자기 그릇을 이른다.

9) 한상韓湘은 한유의 질손이다. 여동빈이 전한 술법을 배워 신선이 되었다고 한다. 그가 시를 지어 한유에게 뜻을 밝힌 바 있다. "한 표주박에 세계를 담아내고, 3척 검으로 요괴를 베어내리.[一瓢藏世界, 三尺斬妖邪.]"『당재자전唐才子傳 한상韓湘』.

10) 혜자惠子가 5석이 들어갈 만한 큰 박을 수확한 뒤에 쓸모가 없어 깨트리자, 장자莊子가 말했다. "어째서 큰 통으로 만들어 강호에 띄울 생각을 하지 않고, 너무 커서 쓸모가 없다고 걱정만 하는가?"『장자 소요유逍遙遊』.

11) 타이駝李는 농서 이씨를 일컫는 별칭이다. 북위 효문제가 망족을 대표하는 네 성씨를 정할 때, 농서 이씨가 포함되지 못할까 걱정하여 명타明駝라 불리는 날랜 낙

昔元曉大聖, 混迹屠沽中. 嘗撫玩曲項葫蘆, 歌舞於市, 名之曰"無㝵".
是後好事者, 綴金鈴於上, 垂彩帛於下以爲飾. 拊擊進退, 皆中音節,
乃摘取經論偈頌, 號曰"無㝵歌". 至於田翁, 亦效之以爲戲. 無㝵智國
嘗題云"此物久將無用用, 昔人還以不名名." 近有山人貫休作偈云"揮
雙袖所以斷二障, 三擧足所以越三界." 皆以眞理比之. 僕亦見其舞作
讚, "腹若秋蟬, 頸如夏鼈. 其曲可以從人, 其虛可以容物. 不見窒於
密石, 勿見笑於葵壺. 韓湘以之藏世界, 莊叟以之泛江湖. 孰爲之名,
小性居士. 孰爲之讚, 隴西駝李."

※ 저잣거리에서 목이 굽은 호리병박을 희롱하면서 추는 무애무는
원효가 처음 만들었다고 한다. 대중에게 불법을 쉽게 전하려고 가
무와 놀이 방식을 도입한 것이다. "일체 걸림이 없는 사람은, 단번
에 사생을 벗어난다.[一切無㝵人, 一道出生死.]"라는 뜻을 담고 있다. 『화
엄경』에 실린 현수보살의 게송이다. 여기에 점차 노래와 춤과 연희
가 어우러져 양식화한 것이다. 고려에서 이 무용이 궁중에 들어가
정재무용으로 발전하고, 조선에서도 궁중정재로 꾸준히 공연되었다.
조선 후기에 제작된 여러 진연의궤에 무애무가 정재악장으로 그림
과 함께 기록되어 있다.

『삼국유사』에 따르면, 원효는 계율을 어기고 설총을 낳은 뒤에 속

타를 몰아 궁궐로 달려갔다고 한다. 그러나 네 성씨에는 포함되지 못하고, 타이
로 불리게 되었다고 한다. 장작, 『조야첨재』.

12) □장단구 고시이다. 입성 '설屑' 운과 통운에 해당하는 입성 '물物' 운에 맞추어 각
각 '鼈'과 '物'로 압운하였고, 환운하여 상평성 '우虞' 운과 상성 '지紙' 운에 맞추어
각각 '壺, 湖'와 '土, 李'로 압운하였다.

인의 옷을 입고 지내면서 스스로 소성거사로 불렀다고 한다.[13] 우연히 광대가 큰 박을 들고 춤을 추는 모습을 보고 그 모양을 본떠 호리병박으로 비슷한 도구를 만들어냈다. 이 호리병박을 들고 동네방네로 노래하고 춤을 추며 다닌 것이다. 이에 따라 가난하고 무지한 백성도 모두 부처 호를 알아서 '나무南無'를 일컫게 되었다고 한다. 『고려사』에는 무애무가 서역에서 유래한 연희로 소개되어 있다.[14] 가사에 불가 언어가 많고 우리 방언도 뒤섞여 있어 기록하지 못했다고 한다.

---

13) 『삼국유사 원효불기元曉不羈』.
14) 『고려사 속악지俗樂志』.

葫蘆

『진연의궤進宴儀軌』
광무 6년(1902), 호로도식葫蘆圖式

하28. 여덟아홉 살 이인로가 지은 경구

"문밖에서 버드나무 찡그리니 그 뜻 알기 어렵네"

내가 여덟아홉 살 때였다. 늙은 선비 한 분을 따라서 책 읽는 것을 배웠다. 한번은 그분이 내게 옛사람이 남긴 이런 경구警句를 읽게 하였다.

난간 앞에서 꽃이 웃어도	花笑檻前聲未聽 ○●●○○●●
소리 들리지 않고	1 4 2 3 5 7 6 화소함전성미청
	꽃 웃는데 난간 앞서 소리 않고 들리지
숲 아래서 새가 울어도	鳥啼林下淚難看 ●○○●●○○
눈물을 찾아보기 어려워라	1 4 2 3 5 7 6 조제림하루난간
	새 우는데 숲 아래서 눈물 어렵다 보기

그래서 내가 이렇게 말하였다.

"아무래도 이렇게 짓는 것만은 못합니다.

문밖에서 버드나무 찡그리니	柳嚬門外意難知 ●○○○●○○
그 뜻 알기 어렵네	1 4 2 3 5 7 6 류빈문외의난지
	버들 찡그리니 문 밖서 뜻 어렵다 알기

이러해야 시어가 몹시 적절하면서 말과 뜻도 전부 절묘합니다."

이에 늙은 선비가 깜짝 놀라고 말았다.

僕八九歲, 隨一老儒習讀書. 嘗敎讀古人警句, 云"花笑檻前聲未聽, 鳥啼林下淚難看." 僕曰"終不若'柳嚬門外意難知', 詞甚的, 語意俱妙." 老儒愕然.

※ 이인로가 8, 9세 때 겪은 일이다. 가정에서 기초 교육을 마친 뒤에 스승을 찾아가 경전과 역사서를 배우기 시작할 나이이다. 아마도 이때 연로한 스승에게 경서를 배우면서 시도 함께 익혔던 듯하다. 그가 늘어진 버들가지 모습을 찡그린 표정에 빗대어 새로운 시구를 지어내자 스승이 깜짝 놀랐다고 한다. 평측으로 볼 때, 이인로의 시구는 선비가 읊은 두 번째 시구를 대체하는 것이다. 다시 짝을 맞추어 읽어보면 더욱 편안한 정취를 느끼게 된다.

고려 후기에는 학동들이 주로 마을 서당이나 주변 사찰에 가서 공부했다. 과거제도에 따라 유학 경전을 체계적으로 가르치는 서당도 여러 곳이었으나, 사찰 공간에서도 많은 보편 교육이 이루어졌다. 특히 무신의 난 이후로 속세를 등지고 산에 들어가 승려가 된 지식인이 많았기에 가능하였다. 지역 인재들이 이들을 찾아가 수업을 청하는 것은 당연한 일이었다.

"햇볕을 등지고서 종일 경작해도 좁쌀 한 말을 남기지 못하지만"

의종이 오도五道와 동서 양계兩界[1]에 조서를 내리고 관리를 나누어 파견하였다. 여러 원우院宇와 역참에 기록되어 전하는 시를 전부 채록해서 모두 어부御府로 올려보내게 한 것이었다. 이로써 민간의 풍요風謠를 살피는 한편, 백성에게 이로운 일과 병폐가 되는 일이 무엇인지를 헤아려보았다. 그러는 차에 그중에서도 뛰어난 시 작품을 따로 선별하여 엮어서 시선詩選(시집)을 만들었다.

어떤 선비가 역참 벽에 적어놓은 이런 시가 있다.

햇볕을 등지고서 종일 경작해도	終日曝背耕 ○●●●○
	2 1 4 3 5 종일폭배경
	다해 날을 볕 쬐며 등에 밭 갈아도
좁쌀 한 말을 남기지 못하지만	而無一斗粟 ○○●●●
	1 5 2 3 4 이무일두속
	어사 없지만 한 말의 곡식이
자리 바꾸어 묘당에 앉히면	換使坐廟堂 ●●●●○
	1 2 5 3 3 환사좌묘당
	바꾸어 하여금 앉게 하면 묘당에
먹을 곡식이 만 곡에 이를 것이라	食穀至萬斛 ●●●●◉[2]
	1 2 5 3 4 식곡지만곡
	먹을 곡식이 이른다 만 곡에

---

1) 오도五道와 동서 양계兩界는 고려 지방 행정구역이다. 정종 2년(1036)에 오도와 양계를 정하였다. 오도는 양광도, 경상도, 전라도, 교주도, 서해도이다. 이곳에 안찰사를 파견한다. 양계는 동계와 북계이다. 이곳에 병마사를 파견한다. 양계는 다시 동북면과 서북면으로 개칭하였다. 『고려사 지리地理』.

2) ㅁ오언고시이다. 입성 '옥沃' 운과 통운에 해당하는 입성 '옥屋' 운에 맞추어 각각 '粟'과 '斛'으로 압운하였다.

상서 김신윤金莘尹이 용만龍彎 군막에 나가서 진무할 때 남긴 이런 시도 있다.

백성 것 뺏어 위에 아첨하는
풍속이 오래되어

割民媚上成風久 ◔●●●○◔●
2 1 4 3 6 5 7　할민미상성풍구
베어│백성│아첨해│위│이룸│풍속│오래니

온 나라가 도도하게
전부 거짓되게 뒤따르네[3]

舉國滔滔盡詭隨 ●●○○●◔◎
1 2 3 3 5 6 7　거국도도진궤수
온│나라│도도히│전부│속여서│따른다

많은 녹과 높은 벼슬을
비록 탐낸다 한들

厚祿高官雖可戀 ●●○○○●●
1 2 3 4 5 6　후록고관수가련
많은│녹│큰│벼슬│비록│가하나│탐냄

푸른 하늘과 밝은 태양을
속이기는 어려우리라

靑天白日固難欺 ○○●●●○○
1 2 3 4 5 6　청천백일고난기
푸른│하늘│흰│해│정말│어렵지│속이기

제나라 환후처럼 묵힌 병을
고칠 수만 있다면[4]

齊王疾病如能瘳 ○○●●○○○
1 1 3 3 5 6 7　제왕질병여능추
제왕의│질병을│만약│능히│고친다면

팽형 당하고 해형 당한대도[5]
어찌 피하랴?

■摯烹醢豈敢辭 ■●○●●◎◎
1 2 3 4 5 6 7　지팽해기감사
■│지의│팽형│해형│어찌│감히│피하랴

벗에게 말하노니
비웃지 말게나

寄語友朋莫相笑 ●●◔●◔○●
4 3 1 1 7 5 6　기어우붕막상소
전하니│말│벗에게│말라│서로│웃지

바로잡다가 부족하여도
그래야 남아라네

正而不足是男兒 ◔●○●●○◎[6]
1 2 3 3 7 5 5　정이부족시남아
바로잡다│어사│부족해도│이다│남아

───────────

3) 궤수詭隨는 시비를 가리지 않고 함부로 남을 따름을 이른다. 『시경 민로民勞』, "함부로 거짓되게 따르지 말아서, 불량한 자를 삼가게 하네.[無縱詭隨, 以謹無良.]"

4) 중-1의 편작扁鵲과 환후桓侯 고사 참조.

5) 팽해烹醢는 고대에 행한 참혹한 형벌이다. 팽烹은 삶아 죽이는 형벌이고, 해醢는 육장肉醬을 담그는 형벌이다.

6) □평기측수 구식을 사용한 칠언율시이다. 상평성 '지支' 운에 맞추어 '隨, 欺, 辭, 兒'로 압운하였다.

당시에 채록하던 관리가 이 시 두 편도 기록해서 올렸었다. 의종이 시들을 열람할 때였다. 탄식하면서 읽어 내려가다가 이 시에 이르러 한참을 말없이 침묵하는 것이었다. 그 순간 좌우에 있던 신하들은 모두 예측하지 못한 화가 미치지 않을까 두려워했다고 한다.

그해 가을이 되었다. 의종은 김공(김신윤)에게 명하여 동번東藩(경주)[7]으로 가서 군막을 진무하게 하였다. 그리고 이듬해에는 다시 용만 군막으로 가서 진무하게 하였다. 김공은 이렇게 세 차례나 군막을 진무하라는 명을 받들었다. 조정의 대신에게는 선례가 드문 일이었다.

毅王詔五道及東西兩界, 分遣吏, 悉錄諸院宇·郵置所題詩, 悉納御府. 察其風謠及民物利病. 因擇名章俊語, 編上以爲詩選. 有措大題驛壁云"終日曝背耕, 而無一斗粟. 換使坐廟堂, 食穀至萬斛." 金尙書莘尹出鎭龍灣幕, 亦作詩, "割民媚上成風久, 擧國滔滔盡詭隨. 厚祿高官雖可戀, 靑天白日固難欺. 齊王疾病如能瘳, ■摯烹醢豈敢辭? 寄語友朋莫相笑, 正而不足是男兒." 及是吏錄此兩篇進呈. 上閱詩悵讀, 至此默然久之, 左右咸懼不測. 及秋, 命公移鎭東藩, 又明年還赴龍灣幕. 三受擁旄之命, 朝紳罕比.

---

7) 동번東藩은 신라를 고려 동번으로 보아, 경주를 일컫는 말인 듯하다. 이색,「동경 판관 전야은에게 보내다[寄東京田判官野隱]」, "신라 천 년 왕기가 사라지고, 우리나라 동번이 되어 부절을 받들고 갔네.[新羅王氣千年滅, 作國東藩奉符節.]"

※ 의종은 무신의 난에 최후를 맞이한 불운한 군주이다. 문벌 귀족을 견제하려고 중용한 무신에 의해 결국 쫓겨나고 말았다. 하지만 즉위 초에는 왕권 회복과 국정 안정을 위해 개혁 정책을 펴고, 전국에 관리를 보내 시가를 채록했다. 시가 채록은 민간 여론을 수렴하는 일이다. 『시경』의 시도 그렇게 수습된 것들이다. 위에 소개한 두 수도 채록하여 전한 시이다.

앞의 시는 노동 가치를 인정받지 못하여 끼니를 잇기도 힘든 하층 백성의 고달픈 삶을 읊었다. 만약 이들의 처지를 바꾸어 묘당에 올라 위정자가 되게 한다면, 당장에라도 넉넉하게 쓰고도 남을 많은 곡식을 얻을 수 있다고 꼬집었다. 신분 모순으로 빚어진 극단적 폐해를 적나라하게 고발한 것이다. 뒤의 시는 자기 영달을 위해 백성을 구렁텅이에 몰아넣은 위정자의 부조리한 행태를 지적했다. 시인은 이처럼 시대 모순을 바로잡으려는 강한 의지를 드러냈는데, 의종은 그 신념을 강하게 신뢰하고 뜻을 따라주었다. 채록한 시에서 문제점을 발견하고 걸맞은 처방도 내놓은 것이다.

^하30. 평양 시인 정지상

"이별 눈물이 해마다 떨어져 물결에 보태어지네"

서도西都(평양)는 옛 고구려의 도읍지이다. 산과 강으로 둘러싸여 기상이 빼어나고 특별한 곳이다. 그래선지 예부터 걸출한 인물들이 많이 배출되었다. 예종 때 재주가 뛰어난 정鄭 아무개(정지상)라는 사람이 있었다. 그 이름은 기억나지 않는다. 그가 어린 시절에 「벗을 보내다[送友詩]」라는 시를 지었다.[1]

비가 갠 긴 강둑에	雨歇長堤草色多 ●●○○●●○
풀이 무성한데	1 2 3 4 5 6 7　우헐장제초색다
	|비|개인|긴|둑에|풀|빛이|많은데|
천 리 밖으로 그대 보내려니	送君千里動悲歌 ●○○●●○○
슬픈 노래 울려 퍼지네	4 3 1 2 7 5 6　송군천리동비가
	|보내|그대|천|리로|울린다|슬픈|노래|
대동강 물은	大同江水何時盡 ●○○●○○●
언제나 마를런가?	1 1 1 4 5 6 7　대동강수하시진
	|대동강|물은|어느|때에|마를까|
이별 눈물이 해마다 떨어져	別淚年年添作波 ●●○○○●○[2]
물결에 보태어지네	1 2 3 3 5 7 6　별루년년첨작파
	|이별|눈물|해마다|보태|이룬다|물결|

또 이런 시를 지었다.

---

1) 정지상鄭知常의 「송인送人」이다. 『동문선』에 실려있다. 2구 '千里'가 '南浦'로, 4구 '作'이 '綠'으로 되어있다.

2) □측기평수 구식을 사용한 칠언절구시이다. 하평성 '가歌' 운에 맞추어 '多, 歌, 波'로 압운하였다.

복사꽃 오얏꽃은 말 없어도	桃李無言兮 ○●○○○ 1 2 4 3 5　도리무언혜 |복숭아꽃|오얏꽃|없는데|말이|어사|
나비가 스스로 찾아와 놀고	蝶自徘徊 ●●○◎ 1 2 3 3　접자배회 |나비가|스스로|배회하고|
오동나무는 고결하게 있어도	梧桐蕭洒兮 ○○○●○ 1 1 3 4 5　오동소쇄혜 |오동나무|맑고|깨끗한데|어사|
봉황이 와서 춤을 추노라[3)	鳳凰來儀 ●○○◎ 1 1 3 4　봉황래의 |봉황이|와서|춤춘다|
무정물도 유정한 것을 꾀어내거늘	無情物引有情物 ○○●●●●● 2 1 3 7 5 4 6　무정물인유정물 |없는|정|물건|끄는데|있는|정|물건|
하물며 사람인데 사귀어 친하지 않으랴?	況是人不交相親 ●●○●○○○ 1 3 2 7 4 5 6　황시인불교상친 |황차|인데|사람|않나|만나|서로|친히|
그대가 멀리에서 마을로 찾아와	君自遠方來此邑 ○●●○○●● 1 4 2 3 7 5 6　군자원방래차읍 |그대|에서|먼|지방|와서|이|고을에|
뜻하지 않게 만나 좋은 인연이라 여겼기에	不期相會是良因 ●○○●●○◎ 2 1 3 4 7 5 6　불기상회시량인 |않고|기약|서로|만나|이니|좋은|인연|
칠팔월 서늘한 날씨에	七月八月天氣涼 ●●●●○○◎ 1 2 3 4 5 6 7　칠월팔월천기량 |칠|월|팔|월에|하늘|기운|서늘하여|
잠자리 나눈 지 열흘도 지나지 않아	同衾共枕未盈旬 ○○●●●○◎ 2 1 4 3 7 6 5　동금공침미영순 |나누고|이불|나눠|베개|않아|차지|열흘|
진중 뇌의같이 내가 교칠처럼 믿었더니[4)	我若陳雷膠漆信 ●●○○○●● 1 4 2 3 5 6 7　아약진뢰교칠신 |내|같이|진중|뇌의|아교|칠로|믿는데|

---

3) 순임금 음악인 소소簫韶를 아홉 번 연주하자 봉황이 와서 춤을 추었다고 한다. 『서경 익직益稷』.

4) 진뇌陳雷는 우정이 돈독하기로 유명하던 후한 시대 진중陳重과 뇌의雷義를 이른

이제는 그대가 | 君今棄我如敗茵 ○○●●○○◎
낡은 깔개처럼 날 버리시네 | 1 2 4 3 7 5 6 군금기아여패인
| 군이 이제 버림이 날 같다 낡은 깔개

부모님 계시니 | 父母在兮不遠遊 ●●●○●●○
멀리 갈 수 없어서 | 1 1 3 4 7 5 6 부모재혜불원유
| 부모 계시어 아서 못해 멀리 놀지

따르지 못해 | 欲從不得心悠悠 ●○●●○○○
마음만 아득하여라 | 2 1 4 3 5 6 6 욕종부득심유유
| 하나 따르려 못해 하지 마음 아득하다

처마 밑 깃든 제비도 | 簷前巢燕有雌雄 ○○○●●○○
암수가 있고 | 1 2 3 4 7 5 6 첨전소연유자웅
| 처마 앞 둥지 제비도 있고 암 수

연못의 원앙도 | 池上鴛鴦成雙浮 ○●○○○○◎
쌍으로 유영하네 | 1 2 3 3 6 5 7 지상원앙성쌍부
| 연못 위 원앙도 이루어 쌍 떠다닌다

이 새들을 | 何人驅此鳥 ○○○●●
누가 몰아내어 | 1 2 5 3 4 하인구차조
| 어떤 사람이 몰아내어 이 새를

내 이별 근심을 | 使我解離愁 ●●●○◎5)
풀어줄 건가? | 2 1 5 3 4 사아해리수
| 하여금 나로 풀게 해줄까 이별 근심

정공은 나중에 개경에 와서 높은 등수로 과거에 급제하였다. 궁궐을 출입할 때는, 충직하여 간쟁하는 옛 신하의 기풍을 보여주었다.

이전에 임금(인종)을 호위하여 장원정長源亭6)에 갔을 때다. 그가 이런 시를 지었다.7)

다. 부레풀을 바르거나 옻칠을 한 것처럼 뗄 수 없이 단단한 우의를 맺음을 빗대는 전고로 사용한다. 『후한서 뇌의전雷義傳』.

5) □장단구 고시이다. 상평성 '회灰' 운과 통운에 해당하는 상평성 '지支' 운에 맞추어 '徊'와 '儀'로 압운하고, 환운하여 상평성 '진眞' 운과 하평성 '우尤' 운에 맞추어 각각 '親, 因, 旬, 茵'과 '悠, 浮, 愁'로 압운하였다.

6) 장원정長源亭은 개경 서강西江 곁에 세운 이궁離宮이다. (중-9 참조)

7) 『동문선』에 「장원정長源亭」이라는 제목의 칠언율시로 실려있다. 마지막 구 '倚樓'가 '捲簾'으로 되어있다.

바람 실린 객선은
조각구름처럼 떠 가고
이슬 젖은 궁궐 기와는
옥 비늘 같은데
초록 버들 속 여덟아홉 집은
사립문을 닫아걸고
밝은 달 아래 두세 사람은
누대에 기대었네

風送客帆雲片片 ○●●○○●●
1 4 2 3 5 <u>6</u> <u>6</u>　풍송객범운편편
바람이│보내│객│돛│구름처럼│조각조각

露凝宮瓦玉鱗鱗 ●○○●●○○
1 4 2 3 5 <u>6</u> <u>6</u>　로응궁와옥린린
이슬│엉겨│궁│기와에│옥처럼│반짝반짝

綠楊閉戶八九屋 ○○●●●●●
1 2 4 3 5 6 7　록양폐호팔구옥
초록│버들에│닫은│문│팔│구│집이고

明月倚樓三兩人 ○●●○○●○8)
1 2 4 3 5 6 7　명월의루삼량인
밝은│달│기댄│누에│셋│둘│사람이다

그의 시어는 모두 이렇게 표일飄逸하여 속세에서 벗어나 있다.

동산재東山齋(곽여) 진정眞靜9) 선생의 제문을 지었을 때다. 임금(인종)이 다시 명하여「동산재기東山齋記」도 짓게 하였다. 이에 표문을 지어 올려 이렇게 아뢰었다.

"학을 타고
신선 되어서
아득히 흰 구름 위로
올라갔으니,
그 일생을
빗돌10)에 기록하여

鶴背登眞 학배등진
1 2 3 4
학의│등 타고│올라가│진인이 되어

乘白雲於杳漠 승백운어묘막
6 4 5 3 1 1
탔으니│흰│구름│에서│아득한 곳

螭頭紀事 리두기사
1 2 4 3
교룡│머리 빗돌에│기록해│사적을

---

8) □평기평수 구식을 사용한 칠언율시의 함련과 경련이다. 상평성 '진眞' 운에 맞추어 '鱗, 人'으로 압운하였다.

9) 동산재東山齋는 곽여郭璵(1058~1130)의 호이다. 진정眞靜은 시호이다. (중-8, 중-9 참조)

10) 이두螭頭는 용 모양으로 조각한 비석의 머릿돌이다. 여기서는 빗돌을 이른다.

간곡한 임금님 마음[11]을
표하옵니다."

披紫詔之丁寧 피자조지정녕
6 1 1 3 4 4
드러낸다|임금 말씀|어사|간곡한 뜻

또 이렇게 아뢰었다.

"향년이
70세가 넘어
중간 장수[12]한 무리에는
속하고
삼천 가지나
공훈을 세웠으니
분명 상제의 부름을
받았을 것입니다."

年踰七十 년유칠십
1 4 2 3
나이가|넘었으니|칠|십 세를

不離中壽之徒 불리중수지도
6 5 1 2 3 4
않고|빠지지|중간|수명|어사|무리서

功滿三千 공만삼천
1 4 2 3
공훈이|찼으니|삼|천 가지에

必被上淸之召 필피상청지소
1 6 2 2 4 5
분명히|받았다|하늘|어사|부름을

또 이렇게도 아뢰었다.

"신이 선생 문하에
출입하여
그 세월이
오래되었고,

而出入先生之門 이출입선생지문
1 6 6 2 2 4 5
어사|출입하여|선생의|어사|문하에

其來久矣 기래구의
1 2 3 4
그|내력이|오래되었고|어사

---

11) 자조紫詔는 임금 명을 이른다. 임금이 조서를 내릴 적에 자색 봉니封泥를 붙여서
봉하였기에 이렇게 이른다.
12) 중수中壽는 중등에 해당하는 수명을 이른다. 여러 가지 설이 있다. 대략 7, 80세
가량을 이른다.

<table>
<tr><td>더구나 천자 명을
받들어 알려야 하니
글짓기를
사양할 수 없겠습니다."</td><td>況對揚天子之命 황대양천자지명
1 6 7 2 2 4 5
|하물며|대해|드날리니|천자|어사|명|

無所辭焉 무소사언
3 2 1 4
|없다|바가|사양할|어사|</td></tr>
</table>

이 말들이 모두 지금까지 끊임없이 사람들 사이에서 회자되고 있다.

西都古高句麗所都也. 控帶山河, 氣像秀異, 自古奇人異士多出焉. 睿王時, 有俊才姓鄭者, 忘其名. 垂髫時,「送友人」詩云"雨歇長堤草色多, 送君千里動悲歌. 大同江水何時盡? 別淚年年添作波." 又作詩云"桃李無言兮, 蝶自徘徊. 梧桐蕭洒兮, 鳳凰來儀. 無情物引有情物, 況是人不交相親? 君自遠方來此邑, 不期相會是良因. 七月八月天氣凉, 同衾共枕未盈旬. 我若陳·雷膠漆信, 君今棄我如敗茵. 父母在兮不遠遊, 欲從不得心悠悠. 簷前巢燕有雌雄, 池上鴛鴦成雙浮. 何人驅此鳥, 使我解離愁?"其後赴上都, 擢高第. 出入省闥, 謇謇有古諍臣風. 嘗扈從長源亭, 題詩云"風送客帆雲片片, 露凝宮瓦玉鱗鱗. 綠楊閉戶八九屋, 明月倚樓三兩人."其語飄逸出塵, 皆類此. 及作東山齋眞靜先生祭文, 上亦命作「東山齋記」. 作表云"鶴背登眞, 乘白雲於杳漠; 螭頭紀事, 披紫詔之丁寧."又云"年踰七十, 不離中壽之徒; 功滿三千, 必被上淸之召."又云"而出入先生之門, 其來久矣; 況對揚天子之命, 無所辭焉."至今皆膾炙不已焉.

※ 정지상은 고려를 대표하는 시인이다. 어려서부터 시로 명성을 떨쳤다. 나중에 장원 급제하여 벼슬길에 올랐으나, 묘청의 난에 연루되어 김부식 일파에 의해 숙청되는 불운을 당하고 말았다. 정지상이 묘청을 따라 서경 천도에 동조한 일이 김부식과 문벌 귀족의 반발을 부르는 빌미가 되었다고 한다. 평소에 정지상에게 불만이 있던 김부식이 묘청의 난을 빌미로 그를 얽어매어 제거하는 선택을 했다고 한다[13] 김부식이 버드나무와 복숭아나무를 보고 시를 짓자 정지상 귀신이 나타나 뺨을 때리면서 두 글자를 고쳐주었다는 『백운소설』 이야기가 이들 관계를 웅변해준다.

정지상은 정치적 공격을 받아 반역자라는 불명예를 얻었다. 이 글에도 그 영향이 보인다. 그가 남긴 시 여러 수를 특별하게 소개하면서도, 정작 모를 리 없는 그의 이름을 밝히지 못했다. 이인로의 속마음이 궁금해진다.

---

13) 『고려사 묘청전妙淸傳』.

하31. 시어가 유려한 완산 최구

"견딜 수 없게 아리따운 소만의 가녀린 허리 같아라"

자미성(중서성)[1]에서 근무하는 계림雞林(경주) 사람 수옹壽翁(박춘령)은 문장이 빼어나 당시에 독보적이었다. 평소에 인재를 알아보는 감식 안도 가지고 있었다.

예전에 남쪽 고을로 나가서 다스릴 때의 일이다. 완산完山(전주)에 갔다가 최구崔鉤(최균崔均의 오기)[2]라는 이름의 낮은 관리를 만났다. 그는 무쇠 같은 얼굴을 하고 있으면서 엄격하고 냉정하였다. 성품도 침착하고 조용하였으며 질박하고 꾸밈이 없어, 크게 성장할 만한 기량을 갖춘 사람이었다. 수옹이 그를 도성으로 데리고 와서 자기 아들처럼 길렀다. 경서와 역사서를 가르치고 글 짓는 법도 배우게 하였다. 그러자 눈부시게 발전하여 시문과 글씨가 모두 힘차고 굳세어졌다.

그는 약관 나이에 이르러 과거에 응시하여 병과丙科[3]로 합격하였다. 이후로 석거石渠[4]에서 근무하고, 금마金馬(한림원)[5]로 자리를 옮겼다. 언제나 자신을 돌보지 않고서 충직하게 노력하였다. 국가가 위급할 때 목숨을 바칠 각오가 되어있었다.

---

1) 자미성은 중서성을 이른다.(상-22 참조)
2) 『동문선』에 실린 그의 시에는 작자가 최균崔均(?~1174)으로 되어있다.
3) 병과丙科는 과거에 급제한 합격자 등급을 이른다. 당시에 성적에 따라 대략 을과 3인, 병과 7인, 동진사 23인으로 구분하여 선발하였다. 전체 선발 인원과 등급 간 인원수는 해마다 변동이 있었다.
4) 석거石渠는 한나라 때 서적을 보관하던 석거각石渠閣이다.
5) 금마金馬는 금마옥당金馬玉堂의 약칭이다. 한림원을 이른다.

한번은 버드나무를 읊은 친구 시에 화답하여 이렇게 읊었다. [6]

눈썹 먹으로 정교하게 단장한
서시[7]의 긴 눈썹이요
견딜 수 없게 아리따운
소만[9]의 가녀린 허리 같아라

西子眉長工作黛　○●○○○●●
1 1 3 4 5 7 6　서자미장공작대
|서자|눈썹|기니|능히|칠하고|눈썹 먹|

小蠻腰細不勝嬌　●○○○●●○[8]
1 1 3 4 7 6 5　소만요세불승교
|소만|허리|가늘어|없다|이길 수|예쁨|

또 아직 망울을 터트리지 못한 모란꽃을 보고서 이렇게 읊었다.

담장에 기대어
시인 송옥을 훔쳐보고[10]
벽 너머에서
사마상여 유혹하는 듯하네[11]

倚墻窺宋玉　●○○○●●
2 1 5 3 3　의장규송옥
|기대어|담장에|엿보고|송옥을|

隔壁挑相如　●●●○○
2 1 5 3 3　격벽도상여
|너머로|벽|도발한다|상여를|

시어가 모두 이렇게 유창하고 아름다웠다.

---

6)　『동문선』에 「버드나무를 읊은 시에 화답하다[和詠柳]」라는 제목의 칠언율시로 실려있다. 작자가 최균崔均으로 되어있다. 앞 구에서 '長'이 '頓'으로, '工作黛'가 '如有恨'으로 되어있다.

7)　서시西施는 춘추 시대 월나라 미녀이다.

8)　□측기평수 구식을 사용한 칠언율시의 경련이다. 하평성 '소蕭' 운에 맞추어 '嬌'로 압운하였다.

9)　소만小蠻은 백거이가 사랑하던 여인이다. 춤에 능하였다.

10)　송옥宋玉(기원전 298~기원전 222)은 선진 시기 초나라 시인이다. 마을 미녀가 담장 너머로 3년 동안 유혹한 일이 있다고 한다. 중-22 참조.

11)　사마상여司馬相如(기원전 179~기원전 118)는 전한 시기 문인이다. 자는 장경長卿이다. 부賦에 뛰어나 명성을 얻었다. 고향 부호 탁왕손의 딸 탁문군卓文君을 거문고 연주로 유혹하여 함께 달아나서 술집을 운영한 일이 있다. 이후 그가 창작한 「자허부子虛賦」에 감동한 무제武帝에게 부름을 받아 벼슬에 나아갔다.

紫薇雞林壽翁, 文章峻秀獨步一時, 素有人倫鑑識. 常出按南州, 到完山, 見一小吏名崔鈞. 鐵面嚴冷, 爲人沉默木訥, 有遠到器局. 携至京師, 養之如己子. 訓以書史及綴述之規, 斐然有成, 詞與筆俱遒勁. 及冠應擧, 中丙第, 遊石渠入金馬. 嘗謇謇匪躬, 欲以徇國家之急. 嘗和友人詠柳詩云 "西子眉長工作黛, 小蠻腰細不勝嬌." 又未開牡丹, "倚墻窺宋玉, 隔壁挑相如." 詞語流麗皆此類.

※ 수옹에게 마음을 얻어 벼슬에 오른 최균 이야기이다. 수옹은 박춘령朴椿齡으로 보인다.[12] 지방으로 파견된 수령의 눈에 들어 중앙에 진출한 지역 인재 사례는 역사에 종종 등장한다. 박춘령은 완산 수령이던 시절에 여러 아이에게 시를 가르쳤다. 그중에 최척경, 최균, 최송년이 두각을 나타내었기에, 나중에 이들을 데리고 돌아가서 교육했다고 한다. 이들은 모두 명사가 되어 완산 삼최完山三崔로 불렸다. 최균은 과거에 급제하고, 재상 최윤의에게 추천받아 합문지후에 올랐다. 그 이후로 여러 요직을 거쳤다.[13]

소개한 두 수의 시는 자연 경물에 내재한 섬세한 특성을 포착하고 상상력을 보태어 표현했다. 앞의 시는 버드나무 잎을 서시 눈썹에 빗대고, 긴 가지를 소만의 가녀린 허리에 빗대었다. 백거이에게 사랑받던 여인 소만은 춤에 능하고 번소는 노래에 능했다고 한다. "빨간 앵두는 번소 입이요, 버들가지는 소만 허리네."[14] 백거이가 남긴 말이다. 뒤의 시는 모란꽃을 시인 송옥을 훔쳐본 이웃 여인과 사마

---

12) 『고려사 최척경전崔陟卿傳』.
13) 『고려사 최균전崔均傳』.
14) 맹계, 『본사시 사감事感』, "櫻桃樊素口, 楊柳小蠻腰."

상여 마음을 훔친 탁문군에 빗대었다. 송옥은 동쪽 이웃 여인이 담 너머로 3년 동안 자기를 훔쳐보았으나 마음을 주지 않았다고 고백한 적이 있다.[15] 또 사마상여가 탁왕손의 딸 탁문군을 은근히 유혹하여 함께 달아난 일화가 전해진다.[16]

---

15) 송옥, 「등도자호색부登徒子好色賦」.
16) 『사기 사마상여전司馬相如傳』.

하32. 시재를 타고난 선비 서문원

"시구들이 종이에서 쟁쟁하며 움쩍거리다가"

선비 서문원徐文遠[1]은 권돈례權惇禮[2] 공과 어릴 때부터 친한 사이다. 두 사람 모두 유학 가문 자제로 성장한 데다, 재능과 나이도 거의 차이가 없다. 자주 시를 지어서 서로 주고받곤 하였다.

한번은 서문원이 이렇게 시를 지었다.

권돈례 공이	權子和我篇 ○●●●◎
	1 1 5 3 4 권자화아편
내게 화답한 시에서	권자가 화답했는데 나의 시에
서너 연이	脫略三四聯 ●●○●◎
	4 5 1 2 3 탈략삼사련
빠트려져 있네	빠뜨리고 생략하여 서 너 연을
무슨 말이	中有何等語 ○●○●●
	1 5 2 3 4 중유하등어
있었을까?	중간에 있었을까 어떤 따위 말이
생각하면	思之空悵然 ○○○●◎
	2 1 3 4 4 사지공창연
괜스레 아쉽네만	생각하니 이를 공연히 슬프지만
마치 중추	比如中秋十六夜 ●○○○●●●
	1 7 2 2 4 5 6 비여중추십륙야
십육일 밤에	비유컨대 같아서 중추 십 육일 밤
완전하게 둥근 달이	十分明月一分虧 ●○○●●○○
	1 1 3 4 5 5 7 십분명월일분휴
조금 기울어도	십 분 밝은 달에 일 분 이지러져도

---

1) 서문원徐文遠은 생몰년과 가계 등이 알려지지 않는다.
2) 권돈례權惇禮는 한림학사를 지낸 권적權適(1094~1147)의 아들이다. 어사御史를 지냈다. 무신의 난이 발생하자 원주로 물러나 은거하였다.

그 달빛이	光彩最可憐	○●●●◎	
	1 1 3 5 4	광채최가련	
	|광채가|가장|만하고|사랑할|		
가장 예쁜 것 같고			
또 태진(양귀비)이	又如太眞初罷溫泉浴	●○●●○○●○●	
	1 9 2 2 4 8 5 5 7	우여태진초파온천욕	
온천욕을 막 끝내고	|또|듯하여|태진|처음|끝낸|온천|욕|		
엉킨 머리 기운 비녀에	鬂亂釵橫濃抹小損	●●○○○●●●	
	1 2 3 4 5 6 7 8	빈란차횡농말소손	
화장기 씻겼어도	|살짝|엉켜|비녀|기울고|짙은|화장|좀|씻겨도|		
고운 자태가	態度有餘娟	●●●○◎	
	1 1 5 3 4	태도유여연	
여전한 것 같네	|자태에|있다|남은|아름다움이|		
시구들이 종이에서	句句鏘鏘紙上動	●●○○●●●	
	1 1 3 3 5 6 7	구구장장지상동	
쟁쟁하며 움쩍거리다가	|시구들|쟁쟁|종이|위에서|움직이다가|		
문득 날아가서	却恐飛去爲雲烟	●●○●○○◎	
	1 7 2 3 6 4 5	각공비거위운연	
구름이 되었을까?	|문득|한다|날아|가|됐나|구름|안개|		
아니면 내가 오랜 객이라서	不然謂我久客易感傷	●○●●●●●○	
	1 1 9 3 4 5 6 7 7	불연위아구객이감상	
금세 슬퍼질까 봐	|아니면|여겨|내|긴|객이라|쉬|슬플까|		
애달픈 말을	故令危辭苦語不盡傳	●●○○●●●◎	
	1 6 2 2 4 4 9 7 8	고령위사고어부진전	
일부러 덜 전한 것인가?	|굳이|시켜|격한 말|힘든 말|않나|다|전하지|		
......	云云 3)		

　　대개 하늘이 내려준 기운을 모아서 타고난 성품은 외물에 의해서
바뀌거나 하지 않는다. 그래서 중니仲尼(공자)는 태어나면서부터 이미
제사에 쓰는 그릇을 진설하는 놀이를 할 줄 알았고,4) 문왕文王도 태

---

3) □장단구 고시이다. 하평성 '선先' 운에 맞추어 '篇, 聯, 然, 憐, 娟, 烟, 傳'으로 압
　운하였다.
4) 『사기 공자세가孔子世家』, "공자는 어린 시절 장난할 때 항상 제기를 진설하며 예

어날 때부터 스승에게 수고롭게 배우지 않고서도 스스로 알 수 있었다.[5] 이는 전부 저절로 그렇게 된 것이다. 애초에 부드럽게 다룬 가죽을 보거나 팽팽하게 당긴 활시위를 보면서 경계하고 노력한 끝에 이룬 것이 아니다.[6] 그래서 이렇게 말한다.

"의義는 밖에 있다가 갑자기 내게로 들어와 얻어지는 것이 아니다."[7]

이 같은 경우를 말한 것이다.

士子徐文遠, 與權公惇禮, 自小相友愛. 俱儒門子弟也, 才與年相去伯仲間爾. 屢以篇什相贈答. 徐子作詩云 "權子和我篇, 脫略三四聯. 中有何等語, 思之空悵然. 比如中秋十六夜, 十分明月一分虧, 光彩最可憐. 又如太眞初罷溫泉浴, 鬢亂釵橫濃抹小損, 態度有餘娟. 句句鏘鏘紙上動, 却恐飛去爲雲烟. 不然謂我久客易感傷, 故令危辭苦語不盡傳. 云云." 夫鍾天所賦, 生而有之, 不可以因物而遷. 故仲尼

를 행하는 용모를 베풀었다.[爲兒嬉戲, 常陳俎豆, 設禮容.]"

5) 『소학 계고稽古』, "문왕을 낳으니 총명하고 성스러워, 태임이 하나를 가르치면 백을 알았다.[生文王而明聖, 太任敎之以一而識百.]"

6) 이런 시는 노력으로 지어낼 수 없고, 반드시 공자와 문왕처럼 타고난 솜씨가 있는 시인이어야 지어낼 수 있다고 말한 것이다. 옛날에 성미가 급했던 서문표西門豹는 부드럽게 다룬 가죽을 지니고 다니면서 경계로 삼아 스스로 느긋하게 하였고, 마음이 너무 느긋했던 동안우董安于는 팽팽하게 당긴 활시위를 지니고 다니면서 경계로 삼아 스스로 긴장하게 했다고 한다. 『한비자 관행觀行』.

7) 호연지기浩然之氣를 설명한 것이다. 일마다 의리에 맞게 하여 내면에서 자연스럽게 호연지기가 생기는 것이지, 밖에 있던 것이 갑자기 내게 들어와 얻어지는 것이 아니다. 호연지기가 내면에서 발현되는 것처럼, 시를 짓는 재능도 서문원과 권돈례 경우처럼 본래 타고난 것이라는 말이다. 『맹자 양혜왕梁惠王』.

之生, 戲以俎豆; 文王之生, 在師不勞. 是皆因自然, 本不待於韋弦.
故曰"非義襲而取之", 是也. ┌

※ 서문원이 죽마고우 권돈례가 지어 준 시에 장단구로 화답한 시를
소개했다. 권돈례가 지은 시도 같은 형식일 것이다. 그런데 3, 4연이
지워져 보이지 않았던 듯하다. 서문원은 3, 4연이 빠진 점에 착안하
여 재치 있게 응수했다. 일부가 사라진 시이지만, 기울어도 여전히
아름다운 16일 달 같고, 목욕으로 화장기가 사라져도 여전히 곱기
만 한 양귀비 같다는 것이다. 심지어 시구 하나하나가 종이 위에서
쟁쟁 소리 내며 살아서 움직거리다가 날아간 듯하다고 하면서 그 생
생함을 칭송하기까지 했다. 아울러 이런저런 생각 끝에 권돈례가 일
부러 비워둔 것은 아닐까 추측해본다. 객지에서 고향 생각에 외로
운 시인 자신의 심경을 은연중에 드러내고 있다.

하33. 종실에 모범을 보인 신종의 손자 왕위

근래 사공司空¹⁾ 지위에 있던 아무개(왕위)는 임금님의 큰동생 양양공襄陽公(왕서)²⁾이 둔 맏아들이다.³⁾ 젖을 떼면서부터 이미 부지런히 경서와 역사서 읽는 것을 즐겼다. 걸으면서도 외우고 앉아서도 읊조리느라 다른 일에는 눈길조차 주지 않았다.

장성한 뒤에는 익히지 않은 학문이 없고 통하지 않은 이치가 없을 정도였다. 드넓은 강과 호수를 마주하고 있는 듯이 해박하여 그 끝을 헤아릴 수 없었다. 아울러 사부詞賦에도 능하고 붓을 쓰는 솜씨도 정묘하였다. 마치 한껏 벼르고 과거장에서 1, 2등 자리를 겨뤄보기라도 하려는 사람처럼 보였다. 세상 사람들이 그를 보고서 종실에서 모범이 될 만하다고 평하였다. 그런데 안타깝게도 하늘이 수명을 보태어 주지 않아 홀연 하늘 위 옥루玉樓⁴⁾로 불려가고 말았다.

산인山人(승려) 관오觀悟⁵⁾가 예전에 그의 저택에 가서 놀았던 적이 있

---

1) 사공司空은 종친에게 내리는 명예직에 해당한다. 고려 현종 3년(1012) 이후로 종실제군宗室諸君을 공公과 후侯로 봉하였고, 일정한 직무가 없는 산직散職으로서 상서령尙書令·중서령中書令을 겸하게 하거나 태위太尉·사도司徒·사공司空 등 직함을 갖게 하였다.

2) 양양공襄陽公은 신종神宗의 아들이자 희종熙宗(1181~1237)의 아우인 왕서王恕를 이른다. 신종 3년(1200)에 덕양후德陽侯로 봉해졌다가 이후에 양양공襄陽公으로 봉해졌다.

3) 양양공이 둔 네 아들 중 첫째인 왕위王瑋(?~1216)를 이른다. 사공司空을 지냈다. 시호는 회경懷敬이다.

4) 옥루玉樓는 백옥루白玉樓라고도 한다. 천제가 백옥루를 완성하고 이하李賀를 불러 기문을 쓰게 했다는 고사가 있다. 문인의 죽음을 빗대는 말로 쓰인다.

5) 관오觀悟는 생몰년과 가계 등이 알려지지 않는다.

다. 그때 그가 남긴 원고를 뒤적여 근체시 8, 9편을 찾아내었다. 관오는 그의 시가 두 가지(시와 글씨) 아름다움[6]을 아울러 갖추고 있다고 칭송하면서 내게 보여주었다. 너울너울 구름 위로 솟아오른 신선 같은 기운과 풍격이 느껴졌다.

장차 판목에 새겨서 후세에 전하겠다고 한다. 그래서 서문을 지어 대략 이렇게 말한다.

"예부터 종실의 친족은 강보에 싸인 갓난아이일 때부터 이미 모토茅土(봉토)[7]를 물려받는다. 눈으로는 진주와 비취 보석을 탐하게 되고, 귀로는 현악과 관악의 소리를 즐기게 되는 것이다. 문장에 뜻을 두어 익히는 자는 드물 수밖에 없다. 하지만 지금 사공 아무개는 배움을 좋아하는 성품을 타고났다. 7, 8세가 되기도 전에 벌써 경서와 역사서 읽기를 특히 좋아하였다. 마시고 먹는 시간에도 끊임없이 읊고 외는 소리가 밖에 들렸다고 한다."

今司空某, 皇大弟襄陽公之冑子也. 自離乳臭, 翩翩然嘗以書史爲樂, 行吟坐諷, 目不掛於餘事. 及於壯, 學無不窺, 理無不通, 浩浩乎若望江湖不可涯涘. 至於詞賦亦工, 用筆精妙, 若翹然而望場屋, 爭甲乙之名者, 世以爲宗室標的也. 惜也, 天不與年, 奄然赴玉樓之召. 山人觀悟嘗遊其邸, 搜遺稿得近體詩八九篇. 嘉其有二美也, 以示之, 飄飄然有凌雲氣格. 將鏤板以傳於後, 故畧爲序云云 "自古宗室之親,

---

6) '두 가지 아름다움'은 사부가 뛰어남과 필법이 정묘함을 이른 것으로 보인다.
7) 모토茅土는 종친에게 부여하는 봉토를 이른다. 한나라 시대에 제후를 봉할 때 오행설에 따라 봉토가 위치한 방향에 해당하는 색깔의 흙을 흰 풀로 싸서 주었다는 고사에서 유래한 말이다.

襲茅土於襁褓中. 目耽珠翠, 耳悅絲竹, 罕有留意於文章者. 今司空某, 天性好學, 自年未七八, 尤嗜書史. 雖臨飮食, 諷詠之聲不絕於外云."

※ 왕위는 왕실 종친이다. 할아버지가 신종이고 큰아버지가 희종이다. 왕과 가장 가까운 가족으로 성장한 것이다. 아버지 왕서는 생몰년을 알 수 없으나, 희종은 1181년에 태어났다. 왕위가 1216년에 작고하였으니 향년이 20세를 넘기 어렵다. 여기에 시를 소개하지 않아 그의 시가 어떤지를 알 수는 없지만, 아마도 기대를 모으던 신진이었기에 저술 끝에서 그를 소개한 것이다. 비록 지긋한 나이에 이르지는 못한 시인이었지만, 창작한 시만큼은 이미 구름을 타고 하늘에 오른 신선 같은 기운과 풍격을 지녔다고 한다. 이런 젊은 시인이 세상을 떠났기에 안타까운 마음을 담아 기록으로 특별히 남겨둔 것으로 보인다. 이인로에게는 거의 말년 기록에 해당한다.

파한집발破閑集跋

『남화경南華經』에 이런 말이 있다.

"친아버지는 자기 자식을 위해서 중매를 서지 않는다. 친아버지가 칭찬하는 것이 친아버지가 아닌 사람이 칭찬하는 것만 못하다."[1]

어째서인가? 듣는 사람이 의심하기에 그렇게 말하였다. 자식이 부모를 소개하는 것도 이와 같다. 아버지의 행실에 대해 글 속에서 칭송한다면, 남들의 비방만 초래하게 된다. 따라서 이 경우에도 자식이 아닌 다른 사람이 칭송하는 것만 못하다.

그런데 『대경戴經』에는 이런 말이 있다.

"아버지가 일으키고 자식이 잇는다."[2]

옛날에 신동神童 양오揚鳥가 아버지 양웅揚雄의 『태현경太玄經』 저술에 동참한 것이 이런 경우이다.[3]

더구나 『노론魯論』에서는 이렇게 말하였다.

---

1) 『장자 우언寓言』. 『남화경南華經』은 『장자』의 별칭이다. 한나라 때 장주莊周를 남화진인南華眞人으로 일컬은 뒤로 이렇게 불린다.
2) 『중용』. "父作之, 子述之." 『대경戴經』은 『예기』의 별칭이다. 전한의 대성戴聖이 정리했다고 하여 이렇게 불린다. 『중용』과 『대학』은 처음에 『예기』의 일부였다.
3) 양오揚鳥는 한나라 양웅揚雄의 아들이다. 일곱 살 때 아버지의 『태현경太玄經』 저술을 도왔다고 한다. 불행하게 아홉 살에 요절하였다.

"아버지가 살아 계실 때는 그 뜻을 살피고, 아버지가 돌아가셨을 때는 그 행실을 살핀다."[4]

아버지의 뜻과 행실을 다른 사람이 어떻게 방불하게 이해할 수 있겠는가? 오직 자식이라야 이해할 수 있는 것이다. 그런데도 만약 아버지와 자식 간의 친한 사이라는 혐의를 피하라는 『남화경』의 주장을 따르기 위해, 자식의 도리라고 타이른 『대경』과 『노론』의 뜻을 거슬러서, 선친의 뜻과 행실을 기록으로 남겨 영원히 잊히지 않게 전하는 일을 행하지 않는다면, 아버지의 뜻과 행실을 살피는 자식의 의리는 어디에 있는 것이란 말인가?

나의 선친은 금나라 천덕 4년 임신년(1152)에 태어나 어린 나이에 부모를 여의어서 의지할 곳이 없었다. 그래서 숙부 화엄승통華嚴僧統 요일寥一이 보살피고 양육해주셨다. 항상 좌우 곁에서 떼어놓지 않고 부지런히 가르쳐 삼분오전三墳五典의 서적과 제자백가를 낚시하고 사냥하듯이 섭렵하지 않은 것이 없었다.

마침내 을미년(1175) 여름에 이르러 진사시 급제자를 알리는 표방豹牓에 이름을 올렸다. 이듬해(1176) 가을에 현관賢關(국자감)에 입학하여 기예를 겨루는 시험에서 연달아 좋은 성적을 거두었다. 또 경자년(1180) 봄 과거에서 장원으로 급제하여 사림에 명성을 떨치게 되었다.

사업으로 근무하던 장인어른 최영유崔永濡 공이 하정사賀正使가 되었을 때, 서장관 직책을 띠고 사행에 동참하였다. 그해(1182) 12월 27일에 사신 일행이 어양漁陽[5]의 아모사鵝毛寺라는 곳에 도착하였다. 바

<hr>

4) 『논어 학이學而』. 『노론魯論』은 『논어』의 별칭이다. 노나라 사람이 전하였다고 하여 이렇게 불린다.
5) 어양漁陽은 북경 동북방 지역에 있던 지명이다.

로 안녹산安祿山이 군병을 훈련하던 장소였다.[6] 그곳에 시 한 수를 남겼다.[7]

무궁화꽃 서로 빛나는	槿花相映碧山峯 ●○○●●○○	
푸른 산봉우리에	<u>1</u> <u>1</u> 3 4 5 6 7 근화상영벽산봉	
	무궁화 서로 비추는 푸른 산 봉우리에	
새벽 술[8]에 막	卯酒初酣白玉容 ●●○○●●○	
백옥 얼굴 발개졌는데	<u>1</u> <u>1</u> 3 4 5 6 7 묘주초감백옥용	
	묘시 술에 처음 발개진 흰 옥 얼굴	
아직 끝나지 않은	舞罷霓裳猶未畢 ●●○○●●●	
예상의 춤[9]을 그만 멈추니	1 4 <u>2</u> <u>2</u> 5 7 6 무파예상유미필	
	춤추던 멈추니 예상을 아직 않았으니 끝나지	
하루아침 뇌우 속에서	一朝雷雨送猪龍 ●○○●●○○	
돼지 용(안녹산)[10]을 보내었어라	1 2 3 4 7 <u>5</u> <u>5</u> 일조뢰우송저룡	
	하루 아침 우레 비에 보냈다 돼지 용을	

옛 연나라의 도성에 들어가서는, 정월 초하루에 객관 출입문 위쪽 머리에 춘첩자春帖子를 적어놓았다.

비취 눈썹을 곱게 펼친	翠眉嬌展街頭柳 ●○○●●○○	
길가 버들이요	1 2 3 4 5 6 7 취미교전가두류	
	비취 눈썹 곱게 편 길 머리 버들이고	

---

6) 당나라 현종 때 안녹산이 어양에서 반란을 일으켰다.

7) 『동문선』에 「어양을 지나다[過漁陽]」라는 제목으로 실려있다. 1구 '相'은 '低'로, 3구 '猶未畢'은 '歡未足'으로 되어있다.

8) 묘주卯酒는 아침 묘시卯時(5~7시)에 마시는 술을 이른다.

9) 당 현종이 꿈에서 본 달나라 선녀 모습을 본떠서 만들었다는 예상우의무霓裳羽衣舞를 이른다. 양귀비가 잘 추었다.

10) '저룡猪龍'은 안녹산安祿山을 이른다. 당 현종이 연회에서 취하여 잠든 안녹산의 모습을 보고 "이 자는 저룡猪龍이다. 할 수 있는 일이 없다."라고 하였다. 악사樂史, 『양태진외전楊太眞外傳』.

흰 눈꽃을 향기롭게 날리는

고갯마루 매화라네

천 리 먼 고향 동산이

안녕함을 알겠어라

춘풍이 먼저

해동에서 불어왔어라

白雪香飄嶺上梅	●●○○●●◎
1 2 3 4 5 6 7	백설향표령상매
흰 눈 향기 날리는 고개 위 매화라	

千里家園知好在	Ŏ●○○○●●
1 2 3 4 7 5 6	천리가원지호재
천 리 집 동산이 아니 잘 있음을	

春風先自海東來	○○Ŏ●●○○
1 2 3 6 4 5 7	춘풍선자해동래
봄 바람 먼저 에서 바다 동쪽 왔다	

시를 적어놓고 얼마 지나지 않아서 그 이름이 중국에 널리 알려졌다.

우리나라로 돌아온 뒤에는 나가서 계양 서기桂陽書記가 되었고, 얼마 후에 들어와서 한림翰林에 보임되었다. 당시 한림원에서 작성한 사詞와 소疏는 모두 선친의 손에서 나온 것이었다. 그 이후로 중국의 학사들이 우리나라 사신을 만나기만 하면, 이전에 남겼던 춘첩자 시를 외면서 "지금 어느 관직에 계시오?"라고 물어보기를 멈추지 않았다.

선친은 처음 한림원에 들어갈 때부터 고원誥院에 이르기까지 모두 14년 동안 근무하였다. 그 사이 왕명을 기록하는 공무 여가에 좋은 경치를 만나면 그때마다 붓을 들었는데, 마치 솟아오르는 샘물처럼 조금도 막힘 없이 시가 흘러나왔다. 이런 이유로 당시 사람들이 선친을 가리켜 '복고腹藁'[11]라고 칭하였다.

또 날마다 서하西河 임기지林耆之(임춘)와 복양濮陽 오세재吳世材 등과 어울려 금란金蘭의 사귐을 약속하였다. 꽃 피는 아침과 달 밝은 저녁에는 함께 어울리지 않은 적이 없다. 세상에서 이를 '죽림고회竹林高

---

11) 복고腹藁는 뱃속에 원고를 품고 있다는 말이다. 막힘없이 빠르게 시문을 지어내므로 이렇게 이른 것이다.

會'라고 부른다.

한번은 술자리가 무르익은 뒤에 서로 이렇게 말하였다.

"여수麗水의 물가에 반드시 질 좋은 황금이 있네. 형산荊山 아래
에 어찌 아름다운 옥돌이 없겠는가? 우리나라는 봉래蓬萊와 영주
瀛州의 경계에 맞닿아 있어 예부터 '신선의 나라'로 불리고 있소.
그만큼 산천에 신령한 기운이 응축되어 빼어난 인재를 길러주기
에, 5백 년마다 나타난다는 인물이 사이사이에 배출되고 있소.
그래서 중국에까지 아름다운 명성을 떨친 자 중에서, 학사 최고
운崔孤雲(최치원)은 맨 앞에서 선창하였고 참정 박인량朴寅亮은 뒤에
서 화답하였소. 아울러 명성 있는 선비와 시에 능한 승려 중에서
도 제영題詠에 뛰어나 이역만리까지 명성을 떨친 자가 시대마다
배출되었소. 우리가 만일 이들의 시문을 거두어 기록하여 후세
에 전하지 않는다면, 인멸되어서 절대로 전해지지 않을 것이 분
명하오."

마침내 도성 안팎에 흩어져 있는 제영題詠 중에서 본보기로 삼을 만
한 것을 수습하고 편집하여 3권으로 만들었다. 이를 '파한破閑'이라고
이름 붙인다.

또 벗들에게 이렇게 말하였다.

"내가 말한 '한가로움[閑]'은 세상에서 공훈을 세우고 명성을 얻은
뒤에, 벼슬을 내놓고 물러나 푸른 산야에서 속된 욕망에 마음을
두지 않고 있는 것이오. 또한 산림에 은거하면서 배고프면 먹고
피곤하면 잠잘 수 있는 사람이라면, 그 한가로움이 완전한 상태
에 이를 수 있소. 그런데 이 책을 읽으면, 그 완전한 한가로움을

깨뜨릴 수 있는 것이오. 저 번거로운 속세의 일에 골몰하거나 명예와 벼슬에 휘둘려 권세를 좇고 빌붙느라 동쪽 서쪽으로 뛰어다니던 사람이 하루아침에 이를 잃어버렸을 때도, 겉으로 보이는 그의 모습은 한가로운 듯하오. 하지만 그의 속마음은 들끓고 있으니, 이것 역시 한가로움에는 해당하지만 병들어 있는 상태요. 그런데 이 책을 읽으면, 병들어 있는 한가로움도 치료할 수 있소. 그렇다면 장기와 바둑이라도 두는 편이 낫다고 말하는 경우보다는 더 낫지 않겠소?"

당시에 이 말을 듣고 사람들이 모두 옳다고 하였다.

그런데 이 책을 완성하고 아직 임금께는 아뢰지 못했을 때, 불행하게 작은 병환에 걸려 홍도정紅桃井[12]의 집에서 별세하고 말았다.

별세하기 전 집에 있던 까맣게 머리를 땋은 어린 손녀가 꿈을 꾸었다. 꿈속에서 푸른 옷을 입은 아이 15명이 푸른 깃발과 비취색 일산을 받들고 찾아와서 문을 두드리며 불렀다고 한다. 집의 어린 종이 문을 걸어 닫고서 힘껏 버텼으나, 이윽고 문에 걸린 자물쇠가 저절로 열리면서 푸른 옷을 입은 아이들이 펄쩍 뛰어서 곧장 들어와 서로 축하하더니 잠시 후에 흩어져서 사라졌다는 것이다. 그런 뒤에 얼마 지나지 않아서 세상을 떠나신 것이다. 어찌 옥루玉樓의 기문을 작성하기 위해서 상제가 부른 것이 아니라고 하겠는가?[13]

하늘에 올라 신선이 되시던 날 저녁에 붉은 기운 한 줄기가 견우성과 북두성 사이로 솟아올라 밤새 사라지지 않았다. 이를 본 사람들이

---

12) 홍도정紅桃井은 이인로가 살던 곳이다. (상-5 참조)
13) 옥루玉樓는 천제가 만들어 사용했다는 백옥루白玉樓이다. (하-33 참조)

모두 괴이한 일로 생각하였다. 이것이 선천의 평소 모습이다.

문장의 성세聲勢에 대해 자부하셨으나 안타깝게도 인재를 전형하는 기회를 얻지 못하여 평소에 울울한 마음이 있었다. 나중에 좌간의대부에 올라 비로소 인재를 전형하라는 명을 받았으나, 과장을 열기 전에 하늘이 수명을 보태어주지 않아서, 갑자기 세상을 떠나고 말았다. 이런 까닭에 흉중에 쌓였던 울울한 기운이 발산되어 하늘로 솟아오른 것이었는지도 모르겠다.

아, 평생 창작한 고부古賦 5수와 고율시 1,500여 수를 손수 엮어서 『은대집銀臺集』을 만들었다. 또 기로회에서 창작한 잡저를 엮어서 『쌍명재집雙明齋集』을 만들었다. 중추원 홍사윤洪思胤은 쌍명재 태위공太尉公[14]의 인척이다. 이분이 예전에 흥왕사興王寺[15]를 관리할 적에 조정의 명을 받아 교장당敎藏堂(교장도감)에서 이를 판각하여 세상에 전하였다.[16] 그밖의 저작은 모두 아직 판각하지 못하였다. 그저 집에 보관된 채로 세월을 보내면서 좀먹고 썩어갈 뿐이다.

지난 임진년(1232) 맹추에 북쪽 몽골 병사가 크게 침입하여 송도松都까지 노략질하였다. 이에 도성 안이 소란하여 임금을 모시고 강도江都로 들어갔었다. 당시에 장마까지 여러 달 이어졌다. 어린아이를 이끌고 노인을 부축하면서 길을 나선 사람들이 모두 갈 곳을 잃고 헤매

---

14) 태위공太尉公은 쌍명재 최당崔讜(1135~1211)을 이른다. 수태위守太尉로 치사하였다.(상-4 참조)

15) 개경 남쪽 20리 밖 교외에 있던 사찰이다. 1067년에 완공하였다. 대각국사 의천이 주도하여 이곳에 교장도감敎藏都監을 설치하고 속장경을 간행했다. 이곡李穀, 「흥왕사중수흥교원낙성회기興王寺重修興敎院落成會記」.

16) 『고려사절요』 선종 3년(1086) 6월, "승려 왕후王煦(의천)가 송에서 돌아왔다. …… 왕후가 석전釋典과 경서經書 1천 권을 바쳤다. 또 아뢰어 흥왕사에 교장도감敎藏都監을 설치하게 하였다. 요, 송, 일본에서 서책을 구매하여 4천 권에 이르는 책을 전부 간행하였다."

었다. 혹 구렁텅이에 떨어져서 죽음을 맞는 자도 많았다.

나는 그때 학유學諭로 있으면서 임금의 법가法駕를 호종하였다. 그래서 힘겹게 들을 지나고 강을 건너는 사이에도 언제나 선친의 유고를 몸에 지니고 다녔다. 마치 황금 바구니를 지키듯이 다루었을 뿐만이 아니었다. 오히려 한 글자라도 잃어버릴까 두려워하였다. 기어이 만세 자손의 보배로 만들어주려고 이렇게 오매불망 마음을 졸인 시간이 거의 50년이다.

지난번 사건에 얽혀 동각東閣에서 쫓겨나고, 품등이 강등되어 기장현機張縣 수령으로 좌천되었었다. 그때 안렴사 대원大原 왕공王公(왕효王俲)이 내가 있던 기장에 들러서 민심을 탐문하였다. 그러는 여가에 선친의 유고에 관해 이야기를 나눌 수 있었다. 공은 내가 힘에 부쳐 뜻을 이루지 못하고 있는 것을 안타까워하였다. 그래서 잡문雜文 3백여 수와 『파한집』 3권을 가져오게 하여 직접 검열한 뒤에 장인에게 명하여 판각하게 하였다.

이로써 무덤에 계신 선친을 밝게 빛내고, 또 울울한 내 마음도 하루아침에 얼음 녹듯이 풀어지게 했다. 어찌 그 본말을 자세하게 기록해서 무궁한 후세에 알리지 않을 수 있겠는가?

아직 간행을 마치지 못한 것이 있다면, 혹 후손이 남은 원고를 찾아내고 뜻을 이어 간행하여 세상에 전할 수 있을 것이다. 그렇게 하면 『대경』과 『노론』에서 타이른 말과 함께, 또한 천고를 비추는 본보기가 될 것이다.

경신년(1260) 3월 아무 날에 서자 각문지후閣門祗候 이세황李世黃이 삼가 쓴다.

『南華篇』曰"親父不爲子媒, 親父譽之, 不若非其父者也." 何則? 蓋
謂聽者惑也. 子之於父, 亦猶是. 苟以父之所爲, 推美於文翰之中, 則
秖自招謗耳. 又不若非其子者也. 然『戴經』云"父作子述", 則昔童烏
之參『玄』是也. 又況『魯論』云"父在觀其志, 父歿觀其行", 則之志也之
行也, 豈他人所能得其髣髴哉? 惟子乃能耳. 若以『南華』之親嫌, 背『戴
經』『魯論』誡子之義, 而不錄先人志行而傳於不朽, 則觀父之義安在哉?
我先人, 生大金天德四年壬申, 早喪考妣, 無所依歸. 有大叔華嚴僧統
寥一撫養之, 常不離左右, 訓誨勤勤, 三墳五典諸子百家, 莫不漁獵.
至乙未夏, 題名豹牓, 翌年秋月, 踔入賢關, 連捷考藝. 又庚子春場,
首登龍門, 聲動士林. 及氷淸司業崔公永濡爲賀正使, 以書狀官預于
一行. 是年臘念七, 行至漁陽鵝毛寺, 迺祿山鍊兵所也. 因留詩云"槿
花相映碧山峯, 卯酒初酣白玉容. 舞罷霓裳猶未畢, 一朝雷雨送猪龍."
入燕都, 元日館門額上, 題春帖子云"翠眉嬌展街頭柳, 白雪香飄嶺
上梅. 千里家園知好在, 春風先自海東來." 題未幾, 名遍中朝. 及還
朝, 出爲桂陽書記, 俄入補翰林, 凡諸詞疏皆出手下. 厥後, 中朝學士
遇本朝使价, 則取誦前詩, 問云"今爲何官", 不已. 先人始自翰院, 至
於誥院, 凡十有四載. 演綸餘暇, 遇景落筆, 詞若湧泉, 略無停滯, 時
人指之曰'腹藁'.
日與西河耆之·濮陽世材輩, 約爲金蘭. 花朝月夕, 未嘗不同, 世號'竹
林高會'. 倚酣相語曰"麗水之濱, 必有良金, 荊山之下, 豈無美玉? 我
本朝, 境接蓬·瀛, 自古號爲'神仙之國'. 其鍾靈毓秀, 間生五百. 現美
於中國者, 崔學士孤雲, 唱之於前, 朴參政寅亮, 和之於後. 而名儒韻
釋, 工於題詠, 聲馳異域者, 代有之矣. 如吾輩等, 苟不收錄傳於後世,
則堙沒不傳, 決無疑矣." 遂收拾中外題詠可爲法者, 編而次之爲三卷,
名之曰'破閑'. 又謂儕輩曰"吾所謂閑者, 蓋功成名遂, 懸車綠野, 心

無外慕者. 又遁迹山林, 飢食困眠者, 然後其閑可得而全矣. 然寓目
於此, 則閑之全可得而破也. 若夫汩塵勞, 役名宦, 附炎借熱, 東鶩西
馳者, 一朝有失, 則外貌似閑, 而中心洶洶, 此亦閑爲病者也. 然寓目
於此, 則閑之病亦可得而醫也. 若然則不猶愈於博奕之賢乎?" 當時聞
者, 皆曰"然".

集旣成, 未及聞于上, 而不幸有微恙, 卒于紅桃井第. 先是, 家有鴉頭
孫女, 夢見靑衣童十五輩, 奉靑幢翠蓋, 扣門叫喚. 家僮閉門力拒, 俄
而門鎖自開, 靑衣踴躍直入相賀, 須臾而散去. 未幾而卒, 則安知不
爲玉樓之記而召之耶? 上仙之夕, 有赤氣一條, 上衝牛·斗間, 竟夜不
滅, 望之者皆恠焉. 此蓋先人之平昔也. 自負其文章聲勢, 而恨不得
提衡, 居常鬱鬱. 及登左諫議大夫, 始受選錢之命. 未開試席, 天不假
年, 奄然而逝, 則其胸中憤氣發而上衝者, 又未可知也.

噫, 平生所著, 古賦五首·古律詩一千五百餘首, 手自撰爲『銀臺集』. 又
撰著老會中雜著, 爲『雙明齋集』. 洪樞府思胤, 是雙明太尉公之姻族
也. 嘗管興王寺, 受朝旨, 付板敎藏堂, 傳於世. 其餘皆未上板, 但積
年蠹朽於家藏耳. 頃當水龍秋首, 北兵大至, 掠及松都, 城中擾亂, 卷
入江都. 時又霾霖連月, 携幼扶老, 共迷所適, 或塡溝壑而死者, 亦多
矣. 僕時爲學諭, 扈從法駕, 艱難跋涉中, 常賚遺藁, 不啻若贏金, 猶
恐有隻字之失. 期成萬世子孫之寶, 寤寐不忘者, 將五十年矣.

頃以事黜於東閣, 貶秩左符於機張縣. 于時, 按廉使大原王公, 弭節
弊封, 問民之暇, 語及先人遺藁. 哀余力薄未遂其志, 命取雜文三百
餘首·『破閑集』三卷, 躬自檢閱, 命工鋟梓. 光曜幽宮, 又使僕之鬱結,
一朝氷釋, 則可不纚纚本末以視無極耶? 其所未畢者, 倘有雲來, 收
拾餘緒, 繼志板傳, 則與『戴經』·『魯論』所說, 亦可鏡於千古矣. 庚申
三月日, 孼子閣門祗候世黃, 謹誌.

근체시 평측보 32식

(○평성, ●측성, ◐평성 우선, ◑측성 우선, ◎평성운, ⦿측성운)

| 오언시 구식 |

	1. 평기평수	2. 측기평수	3. 측기측수	4. 평기측수
절구시 평성운	○○●●◎ ●●◐○◎ ◐○○●● ○○◐●◎	●●◐○○ ○○◐●◎ ○○●●◐ ●●◐○◎	●●◐○○ ○○◐●◎ ○○●●◐ ●●◐○◎	◐○○●● ●●◐○◎ ●●○○◐ ○○◐●◎

	5. 측기측수	6. 평기측수	7. 평기평수	8. 측기평수
절구시 측성운	●●○○◑ ◐○○●⦿ ○○◐●◐ ◐○○●⦿	○◐○●◑ ●◐◐○⦿ ◐●●○○ ●○○●⦿	○○●◐◑ ◐●◐○○ ●●◐○○ ○○◐●⦿	●●◐○○ ○○◐●◑ ○○●●◐ ◐●◐○⦿

	9. 평기평수	10. 측기평수	11. 측기측수	12. 평기측수
율시 평성운	○○◐●◎ ◐●◐○◎ ◐●○○● ○○◐●◎ ◐●○○● ○○◐●◎ ◐●○○● ○○◐●◎	●●◐○○ ○○◐●◎ ○○●●◐ ●●◐○◎ ●●○○● ○○◐●◎ ○○●●◐ ●●◐○◎	●●◐○○ ○○◐●◎ ○○●●◐ ●●◐○◎ ●●○○● ○○◐●◎ ○○●●◐ ●●◐○◎	◐○○●● ●●◐○◎ ●●○○◐ ○○◐●◎ ◐○○●● ●●◐○◎ ●●○○◐ ○○◐●◎

	13. 측기측수	14. 평기측수	15. 평기평수	16. 측기평수
율시 측성운	◐●●○◑ ○○●●⦿ ○○◐●◐ ◐●◐○◑ ◐●◐○○ ●○○●◑ ○○●●◐ ◐●○○⦿	○◐○●◑ ●◐◐○⦿ ◐●●○○ ○○◐●◐ ●◐◐○○ ●●◐○◑ ◐●●○○ ●○○●⦿	○○●◐◑ ◐●◐○◑ ◐●◐○○ ○○◐●◑ ◐●○○● ○○●●◐ ◐●◐○○ ●○○●⦿	●●◐○○ ◐○○●◑ ○○◐●◐ ◐●◐○◑ ◐●●○○ ●○○●◑ ○○◐●◐ ●●○○⦿

칠언시 구식

	1. 평기평수	2. 측기평수	3. 측기측수	4. 평기측수
절구시 평성운	◐○○●●○◎ ●●○○●●◎ ●●○○○●● ◑○●●●○○	●●○○●●◎ ○○●●●○◎ ◑○●●○○● ●●○○●●◎	●●○○●●● ◑○●●●○◎ ○○●●○○● ●●○○●●◎	◐○●●●○● ●●○○●●◎ ●●○○○●● ◐○●●●○◎

	5. 측기측수	6. 평기측수	7. 평기평수	8. 측기평수
절구시 측성운	●○○●●○◉ ◑●○○●●◑ ●●○○○●● ◑○●●●○◉	◑○●●○○◉ ●●○○●●◑ ●●○○○●● ◑○●●●○◉	○○●●○○◉ ●●○○●●◑ ●●○○○●● ◑○●●○○◉	◑●○○●●◑ ○○●●○○◑ ●●○○○●● ◑○●●●○◉

	9. 평기평수	10. 측기평수	11. 측기측수	12. 평기측수
율시 평성운	◑○○●●○◎ ●●○○●●◎ ◑●○○○●● ◑○●●●○◎ ●●○○○●● ◑○●●●○◎ ◑●○○○●● ◑○●●●○◎	◑●○○●●◎ ○○●●●○◎ ◑○●●○○● ●●○○●●◎ ◑●○○○●● ◑○●●●○◎ ◑○●●○○● ●●○○●●◎	●●○○●●● ◑○●●●○◎ ◑○●●○○● ●●○○●●◎ ◑●○○○●● ◑○●●●○◎ ◑○●●○○● ●●○○●●◎	◑○●●●○● ●●○○●●◎ ◑●○○○●● ◑○●●●○◎ ◑○●●○○● ●●○○●●◎ ◑●○○○●● ◑○●●●○◎

	13. 측기측수	14. 평기측수	15. 평기평수	16. 측기평수
율시 측성운	●●○○●●◉ ◑○●●○○◉ ◑○●●○○● ●●○○●●◉ ◑●○○○●● ◑○●●○○◉ ◑○●●○○● ●●○○●●◉	◑○●●○○◉ ●●○○●●◉ ●●○○○●● ◑○●●○○◉ ◑●○○○●● ◑○●●○○◉ ●●○○○●● ◑○●●○○◉	◑○○●●○◉ ●●○○●●◉ ●●○○○●● ◑○●●○○◉ ●●○○○●● ◑○●●○○◉ ◑●○○○●● ◑○○●●○◉	●●○○●●◉ ◑○●●○○◉ ◑○●●○○● ●●○○●●◉ ◑●○○○●● ◑○●●○○◉ ◑○●●○○● ●●○○●●◉

		1	2	3	4	5	6	7	8	9	10	11	12	13	14	15
평성	상평성	東	冬	江	支	微	魚	虞	齊	佳	灰	眞	文	元	寒	刪
	하평성	先	蕭	肴	豪	歌	麻	陽	庚	靑	蒸	尤	侵	覃	鹽	咸
측성	상성	董	腫	講	紙	尾	語	麌	薺	蟹	賄	軫	吻	阮	旱	濟
		銑	篠	巧	皓	哿	馬	養	梗	迥	有	寢	感	琰	豏	
	거성	送	宋	絳	寘	未	御	遇	霽	泰	卦	隊	震	問	願	翰
		諫	霰	嘯	效	號	箇	禡	漾	敬	徑	宥	沁	勘	豔	陷
	입성	屋	沃	覺	質	物	月	曷	黠	屑	藥	陌	錫	職	緝	合
		葉	洽													

| 개경지도 |

『광여도 개성부』
서울대학교 규장각 소장(古4790-58), 18세기 필사본

색인

385

"나라에 도가 있으면 벼슬하고, 나라에 도가 없으면 드러내지 않는다."(『논어 위령공』)

전통적으로 선비들이 지녀온 출처 의식이다. 덕 있는 군주를 만나 나라가 합리적인 시스템을 갖추고 안정적으로 운영될 때, 선비들은 적극적으로 정치에 참여하였다. 만약 그렇지 못한 상황이라면 재능을 드러내지 않고 숨어 살았다. 그렇기에 선비의 '한가로움[閑]'은 벼슬에서 물러난 상황과 상당수 맞물려 있다. 일하지 않고 놀고먹는 무위도식無爲徒食이 아니었다. 부득불 일하지 못해 가난하게 살면서도 도를 즐길 줄 아는 안빈낙도安貧樂道가 바로 한閑의 본질이었다.

이인로는 한창 나이에 무신란을 겪어 출세의 길이 막히고 말았다. 명문거족인 인주 이씨 자제였던 까닭에 목숨조차 부지하기 쉽지 않았다. 이런 상황에 놓인 그에게 있어 '시詩'는 어떠한 의미였을까? 출세를 위한 도구로는 쓰이기 어려웠다. 그가 순수문학으로서의 시의 가치에 집중했던 것은 이러한 맥락에서 이해된다.

한평생 자신의 재주를 숨기고 살았던, 그래서 항시 한가로움의 한 가운데에 놓여있던 작가가 시에 관한 책을 엮었다. 그런데 책의 이름이 의외로 "파한破閑(한가로움을 깨뜨린다)"이다.

"명예와 벼슬에 휘둘려 권세를 좇고 빌붙느라 동쪽 서쪽으로 뛰어다니던 사람이 하루아침에 이를 잃어버렸을 때도, 겉으로 보이는 그의 모습은 한가로운 듯하오. 하지만 그의 속마음은 들끓고 있으니, 이것 역시 한가로움에는 해당하지만 병들어 있는 상태요. 그런데 이 책을 읽으면, 병들어 있는 한가로움도 치료할 수 있소. 그렇다면 장기와 바둑이라도 두는 편이 낫다고 말하는 경우보다는 더 낫지 않겠소?"(이세황, 「파한집발」)

이인로의 말이다. 시 공부에만 몰두한 채 선배 문인들의 좋은 시를 찾아 기록해두는 작업은 분명 한가함을 유지하는 데에는 방해가 된다. 그러나 다른 한편으로는 한가함의 병폐를 극복하는 방법이 될 수 있었다. 재능을 가졌으나 때를 만나지 못한 회재불우懷才不遇의 복잡한 심사를 시짓기에 열중함으로써 다스린 것이다.

『파한집』에는 역대 시인들이 미처 완성하지 못한 시구를 소개하고, 그 뒤를 이인로가 연결하여 완성한 사례가 상당수 소개되어 있다. 내로라하는 선배들이 미처 완성하지 못한 과제를 자신이 마무리 지음으로써 스스로 자존감을 회복하고 신세를 위로하였던 것은 아닌가 생각된다. 작가는 파한거리로 시작한 일이라고 하였지만, 그가 모아둔 시와 시에 관한 여러 일화는 오늘날 고려시대의 문학을 이해하는 매우 중요한 자료가 되었다. 그가 예측하였듯 바둑이나 장기를 두며 세월을 보내는 것에 비할 수 없는 위대한 과업을 이루어낸 것이다.

시, 산문, 소설, 경학의 다양한 세부 전공을 가진 연구자가 함께 이 책을 읽었다. 짧지 않은 시간 동안 느린 호흡으로 한 편 한 편 읽어 나갔다. 다양한 생각들을 공유하면서 행간의 뜻을 파악하려고 노력했고, 오늘날의 상황과 연결 지어보려 애쓰기도 하였다. 현대적인 표현을 사용하여 이해하기 쉽게 풀이하되, 시 고유의 맛은 유지하기 위해 여러 가지로 고민하였다. 오래전 시를 읽으며 자신의 울적한 마음을 달랬던 작가가 맺은 결실이 한가로움을 갈망하는 현대인들에게 재미있게 읽혔으면 좋겠다.

갑진년 첫여름에 손유경은 쓴다.